興懷集

蕭繼宗 撰

臺灣學生書局印行

謹以此書紀念

先君子鍾祥公一百二十周年誕辰

自序

人在這世上走了一趟，到老了，總不甘心只繳一張白卷，多少想留下點什麼，給這電光石火般的一生作爲紀念或點綴。一般文人最常用的辦法，就是把以往寫過的、現成的散碎文字，給搜編在一起，出一本集子。

叨天之幸，活在這個苦難的世紀裏，我，總算平穩地虛度了七十來年。小時候，承父親的教誨，粗知文義；大了，奔走四方，但和書本絕緣的日子也不太長。因此，多年來也曾勉強謅過些不成熟的東西。但除了早年出版過的幾本詩集之外，很多的稿子早都散佚了。到現在，上了幾歲年紀，未能免俗，也就拿手邊現放着的散篇，挑了些出來，湊成這本小書——興懷集。它的內容，沒有理論上或形式上的嚴格組織——只是一些獨立的篇章的綜合。但也勉強分爲三類：第一類是「韻語」，包括騷賦、古近體詩、詞、曲……等一切有韻之文；其次是「儷辭」，指的是駢文、耦句、聯語……等對偶之文；至於「韻語」和「儷辭」以外的其它文字，則統稱之爲「散文」。從題面和集結方式看去，大體上是取樣於傳統的文集；但如果細按其體類，則和古人頗異其趣，因爲「古之所有」，已爲「今之所無」的不少；「古之所無」，而爲「今之所有」的也很多。一位看慣了古人文集的讀者，再細閱這本小書，可能感到不很純適，「猥雜」之譏，或所難免。

關於這，我倒想說幾句話來自我解嘲：

人生在世，不可能和時代社會脫節。而文章既「合爲事而作」，則時代不同，社會不同，需要不同，題材不同，提供的作品自然不會同。我以爲作者像服裝師，裁製的時候，無論古裝、時裝、西裝、短長寬窄，全視對象身材而定。總要「相體裁衣」，不能「削足適履」。易言之，只許變更自己的文筆，去切合題材的需要；總不能扭曲題材的眞象，來遷就自己的文章。這是客觀的需要，迫使作品成爲「多樣性」的原因。

再說，一個人一生的寫作過程，不可能老早就預擬全部大綱細目，「一貫作業」。早年的興趣，不必同於晚年的興趣；今天的情緒，不必同於昨天的情緒；甚至於執筆時的靈感，也不必同於執筆前的靈感。諸如此類的一時的主觀因素，也會造成型式和風格的踳駁，無法使其「較若畫一」。在當初寫作的時候，旣然想怎樣寫，就怎樣寫；那末，寫成什麼，就是什麼。到現在，也只好讓它們各自保持原樣下去。如云「猥雜」，也就顧不得了。

章實齋說：「子史衰而文集之體成；著作衰而辭章之學興。文集者，辭章不專家，而萃聚文墨以爲龍蛇之菹也」。可見得「集」的特質，正在於舍純而取雜。好啦，我便以這一集「龍蛇之菹」，作爲我這輩子的點綴吧，總比繳一張白卷強些。

民國七十七年重陽前夕　**蕭繼宗**　序於臺北市

興懷集目錄

韻語

騷賦

古近體詩

詞

曲

小令

散套

語體詩

譯詩

儷辭

駢文

題畫耦句

聯牘

散文

序跋

遊 記

碑 銘

傳記

壽言

題贈

賞析

評介

雜存

興懷集

湘鄉 蕭繼宗 幹侯 存稿

韻語

騷賦

國殤

美人殷格沙南北戰爭後陣亡將士墓前追悼詞，予少日於課本中讀之，以爲似江文通。及民紀三十年于役大別山中，竟取其意，敷爲韻語，命曰國殤。茲復稍加更定，取協華言，不期嚴合也。

維往事之如夢兮，紛歷歷其盈前。方窮討而殊鬮兮，冀國祚之長緜。伐鼓兮淵淵。吹角兮喧喧。陳師兮鞠旅，待發兮闐闐。慘將別兮，女失其姸；勇以怒兮，士頳其顏。瘞歸骨以衆芳兮，哀英烈之身捐。孰云去者之日疏兮，猶目想而心鐫。方其負羽以從軍兮，爲自由而身先。憤公義之不彰兮，割私愛之嬋媛。或緩步于林皋兮，魂欲斷而情牽。呫：兮密語，誓海兮盟天。

悵分首兮在即，惜寸晷兮留連。或俯身于嬰車兮，嗚兒頰其方眠。或承父老之吉祝兮——願奏凱而言旋。或告別於慈母兮，煦寸草以春暄。抱持復抱持兮，卒喑喑乎無言。或永訣于金閨兮，飾壯辭以勉旃。抑中情而若素兮，外奮厲而中孱。撫孩提兮在抱，悵延佇兮當櫺。遲遲兮旭日，共銷魂兮黯然。臨路曲而徘徊兮，手頻麾而心煎。答征夫而企踵兮，舉愛子以齊肩。壯士一去兮不復還，重攜手兮將何年！

意氣兮激昂，就道兮慨慷。旂飄颻兮鷹揚。軍樂作兮悲涼。齊步武兮堂堂，度城邑兮市坊，入四野兮蒼茫。涉平原兮千里，効微命兮沙場。爲取義而舍生兮，煒乎其有輝光。彼壯士之前驅兮，予若與之同行。旣相隨而淩陣兮，復救困而扶傷。犯風雨之橫驟兮，戴星月之熒煌。奔巨鼇以浴血兮，委溝洫于平康。堅壁壘以相持兮，爭一息而頡頏。力旣竭兮欲僵，渴無飲兮欲狂。漸奄奄其就萎兮，偕墜葉以俱颺。礮裂肉以橫飛兮，彈洞胸而中創。及嚴殺之旣盡兮，狼藉乎壘塹之旁。魄殭直其如鐵兮，魂堅毅其如鋼。

人之云亡兮，家傳凶耗。婦新寡而離憂兮，形與影而相弔。父白首而傴僂兮，終衰齡於永悼。

嗟彼英烈兮，逝而莫留。爲吾曹以捐軀兮，宜亦有以安休。彼長眠于茲土兮，身實使之自繇；樹旂常其繽紛兮，身實使之靡羞。蕭蕭兮白楊，慘慘兮松楸，柳垂垂其欲涕兮，蘿披拂其相糾。雲黯黯其如冪兮，覆高旻之悠悠。永靜息于幽宮兮，晦與明其何尤。世戰伐庸未巳兮，獨寧謐而寡憂。任金革之弗寢兮，抑殺聲之方遒。處茲土而無慮兮，將瞑目于千秋。

亂曰：余將敷衽以陳詞兮，用敢告於存歿：爲生者歡呼兮，爲死者而悲咽。

取 材：

A VISION OF WAR--Robert Green Ingersoll

The past rises before us like a dream. Again we are in the great struggle for national life. We hear the sounds of preparation, the music of boisterous drums, the silver voices of heroic bugles. We see the pale cheeks of women and the flushed faces of men, and we see all the dead whose dust we have covered with flowers. We lose sight of them no more. We are with them when they enlist in the great army of freedom. We see them part with those they love. Some are walking for the last time in the quiet woody places with maidens they adore. We hear the whispers and the sweet vows of eternal love as lingeringly part forever. Others are bending over cradles, kissing babies that are asleep. Some are receiving the blessings of old men. Some are parting with mothers who hold them and press them to their hearts again and again, and say nothing. And some are talking with wives, and endeavoring with brave words spoken in the old tones to drive from their hearts the awful fear. We see them part. We see the wife standing in the door with the babe in her arms-standing in the sunlight sobbing. At the turn of the road a hand waves, she answers by holding high in her loving arms the child. He is gone, and forever.

We see them all as they march proudly away under the flaunting flags, keeping time to the grand, wild music of war; marching down the streets of the great cities, through the towns and across the prairies, down to the fields of of glory, to do and to die for the eternal right. We go with them one and all, We are by thier side on all the glory fields, in all the hospitals of pain, on all the weary marches. We stand guard with them in the wild storm and under the quiet stars. We are with them in ravines running with blood, in the furrows of old fields. We are with them between contending hosts, unable to move, wild with thirst, the life ebbing slowly away among the withered leaves. We see them peirced by balls and torn with shells in the trenches by forts, and in the whirlwind of the charge. Where men become iron, with nerves of steel.

We are at home when the news comes that they are dead. We see the maiden in the shadow of her first sorrow! We see the silvered head of the old man bowed with the last grief.

These heroes are dead. They died for liberty; they died for us. They are at rest. They sleep in the land they made free, under the flag they rendered stainless; under the solemn pines, the sad hemlocks, the tearful willows, and the embracing vines. They sleep beneath the shadows of the clouds, careless alike of sunshine or of storm, each in the windowless palace of rest. Earth may run red with other wars; they are at peace. In the midst of battle, in the roar of conflict, they found the serenity of death. I have one sentiment for the soldiers living and dead. Cheers for the living and tears for the dead.

注：

Robert Green Ingersoll (1833-1899)，紐約州人，一八六二內戰時，任伊州騎兵隊上校。本籍民主黨，戰後轉入共和黨。爲律師、政治家、作家。以演說享重名。著有 The Gods and Other Lectures (1876)，Some Mistakes of Masses (1879)，及 Great Speeches (1887)。

含羞草賦

芃芃弱卉，盛生南土。蕊聚垂斿；葉分展羽。既族殖于丘原；亦羅生于階圃。若采翟兮迎風，比巴且兮沐雨。莖不謝兮蟻緣；花不辭兮蜨舞。方鋪棻兮搖曳，固舒張而自主；若外物之見侵，斯葉合而枝俯。森剡棘以亢身，亦莫敢兮予侮。

當夫日上錦雯，露轉珠勻，慵睟漸展，倦腕徐伸。弱顏兮固植，誠婉娩兮佳人。明璫兮翠羽，素月兮柔雲。態易倦而婀娜；足將進而逡巡。腮透脂而浮暈；眉舒黛而轉顰。知守身之如玉，獨脈脈而含春。

若乃驚飈掩至，暑餘秋始，或拔木而偃林，固摧蘭而敗芷。於是斂翮收青；遺榮曳紫。側身處變，時止則止。其謙謙以自牧（注），則豈弟之君子。處富貴而不淫；安賤貧而不恥。弗枉尺以直尋，寧潔身以自矢。懼干進之可羞，懔相鼠之有齒。貴全身於叔季，謝紛華于朝市。守知足之不辱，庶無慚於老氏。

注：含羞草，英人謂之謙草（Humble plant），則比德於君子，抑又進矣。

叢憂賦

雪萊（Percy Bysshe Shelley 1792-1822 ）羇居意國，困頓窮愁。會遊那不勒斯，行吟海畔，風和日美，景物清嘉。時在英年，而所賦詩，猨啼鵑泣，迥異恆情。殆殷仲文所謂「此樹婆娑，生意盡矣」者，宜其才而不壽也。漫效徐庾體衍為短賦，辭曰：

晴暉煦煦天宇清，陽侯蹴浪浪花明。碧嶼雪峯當晝午，紛披朱紫光晶瑩。騰氤氳之地氣，滋萌蘖使欣榮。於時風鳴濤應，衆鳥嚶嚶。市喧欲寂，如處郊坰。夫吹萬不同，而合爲天籟也一聲。

則有驚波濺岸，星流雨散。澄潔海牀，蘿縈藻絆。盪漾兮紫莖，奮緣兮翠蔓。爾乃獨坐沙汀，亭午潮生。爛如掣電，迅若犇霆。其來也應節，與日月爲虛盈。妙矣哉潮音，歆予諦聽。世無成連，誰知予之移情？

吁嗟我生！如荼斯苦：弱志難申，孱軀非固；內失心齋；外靡寧處；若聖知之所徹悟，仙眞之所遐慕，雖千金其可輕，亦無聞乎「妙緒」；至若據要澤、要廣譽、諧魚水、耽逸豫，是又常人之所能，而獨不我與。世方以浮生爲可樂，日康娛而不寤。謂天命之有常，哀吾生之異數。

哀異數兮復何求？吾生胡為叢百憂？海風徐來海波柔，對此煩愁宜小瘳！生自愁中來；死向愁中住。愁魔如睡魔，驅之終不去。會當伏地如兒啼，一生涕淚長沾衣。日色煖，海風低，沐吾髮，沁吾肌。已矣哉！微彭咸，吾安歸？

注：屈賦累言彭咸，王逸注為殷賢而水死者。可覘屈子自沈之志，早見乎辭。雪萊亦以溺終，而此詩末語，亦微示其兆。詩歟？讖歟？抑何故歟？

取材：

STANZAS WRITTEN IN DEJECTION

P. B. Shelley

The Sun is warm, the sky is clear,
The waves are dancing fast and bright,
Blue isles and snowy mountains wear
The purple noon's transparent light:
The breath of the moist earth is light
Around its unexpanded buds;
Like many a voice of one delight--
The winds', the birds', the ocean-floods'--
The City's voice itself is soft like Solitude's.

I see the Deep's untrampled floor
With green and purple sea-weeds strown;
I see the waves upon the shore
Like light dissolved in star-showers thrown:
I sit upon the sands alone;
The lightning of the noon-tide ocean
Is flashing round me, and a tone
Arises from its measured motion--
How sweet! did any heart now share in my emotion.

Alas! I have nor hope nor health,
Nor peace within nor calm around,
Nor that Content, surpassing wealth,
The sage in meditation found,
And walk'd with inward glory crown'd--
Nor fame, nor power, nor love, nor leisure;
Others I see whom these surround--
Smiling they live, and call life pleasure;
To me that cup has been dealt in another measure.

Yet now despair itself is mild
Even as the winds and waters are;
I could lie down like a tired child,
And weep away the life of care
Which I have borne, and yet must bear,
Till death like sleep might steal on me,
And I might feel in the warm air
My cheek grow cold, and hear the sea
Breathe o'er my dying brain its last monotony.

古近體詩

汎大江卽景

帆脚天斜風突兀；船頭出沒水崎嶇。羣山據岸青成列；孤塔黏天白欲無。

廬山過東林寺

一百八盤山下路，一百八杵山寺鐘。東林近在遠公遠，我生猶幸聞蓮宗。

龍首崑雲海

獨騎龍首出雲端，不露之而與世看。噓氣近堪通帝座，天飛政要海漫漫。

棲賢橋夜坐

急瀨發清響，冰壺釀瓊液。露冷月華滋，寺樓深夜白。

牯嶺雪後卽景

枝頭馱殘雪，天半瀉晴霞。霞雪偶相映，滿林紅杏花。

行次九江游甘棠湖

歌管無聲畫舸藏，千家碪杵擣秋霜。分明一帶垂楊樹，憶到金陵便斷腸。

淘米沙沙

先妣顏孺人，妊予而有疾。予生三日，卽就乳於牛砦頭聶氏，凡三年。時在嬰提，然每聞鶻鳩先鳴，輒爲愴惻，亦不自知其故。頃坐南樓，忽聞鶻泣，追憶兒時，悽然作此。「淘米沙沙」，俗譯此禽言也。「沙沙」，淅米聲。

「淘米沙沙！淘米沙沙！嫂子淘米，姑子參沙。」（此湘鄉童謠，謂杜鵑爲出婦所化。）東村西村暮雨過，茆簷夜坐無嗁譁。姥姥爐邊煨榾柮，欲然不然青烟斜。林中有鳥時悲鳴：「淘米沙沙！淘米沙沙！」我坐姥姥懷，姥姥敷說神話，五靈百怪生齒牙。牛鬼蛇神隨撏撦，家珍歷歷數不差。我坐懷中傾耳聽，時復嘻嗃時咨嗟。姥言未絕我漸睡，夢追神鳥天之涯。青柴畢剝燎椏杈，瓦鐺嘈嘈沸春茶。目不見、耳亦不聞，但餘雙袖凝唾花。夢中呼背痒，姥姥輕搔把。姥姥將我上牀睡，揉眉睜眼口呀呀。朦朧不復辨枕榻，搴帷蹋被信脚爬。醒來紅日炙窗紗，窗前有鳥嗁咿啞：「淘米沙沙！淘米沙沙！」

雨後

雨過溪路淨，落日明崦嵫。夾道春草長，欣欣方含滋。鳴蛙競繁響，野老罷耘耔。殷殷問消息：「征戰復何如？」爲言日三捷，喜色盈眉髭。壘兵雖云久，曾不失農時。官箴日以清，賦斂無繁施，感此良忻懌，奏凱宜可期。行看胡虜平，相與歸東菑。

舟次沅陵

輕車發漵岸，晡食到沅陵。綺散暮山紫，鏡空秋水澄。楚音雜吳語，翠袖障華燈。饒有昇平氣，流亡似未曾。

泊下攝司曉望

遠岸昏朝霧，天明山未知。宿帆經雨重，漠漠去來遲。

看月篇留別

前年看月後湖船。蘋末微風開白蓮。吳音輭膩不耐聽，解衣獨向花底眠。去年看月廬山顚。五大峯尖撳破天。振衣長嘯萬壑應，俯瞰彭蠡之水青如錢。年年明月渾相似，獨憐昔日之滄海，今日一變爲桑田。龍引洲前血成淵；鶴鳴峯上翔鐵鳶。寇至日蹙國百里，胡馬驅人如蓬旋。今年看月來衡嶽，車輪高向山腰懸。半山亭，玄都觀，朱闌碧宇淩蒼烟。下有白鹿棲遲之貞松，上有素猿窺飲之清泉。天柱孤峯當門前，朝雲暮雨爭鮮妍。紫蓋、煙霞、岣嶁在其後，起伏迴環七十二峯一脈相鉤連。黃冠道人雅好客，呼童灑掃開東軒。坐看東山吐素魄，一輪低挂松梢圓。晚風細細度簾幕，纖雲漠漠飛吳緜。銀漢搖搖下屋壁，黃姑冉冉移秋躔。吁嗟乎，雙星一夕尚聚散，況復人間世累紛沓鞭。明朝一別隔山岳，君滯瀟湘我入川。巫峽猿聲亂雲樹，崎嶇蜀道愁攀援。試倚孤篷看明月，長空遙夜心茫然。大難未紓行未巳，浮萍逐水長播遷。信知離合如夢寐，黃粱一覺非虛玄。忽聞松殿響清磬，侵鬢涼露秋娟娟。

舟近宜昌市

大野行看盡，江流漸有聲。都門成遠別，蜀道忽前橫。

巫山高

巫山高，上與蒼天齊。陰崖稜稜怒相向，猿猱莫度飛鳥低。江濤湍急逝不竭，自來行子驚魂魄。夜深孤月照空山，一十二峯峯頂白。朝朝暮暮年復年，人間想望高唐客。若有人兮山之陽，雲爲衣兮霓爲裳，精華藹藹爛生光。下視人間塵飛揚，神之靈兮何所望？

夔門謠

過夔門，見崖壁有「夔門天下險，艦機輕輕過」十字，因作夔門謠，寓警惕之意焉。

夔門，夔門，三巴之戶。昔我神鷹馭霞霧，輕輕飛過夔門去。我所能至寇亦能，夔門夔門未必固。但願巫山之神女，朝朝作雲暮作雨，使彼鐵鳥不得度。

郴縣蘇仙寺題壁

背糧至郴，過許家洞，偶步田壠間，見清流活活，心甚樂之。漫尋其源，忘路之遠近，終得一山，奔流自叢莽中下，斷崖古木，無復前路。攀蘿附葛，始達峯巔。得小蘭若，曰蘇仙寺，意必蒲留仙所志之蘇仙超舉地也。玆游殆同夢寐，因紀以詩。蘇仙事於五六及之。

爲愛清溪溯碧流，尋源直到遠峯頭。懸崖迎面遮樵徑；茂樹分泉隱寺樓。林表彩雲疑繞舍；磯邊翠縷漫盈溝。此游未遂游仙夢，得識仙蹤亦勝游。

蘭之華

北行過霍山。山間盛產蘭，香溢于野。野人刈之，如刈楚焉。作蘭之華四章，章八句。

蘭之華，紫莖綠鄂。我徂自南，至于灊霍。維蘭有馨，遂令見穫。胡不閟藏，滋榮幽壑？

蘭之華，其葉葳蕤。蹇蹇我行，及此芳春。誰其刈蘭？獨是野人。百千其束，積如錯薪。

蘭之華，芯菲四野，載徒載涉，道遠且阻。維蘭孔芳，爰穫爰取；女無令聞，人將棄女。

蘭之華，溥露爲膏。人之采也，賤如芟蒿；人而舍之，寘若懸匏。取與由人，我心則勞。

雜憶詩

青苔平滑烏衣巷；綠樹扶疏紅紙廊。野戰歸來塵滿面，長鳴吹送飯微香。

二十四、五年間旅學京師時事

記得輕騾駕小車，醉翁亭畔看瑯琊。當年粉黛圍身地，應有銜轔碾落花。

二十五年遊滁之瑯邪今同游星散徒縈夢寐

柚子花香四月初，鵓鴣聲裡雨如酥。綠陰無限江南意，道是江南卻不如。

二十七年居芷江沅水校經堂

潕溪春水碧如烟，風送漁郎曬網船。說與外人渾不信，桃花深處即桃源。

芷江遊桃花溪

登盤初進麻蘋果，上市新來生荔枝。試向名園尋晚步，秦淮河畔夜燈時。

成都少城公園入夜有秦淮風味

彝陵江上漫尋幽，千載名賢跡並留。自笑狂生最無似，雙攜仙侶續三游。　泊舟宜昌偕同學漫步江干竟得三游洞讀刻石始知白蘇而後代有俊游皆三人行也

近市梅龕深復深，碧桃夾路紫藤陰。依然庭院多修竹，翠袖天寒不可尋。　小梅厂在巴縣土橋境極幽邃二十八年嘗游其地

悼三女士

湘鄉譚熙雲、彭馨臨、陳定亞三女士，充七十六師政訓員，隨軍入桂。今年二月奉調赴賓陽前線，撫輯流亡，組訓民衆。會寇大舉攻城，三女士照常工作，艱險不避。及事急，知不免於難，相率自經巖谷閒。鄉人士哀之，徵辭及余，遂作是篇。

蘆溝橋畔烽煙起，上國薦食馳封豕。三年苦戰猶未休，大地茫茫血凝紫。國殤豈獨是男兒？亦有十八十九好女子。娉婷玉質走沙場，執桴殺敵重圍裏。敵勢如潮捲地來，旌旗黯淡千夫靡。四顧無非狼與豺，不辭玉骨窮塵委。張先許後盡成仁，蛾眉化作睢陽齒。浩氣千秋未可泯，碧血斑斕照青史。至今賓陽城外秋騷騷，萬谷淒風弔雄鬼。嗟嗟三女士！汝死吾悲吾亦喜。吾知汝血不唐捐，國魂賴汝血以蘇，國恥憑汝血以洒，國運緜緜汝不死。

靜夜

靜夜雨已過，孤舟人初歸。掬水弄素月，流螢分清輝。笑語雜雅俗，論詩爭幽微。往事繫

夢寐，天涯今分飛，記取此夕飲，襟懷毋相違。

五日弔屈原

沅湘蘭茝吹香風。沅湘詩人離愁窮。上官媚行深九重，子蘭蜚語螯且工。欲叩帝閽帝耳聾。九關虎豹無由通。荷衣躑躅江之東。行唫搔首如飛蓬。美人香草明孤忠。雲雷回幻奔騷雄。陳詞二姚兼有娀。靈脩浩蕩不可逢。國殤山鬼紛悲恫。哀絲猶激章華宮。忠言逆耳誰其同？載拜用告先祖熊。汨羅湛湛森青楓。涉江去國吾心忡。蘅皋捐珮示潔躬。馮夷擲棹羌相從。安歌浩倡爲愉容。忠憤上薄成蒼虹；下垂風雅歸其宗。水仙逝矣靈其憧。但看艾絲榴花紅，椒漿桂醑陳天中，尙希靈貺昭愚蒙。

自貴池渡江過陷區得小湖詢之篙師曰後湖

無限溫馨憶舊游，藕花香裏白蘋秋。即今不見蒼家艇（南京後湖有蒼家艇子），忍把池州當石頭。

登黃山望弈仙峯

自清涼台遠眺，有四峯削立，彷彿二人於松下對弈，一官服者負手旁觀；又一少年負囊趨而前。

鴻濛未判初，有此一枰子。神仙偶遊戲，知自何時始？二叟坐深隱，堅壁各山峙；眞官壁上觀，袖手但凝視；天童負豪注，黃白纍纍似。仙手擅妙算，料敵知己彼。鷸蚌苦相持，豈遽關生死？昕夕久沈思，終年不移指。爭此一著棊，廢卻多少事！誰知楸枰外，世途益艱詭。時局棼如絲，人情薄逾紙。一步百機穽，險更甚於此。不如松下坐，橘隱閱千祀。得喪固無論，乃不知成毀。爲問爛柯人，可曾喻其旨？

黃昏詣文殊院坐文殊結跏處

文殊趺坐處，石痕今宛然。惜我獨來晚，不當文殊前。乃復坐其所，此美無由專。跬步蹈窠臼，靜觀參重玄。左拍天都頂，右按蓮華顛。龍象勇護持，師子音徹天（天都蓮華龍象師子皆環院諸峯名）。前谷黝然黑，莽莽橫蒼烟。明霞散奇采，舒卷鋪紅緜。衆峯聳醜怪，襯之當以妍。微紗超言說，丹青安能傳。西方有樂土，吾嘗聞佛言。彼土極光明，七寶炤青蓮。望之在咫尺，爛此孤星懸。即座禮文殊，與佛生因緣。

歌

天如廬，地如席，我身孤。得與失，胡爲乎！

登蓮華峯

仰攀白日，俯瞰天都。四顧無人，浮雲卷舒。

登天都峯絕頂

側身上天都，八荒放眼初。茲山富丘壑，一覽今無餘。羣峯類兒戲，撮土堆錙銖。始知造化心，刻意工一隅。其餘止陪襯，信手成粗疏。此峯獨奇絕，他峯所不如。尼采揭超人，矯矯出庸奴－白日耀雪山，蒼隼擊天衢；蒙莊齊物論，乃復稱藐姑－－粃穅舜與堯，冰雪爲肌膚。衆生何芸芸，紛如蠒附蛆。我坐萬山頂，昂首聊長噓。呑納眞氣，灌頂承醍醐。白雲涌脚根，天風搖清虛。暫與人境絕，轉覺形骸孤。高寒不可極，眞欲颺雙鳧。

登鯽魚背

上有青冥之高天；下臨不測之深淵；山縹渺兮淩雲煙，眼中無物當吾前，仙乎仙乎吾其仙！

重遊黃嶽題白龍橋答僧問

白龍潭底曾潛龍，如今龍去潭已空。空留雲氣失所從，有時幻作天邊虹。奔流注潭鳴琤琮，龍魚吹浪揚冥濛。好事采石山之東，駕潭新添一彎弓。盈盈一水纔可通。拓將龍影垂潭中。奇哉頑石奪天工，夭矯欲逼千年松。潭淺潭深誰其窮？眞龍假龍將毋同？何勞好龍如葉公，眞使天龍聞之而下降？爲雲爲雨勞無功，翻令淫霈傷吾農。況此一勺之水刀且不可容，龍兮龍兮安可逢！

宿黃山第一茅蓬 即慈光寺為登山入口處

夜宿茅蓬接玉京，秋燈照徹夢魂清。千峯寂寂月當午，露下松梢聞鶴聲。蟲鼓吹一書，予爲

與吳企雲遊祁門行抵閃里

夕陽照墟落，林表受餘輝。霜勁黃華瘦；風乾丹柹肥。寇深憂戰火；世亂賤儒衣。倦鳥投林晚，山村一款扉。

除夕吳企雲索詩作短短歌

短短復短短，百年苦易滿。爲問三萬六千場，那見流光去復返？君不見去來今世如長流，萬象變滅何異波中漚？彭籛王母都蜉蝣，豈獨朝菌不足知晦朔，蟪蛄不足知春秋？而我蝨其閒，夢非夢，覺亦非覺，不知爲胡蝶兮爲莊周？今夕何夕一彈指，二十八年去如矢——百年已過四之一，修蛇入壑五丁死。茫茫大地紛兵戈，烽烟熏天海沸波。休論晨花與夕月，得全性命眞足多。君莫作王郎斫地歌，侯門彈鋏叢譏訶。君莫作秦郎仰天笑，鍼線年年空蹉跎。我非虎頭燕頷飛而食肉者，其奈布衣祭酒諸生何？年來江淮倦奔走，強說折腰換五斗。丈夫不爲龜曳泥，說與旁人事已醜。何用泄泄自拘檢？缾中有酒且飲酒。且飲酒，杯莫停，能令今年醉到明。銅盆

熾炭偎清罇，便覺斗室生春溫。雙燒絳蠟高一尺，照我大醉紅顏醺。使君意氣殊絕倫，眼前富貴眞浮雲。徑須裁句寄左右，爲我高唱迎新春。

客屯溪移居劉紫垣宅

移居入舊宅，金碧猶縈紆。主人走海上，烽燧迷歸塗。當年事堂構，頗懷長遠圖。選材及瓦石，積貨由錙銖。孰意值亂離，纔存兵燹餘。綠窗穴螻蟻，畫棟巢鼪狐。今我一窮漢，暫亦居其居。愍念主人心，閒中聊糞除。玉几耀明鏡，瑤牀垂流蘇。豈爲百年計，眞令纖塵無？天地本逆旅，華屋終丘墟。吾廬非我有；況又非吾廬！

寄懷高鐵叟壽恆

小別竟彌月，相思縈寸腸。微霜丹老柏；劇雨添新涼。世亂珍嘉會，秋深易慨慷。何當再長飲，高臥元龍牀！

讀陶集寄懷趙南田長安

去歲君遠行，遺我淵明詩。開卷生芳馨，朱墨何紛披。時復見君志，古人相與期。恨不共晨夕，尊酒斟酌之。我曾類飢鷹，振翼天南飛。繞樹過三匝，蹙蹙靡所依。倏忽經年別，前游安能追？木葉彫江南，浮雲西北馳。言念故人情，展讀重相思。萬里豈其遙，隴雁來何遲！

疏園孤松歌

鐵叟築疏園於蕪湖陶塘之畔頗具林泉勝　劫後歸來僅孤松尚存作疏園孤松歌貽之

我來江南初識公，豪談傾座生春風。酒中之弱詩中雄，亦耽六博長宵終。公年則翁心則童，少年樂與追游踪。商山（屬休寧縣）村曲常支筇，有家未歸公心忡。公言家在鳩江東，小樓軒敞窗綺紅。陶塘一水波溶溶，雲影天光相與通。逍遙百氏羅鼎鐘，酒人詞客紛相從。奇葩嘉樹爭葱蘢。苔岑山石堆玲瓏。一朝胡騎淪寰中，城郭灰燼人沙蟲。劫後歸來園亦空，徒餘四壁垂穹窿。急竭囊金鳩羣工，舊觀規復差相同。衆芳摧盡蕭艾豐，孤松倖存烟塵蒙。碩果猶能支殘叢，拏雲勁爪森虬龍。樹猶如此誠孤忠，歷百千劫全其躬，俟公之歸傾離悰，撫之盤桓舒幽衷。吁嗟乎公！松不負公公負松，公其寵之崇其封！

海上作

巖居三十年，胸次饒磈磊。無以鳴不平，結念慕滄海。挂席出春申，乘風向膠澥。漸覺天宇寬，一碧了無礙。雪浪捲晴空，綺霞散奇采。晝夜逝百川，浩瀚渟千載。挹注誰其司？茫茫託眞宰。造化信神偉，衆生徒傀儡。一髮望中原，擧目河山改。洚水苦橫流，生民供菹醢。乘桴非所甘，投艱力已殆。何時見淸晏？拭目吾其待。

海水浴

海畔風光好，淸游夏最宜。花浮紅菡萏，人浸碧琉璃。小艇輕於葉，柔波滑似脂。浮沈君莫問，聊學弄潮兒。

灌園

簪筆事彫蟲，壯夫所不屑。豈容七尺軀，徒懷徑寸鐵？八荒伏殺機，九鼎方阢隉。彊寇尚鷹瞵；時賢工鼠竊。人微實無補，退將養吾拙。不如向寒圃，抱甕汲淸洌。豆蔓自攀牽。松韭漸成列。欣欣有生意，茹之亦芳潔。嘗聞肉食鄙，益信菜根別。生不慕何曾，一飽良易得。

吳市初食雞頭

論斗明珠顆顆勻，苦無一語足傳眞。千秋識得楊妃乳，不道胡兒亦可人。

己丑六月亂中獨游西子湖

千頃湖波一鑑開，可憐閑殺好樓臺。無言獨有東方朔，認取昆明劫後灰。

銷盡黃金一寸鍋，即今王氣亦銷磨。天敎打疊風光好，祇把湖山付釣蓑。

南渡君臣事可傷，北來虜氣壓錢唐。臨安未見偏安局，獨薆心香拜岳王。

雙堤界破水中雲，南北高峯指顧分。名士美人都一夢，漫尋芳草弔秋墳。

將之臺灣留別香江諸友

翻作他鄉別，同深故國情。關山縈旅夢，雪浪壯行程。海外饒知己，人間有不平。恩讎非大計，第一慰蒼生。

第二流 與客論詩戲作

泰岱崇閎一望收；匡廬深秀九華幽。風光未在高寒處，最愛人間第二流。

辛卯詩人節懷鄭成功應社

中原萬里喧兵聲；三千弱水圍蓬瀛。手把紅榴奠桂醑，詩人爭拜鄭延平。延平自是奇男子，曠代英雄無與比。仗劍東南起義師，一朝飲馬秦淮水。秦淮水遶故宮墀，日耀鍾山上將旗。倘敎麾兵擣幽薊，誰家天下眞難知。福王魯王兩豎子，齷齪那堪圖大事。坐令掀天揭地人，等諸凡介常鱗耳。姑蘇城外走殘兵，石頭城下亂行旌。吞聲猶向孝陵哭，北望中原事不成。鎩羽東歸據島國，扶餘猶帝虬髯客。只因一念誤偏安，國恥君讎終未雪。君王賜姓號成功，功竟未成勢亦窮。我來弔古多幽憤，所悲不見九州同。昔年倭寇侵中土，寇據平原我天府。芷江終築受降城，入蜀機先眼如炬。今日欃槍自北來，神州處處蒙塵埃。天下未亂蜀先亂，天府之雄安在哉？主客異勢今非昔，延平舊事今陳迹。萬國約從若比鄰，遠海葦杭通咫尺。從來王業不偏安，偏促一隅興復難。如今卻奠中興局，莫並當年一例看。

辛卯詩人節懷沈斯庵應社

赤霞爛海隅，令節逢重五。詩人多牢愁，瓣香禮初祖。屈子古纍臣，行吟涉湘浦。懷沙示潔躬，孤忠託蘭杜。舉世帝強秦，亡秦始張楚。三閭雖云亡，三戶終難侮。風騷未淩替，餘芬振千古。今日復何日，文星聚孤嶼。浩浩發長歌，心危志亦苦。詩窮信始工，於事竟何補？斯庵復何人，天遣來茲土。風雅開榛蕪，辭賦賡鸚鵡。一士魁其曹，餘難更僕數。冷落三百年，祔祀隃廊廡。吾生重慨慷，所厭惟酸腐。樂從屠狗遊，畏與詩人伍。所望在羣公，中興資鐃鼓。指日收神京，洗甲開文府。千載下視今，英風猶虎虎。

蕃社雜詩

日月潭邊卜吉山，荒邨驚見舞衣斑。此身眞合桃源住，慚愧漁郎去復還。

紅妝小隊踏搖歌，薜荔爲衣帶女蘿。眇眇予愁銷未得，亂山無語夕陽多。

龍湖湖水碧於天，郎把漁竿妾櫂船。塵世風波誰管得，鳴榔歸去抱郎眠。

絕羨荒荒世外人，初民風土見淳眞。杵歌聲繼漁歌起，一片湖山自在春。

阿里山道中

轆轆車輪轉，峯巒面面新。五丁開渾沌，百里入荒榛。雲作崇朝雨，山藏太古春。桃源如可就，願結九彝鄰。

碧潭禊集分韻得綠字

麗日明郊坰，惠風扇清淑。游衍及芳時，冠裳耀川陸。碧潭自清淺，奔瀉轉渟滀。雖非沂水春，頗宜童冠浴。峯窺螺髻青，波染鴨頭綠。維舟傍巖陰，拾級緣山腹。高詠慕蘭亭，雅律依金谷。清時旣已遠，前徽杳難續。世亂嬰憂危，天地亦卑蹙。暇豫追壄懽，聊復師秉燭。丈夫貴曠逸，胡爲守幽獨。持謝桓元子，夷甫未可僇。

獨往集出版用絜生韻

衆醉曹騰未易醒，強持絮語破沈冥。平生不慣因人熱，倦眼難爲對客青。蒼隼翔雲成獨往，幽蘭得雨發孤馨。菩提只許瞿曇坐，自笑凡夫妄說經。

題范紹先先生頤園詩

造意不必奇，遺辭無害淺。詩中有我存，雲濤自舒卷。與其傷拘攣，毋寧失縱誕。憶昔鼎草初，孱儒奮弱管。意氣凌重霄，鬐張目亦睅。誰知寥落四十年，萬口如瘖墮罷輭。晏也婦人衣，側媚矜嘽緩。郊也秋蟲吟，神氣先飄散。每怪迂儒作腐語，讀之令人氣欲短。九衢不走趨仄徑，道不遠人人自遠。今夕偶對頤園詩，把卷忽然明倦眼。范公是蓬蒿人，蟠胸灝氣自流轉。奏刀以神不以目，經首桑林隨卻窾。矯如遊龍穿屯雲，昂若神駒下峻坂。渥洼之種能空羣，絕塵千里不可挽。胡爲時世尚羈縶，芻豆依人徒偃蹇？

窮巷二首

閉居窮巷裏，眞如蝨處褌。悠悠百年事，苦樂難具論。乘暇理荒穢，荷鉏務中園。南國盛草木，簣土繁子孫。虛華豈足貴；生意於焉存。乾道貴行施，載物惟厚坤。混然獨中處，吾道以之尊。推此悲憫懷，乃見天地根。

往歲客巴蜀，遭時値亂離。九土爛如沸，封豕來東夷。頗負澄淸志，振羽思高飛。蹙蹙倦行役，所遇誠已稀。惟期故物復，隨分甘如飴。豈意收京初，百事良已非。瘡痏猶未平，樂土淪泥犂。吾民故不肖；天意眞難知。毒痛終無極，血淚長淋漓。落落粱伯鸞，空向蒼天噫。

壽張默君七十

婦人在軍中，揚枹能殺賊；未聞舉義旂，立身期稷契。婦人事文章，觸手墜蕼澤；未聞謝鉛華，錚錚健風骨。婦人弄柔翰，簪花矜妙格；未聞擘窠書，宛轉屈金鐵。孔翠銜毛羽，鷹隼振雲翮。斯人邁恆流，彫蟲獨不屑。嬌嬌龍鸞姿，豈徒女中傑？吾鄉盛文藻，並世多英哲。數輩已高齡，中腸猶熾熱。松老枝逾遒，梅老馨逾烈。無爲諱言老，上壽始耄耋。

何芸丈挽詞

舞象年猶少，登龍感不任。摳衣曾下拜，勸學每貽金。豈獨銜恩甚；還同嫉惡深。視安惟目語，誰識此時心。

注：民國十八年，公始主湘政。予以童子請謁，因持見相同，輒蒙佽助，賴以升學。晚歲公苦末疾，艱於語言。病篤時，予往醫院視疾，目語而已。

九月三夜黛納颱風

大度山頭風最驕，八月九月山怒號。忽傳海上起妖颶，瞬息千里趨山坳。驚沙射面利於鏃，長林偃伏翻波濤。雲旗疾捲百神怒，雷鞭下擊穿重霄。先生夜臥如縮蝟，短牀兀兀疑輕舠。船頭逄逄擂大鼓，打篷四面傾胥潮。雲黑天低海嶽立，舵師失舵篙失篙。順推逆挽兩不可，簸騰縱送隨狂飈。從知人力小無補，世閒百事由天操。吾年四十歷萬險，早輕生死如鴻毛。泰然蒙被徑酣睡，惟將雷息酬紛囂。曉來風力亦自退，起看紅日三竿高。

射虎

射虎屠龍事已陳，十年浪擲悔因循。江山只換頭顱白，滄海難量涕淚新。萬壑屯雲都是瘴；一星彈月欲成輪。人閒處處荒寒甚，照壁孤燈且自親。

木魚銘

東海大學循教會學校故事，琢堅木爲魚，象徵傳統。將由首屆學生於畢業儀式中，授之次屆。以後年以爲常，傳承罔替。器成，句予爲之銘。

維澤有魚，圉圉洋洋。既之東海，鬐奮鬐揚。乘雲變化，萬里騰驤。爲霖爲雨，其道大光。波瀾壯闊，銜尾相將。迢遙前路，來者毋忘。

壽孫哲生七十

富貴中朝業，神仙海外居。稀齡猶矍鑠，歸計定何如？

題畫贈季生

新安江水碧於煙，白袷春衫各少年。一簇芙渠紅到岸，迎人忙殺渡頭船。

胡慶育以其潑墨詞見貽却寄

不徒繁富過前人，一卷牢籠萬態新。直以辭章爲性命，更兼歌酒作精神。嗚球戛玉輸公健，采柏搴蘿愧我貧。那得塡詞三百調，尙饒餘力和淸眞？

讀　老

爲賺開關強著書，五千言少義尤疏。雞鳴自向流沙去，一任人閒說老夫。

午日以拙文「湘君湘夫人及大司命少司命四篇結構之研究」寄屈萬里幷媵以詩

千載騷魂不可尋，空持菰黍費沈吟。蟲魚瑣屑非吾事，蘭茝幽馨賸此心。漫記江鄉傳楚些，安排粉黛唱巫音。只今三姓惟公健，願共蒲觴細細斟。

壽蔣劫餘七十

我髮竟已白，君貌猶能紅。不意東海上，親見安期公。授我長生訣，胎息爭天功。君壽應無量，七十纔兒童。

九月十一日葛樂禮颱風過境山中殊無大害夜起聽廣播始知北部災情奇重不寐有作

無端怒海走鯤鯨，颶母西來客夢驚。故國陸沈千劫久；橫流天赦一隅輕。方舟私幸全妻子；分痛何由慰弟兄？怕聽枕邊消息惡，萬家風雨困愁城。

贈莊愛蓮

不負乘風萬里來，昆明猶見劫餘灰。天留海上圖書府，好帶東風一線回。

注：愛蓮（Ellen Johnston）時在密西根大學修讀東方藝術史，來臺至故宮博物院蒐閱資料，撰寫博士論文，并從予研究題跋。將歸索詩，書此贈之。

爲蕭子昇瑜賦遣悲懷

宗人子昇先生與予同邑，其夫人凌孝隱，出泰縣名門。容華絕世，才調寡倫。晚歲與子昇卜居烏拉圭之孟都，偕隱藝林，宣揚國粹。琴瑟之歡，老而彌篤，是世所不數覯者。夫人既歿已七載，子昇沈哀久而弗釋，因賦此解以慰之。

天下無正圓，正圓亦微缺；天下無正白，正白亦微黑。福慧難兩兼，才貌不雙傑；即令俱得之，浮生止頃刻。夫人謫仙人，千載不一得；夫婿擅才情，家世兩相敵。瓊花倚玉樹，交枝相映發。藝苑神仙侶，瀛海逍遙客。美人無白頭，況乃過半百！毋乃造物忌，鬼神陰所賊？一旦賦分攜，人天長契闊。死者良已矣，生者肝腸裂。十首悼亡詩，一字一淚血。吾聞佛家言：成住終壞滅。天地尚復爾，人事那可必？天意獨厚君，曾不吝福澤。電光石火中，此生已奇跡。沈憂徒傷人，於事竟何益？開篋詩篇存，庋架縑緗積，一日百摩挲，差可度晨夕。願葆歲寒姿，毋爲長鬱邑！

漢城機上作

偶尋劫隙御風游，脚底晴雲冉冉浮。鄰壤明知非故國，客身粗喜近中州。戎機虛費將軍略，廟算偏教豎子謀。一線依然界南北，不堪遙望鴨江頭。

丁君招飲漢城市廛座有姬人侑酒

笑罷梨渦淺，斟來麥酒頻。隨緣心境寂，惟有白頭人。

漢城中秋飲金南駿宅

靜室幽蘭院落深，當頭涼月度花陰。松仁桔梗蒲桃酒，煖我他鄉遠客心。

柯文蘭(孫念敏夫人Ruth Quinlan)**邀於其寓樓賞富士峯新雪**

擎將新雪出雲端，疑是仙人白玉盤。但願秋來天氣好，不妨長教倚窗看。

李峯吟女弟習花道常爲予室中插花索詩卽贈

并刀入水翦花枝，意匠經營費巧思。會得禪門呵佛旨，不知何物是宗師！

爲中川君走筆書屏

平生深所耻，傍人尋活計。予學無師承，筆墨止游戲。

微　言

似有微言能短宋；不知三載久窺臣。靈均那解迂儒意，苦向離騷說美人。

次韻答百成寄懷之作

池上微波次第生，風還猶得一泓清。未愁短蜮含沙伎；苦厭飢蚊擾夢聲。戒露定知黃鶴意；忘機惟締白鷗盟。勞君詩札遙相慰，想見觀棊負手情。

注：時東海校園中，羣賢互搆，其事有不忍言者。

五十生辰答百成贈詩

一晌人閒五十年，纔看青鬢忽華顚。虛叨講席眞竽濫，暫得明時幸瓦全。有面不妨承衆唾，安心膭欲覓枯禪。而今稍解知非意，把誦新詩一赧然。

壽彭素翁醇士七十

少日江西社，鵷雛老宿驚。門庭原岌峻，頭角早崢嶸。氣奪廬山秀，才侔錦水泓。觀光遊上國，問道客神京。遂接通人座，將爲盛世鳴。歸方傳法乳，韓杜繼英聲。應辟春秋富，匡時物望淸。典章宏制作，政法預權衡。當代羅英彥，遙期致太平。小康速大敵，弱肉啓彊爭。禹鼎播遷舟，神州寇盜橫。禍深嗟板蕩，彫後識松貞。行在麻鞋敝，長安弈局更。勞生憂患備，叔世羽翰輕。海上誰鼇客，江東獨步兵。王臣宜蹇蹇，請議故觥觥。師道荀卿最，文章庾信成。小城羈隱地，窮巷室家情。同列欽先進，新交續舊盟。延譽仍直諒，用道貴沖盈。謬許仙舟客，聊因子墨卿。雷門持布鼓，獻句祝聃彭。

仿石濤黃山圖題似魯德福（Dr. Richard C. Rudolph）

我昔游黃嶽，三上天都峯。造化縱鬼斧，削出千芙蓉。海外殊罕覯，萬里空行踪。安得趁歸棹，於此巢雲松？

挈東兒游加州聖地埃哥途中即景

一杯春露幻重洋，極目天西即故鄉。天到盡頭愁不盡，海波紅沸煮積陽。

登洛瑪岬古燈塔口占

感恩節攜東兒遊聖地埃哥（San Diego），登洛瑪岬（Point Loma）燈塔。廨中具箋索題，因書一絕句。

天畫蛾眉好，長堤青一彎。胸開滄海闊，心共白鷗閒。

乙巳十一月十七夜夢中詩時客洛杉磯

李二娘家白玉羹，長虹一飲快平生。佳人吹竹涼生袖，送我扁舟過洞庭。

飛度洛基山機中書示鄰座

不見雪花二十年，今朝飛度雪山顛。窺窗一覺還鄉夢，塞北風光到眼前。

寄懷熊式一教授檀香山

一宿空桑亦有情，夢中樓閣尚分明。懸知玉麈譚玄罷，想見春衫曳穀輕。野鶴隨雲無定所，蠻花照眼儻知名。相思只隔盈盈水，何日乘風到洛城？

飲碧潭容石園

卜築依人境；經營見匠心。但能容小隱；那更費幽尋？遶砌山泉冽；當門薜荔深。歸裝今夕解，於此滌塵襟。

送柯安思退休歸國

柯安思（Miss Anne Cochran）女士，美之新澤西州人。生於我國廬山；幼隨父居皖北懷遠；及長返美就學，旋復來華，前後執教燕京及東海大學，逾三十載。柯女士篤信基督，獻身教育，於中國尤熱愛——每懷大陸，輒爲欷歔。

知君生小居中土，久客他鄉即故鄉。目極河山悲破碎，手栽桃李播芬芳。樹人原作百年計，信主眞成卻老方。記取餐蓮（用希臘神話 Lotus-eater's Island 事）蓬島上，縱教歸去莫相忘。

題哲夫松圖

丙午歲客加州，游玉屑滿地（Yosemite），登守望峯（Sentinel Dome）絕頂，上有孤松曰哲夫（Jeffrey Pine），蓋千歲以上物也。旣歸，追摹爲圖，復繫以詩。

玉屑之山守望峯，八千尺上摩青穹。高處荒寒卉木絕，誰知拔地騰蛟龍。託根石罅幾千載，風刀雪鏃時環攻。寸土爭據閱萬險，層瘦累菌何龍鍾。交柯錯幹自將護，蒼皮汗血成鞓紅。歷百千劫逾貞固，一鱗一爪皆金銅。我攜婦幼坐其下，披襟謖謖迎天風。自慚塵網苦行役，頻年海外旋飛蓬。安得植根盤石上，長揖相從黃石公。

勞貞一院士遙同拙作題哲夫松圖詩疊韻奉懷

五雲天外凝奇峯，霏霏錦字光遙穹。佳人相望阻銀漢，惠我新聲鳴囂龍。自愧珷玞本無取，磋磨猶幸他山攻。世風日敝交道薄，粗餘我輩情相鍾。相逢始記洛城道，交衢煙樹斜陽紅。（洛城有Sunset Blvd.）擁座百城逮墜簡，摛文萬選逾青銅。撝謙不自立崖岸，穆如眞見高賢風。華顚去國豈得已？無如世亂愁飄蓬。浮雲別後長相憶，萬里裁瓊一報公。

題盧元駿故山別母圖

廿載家山別，高堂日倚閭。天昏狼燧隔，雲斷雁書疏。遊子髮初白，慈親淚已枯。春暉終莫報，茹恨待來蘇。

荒　園

不道荒園辦治春，朱朱白白忽紛陳。巡簷俊鳥解窺客，入座好風時醉人。

曹志漪畫展戲爲二絕句

弄筆簪花敵老成，勝衣頭角已崢嶸。願君一吐娥眉氣，畫史高懸女史名。

藝事千門一味禪，參來方悟鐵牛堅。老夫頗悔出家晚，才俊原當屬少年。

寄侯思孟

法籍漢學家侯思孟（Dovald Holzman）博士，過訪山齋，索拙著孟浩然詩說。瀕行，爲余夫婦攝影。旣歸國，以影片見貽，爲詩報之。

綠陰深處是吾家，萬里朋來興自賒。塵海相逢萍一聚，高談未覺日初斜。索書聊贈襄陽集；款客惟烹凍頂茶。歸去莫忘曾入畫，槿籬紅殺鳳凰花。

東洋學術會議後感賦

鯤島攜雲至，雙鳧落碧岑。樓臺臨漢水，圭壁重儒林。勝會賢豪集，同文氣誼深。秋風原上急，不盡鶺鴒心。

注：十月二十五日應邀赴韓，出席東洋學會，是日我自聯合國退出。

遊慶州石窟庵佛國寺

絕海穿雲一葦杭，遠游聊爲看山忙。川流後水隨前水，木葉深黃閒淺黃。古寺寒林巢鸛鶚；崇陵衰草臥牛羊。瀛壖亦有興亡史，石佛無言應斷腸。

壽李鶴齡將軍八十

策馬從公記少年，當時書記亦翩翩。自慙蒲柳頭俱白，絕羨松筠老益堅。

大別山頭舊戰場，將軍旌旆正鷹揚。少年任性渾閒事，幕府能容一士狂。

裘帶雍容颯爽姿，不忘橫槊賦新詩。一篇貴盡新安紙，萬口爭傳絕妙辭。

劫外重逢海上秋，買山新種橘千頭。當年人物今何許？高臥眞宜百尺樓。

自題海角幽居圖

近歲山居久，丘陵妨視界。刻意狀峯巒，烟霞弄狡獪。谿壑等坳堂，置舟纔可芥。自謂心境寬，微覺天地隘。世亂易迷方，況予倦行邁。試筆作安瀾，不惜駱駝疥。髣髴搏扶搖，此身附鵬背。春露冷於冰，一杯或可賣。

六十六年承漢城東國大學校贈授名譽文學博士，聊以是圖報之。

癸丑禊集分蘭亭字為韻得崇字卽集蘭亭為之

癸丑蘭亭會，淸流世所崇。昔賢觴詠盛，今日晤言同。山水欣相契，管絃聽未終。感時齊述作，寄慨向春風。

隍　鹿

隍鹿迷離市虎驚，眼前眞僞欠分明。茫茫千百年前事，說與痴兒聱叟聽。

偶　成

春來春去竟何之？來不匆匆去不遲。我不留春春自去，年年人有送春詩。

中華詩學研究所甲寅禊集分韻征詩得之字

海上陽春三月時，東風夜發千花枝。見說羣賢作高會，花閒觴詠追羲之。羲之往矣高文在，割裂錦字征新詩。諸公人手一杯酒，裁雲翦月宜攡辭。我足不曾出庭戶，勝流雅集非所知。忽得官書責逋負，火急了納將毋癡。俗夫投老飯不飽，請罷徭役從今茲！

和楊院長亮功遊溪頭詩

東南廉鎭埒專征，老去千鍾一粟輕。旌節不期臨草野，情懷何似聽蛩聲。林寒晚約孤雲宿，地僻春饒萬木爭。爲水難於觀海後，濯纓粗愛小池清。

注：亮老嘗宿東海大學客館，有聽蛩詩，屬予書之壁閒。又：溪頭有大學池。

暹京謁鄭王祠

鄭信，潮州人。乾隆三十二年（一七六七），緬甸侵暹。信率衆大破之，自立爲王，都吞武里（Thon-buri），時年三十四。暹人稱曰鄭昭。「昭」，暹語「王」也。

高塔如林百寶妝，千秋殘霸盛蒸嘗。延平已是奇男子，更有天南一鄭王。（清世宗嘗賜暹王以御題匾額，曰「天南樂國」。）

曼谷三友寺金佛

暹王斂國中金，陰鑄大佛高丈許，而泥塑其外，意在巧藏。三百年來無人知其爲金者。二十四年前，偶有剝落而金始見。大戰期中，日人亦不之知，其不隨重器東遷者，幸也。

土木形骸三百年，弢光劫隙劇堪憐。一朝丈六金身見，誨盜何由策萬全？

曼谷逢熊伯轂不相見四十年矣

四十年來夢寐中，何期異域忽相逢。營巢君似棲梁燕；印爪吾如踏雪鴻。同輩弟兄俱老大；成行兒女各西東。燈前不下憂時淚，恃有丹心一寸同。

游湄南河支流水上市場實無可觀

湄南河畔水兼沙，敗葦枯楊屋柱斜。艇子去來招遠客，尋幽貞悔到天涯。

曼谷玫瑰園即目

雨過名園洒路塵，平川㲠浪戲游鱗。蒼生那得如魚樂，不待濠梁辯始真。

星洲偶感

新加坡開國日淺，壤地褊小，而執政者則偉器云。

綰轂西東氣象恢，誰知天賜一丸纔。並時多少烹鮮手，微惜江山負此才。

宿雅加達

印尼地大物博，而積弱不振。國中建設，不外馬埒歌廔。貧富懸殊，尤爲隱患。

被褐懷珠未是貧，徒從爵馬鬬尖新。眼前無數溝中瘠，慮患何人勸徙薪？

印尼金山本哲坐雨

車入層雲障碧紗，山樓坐聽雨如痲，有人飛渡蓬萊水，來喫蠻荒阿㹅茶。

注： 阿糝茶，assam tea 之粵音正譯，印度 Assam 州所產。通常譯作阿薩姆。

讀近人論四次元宇宙之作

宙合茫茫未易量，衆微塵裏一塵颺。楚騷歌斷天難問，聖蹟苔封夢久荒。朽壞自成花世界，浮雲曾是雨家鄉。麻姑看盡紅羊劫，又見春生海上桑。

桂離宮

樹老苔深石徑斜，茅簷土竈劣烹茶。天人舊館今何似？不及尋常百姓家。

二條城

濬洫崇墉罨畫林，權臣邸宇故沈沈。早知勛業終流水，虛費吳廊伏甲心。

（地爲德川家康（1542-1616）之行營。寢所長廊，雖潛行亦有聲，所以防暴客也。）

宿日光龍宮殿

綺疏明檻淨無塵，一枕清酣自在身。絕羨蓬瀛好風物，微嫌風物勝於人。

宿箱根懷燕子山僧

未懺情禪怨不勝，佳人紅淚枉成冰。瀟瀟風雨箱根夜，苦憶當年燕子僧。

風雨游箱根宿蘆之湖及明小霽

海上尋仙不見仙，看山空費草鞵錢。誰知一夜瀟瀟雨，淨洗烟鬟侍枕邊。

病院中經大手術後自嘲

不是屠門是佛門，森羅殿上奪歸魂。身同半死隨人割，氣等游絲不用呑。四面牽絲如傀儡，多番撮弄似猢猻。隔宵又到人間世，好把前生仔細溫。

注：六十四年九月二十八日歸自漢城，十二指腸潰瘍出血，送醫。延至三十日，始經榮民醫院吳紹仁醫師施行手術，歷四小時而畢。翌日，雖已「恢復」而深感虛弱。又明日，病榻中試作此詩，以自驗精力如何，詩成，卽取「護理記錄單」書之於背。手戰筆亂，詩有重字，但平仄韻腳不誤，尚足自慰也。

臺北植物園賞新荷

紅酣翠匝鬪嬋娟，看到荒蘆斷葦天。莫爲彫殘暗惆悵，今朝新綠又田田。

日涉園池損砌苔，夫容新見一枝開。平湖打槳蘅皐約，往事悠悠入夢來。

子午蓮開太瘦生，難將菡萏鬪豐盈。亭亭玉立姍姍影，冉冉香傳脈脈情。

宿醉厭厭眼倦開，粉顋紅暈費人猜。小姑初墮相思障，盼斷蜂媒蝶使來。

豆蔻初春未是嬌，嫣紅侵頰漲情潮。老夫久脫燕支陣，小立移時意也銷。

丁巳重五盤谷詩人雅集用東邀原韻

雙梟橫海馭飛虹，爲答嚶求感朴忠。此日沈湘傷屈子；諸君化蜀視文翁。黃袍白象遐荒地，綠艾青蒲上國風。一百詩人同一醑，詞鋒應敵萬夫雄。

陳紀瀅七十生辰及寫作五十年征詩

健筆初扛纔弱冠，寶刀未老忽稀齡。願君寫盡人間世，便到百年也莫停。

迎范園焱義士

舉世風雲幻，中原血淚潮。在囚思羽翼，有命賤鴻毛。岐路分魔道，高騫判鳳鴞。貪狼方競肉，健鶻已摩霄。瘴霧妖氛外，青天白日高。鯤鵬償夙志，䱜𩿨笑徒勞。戢翼歸馴鳥，輕裝犯怒濤。將迎來護衞，指顧失儕曹。豈愛燕金賞？都因漢幟招。盟邦猶聵聵，浮議枉囂囂。順逆徵天命，安危自我操。收京應不遠，父老望人豪。

注：范義士於七月七日駕米格十九軍機自晉江飛抵臺南，投奔自由。

戊午歲除寄東兒金門

遠適金門戍，辭親第一年。遙知前敵地，正值大寒天。酒好須防醉，魚多不論錢。家中方餞歲，念汝未成眠。

己未二月初三日畫三松圖壽宗毓六十

畫松或貴曲，虬蟠取姿媚。直幹復何如？挺立有高致。二松漸老境，交柯聳蒼翠。一松尚弱齡，已有干霄意。畫此以壽君，自壽亦何異！有兒方遠征，儼作干城寄。舉案聊相娛，筆墨小游戲。

植物園所見

宵來豪雨漲前溪，水面浮萍欲上堤。一路荷花新得意，紛紛開向小橋西。

中國電視公司開播十周年題辭

迻彩飛聲逐日新，十年前已賞傳眞。鏡中歌舞年年好，老了觀場擊節人。

清陰

遶屋清陰不下簾，輕雲時度好風兼。未愁六月炎如火，橄欖花飛雪滿檐。

壽張曉峯八十

天半朱霞爛，樓居望若仙。華岡尊一老，學府聚羣賢。名與河閒並，薪從浙右傳。經邦宜坐論，欣及杖朝年。

壽蔣經國先生七十

憂患如山已不驚，思親報國出肫誠。鐵肩早荷千鈞重，繭足無辭萬里行。大孝終身猶孺慕，公忠舉世頌賢聲。古稀今日原非老，此是人生第一程。

次成惕軒高闈典試詩韻

早自還都獻賦年，辭人爭說子雲賢。蟾宮親受量才尺，鴻業原資潤色篇。高弟傳文千穎退，佳兒奮迹一鞭先。煎茶未厭歸時晚，來鳳簃前月正圓。

題桓野王弄笛圖

爲君三弄答知音，崖岸何曾滓素心。典午一朝無寸土，獨留笛步到於今。

和袁企止江絜生二老市茶之作

名飲難忘舌尚存，每思芳露瀹吟魂。飽諳世味家園好，認取青山一髮痕。

溫柔輭飽各成鄉，道力堅時應坐忘。獨有故鄉忘不得，粗茶薄酒亂詩腸。

鬱金香

歲朝清供鬱金香，朶朶盧家少婦妝。勝似芙蕖堪近玩，不須辛苦泛陂塘。

新春買得風信子三盆花繁而香烈

花信風催風信花，紅幢朱絡鬬春華。分明香國無雙品，開向螢鹽處士家。

壬戌十一月二十九日偕内子植物園看梅

丹鉛鹽米作生涯，儒素家風澹不華。三十年來忙裏過，今朝攜手看梅花。

甲子二月十五日中山樓作

羣賢高會志澄清，午枕瀟瀟夢不成。十億蒼生望霖雨，莫教一意賞新晴。

祝蔣經國先生連任總統

歲星開甲子，品物慶由庚。天際卿雲爛，瀛壖駴浪平。蠻琛來海國，虎士作干城。互市金常溢，中倉粟早盈。康衢聞鼓腹，寶鼎喜和羹。龍躍觀殊績，蟬聯洽衆情。象賢斯濟美，繼志更揚聲。任重肩堪荷，時艱手自擎。中原猶赤燄，一念爲蒼生。風雨無妨靜，雷霆豈足驚？與仁張義幟，伐暴厲哀兵。旂鼓王師發，壺漿父老迎。重看承大緒，預卜復神京。此是千秋業，天留待晚成。

小園用眉叔韻

物競方知適者存，小園衆卉各艱屯。桐陰欲布三弓地，松老猶爭一尺盆。微雨牆根分少潤，斜陽簷角惜餘溫。白頭怕見芳菲鬪，勝日花時只閉門。

久雨乍晴獨遊陽明山

勝日胡爲坐斗室，郊原況復櫻花開？輕車破霧鴻脫網，清氣甦魂魚潤鰓。後苑前林亂紫翠，流泉步磴交縈迴。乾坤漸欲成火宅，據此自謂清涼臺。

乙丑九日作

今日復何日？豈與平日殊？無事自蚤起，非爲公府趨。南窗迎好風，庭樹搖清虛。齋心齊得喪，洗耳聞榮枯。鄰花送幽馨，好鳥時讙呼。雖非羲皇上，吾亦全眞吾。便爾爲佳節，安用簪茱萸！

遊指南宮

無主林花爛漫，依山店舍高低。夢到故園亭午，飯香時節雞啼。

風飽垂肩短袖，沙迎輭底輕鞋。辨得少年腰脚，全抛老大心懷。

見說洞庭三醉，岳陽樓上眞人。今日不曾歸去，萬家香火縈身。

假日橋頭花市，萬千紅紫成堆。怎及凌霄殿下，三枝兩朶初開？

鼎盛仙宮呂祖，香濃寶殿如來。冷落文宣王府，門牆長了莓苔。

前番點點青丘，今番處處高樓。禁得幾番剷劉，十年赭盡山頭。

乙丑冬日坐臺灣大學醉月湖畔作

稍謝塵紛累，今眞賦遂初。閒閒仍捉麈，到此輒停車。曉露蘇髡柳，晴漪聚凍魚。觀河驚面皺，一瞬十年餘。

注：湖實非湖，只三小池耳。十餘年來，予授課前必遶池散步，幽懷政亦不惡。

四月十四日遊指南山

不因休務始登攀，草帽膠鞵任往還。石脚樹根容坐久，天公寬賜乃公閒。
霧散長天開寶鏡；雨餘芳草進蘭湯。洗將表裏一時淨，始信森林是浴場。

題黃山夢筆生花石圖

黃山山頭多奇石，羣峯直指森矛戟。玉宇高寒不可棲，相傳舊是仙人宅。仙人一去未歸來，至今滿地遺圭璧。象簡瑤簪漫不收，嶙峋玉筍高千尺。中有亭亭一朶松，云是江郎夢中筆。曾濺璣珠萬斛來，空山棄擲眞堪惜。我曾三作黃山客，苦向仙人求不得；老來才共鬢毛衰，安能借我生顏色！

喜茶梅盛開

稠陰老屋避昏埃；積潦空庭漲宿苔。獨喜花情殊世態，山茶爲我鬬寒開。

寄鐵珊香港

百年向盡風濤急，一水中分涕淚多。不見故人相問訊，體中近日竟如何？

寓中龍吐珠一夕盛開

夢裏風華記不眞，心痕的的印朱脣。誰知樊素經年別，忽到窗前一笑親。

雲漢池觀魚

結隊從容碧水潯，濠梁有客最知音。客心未抵魚心樂，分取魚心樂客心。

桃李

桃李花開錦樣新，烘晴扇煖苦撩人。少年不飲曹騰醉，老醉曹騰未覺春。

答客嘲

五月七日，陰雨終朝，枯坐無俚。偶見柯勒立吉（Samuel Taylor Coleridge 1772-1834）短詩一首，與孔融調陳煒語機趣略同，而名理爲勝。戲筆譯之。四韻交錯，則取諸西式也。

誠如閣下所云：詩人無一非癡；今觀閣下其人：癡漢無一能詩。

Sir, I admit your general rule
That every poet is a fool,
But you yourself may serve to show it,
That every fool is not a poet.

晨興步中庭

晨興步中庭，游絲縋飛絮。攬之偶諦視，微蟲厚黏附。蝸角蚊睫中，兩國方交惡。強梁肆侵暴，弱衆徒扞禦。大塊育羣生，一一出天賦。其族恆河沙，受命無窮數。大或爲鯤鵬；小或如塵霧。熱或棲火山；寒或宅冰沍。深或飲黃泉；淺或爭沮洳。求飽互吞噬；求偶勇奔鶩。一意圖生存；一例期蕃庶。愚智既萬殊；欣戚非一趣。代謝如流水，千古猶旦暮。誰其使之然，不自知其故。惟人長百蟲，亦非金石固，以之方蜉蝣，差幸非朝露。上智學無生，千修不一悟。佛且不度人，衆生更誰度？咄此修羅場，何日歸一炬！

生事三首

乍可出無車；亦可食無肉。無肉不求飽，無車不求速。一事獨耿耿，不可居無屋。上無蓋頂茅，風雨眠難熟。頗羨鵲營巢，常思鶯出谷。何日曉窗明，抱膝攤書讀？

往歲病榻上，奄奄息僅屬。渴求一滴水，勝似醍醐沃。到此輕死生，名利何心逐！老退甘食貧，駑馬不爭粟。儻來或傷廉，嗟來斯取辱。須知元亮腰，僵劬未易曲。鄙哉小人心，欲度君子腹。

少日志四海，抗髒恥求田。利每比身外，憂恆天下先。得失遂不顧，窮達委諸天。及其臨巨變，脫身無一錢。缾罄維罍耻，室空如磬懸。性成不悔往，事過方懲前。遺子無籯金，但令習計然。不爲飢寒苦，不乞達官憐。愼毋學乃翁，空持詩百篇。

晚飲

勇向急流退，頹齡要自娛。已判翻著襪；常愛倒騎驢。蔬果四時足；圖書萬卷餘。晚來一杯酒，不飲待何如？

過跛翁故居已治爲平地行建新厦矣

宰木三年拱，僑廬易主頻。已無門館舊；惟見構圖新。勛業都成夢，歌詩獨率眞。斯人今不作！誰復念斯人？

文化

千秋文化別精粗，哲士高談太極圖。形上荒唐形下況，薪傳一脈到屠沽。

所寓潮州街老屋羅志希先生嘗居之今已敝甚

三十年前造此廬，詩人髮白貌清癯。詩人何止詩難敵；室陋如斯豈易居？

將僦室遷居園中花事忽盛前所未睹

珠蘭作意粟成堆，梔子輸忠兩度開，同戀主人同惜別，茶梅犯暑試花胎。
羣芳從我十餘年，最是今朝得我憐。我自多情逾白傅，樊蠻駱馬許同遷。

支離

支離鶴骨難爲舞；浩蕩鷗心苦未馴。爲報傾城通一顧，三年曾侍鏡臺春。

茶梅去夏作蕾今春遲遲不開

六月梢頭已著丹，含苞苦耐一冬寒。而今春盛猶遲放，作麼花開爾許難！
巧琢枝頭幾點紅，秋風度後到春風。癡兒不解金鈴護，孤負經年造化功。

炎威

盛暑炎威不可當，天留一壑注清涼。終南早是求官徑，江右初聞選佛場。花落花開驚世換，潮平潮退看人忙。傳燈可有賢豪在，好續中山一瓣香？

海峽

海峽風塵斂，鄉園涕淚滋。謀皮驚衆醉；抱布嘆氓蚩！故土非吾土；今時異昔時。我行惟荷鍤，翻笑首丘癡。

啼妝

一派江西水，同光承其流。詩人總惘惘，日言窮與愁。富貴亦如是，似與斯世讎。世未棄君平，安用操戈矛？衆誇啼妝美，良爲識者憂。奈何賢達士，相率效其尤。舉世成嫠婦，夜半泣孤舟。

擬寒山十二首

東坡天下士，喜和淵明詩。淵明超衆類，宜爲風雅師。荆公卓犖人，獨擬寒山辭。寒山辭語淺，意趣亦參差。倔強如荆公，豈作東家施？鄙辭啓妙悟，寒山安能知？我非風顛漢，偶亦有所思。匪學邯鄲步，聊發君侯癡。我自說我話，一任寒山嗤。

千尋天子都，百里神農架（鄂西北境有原始林，俗稱神農架，抗戰時始爲世所知。）、南溟礁嶼中、北國冰河下，人跡所不到，亘古如長夜。芳草託其根，幽花吐其罅。遠從洪荒來，歲歲自開謝。開謝不爲人，矻矻窮冬夏。辛勤果何爲？君其問造化！

維帝創世初，用志一何紛！元氣本太和，萬彙資陶鈞。無端置猛獸、鷙鳥俱成羣。虎狼但肉食，於是生鹿麕。鹿麕抑何辜？以仁飼不仁！鷹鸇擅擊殺，雉兎供山珍。雉兎復何辜？以馴飽不馴！鵾鶤利蕁食，暮夜孳虻蚊。虻蚊亦嗜血，天乃生烝民。

造物果有心？有心必有理。理所不可通，是必無心矣。造物果無心？漫然失統紀。盲人騎瞎馬，定落深池裏。

宇宙將無限？無限終有旣。有旣即有限，限外必有際。矛盾復循環，二律適相背。「有限而無邊」，微妙超思議。

衆生何芸芸，交爭逾物競。富或過千鍾；貴或居萬乘。當其全盛時，衆口頌賢聖。世事等雲烟，過眼風花淨。寥寥跖與蹻，好事記言行，其餘盡沙汰，誰復知名姓？草草百年身，抵死爭豪勝。須知世上人，多有健忘症。

帝始摶黃土，偶爾弄埏埴，偶爾賦人形，但令知食色。不可使之智，智則無遺策；不可使之仁，仁則不相賊；不可使之逸，逸則成坐食；不可使之壽，壽則老無益；不可使之蕃，蕃則地無隙。於是降諸菑，刀兵水火劫。每當生齒衆，及時一蕩析。帝已有倦容，大地其沈寂！

噉餅偶遺屑，因風飄座隅。巾帚所不及，一任埃塵汙。平旦視其處，有物行蠕蠕。羣蟻慶大獲，通力負之趨。蟻能傳病菌，依律眞當誅。念彼亦含生，與人曾無殊。求生本天性，蹈禍緣飢驅。奈何飽欲死，不令餕其餘？

黃人見黑種，不禁毛髮聳。南人見駱駝，驚呼馬背腫。科斗不識蛙；胡蝬翻疑蛹。同形詎可狎？異貌何須恐！不見世間人，各人各面孔？

豪家畜愛犬，非以持門戶。出入美人懷，以之供玩撫。巧匠理毛髮，良庖調肉脯。居然論宗閥，各標血統譜。美人自嚴妝，光儀不易睹。薢澤人不聞，惟與狗爲伍。不聞海岸西，哀鴻常待哺？不見中非民，飢腹張空鼓？爭如爲狗樂，強似爲人苦。

猩猩在太空，歷經千萬里。歸來不能言，能言亦無幾。偶附逍遙游，未有瀛寰紀。本非太史公，仍一猩猩耳。差勝井底蛙，謂天不逾咫。

老至流光速，眞如日墜西。聞道苦不早，測海操瓠蠡。得失雖忘懷，彭殤亦已齊。惟探究竟義，終落胡盧提。聖哲去已遠，世智良易迷。誰開茅塞徑，能尋桃李蹊？

附題畫詩

絕意人間世，山深幾度春。烟霞成痼疾，鷗鷺總親鄰。水煖聞芳杜，風微動白蘋。四時幽興足，何物滓吾眞？

高樹陰陰合，疏花細細香。簾櫳塵不到，清絕讀書堂。

林表烟郵遠，雲端山寺深。扁舟自容與，無復子牟心？

荒村隔野烟，隱隱聞雞犬。即此覓仙源，所思不在遠。（爲古屋奎二）

秋山紅樹深，岡勢淨如割。平楚散村烟，亦使吟眸豁。

叢嶂抱清溪，歸舟繫紅樹。由來隱士家，總在雲深處。

幽人結茅廬，谿岸平如掌。無事息林陰，終朝聞澗響。臥迎北窗風，坐挹西山爽。不待嶺雲歸，嵐光自泱漭。

野水偶留客，寺鐘時出雲。相逢松下坐，濯足謝塵紛。

高嶺雪如花，平陂花似雪。地勢有高庳，世情有冷熱。趣舍本萬殊，難與俗人說。

不求千載名，但遂一時興。縱筆寫吾胸，自謂脫蹊徑。

陰陰村樹合，汩汩野泉流。近壑春雲積，遙峯夕照收。

溪岸柳初醒，茆檐人未起。晚風時一來，嫋嫋春烟裏。

扶筇溪上路，載酒水邊亭。風定松聲細，春深柳色青。

烟浦堪行釣，陂田不廢耕。餘年何所望？無事樂升平。

蒼蒼澗底松；灼灼霜後葉。霜葉美人顏，澗松奇士節。

善葆百尺姿，不仰徑寸莖。澗底亦何害，枝葉常欣榮。

策杖渡溪橋。喁喁溪語細。霜紅亂撲簷，領取清秋意。

尺素可娛心，斗室堪容膝。信手寫溪山，下筆成馨逸。

絕羨山中人，不向城裏住。山中草木馨，城裏多酸雨。

江亭臨野渡，遠浦自縈迴，不負秋光好，詩人載酒來。

何人縛草亭，荒荒託巖壁？孤松不成濤，一水破岑寂。

有亭有亭，在石之背。上有高樹，枝柯交蓋。如一販夫，道旁假寐。蜷身縮頸，篛笠猶戴。驟視無睹，即之可愛。莫謂亭小，容君數輩。

後水催前水，近山遮遠山。滔滔人世事，也作這般看。

有石如砥，有山如壁。茲惟三公，勁挺堅實。咨爾羣材，孰敢不直？

江水東流去，風來與之爭。乘勢因所便，智者窺虛盈。順逆常相半，即此是人生。

奇花如美人，長松如高士。花能幾日紅，松老閱千祀。

水自雲中來，人向雲中去，來去兩無心，白雲時一遇。

孤亭盡日閑，孤松日相守。安得素心人，於此共杯酒。

一別江鄉已十年，年年歸計阻烽烟。何時結屋谿山畔，不閉柴扉放脚眠。爲柯安思

一水彎環抱碧岑，有人家住碧岑陰。此身漸向江湖老，猶有歸飛倦鳥心。（五十四年爲宗棣時客加州）

菰黍堆盤逢午日，蝸居近市怯驕陽。幻將筆底千峯雪，賺得心頭一味涼。

三間精舍傍溪邊，隔岸疏林羃曉烟。任是日高人未起，鶯聲莫教損春眠。

山中春近雨初晴，幾朶夫容照眼明，剩欲扁舟尋野壑，盡忘塵事聽溪聲。

遶屋扶疏三兩樹，清溪時見小漣漪。筆端但有尋常境，愧乏胷中一段奇。

獨客孤松杖一枝，萬山叢裡立多時。騷懷不盡蒼茫感，自袖烟雲自詠詩。

斑爛黃葉岡前路，隱約蒼鬟霧裡山。領取化工秋意思，管他顏色幾多般。

連日炎歊鬱不開，時聞飛瀑轉風雷。前山尚有微晴意，已遣涼雲送雨來。

綠樹成陰水滿渠，幾家茆屋結隣居。夏初春後閒時少，了却蠶桑又種畬。

難得新春半月閒，農家袖手閉柴關。田原漸覺東風煖，挈榼探親一日還。

鮐背蒼髯四五株，梅邊竹外護精廬。攲斜自稱幽人旨，不用秦封號大夫。

涼雲將雨幻陰晴，一枕高樓午夢清。風弄蕭蕭滿園竹，隔窗相和讀書聲。

世味深諳醉眼醒，賞音難遘轉伶俜。誰云絲竹堪陶寫？松下泉聲最耐聽。

遠山欲雨近山晴，變幻春光畫不成。老子胸中有丘壑，也曾辛苦費經營。

寂寂歷歷三兩峯，淡雲來往時空濛。松杉影裏逕何處？家在清溪東復東。

範水模山興未闌，圖成留與自家看。只因胸次無塵著，便覺烟雲繞筆端。

莫笑山家水上居，松間亦自有精廬。夜來一雨添飛瀑，亂送灘聲落枕粗。

未逢晉苑三君子，却喜秦封五大夫。野老杖頭錢不少，山禽處處喚提壺。

縱著漁蓑不耐寒，渭川千畝雪漫漫。老夫釣罷無魚賣，手把玲瓏玉一竿。（爲人題雪漁圖）

莫笑移根老瓦盆，蘭爲標格蝶爲魂。紫莖綠葉依稀似，猶帶湘山雨露痕。

爲人題胡蝶蘭

連阡接屋自成村，樂歲人家笑語溫。野老惟知廣田宅，蓬門漸見長兒孫。

江南水濶天長，飽看山色湖光，獨棹扁舟去遠，回頭烟柳微茫。

青山一徑入雲深，璚館瑤臺有客尋。愛聽琤琮橋下水，時和疏磬出幽林。

飛泉萬斛落瓊霙，草閣涼生入骨清。天氣如人渾不定，近山欲雨遠山晴。

雪蘆皤似詩人鬢，霜葉丹如玉女脣。莫道秋光定騷屑，秋來風物豔於春。

十里巉巖揷玉屏，亦堅亦峭亦伶俜。何人移置蟾官石，不管羣峯四面青？（題月世界圖，地在高雄境內。）

山南山北自成鄰，道是桃源好避秦。隔斷世間塵不到，雲中雞犬近相聞。

閱盡風霜幾度秋，老枝蟠屈碧陰稠。託根不肯爭高處，合讓新苗壓上頭。

一本幽蘭幾歲栽，今年喜見素心開。將渠寫入生綃裏，此是平生第一回。（癸亥所藝蘭開，喜而寫之，幷題。）

巖阿松吹雜泉聲，曳杖危梁自在行。莫道白雲閒最甚，白雲歸處見山僧。

卜築林泉意自閒，松風吹我杖藜還。日長市遠無人到，排闥青來四面山。

一道飛泉水一灣，青林隙處見青山，官橋日暮塵初定，漁父磯頭心自閒。

詩人贈我金邊蘭，我欲報之青琅玕。自笑王恭無長物，胸中筆底惟丘巒。漫寫江南一尺山，幽居著向青林端。紙墨無香敵王者，賸君春色從君看。（山居圖酬詩人吳三贈蘭）

野水渟泓碧一灣，荒林斷岸不成山。老來厭作驚人筆，看盡雄奇止等閒。

都市紛囂眼倦開，車如流水漲塵埃。始知明月清風貴，不是金錢買得來。

詞

青玉案　重游後湖

綠楊驕馬長隄路。但愛向、湖邊去。記得年時行樂處：一天芳草，滿城烟樹，依約還如故。
俊游多少閒情緒。怨粉羞紅亂無數。恰對江南春色暮。杜郎詩筆，庾郎辭賦，合借江山助。

虞美人　莫愁湖

愁來只向湖邊去，句卻愁無數。輕舟短櫂不須歸，驚起一灘鴛鷺掠沙飛。　阿儂十五盧家女，未解愁多許。何來年少欲尋儂，儂在一湖菱葉藕花中。

憶秦娥

春來慢。今年三月春纔半。春纔半，柳兒黃了，乍垂隄岸。　人人曾是溫柔慣，只今空見櫻桃瓣。櫻桃瓣，臂痕猶在，水流雲散。

采桑子

柔情恰似枝頭絮，不是輕狂；卻似輕狂，亂對東風舞一場。　無端添得閒煩惱，怎不思量？

待不思量，爭奈春來夜更長。

水調歌頭　秋季野餐用東坡韻

秋意在何許？宿霧破晴空。山南山北如畫，霜葉幾分紅。快近重陽時節，不教滿城風雨，詩思逐征鴻。一簇好兒女。齊到畫圖中。孤邨畔，臨曲水，倚危峰。少年叢裏，還著一箇白頭翁。也有揚鞭縱馬，也有呼鷹射獵，游戲亦英雄。且坐莫歸去，側帽聽西風。

長相思

長相思，短相思。我自思儂儂未知。相思無已時。短相思，長相思。若道相思無已時，不如從此辭。

南歌子

絕塞烽烟淨，沈江鐵鎖開。天邊早見雁南飛，爲問人人何事不歸來？巴蜀蠶叢道，瞿塘灩預堆。愁風愁水日千廻，爲報人人休要費疑猜！

臺城路

當年走馬臺城路，垂楊萬條千縷。十里籠烟，三分傍水，鎮日輕狂飛絮。閒愁寄與。有拊掌雄譚，斷腸新句。弔古情悠，六朝金粉更何處？悲笳吹散舊侶。料梁空燕去，門巷如故。

萬里征衫，八年兵火，苦憶京塵湖雨。關河尚阻。幸兩鬢猶青，舊時張緒。歷劫重來，問卿卿記否？

風入松　正月初三夜泊桃花江

粼粼春水泛輕漪，疑是若耶溪。尊前曾聽桃花曲，暗魂銷、芳樹羅衣。人面強如花好，歌雲亂趁船移。　多情凝佇小樓西。行盡短長隄。爭知寥落干戈後，又何曾、燕語鶯啼。惆悵佳人不見；天邊空見娥眉。

減字木蘭花

歲庚寅，逢難香江，欲入台而未得，八月十八夜，夢中得此解，覺而記之，知爲減蘭且用石孝友體，亂後愁中，亦何言之哀也。

江山如此，所欠浮生惟一死。如此江山，行到天涯步步難。　朝朝暮暮，歲月悠悠愁裏度。暮暮朝朝，悵望來潮又去潮。

重頭菩薩蠻

荒雞三唱天初曙，沈沈遠岫籠寒霧，狂郎又趁游程去。小別卻依依，問郎何日歸，丁寧身上衣。　臨歧回首道：聞說湖邊好，莫向湖邊老！湖上有風波。湖邊芳草多。郎行將奈何！

水龍吟

廣塵蓮寸集五卷，詞三百餘首，清績溪汪詩圃淵集句，其妻程繡橋爲之校注，是書早成絕本，其同郡江彤侯煒，以所藏授高鐵君壽恒，鐵君轉以授予，屬爲再版。匆匆十載，今江高二老皆下世，而書竟不傳，益增文人遇合之感，亟屬柳君作梅，重爲繕校一過，並集水龍吟一調題其耑，兼示柳君。

高山流水知音，（辛棄疾西江月）新詞誰解裁冰雪？（辛棄疾醜奴兒）綠窗低語，（趙雍玉珥墜金環）翠樽雙飲，（姜夔八歸）花飛時節。（程垓玉漏遲集中夫婦唱和各集喝火令送春詞絕佳妙）妙語如絃，（呂渭老選冠子）柔情似水，（秦觀鵲橋仙）思和雲積。（吳文英解連環）想移根換葉，（周邦彥解連環）重賡新韻，（蘇軾鵲橋仙）歌一闋，（寇準陽春引）腸千結。（辛棄疾滿江紅）合把探梅詞刻，（韓淲好事近）喚君來、浮君大白。（黃機乳燕飛）吟牋賦筆，（周邦彥瑞龍吟）等閒游戲，（劉過沁園春）工夫奇絕。（盧炳念奴嬌）賦詠空傳，（毛幵念奴嬌）錦書難託，（陸游釵頭鳳）但悲陳跡。（張孝祥滿江紅）向陳編冷笑，（劉克莊滿江紅）年華暗換，（周密宴清都）一星星髮。（陳亮念奴嬌）

解連環 以去聲韻試作

釀花天氣。裁輕寒嬝暖，欲晴還未。見說道、開滿山櫻，更相暎杜鵑，紫酣紅膩。浩蕩春陰，趁游賞、酒濃人媚。看雙棲蝶子，夢穩宿花，直恁沈醉。詩腸更饒鼓吹。有鶯簧喚客，千囀搖曳。也教珍惜穠華，恣攜手徘徊，欲去無計。最怕黃昏，又驟雨、供花憔悴。念家山、驛梅應放，託誰暗寄。

水調歌頭　苦雨

十日九風雨，百事竟蹉跎。一春能有幾日，來日已無多。誤了上元燈火，負卻茂林觴詠，都在雨中過。悶極仰天問，於汝意云何？　天亦老，多少淚，滴成河。人間自有愁恨，不用更摧磨。流了千千萬萬，流盡朝朝暮暮。滄海也添波。誰具補天手？我欲起神媧。

浣溪沙

熠熠寒螢一粟光，悄無人處度虛廊。夜深風露太淒涼。　辭暑未愁團扇撲，照書翻怯練紗囊。賸親羅幌傍溫香。

探芳信

夜聞隣室廣播作靡麗之音爲之怦然。

夜寒重。正逝影封塵。新霜釀凍。仗敵愁杯酒，沈沈破春甕。飛空一片歌聲燰，甚處天風送。亂羈懷、肥管排鶯，密絃彈鳳。　窗鐙倩誰共？乍逸思雲翻，綺情潮涌。卻似年時，江上笛初弄。如今湖海飄零久。百感紛難控。擁孤衾，一餉銷凝舊夢。

雙雙燕

更無舊壘。度東海東頭，自尋春煖。花穠柳媚，是處畫簾高卷。惆悵芳韶婉晚。又不定、歸期天遠。啣泥試築新巢，倦了裁雲雙翦。休管。滄桑早換。料夢斷樓空，信沈關盼。烏衣斜照，失盡舊家池館。應惜紅襟翠綰。鎭廝守、呢喃相伴。年年靜宇棲香，呢語曉風庭院。

喝火令

小別如經歲，孤懷不自平。夜闌猶未掩重扃。只有晚風搖樹，時作打牕聲。怨極心俱碎；啼多語不成。手分音訊便無憑。耐到三更；耐到曉窗明；耐到黃昏時節，依舊一燈青。

喝火令

彩鳳飛無翼。鰥魚夜不眠。迢迢銀漢鵲難塡。那得化身胡蝶，有夢到伊邊。漫種相思樹；生拗竝蒂蓮。初三下九月常弦。懊惱因緣；懊惱有情天；懊惱相逢時節，不在十年前。

珍珠簾

碧雲遮斷相思路。滄銀潢、一水盈盈難渡。春夢冷於秋，已不堪風露。未了因緣都是業，只化作、兩眉愁聚。休訴。有何人尋問：此時情苦。聞道燕困花慵，強銷磨歲月，晨風昏雨。吟興卻全無，甚等閒孤負？小小蓮房心更小，閣不下、許多離緒。遲暮。怕春殘鶯老，漫天飛絮。

鷓鴣天　初食香魚美甚

一味珍肴奪海鮮，銀鱗纖尾自清娟。珊珊獨抱神仙骨，嫋嫋纔盈豆蔻年。　雲水夢，釣蓑緣。何時歸泛五湖船。尊前無限蓴鱸思，苦憶資河縮項鯿。（資河鯿風味絶佳己丑歲始食之）

瑣窗寒

嫩日烘肩，溫風沃面，入春妍煖。尋芳應早，莫待馬塵紅輭。想郊原、櫻花正開，踏歌陌上歸人緩。歎好春負盡，重門深閉，俊游渾懶。　依黯，空凝盼。只客夢牽縈，故園心眼。盈盈一水，比似天涯猶遠。念江南、羣鶯亂飛，欲歸未得歸亦晚。到歸時、一片青蕪，又似愁難剗。

醉太平

細桃放苞，朱櫻漸飄。幾番風又花朝，嘆流光易拋！　三閭賦騷，巫陽下招。一襟幽恨難消，付春江夜潮。

三姝媚

東皇才思巧。放春風吹花，花隨春好。破費工夫，更百般熏染，岸楊汀草。獻寵爭妍，還一任、蝶團蜂鬧。吹向瓊牕，芳意撩人，趁時歌笑。吹到荼蘼開了。漸燕颺鶯遷，亂紅誰掃？悶損騷腸，聽一聲啼鴂，暗傷懷抱。綠漲天涯，空目極、關河殘照。到此繁華都盡，吹人又老。

木蘭花慢

祝甲午詞社成立，去臺灣割日之歲，且六十年矣。

向殘山賸水，借尊酒，飾疏狂。問換羽移宮，添聲減字，費甚斟量？臺陽更逢甲午，集吟朋、聊共說滄桑。自媿何郎漸老，春風詞筆都忘。　何當故國慶重光？結伴好還鄉！把海嶠雄圖，蓬壺勝事，盡付詩囊。平章中興事了，便山林、鐘鼎任低昂。料得歸期未遠，樓船五兩先颺。

摸魚兒

吳俗以六月二十四爲荷花生日不知所本吳郡志云荷花蕩在葑門外每年六月二十四日游人最盛意必俗傳如是耳姑揣其意賦此調應社

託靈根、蓼洲菱漵。由來胎骨先苦。出泥便有亭亭意，早孕暗香千縷。香未吐。算只有、輕盈一點嫣無語。憑誰問取。問蘭澤佳人，涉江獨采，待欲寄誰去？　癡兒女。漫想瑤池洞府。仙姝初謫塵土。淩波照影依稀似，可有六郎心許？遙指處：正打點、洗兒千疊青錢古。年年盛暑。總畫舫攜尊，綠雲護客，踏徧葑門路。（葑上聲，吳音讀如甫）

洞仙歌

彤雲萬里，早嚴寒侵骨。一樹梅花凍初發。破冰霜、占取些許春光，空自賞、冷豔幽香奇節。駸駸時序換，帶得春來，不道逢春便輕別。甚處著春多？春在楊絲，春又在、杏梢桃纈。這次第、能消幾多時，看鶴老龜寒，有誰堪擷？

鷓鴣天 乙未歲朝

誰信蓬萊一鑑清，眼前波立走鯤鯨。堂堂歲月閒中去，莽莽河山劫後爭。　天亦醉，海難平。春盤臘酒可憐生。宵來一覺昇平夢，曉起家家爆竹聲。

憶舊游 重游陽明山賞櫻

正朝暄借煖，夜雨輸寒，未卜陰晴。結伴尋芳去，早鈿車逝水，蟬鬢堆雲。萬人盡饒佳興，一路踏歌聲。悵劫外山川，客中歲月，都付銷凝。　山櫻，怯寒重，且勒住珠葩，留待溫馨。勝似年時節，把一天芳思，愁對飛瓊。異鄉又逢春好，聊與慰飄零。判醉倒花前，翛然化蝶歸夢輕。

注：判字亦讀去聲。趙德麟臨江仙：「凄涼長判一生中」。

念奴嬌　四十生辰感賦

乘桴浮海，笑栖栖、某也東西南北。少日風懷都昨夢，鏡裏又添華髮。壯不如人，老將何及，只有心猶鐵。輪囷肝膽，照人一片氷雪。　慚愧強仕年華，郎當舞袖，字字書空咄。悵望中原飛不到，千里蒼溟波闊。鬱鬱詩腸，勞勞塵網，那更長爲客。會須沈醉，百年幾箇今夕。

高陽臺　絜生屬題題瀛海同聲選集

鶯舌𦫿蠻，鳩辭佻巧，園林幾變鳴禽。歌吹春工，輸他時序侵尋。衆芳零落青蕪冷，算詩人、獨抱幽襟。費才華，粉飾江山，只付閒吟。　閒吟易送韶光去，奈鵑啼正苦，歸思難禁。同是天涯，飄淪況到而今。憑誰痛寫興亡感？更憑誰裁鑄騷心？漫留連，燕語呢喃，誤了春深。

鷓鴣天　絜生以看花詩屬和詞以報之

萬樹山櫻綻露葩，傾城勝賞逐輕車。宿根猶帶扶桑雨，破霧新烘谷口霞。　歌緩緩，舞傞傞，安排沈醉送年華。天涯別有傷春緒，輸與江郎筆底花。

好事近　題畫

逸興寄江湖，打點綠蓑青笠。行到亂紅深處，任垂楊低羃。　扁舟占斷好溪山，披裘釣澄碧。除卻半汀鷗鷺，更何人爭席？

阮郎歸

去年移樹傍疏籬。花稀藤更稀；今年藤長與簷齊，花開依舊低。爭曉露，蔽晨曦，藤肥花不肥。世間榮悴儘從伊，天心誰得知？

點絳脣

唐人謂荵爲相思草不知何義後世亦無以荵入詩者客窗無俚戲而賦此

酒後茶餘，片時消受閒中好。此須煩惱，付與相思草。一縷氤氳，不似鑪熏裊。風兒小。紗窗人悄。吐箇圈兒巧。

謁金門

春寂寞。門外翠陰如幄。宿雨已收風尚惡，小園花自落。無奈蜂腰纖弱；又恨蝶衣輕薄；爭似蜻蜓花上著，娉婷紅一搦。

蘭陵王

儘飄泊。準擬風塵落拓。關山外、烟水幾重，千里春陰度寥廓。幽懷鎮寂寞。難託汀洲杜若。芳菲謝，窮巷閉門，細雨燈簷聽花落。回頭憶京雒。算翠舞珠歌，兀自行樂。如今應悔當初錯。憐別淚珠瀉，去帆煙渺，烽塵匝地竟漠漠。奈沈醉猶昨。蕭索。海天闊。恨西崦斜陽，猶戀籬角。誰知更有飛雲邈，送去鴈來燕，後期空約。青山一髮在望裏，浪又惡。

踏莎行 題成惕軒藏山閣讀書圖

壇坫雄藩。雲霄倦羽。十年踏徧緇塵路。誰知家住武陵源，避秦翻向瀛洲住。　夢裏琴尊，圖中烟樹。重簾小閣山無數。但期不作畫圖看，著君直到山深處。

卜算子

一陣雨兒狂，一陣風兒驟。忽聽牀頭點滴聲，瓦縫元來漏。　徹夜不曾停，仰看承塵透。判作浮家泛宅人，看你何時彀。

澡蘭香 五日作

冰蓮薦椀，角黍堆盤，海嶠仍存漢俗。流光逝水，歸夢馮風，一客幾年南服。儘陰陰、梅雨滋苔，高樓猶堪縱目。鯨背吹雲，未抵離愁千斛。　卻記纍臣去國，紉茝衣荷，怨歌誰續。飛籌鬬飲，擊鉢催吟，莫道不須思蜀。料江潭、也泛蘭橈，畫鼓鮮旗相逐。應悵望、水闊波深。歸程難縮。

徵招　謝竺隱餽酒

提壺早喚春歸去，滔滔又臨長夏。魯酒不忘憂，任椰瓢高挂。近來情味怕。更誰共、醉侯爭霸。叵耐無憀，日長人渴，漫思尊斝。　初訝白衣人，攜珍釀、敲關卻尋茆舍。估舶市郫筩，想橫飛歐亞。涎流休問價。算只有、漢書堪下。且吩咐、送酒人歸，道醉翁多謝。

浣溪沙　憶舊詞之一

刺水新秧綻嫩芽。野莓鮮筍出些些。村姑初摘雨前茶。庭院絮飛閒趁蝶，池塘草長漸喧蛙。日斜牛背落桐花。

荷葉盃　憶舊詞之二

湖上幾重烟水。風起。一片縠紋柔。飛花和夢落輕舟，花事夢中休。　一別十年重到。人老。難覓少年心。天涯樹色碧愔愔，惆悵到如今。

巫山一段雲　憶舊詞之三

山勢東南坼，灘聲日夜狂。秋猿無淚月蒼蒼，一昔斷柔腸。　嵐翠窺螺髻，風藤想荔裳。密雲不雨下巫陽，何處夢高唐？

鬲溪梅令 憶舊詞之四

江南烟柳最關情，萬千程，行到姑蘇城裏聽鐘聲。蒨窗紅一燈。　鈿屏絨幕困微醒，太溫馨，已分化身胡蝶夢偏驚，隔簾聞曉鶯。

木蘭花

當年但有閒煩惱，樂日甚多愁日少。明知花落不關人，卻怨春歸愁不了。　如今流落關山道，解惜歡娛人漸老。花開花落管他休，一睡瞢騰情味好。

瑤花慢 賦夜來香

碧雲侵雪。瘦影伶俜，竝水仙高潔。蕭然塵外，渾不似、躑躅山櫻如血。蘧蘧飛夢，傍斗帳、幻莊成蝶。暗遞與、一段幽香，總在夜深時節。　當年海上皇華，向玉院西廂，曾叩金闕。遺簪猶在，誰信道、瓊島無花堪折？幽窗晤對，應共我、心魂相接。更爲伊、澡雪精神，待譜新詞千闋。

齊天樂 花間得一蜻蜓四翼俱壞感而賦此

小庭幽院花陰密，翩然乍停征羽。夜犯飈淒，晨馱露冷，知是飛來何處？千辛萬古。料覓得清涼，片時延佇。款款因風，爲誰迷了舊時路？腰肢還又瘦損，歎烟綃霧縠，零落如許。病翅難移，驚魂尙怯，守定花心不去。簷蛛數罟，但抵死邀遮，更誰相護？沒箇山童，解圍空寄語。

南鄉子 車經南勢見芒花

新綠滿平疇。野色陰陰夏木幽。只有西風瞞不得，偸偸，做出炎荒一段秋。兩鬢漸星稠，行役天涯苦未休。銷盡輪蹄還作客，堪愁，任是芒花也白頭。

浣溪沙

猛憶青溪舊釣游。蕭蕭寒荻滿汀洲。孤篷吹近淺灘頭。信美河山終似夢；已昏節序不知秋。季鷹何日辦歸舟？

憶秦娥 偶坐茶室得句

烟霏霏，紅霞嵲壁光微微。光微微，華燈煮夢，座客都迷。隔花人語聲低低，羅衣過處香緋緋。香緋緋，江南不見，怕見鶯飛。

長亭怨慢

乍天外、西風吹徧。是處芳蕪，頓成秋苑。日澹雲荒，樹昏鴉亂費凝盼。萬千言語，空分付、南飛雁。雁字太橫斜，寫不出、離人心眼。淒黯。正新愁似海，更有舊愁相牛。宵長夢短。怎奈向、片時雲散。又誤了、幾度歸期，看日影、頻移朱檻。算蟲網殷勤，還鎖一牕幽怨。

江城子

歲暮攜諸生登大度山顛望海

怒濤狂打海西灣。水天寬，亂雲翻。遙指水雲深處是鄉關。誰道鄉關千里隔，元只隔，一重山。　年年高唱大刀環。歲云闌，鬢先斑。準擬青春結伴幾時還。莫上新亭空涕淚，雲漠漠，水漫漫。

揚州慢

春柳同素翁絜生用白石四聲

玄武洲深，莫愁隄暗，短橈晚趁游程。愛匀眉續眼，對野客能青。乍輪輿、胡兒繫馬，夜來風鶴，爭奈疑兵。恨柔條千尺，籠烟依舊臺城。　舞腰困損，算歸人、張緒先驚。記灞岸牽衣。吳姬壓酒，都繫離情。又織亂愁千縷，金梭倦、冷澀無聲。賸邊關羌笛，年年空怨萇生。

南柯子

劍峯少日遇仙事予旣紀之以文頃復乞詞因檃括其事賦此以贈

水釀蒲桃祿；山開翡翠屛。涼雲閣雨半陰晴。不道彩虹高處有人行。　皎月浮丘袖；重樓白玉京。天風吹墮五銖輕。爲問悲歡如夢幾時醒？

南樓令

中秋前夕暴風雨有約不赴賦酬

豪雨潑山頭，山堂風滿樓。負佳期、欲去還休。聞道溪橋行不得，泥滑滑，水橫流。　明夜便中秋。嫦娥今尙羞。費詩人、幾度凝眸。但願明年明月好，同此夕，快淸游。

一萼紅

題改七薌玉壺山房詞手稿殘卷得之北市冷攤中

渺如煙。墮江南雲水，衫扇舊因緣。僧舍燈昏，歌廛笛冷，輸他薄醉閒眠。算平生、丹山黛海，纔贏得、身後姓名傳。廢院螿啼，寥天鶴語，倂入哀絃。　一自峯靑江上，賸飄零詞卷，散落人閒。石墨斜題，金荃逸唱，如今重見尊前。羨當時、承平風物，便淸貧、猶是地行仙。漫想壺中歲月，倒捲流年。

小梅花

觀美國白雪溜冰團（Holiday on Ice）氷上舞中有羣星及海宮豔舞諸曲絕精妙

燈如月，花如雪，歌場一片冰澌結。玉琤瑽，霧朦朧，蠻姫小隊，飛墮水晶宮。樓頭隱隱笙簫發；樓下美人韡底滑。舞裙飄，殢人嬌。柳困風酣，百轉鬪纖腰。微雲淡，明河暗，白楡歷歷繁星粲。海深深，夢沈沈，鮫綃寬盡，波底老龍吟。大隄花豔迷郎目，看殺彩鴛三十六。太妖嬈，黯魂銷，飛蓋歸來，贏得可憐宵。

憶少年

恁般心緒；恁般天氣；恁般庭院。桃花笑依舊，似當年人面。　輕煖輕寒春乍半。又一架、舞紅都變。無心辦寒食，任雨絲風片。

蝶戀花

咖啡室中有客談詩予獨悵然有懷

燈影朦朧香霧重。細語喁喁，人似雙棲鳳。一樹梅花剛破凍。無端句起青春夢。　舊日風華今底用？對酒當歌，老去誰堪共？上座談詩成鑿空，旗亭那見雙鬟動？

憶王孫

或以 Richard Henry 氏詩索譯因成此解

浮生恰似葉經秋。蕩月搖風不自由。樹老柯寒難久留。幾曾休。轉眼飄零天盡頭。

附原作：

My life is like the autumn leaf
  That trembles in the moon's pale ray:
Its hold is frail--its date is brief,
  Restless--and soon to pass away!

賀新郎

覽故宮所藏冷枚畫馬肥瘠同羣悵然賦此

市骨求神駿。斥千金、燕昭此意，古今誰問？九折鹽車一昂首，難得孫陽細認。望雲鬣風鬃成陣。超影絕塵都已矣，到窮途、芻豆無憑準。長太息，有餘恨！致君我亦朝堯舜。仗耿耿、照人肝膽，珠光盈寸。苜蓿盤空成底事？合讓諸公袞袞！料世事浮沈休論，寂寞空山花開落，算如今、已沒封侯分。聊復爾，慕肥遯。

行香子

三徑攲斜，小草幽花。遶吾廬、萬綠交加。芭蕉展葉，玫瑰抽芽。襯羅漢松，觀音竹，大王椰。　梳畦種菜，積潦招蛙。少人行、沒箇籬笆。儘堪消受，莊稼生涯。喫一枝煙，一鍾酒，一壺茶。

阮郎歸

手種香蕉初實

移根初到粉牆陰，去年春已深。重重舒展碧霞襟，乍堪眠玉琴。　晴晝影，雨宵音。曉來風露侵。饒郎耐得到如今，與郎傾寸心。

菩提樹

曉望用舒伯特（F. Schubert）Der Linderbaum 曲試塡

曙霞偸向東山展，層陰尙籠烟樹。望衆峯、乍理新妝，又還被、雲遮住。遙村時聽曉雞啼，市外漸聞人語。正初陽、林表曈曨霧。枝頭細引涼颸；草際圓凝珠露。　關阻。須信他鄉好，栖栖倦尋征路。看夢中、萬屋沈沈，誰解作、劉郎舞。十年老盡少年心，贏得鬢絲千縷。待明朝、總被明朝誤。他時縱有雲帆，怕載客愁歸去。

附舒氏譜

菩　提　樹

Der Linderbaum

Key F 3/4　　　　　　　　　　　　F. Schubert

Fervente

語。正初陽、林表瞳矓霧，枝
縷。待明朝、總被明朝誤，他
f
p
頭細引涼颸，草際圓凝珠露。
時縱有雲帆，怕載客愁歸去！

三疊阮郎歸

偶得鄂德威氏（J. P. Ordway）所作 Dreaming of Home and Mother 曲實之以詞適與舊調阮郎歸同但加第三疊耳詞成因命曰三疊阮郎歸

片帆東渡覓仙山，蓬萊方丈閒。爲尋靈藥駐芳顏，不辭千萬難。珠闕迥，碧城寬，世情粗可刪。幻將樓閣五雲端，夜深風露寒。千日酒，九還丹，枉教雙鬢斑。十年塵霧滿長安，鶴歸休要彈。

附譜

三疊阮郎歸

Dreaming of Home and Mother

Key bE 4/4 Moderato Semplice (J. P. Ordway)

為尋一靈藥駐芳顏，——不辭一千萬難——
誅闕．迴，碧城一寬，世一情一相一可一刪，——

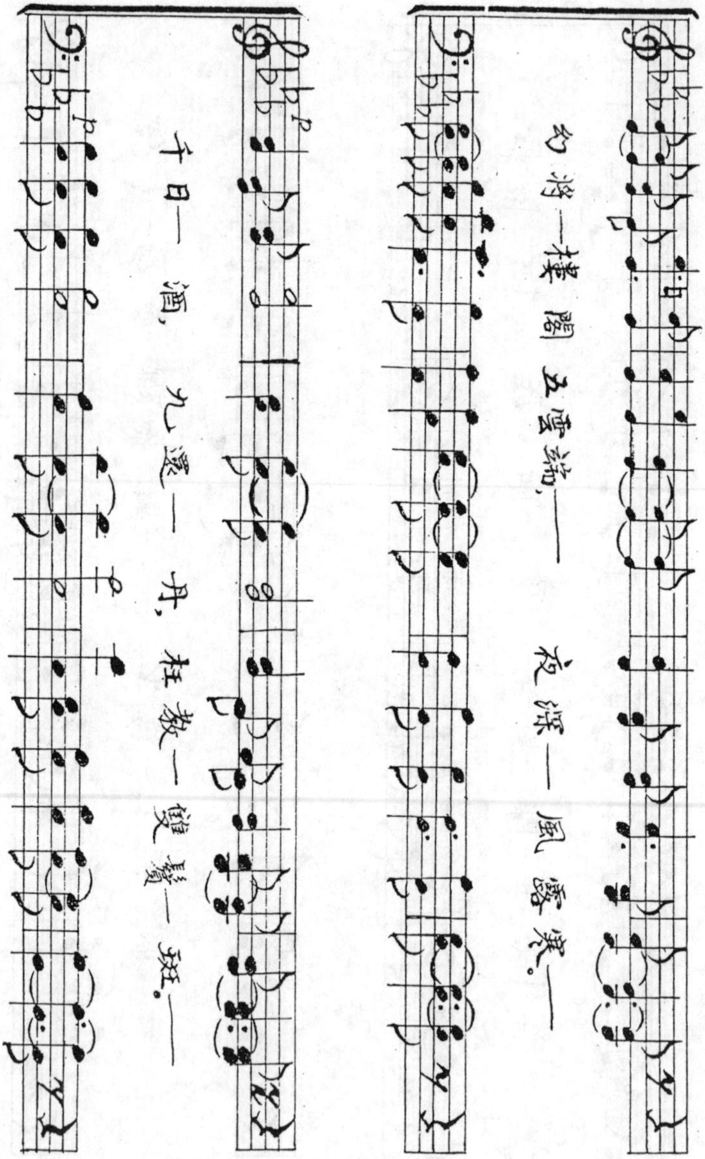
幼將一棒闊五雲端，——
夜深一風露寒。——
千日一酒，九還——丹，枉教一雙鬢斑。——

十年一塵霧 滿長安，—— 鶴歸一休要彈——

清平樂

予平居無所營慕，獨具濠梁之興。年來屏跡山中，引泉鑿沼，日不辭勞。頃得無諍書，屬題南山寺放生池。因觸夙好，率成此章。

達哉支遁，妙賞惟神駿。透網金鱗君細認，認取祖師心印。吾生雅愛蒙莊，逸情每寄濠梁。堪笑惠施執著，非魚非我何妨。

念奴嬌

壽徐子明

十年磨劍，記經行萬里，倦游歐亞。多識古今中外事，早與辜嚴齊駕。坐擁臯比，辯摧鹿角，意氣眞雄霸。平生杜癖，史編尤愛羅馬。漫道不合時宜，陽春郢曲，自是知音寡。老輩凋零新輩晚，更有何人堪罵。玉麈談玄，金貂換醉，細說當年話。起爲公壽，且將杯酒同把。

銀河落九天

道瞻自渥太華以尼加拉瀑布(Niagara Falls)圖見寄因取舒伯特名作 Wasserfluth 一譜、塡詞以報、調成，命曰銀河落九天。

翠匳開。看銀潢倒瀉，重湖千頃迸潮來。驚湍飛下，劃地奮風雷。血玄黃、雙龍戰野；聲嗚咽、萬馬犇圍。江山信美，造化矜才。稱嬉游、巧費安排。鮫綃屏幛，蜃氣樓臺。向夜闌、燃犀四照，五雲深、人在蓬萊。

附譜

銀河落九天

WASSERFLUTH

Key F 3/4 3/4

Langsam

F. Schubert

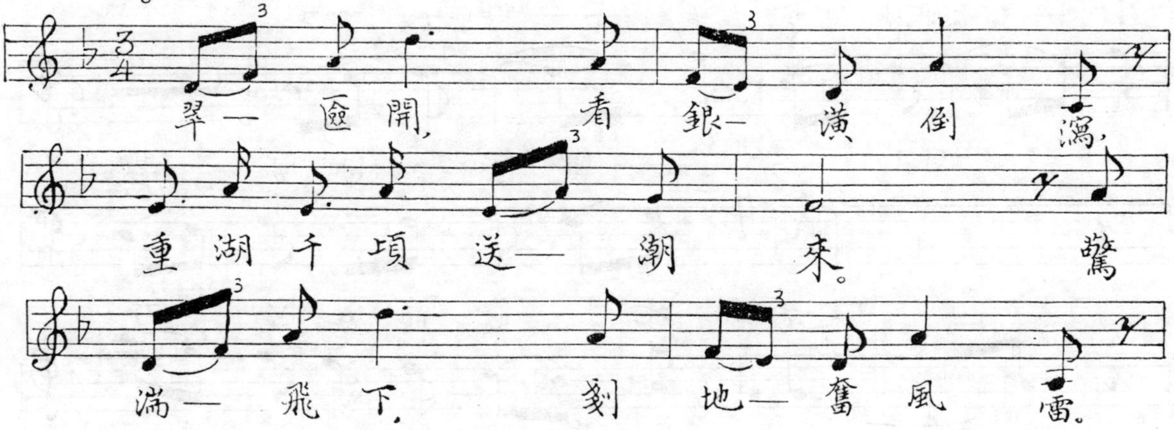

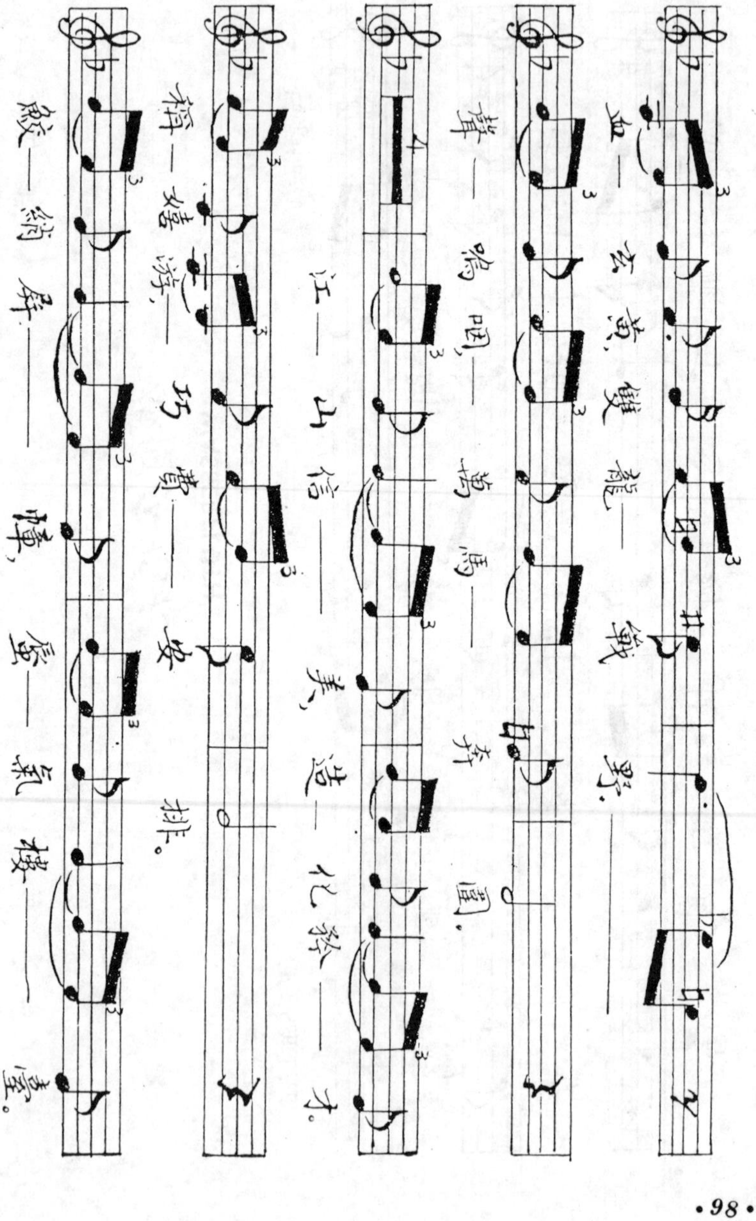

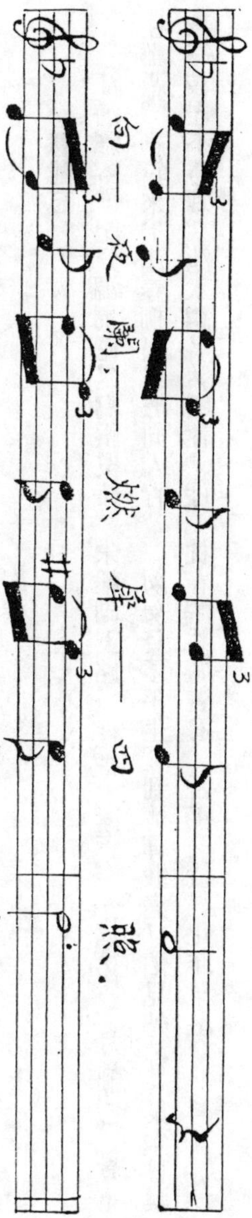

長亭怨慢

歲云暮矣頓憶昔游淒然賦此

又風緊、客衣催絮。坐老空山，歲華如許。故國雲迷，舊游星散耿無緒。夢中行遍，重省記、飄蓬處。風雪滿江村，早遮斷、茫茫前路。日暮。向荒祠野館，惟有亂鴉棲樹。宵深芋火，聽寒犬、吠聲如虎。賸尋一舸泛天涯，奈禁受、頻年羈旅。算斷鴈猶能，和恨有時歸去。

一叢花

對窗前一品紅有作

家山依舊夢魂中，秋色最情濃。嚴霜過後千峯冷，碧牕外、落盡梧桐。烏桕未凋，黃櫨漸老，相暎水邊楓。炎洲節序忒朦朧，長是翠陰重。怕君忘了來時路，翠陰裏、更著些紅。紅到十分，要人知道：故國正秋風。

七娘子

初三初四迎神罷，算農家難得新春暇。打鼓調絃，攢花翦綵，當年早把宮燈畫。如今沒箇心情要。向燈前絮說兒時話。風定月圓，冷清清地，山中過了燒燈夜。

卜算子 二

生怕負春光，但願花開早。一片癡情付與花，不放春先老。花事易闌珊，春色知多少。那得人閒不謝花，長占春光好。

生怕負春光，又願花開晚。待到開時已是遲，過了春彊半。春去苦難留，婪尾花無限。那得人閒不老春，長與花爲伴。

意難忘

江海飄零。記分溫蜀椛，寫恨吳綾。朱輪湖上路；紅袖水邊亭。花綽約，月朧明。歎事往難憑。細算來、逢春柳眼，總向人青。匆匆負了平生。到情禪懺盡，怕見娉婷。巢空曾誤燕；枝老不勝鶯。池水縐，絮風輕，付一枕春酲。賸鬢邊、當年綺債，化作星星。

歸朝歡

千頃湖光花簇簇。湖上美人看不足。美人顏色豔於花；衣香更共花爭馥。繁華如轉燭，一朝風雨飄零速。記年時、俊游悲慨，高唱後湖曲。當日鴛鴦交頸宿；今日城頭烏夜哭；安知他日隴頭犂，不耕今日美人骨？夢尋蕉下鹿，覺來悲與歡相續。算東山、胸腸陶寫，惟有賴絲竹。

菩薩蠻　寄內

嬌兒不解催君去，高堂只解留君住。斜日照虛房，惱人春晝長。鏡匳塵欲滿，牕外鶯啼亂。陌上已花開，不如歸去來！

定風波　壽于右任先生

記得關中樹義旗，佳人馬上索題詩。斗大黃金腰下印，誰信，當年曾是牧羊兒。白首狂歌歌大戰。惟見，龍蛇爭向筆端飛。八十功名猶未老，長好，何妨直到太平時。

念奴嬌　宿霧社就浴廬山溫泉

蝸涎篆壁，記征車碾盡，羊腸千曲。高處忽看村社好，倦客正堪投宿。大瀑飛雲，清谿瀉玉，釀就葡萄淥。亂峯深鎖，傍崖誰結茆屋。駕水一線繩橋，行人傴度，影落千尋谷。指點從前鏖戰地，惟有荆桃如萩。山鳥呼名，蠻花媚客，留我溫泉浴。解衣盤礴，此來眞遂初服。（民國十九年十月二十七日山胞泰雅族在霧社抗日戰鬬慘烈）

霓裳中序第一

絜生旣次袁企老寄懷鶡雁之作復索和章因集句爲此

登臨望故國。（周邦彥蘭陵王）一寸離腸千萬結。（溫庭筠應天長）誰念文園倦客？（胡翼龍滿庭芳）向邃館靜軒，（周邦彥三部樂）花飛時節。（程垓玉漏遲）江淹賦別。（李彭老踏莎行）總斷魂，（蔣捷江城梅花引）幽夢難覓。（施樞疏影）關河迥，（周邦彥風流子）年年柳色。（李白憶秦娥）總付與啼鴂。（姜夔八歸） 鱗翼（施岳蘭陵王）更無消息。（薩都剌滿江紅）但燕子、歸來幽寂。（毛幵賀新郎）江山依舊陳跡。（林正大念奴嬌）奈錦字難憑，（周端臣清夜游）翠尊易泣。（姜夔暗香） 此情誰共說。（范成大霜天曉角）鴈不到（張元幹金縷曲）何由寄得？（周邦彥六醜）空懷感，（張炎八聲甘州）斷鴻聲裏。（辛棄疾水龍吟）夢闊水雲窄。（吳文英好事近）

倦尋芳

絜生百成招飲市樓拈遠字韻同賦

岫雲斂雨，花氣薰晴，長夏初半。倦翮翻飛，還似乍來孤燕。門巷重尋前度好。園林賸覺新聲變。又紛紛，只光陰一霎，市朝都換。 向醉裏、銅壺敲缺。枉費清詞，難賦幽怨。自浣塵襟，猶喜地偏心遠。借枕漫分牀上下，澆胸未計盃深淺。算歸來，臥松窗、俊游渾嬾。

倦尋芳　又集句

露華倒影，（柳永破陣樂）斜日籠明，（朱藻采桑子）花氣清婉。（周邦彥遶佛閣）酒入愁腸，（范仲淹蘇幕遮）人在霧綃鮫館。（王特起喜遷鶯）白紵春衫如雪色，（孫光憲謁金門）淡煙芳草連雲遠。（張先蝶戀花）黯銷凝，（李萊老高陽臺）歎俊游零落，（周密三姝媚）倦尋歌扇。（呂渭老選冠子）醉夢裏、年華暗換。（盧祖皐宴清都）無限江山，（李煜浪淘沙）無計重見。（盧祖皐宴清都）一卷新詩，（李彭老一萼紅）難寫寸心幽怨。（蔡伸蘇武慢）鞭石何年滄海過，（元好問滿江紅）游絲已覺相如倦。（謝逸七娘子）到歸時，（周邦彥瑣窗寒）兩眉愁、向誰舒展？（周邦彥遶佛閣）

醉太平

礁溪釋妙寺題壁

朱霞半天，滄波斷煙。舊游曾到溫泉，算如今四年。　貂峯黛妍，龜山翠圓，何時結箇因緣，問宗門妙禪？

定風波

偶向名場著此身，尙容一席隔紅塵。誰解金貂拚一醉，珠翠，酒邊添得十分春。　痛飲漫教兒輩覺，哀樂，大程著象小程嗔。明日山中歸去也，休把，閒情猶付石榴裙。

南浦

天外漲寒流，趁東風、送做一簾酥雨，勻染數峯姸，窺窗近，依舊向人眉嫵。新芽綻柳，無情也會青如許；翻笑多情容易老，此意安排無處。年來勘破枯禪，臥松雲、彩筆倦題愁句。百事不關心；關心事、惟有滿園煙樹。枝枝葉葉，依稀認得春來路。明日陰晴渾未定，怕聽亂鶯分付。

高陽臺

宿鳥呼晴，荒雞唱曉，驚殘一夢高唐。欹枕無眠，醒魂翻墮愁鄉。漣漪乍向心頭展，似鴛鶼、飛過銀塘。最難忘：風絮情懷，簇錦年光。淒涼往事塵封裏，記花迎笑靨，酒困啼妝。蔫綠華來，空留繡被餘香。流霞易散微波逝，自分攜、水渺煙茫。枉回腸。當下因循，過後思量。

小重山 對缾花作

澗畔幽花媚晚晴。自開還自落，不知名。漫勞素手摘輕盈。東風起，惆悵夢初醒。　對影弄娉婷。爲君憔悴盡，可憐生。癡魂著意鑄淒馨。懨懨甚，猶放兩三星。

鷓鴣天 聽劉年瓏奏鋼琴

浩蕩春魂未可招，長風沸夢海颸颸。迢遙銀漢心波澋。斷續珠盤淚雨抛。花易謝，酒難澆。千秋哀怨託詩騷。人閒正有無窮恨，聽取春江一夜潮。

好事近

窗內翠簾垂，窗外綠陰如織。照夜珠燈相暎，漾粼粼深碧。涼雲籠水水涵雲，寒潭靜龍蟄。遮莫漫天風雨，放飛梭一擲。

清平樂

相攜俊侶，小隊尋春去。爭奈青春留不住，老了看花情緒。何人小立花陰，簪花卻上衣襟。多謝少年游伴，喚回一片童心。

點絳脣 觀復山莊嘗青梅

落盡梅花，山深四月春酣透。房櫳清晝。坐聽溪聲溜。綠葉成陰，惆悵花開後。雙眉縐。青梅如豆。正是酸時候。

滿庭芳

宿谷關

納枕谿聲，窺簾山色，碧雲深掩房櫳。綺疏明檻，微醉坐迎風。消受片時將息，尋芳伴、又喚攜筇。爭能穀。平原十日，作計太匆匆。　匆匆留爪印，隨緣聚散，任意西東。記隔溪人語，一線橋通。橋下春波如鏡。淩波處、曾照驚鴻。歸來晚，銀燈奪月，時聽打牕蟲。

菩薩蠻

今宵坐對伊人面，依稀卻似當年見。髮髴綠雲垂，春風舒黛眉。　此情無處寄，誰解殷勤意？莫教玉人知，權將儂作伊。

翠堤春曉

晨興步山徑於雜草中得香茅歸賦舊調醉翁操旣成實之 Johann Strauss 之 One Day When We Were Young 中趁拍可歌因用其譯名翠堤春曉名其調近本意也

烟霏。雲稀。星低。月沈西。熹微。行吟者誰過山谿？山中春草萋萋。露未晞。野色正淒迷。怨王孫兮胡不歸？　杜衡蕙茝，何所無之！夔而不見，孰信倏而慕之？或芰荷兮爲衣；或萘葹兮充幃。遭逢兮非時，孤芳兮誰知？昧昧復何辭，采之將以詒所思。

附譜

翠堤春曉

One Day When We Were Young

（醉翁操）

Key C 3/4

Johann Strauss

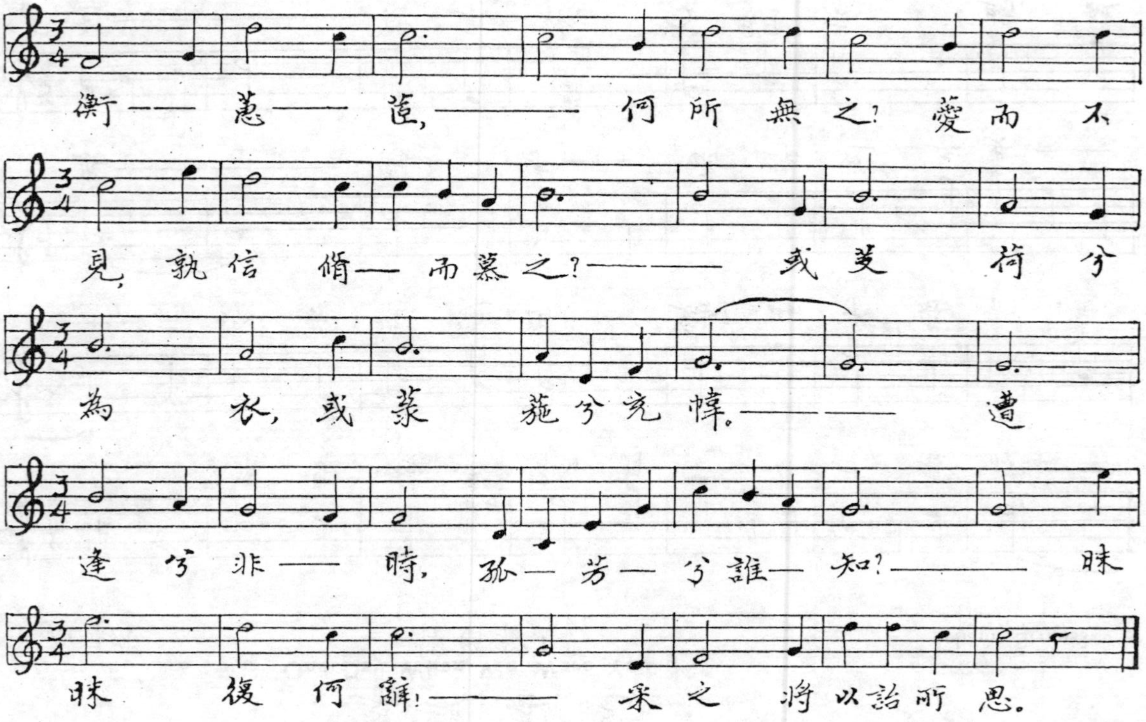
衡——蕙——茝，————何所無之？愛而不
見，孰信脩——而慕之？————或芰荷兮
為衣，或菉葹兮充幃。————遭
逢兮非——時，孤——芳——兮誰——知？————眛
眛復何辭！————采之將以詒所思。

蝶戀花

郎費羅(Longfellow)詩三章，命諸生試譯，苦不能就，嘗試爲此，亦變通之一法也。

清晝銷殘天欲暮。暝翼垂空，恰似鷹遺羽。霧冷燈昏村畔路。更兼一片溟濛雨。　愁上心頭支不住，不似沈哀，別有傷心處。愁比傷心輸幾許？傷心如雨愁如霧。

取　材：

THE DAY IS DONE

Henry W. Longfellow (1807-1882)

The day is done, and the darkness
　Falls from the wings of Night,
As a feather is wafted downward
　From an eagle in his flight.

I see the lights of the village
　Gleam through the rain and the mist,
And a feeling of sadness comes o'er me
　That my soul cannot resist.

A feeling of sadness and longing,
  That is not akin to pain.
And resembles sorrow only
  As the mist resembles the rain.

阮郎歸 三

摩爾（Thomas Moore）詩三章語繁而意苦利其可歌以阮郎歸譯之視原文不能無溢辭矣

薔薇開了夏初長，孤花殿晚芳。繁英取次付飄颺，同枝天一方。珠蕾盡，翠條荒。風流夢一場。甚時重見舊時妝？相思空斷腸。

繁紅飄盡翠陰稠，都歸土一丘。孤芳憔悴爲誰留？伶俜枝上頭。花不語，葉頻投。從教歸去休！安排香塚掩風流，同銷千古愁。

交親散落更誰存？相逢無故人。香銷玉碎絕音塵，綺懷空自珍。傷逝水，賦停雲，孤鴻思舊羣。人閒何世獨飄淪，那堪餘此身。

'TIS THE LAST ROSE OF SUMMER

取材：

Thomas Moore (1779-1852)

'Tis the last rose of Summer
Left blooming alone;
All her lovely companions
Are faded and gone;
No flower of her kindred,
No rosebud, is nigh,
To reflect back her blushes,
To give sigh for sigh.

I'll not leave thee, thou lone one,
To pine on the stem;
Since the lovely are sleeping,
Go sleep thou with them.
Thus kindly I scatter
Thy leaves o'er the bed,
Where thy mates of the garden
Lie scentless and dead.

So soon may I follow
When friendships decay,
And from Love's shining circle
The gems drop away!
When true hearts lie wither'd
And fond ones are flown,
Oh! Who would inhabit
This bleak world alone?

阮郎歸

The Last Rose of Summer

Irish Air: — "The Groves of Blarney"

Thomas Moore

Flotow's "Martha."

風流夢一場。甚時重見舊時妝！相思空斷腸；
從敎歸去休！安排香驂掩風流，同銷千古愁。
孤鴻思舊群。人間何世獨飄淪，那堪餘此身

沁園春 五月四日壽無諍五十

非俠非狂，非惠非夷，非墨非儒。任撐腸斗酒，橫生芒角；羅胸萬卷，倒瀉璣珠。徧禮名山，勤參上德，踏破鐵鞋一字無。心期遠。待繙殘貝葉，坐老團蒲。幽居近日何如？見說似襄陽歸敝廬。笑行藏不定，閒雲度鶴；經綸自許，長鋏彈魚。客路蒼茫，詩壇寥落，一奮能追高達夫。明朝更，倩盤絲繫腕，春永蓬壺。

踏莎行

樓觀飛霞；郊原隱霧。玉山迎面青無數。天開文運闢榛蕪，於今處處絃歌處。幽徑廻廊，瑣牕朱戶，書聲時共流鶯度。層陰如夢谷雲低，斜陽又染相思樹。

江城梅花引

輕車飛趁好風涼，送斜陽，漸昏黃，樹杪天開，隱約泛波光。波盡晚霞明滅處，渾不辨：是他鄉？是故鄉？故鄉故鄉天一方。怕思量，卻相望。望也望也望不見，烟靄茫茫。十載蓬萊，依舊水中央。便算乘風歸去也，爭奈箇，少年郎。鬢已蒼！

菩薩蠻 午枕

連朝雨足花成巷，輕陰低挂流蘇帳。午夢欲迷離，枕邊鶯亂啼。瀟瀟風動竹，疑泛湘波綠。上下碧雲天，醉眠春水船。

鷓鴣天

鍛夢烹愁枉費詞，換將幽恨到腰支。殘山賸水都無賴，伏雨闌風未盡癡。餘悵惘，感差池，須知無地著相思。但能長得君恩厚，蝕骨銷魂總不辭。

南歌子

宿獅頭山元光寺

夏木陰陰合，春禽恰恰啼。四山霏雨潤酥泥。剗取涼雲一笠壓眉低。蔬筍分香積，鐘魚度翠微。禪牀放脚便忘機。自是得安心處不須歸。

西江月

元光寺始見桐華

夜靜櫓聲斷續，曉來山色空濛。天涯初見紫花桐。喚起鄉心如夢。密葉晨流清露，幽香暗逗游蜂。任敎春意十分濃。少箇綠毛么鳳。

水調歌頭

手種凰凰木始華

手種鳳凰木，彈指五年餘。當年奔走流汗，自起斸烟蕪。一歲大逾拱把，三歲高逾尋丈，清影護庭除。但憾美不足，只有葉扶疏。　樹如此，人世事，幾榮枯！今朝失喜相見，高處著花初。從此朱纓繡葆，相映紅幢翠蓋，幻想帝王居。娟我北牕下，午夢要蘧蘧。

浣溪沙 百成寓中曇花夜放

涼露娟娟點砌苔，幽香細細入簾來，主人驚喜報花開。　無可奈何塵劫短；不多時去夢雲廻。莫教羯鼓更相催。

浣溪沙

少日襟期自許高，如今老去向蓬蒿，空持撮土種夭桃。　豈有鸞凰甘作鴆？但傷蓀蕙化爲茅！問天無語首頻搔。

巫山一段雲 和寥音

峽束秋江急；帆收夕照沈。煙鬟隱約度層陰，遐思入微吟。　枕畔朱霞爛；峯腰翠靄深。佳人旌旆易重尋，難覓少年心。

桂殿秋

覽故宮所藏王晉卿僊山樓閣圖

瑤殿迥，錦屏開。琅玕爲竹翠爲苔。眼見蓬萊又淸淺，鳥爪僊人猶未回。

西江月

壽一寒六十

萬里萱幃乖隔；一庭鴻案相莊。任敎舞袖太郎當，六十華年無恙。今雨爭如舊雨；故鄉翻似他鄉。奇巖村舍話滄桑，記否新安江上？

八歸

不見印文二十年矣去歲忽傳凶問竟殉情於泰京曼谷其親舊歸骨台灣爲詞哀之

飆輪電掃，良朋天末，鵬翼萬里摧折。浮生夢短成何事？空憶秣陵攜手，舊游踪跡。同是英年誇俊賞，共幾度、雞窗晨夕。誰料得、一別巴山，廿載信音絕！長恨關河閒阻，相逢難再，咫尺依然乖隔。曼殊癡慧，濟慈沈痼，不抵叢哀千結。想交親淚眼，慘月猶疑見顏色。塵緣盡，故人何在，古寺燈昏，熒熒飛怨碧。

鷓鴣天

魯渭平屬題辛亥革命同志四人照像

一幟荆湘振臂呼，東南志士已雲趨。英年共負淩霄志，晚歲空窺種樹書。天下事，未全輪。誰知先白好頭顱。鬢眉不畫淩烟閣，自寫商山四皓圖。

定風波 率諸生畢業旅行彰化八卦山

選勝偸閒結伴行，逶迤山徑舊曾經。腰脚漸驚輸少俊，酸困，披襟消受玉壺冰。同在天涯同作客，傷別，鵷雛行看奮雲程。歸趁斜陽千轂動，相送，車窗時見佛頭青。

鵲橋仙 悼胡適之先生

提倡科學；提倡民主；文學提倡白話。但開風氣不爲師，舉世有、客觀評價。灌輸思想，轉移時代，重擔一朝放下。先生原自有千秋，那管得、旁人笑罵。

浣溪沙

丁尼生（Alfred Tennyson）詠鷹詩音調拗怒極得鷙禽神理原詩二節節三句前後六韻取爲仄韻浣溪沙擬之

勁爪鉤拳挐絕壁，荒原縱覶摩寒日，碧落廻翔驕獨立。低巡海面層波急。俯瞰山城雙眼疾。驟下平蕪如電擊。

取　材：

THE EAGLE

a fragment--by Alfred Tennyson (1809-1892)

He clasps the crag with crooked hands;
Close to the sun in lonely lands,
Ringed with the azure world, he stands.

The wrinkled sea beneath him crawls;
He watches from his mountain walls,
And like a thunderbolt he falls.

風入松 夜約

烟波隱隱岸迷離，黃月半輪低。縠紋初定渾如睡，又驚起、一片寒漪。投浦急催鷁首，衝沙緩度酥泥。溫溫海氣沃長堤，田舍隔平陂。纔敲窗格伊先覺，綻青睒，憐寸光微。相見乍驚還喜，魂銷良夜幽期。

取材：

MEETING AT NIGHT

--by Robert Browning (1812-1889)

The grey sea and the long, black land;
And the yellow half-moon large and low,
And the startled little waves that leap
In fiery, ringlets from their sleep,
As I gain the cove with pushing prow,
And quench its speed i' the slushy sand.

Then a mile of warm sea-scented beach;
Three fields to cross till a farm appears;
A tap at the pane, the quick sharp scratch
And blue spurt of a lighted match,
And a voice less loud, through its joys and fears,
Then the two hearts beating each to each!

八拍蠻 晚別

東岬驚濤拍海灣。曈曈初日正銜山。水上碎金郎去路，空牀妾怨錦衾寒。

取材：

PARTING AT MORNING

--by Robert Browning

Round the cape of a sudden came the sea,
And the sun looked over the mountain's rim:
And straight was a path of gold for him,
And the need of a world of men for me.

卜算子

赫理克（Rcbert Herrick）小詩To Electra一首頗似陶令閑情賦中語固知情之所鍾有同然矣

不敢索朱脣，不敢希一粲。生怕微聞薌澤時，惹教心魂亂。誰識此時心，但有區區願：
願醉春風陣陣香，曾拂卿卿面。

取材：

—by Robert Herrick (1591-1614)

I dare not ask a kiss,
　I dare not beg a smile,
Lest having that, or this,
　I might grow proud the while.

No, no, the utmost share
　Of my desire shall be
Only to kiss that air
　That lately kissed thee.

柘枝引　五

先疇數頃不憂貧，常樂自由身。識得鄉園趣。枌榆桑梓總相親。
肥牛供乳麥爲飧。毳服仰羊羣。更有扶疏樹。暑添涼蔭臘添薪。
堂堂歲月任推遷。心境總悠然。身健天君泰。日長惟結靜中緣。

藏修遊息但隨緣，適性樂吾天。內省無慚疚，宵來放脚便酣眠。
浮生默默絕聞知。死去不須悲。夜壑舟移後。墓門何用立豐碑。

取 材：

SOLITUDE

--By Alexander Pope (1688-1744)

Happy the man, whose wish and care
A few paternal acres bound,
Content to breathe his native air
　　In his own ground:

Whose herds with milk, whose fields with bread,
Whose flocks supply with attire;
Whose trees in summer yield him shade,
　　In winter fire:

Blest, who can unconcern'dly find
Hours, days, and years, slide soft away
In health of body, peace of mind,
　　Quiet by day:

Sound sleep by night; study and ease
Together mixt, sweet recreation,
And innocence, which most does please
　　With meditation.

Thus let me live, unseen, unknown;
Thus unlamented let me die;
Steal from the world, and not a stone
　　Tell where I lie.

謁金門

金門島。四面海環山抱。萬箇蜂房通隧道。千重山外堡。不似元嘉草草。那爲彈丸地小。試看馬騰兼士飽。黃龍須直擣。

憶秦娥

桃花開。桃花處處軍人栽。軍人栽，披荆斬棘，帶得春來。　金門山勢高崔嵬。金門人似登春臺。登春臺，十年薪膽，一夕風雷。

鷓鴣天

莫道窮鄉困海隅，野人充饍只甘藷。青晶香稻胡麻餅，紫栥高粱石首魚。　沙磧地，不毛區，如今處處水鳴渠。君看馳道多高樹，新植蒼松百萬株。

八聲甘州

御長風、銀翼度晴空，蓬萊靜波瀾。向澎湖列嶼，金門戍壘，一縱游觀。天作三台屏障，拔海出層巒。十萬貔貅在，劍氣霜寒。　試上七重峯頂，指荒煙蔓草，是處鄉關。恨盈盈一水，咫尺隔悲歡。好男兒、封侯骨相，爲諸君、高唱大刀環。歸期近，跨甌閩去，收拾江山。

酷相思

莫把白楊栽冢上；也莫把、悲歌放。儘風露、淒淒芳草長。忘我也、由君忘；想我也、由君想。　不管春陰秋雨響；更不管、鶯兒唱。沒昏曉、泉臺饒悵惘。想你也、隨時想；忘你也、隨時忘。

取材：

SONG

Christina Georgina Rossetti (1830–1894)

When I am dead, my dearest,
    Sing no sad songs for me;
Plant thou no roses at my head,
    Nor shady cypress-tree:
Be the green grass above me
    With showers and dewdrops wet;
And if thou wilt, remember,
    And if thou wilt, forget.

I shall not see the shadows,
    I shall not feel the rain;
I shall not hear the nightingale
    Sing on, as if in pain:
And dreaming through the twilight

That doth not rise or set,
Haply I may remember,
And haply may forget.

水調歌頭

實先以甲骨文字屬爲集句因集此詞以調之

魯子振絕學，至樂說殷周。夙昔寶刀未老，廿載解千牛。甲骨今無人問，何用萬言析義。抵死事蒐讐？強我集新句。占畢不曾休。對殘編，追史乘，望神州。一介每憂天下，風雨復同舟。禾黍已非周室，典册又逢秦火，狐鼠盡公侯。安得王師發，歸看麓山秋。

塞姑

從軍詞

莫道男兒薄倖，不解幽嫺貞靜。拋下冰心雪胸，卻向沙場馳騁。

別有雀屏待射，逐鹿中原大野。從此相隨在身，一盾一刀一馬。

道是三心兩意，也應佳人心喜。若不親卿愛卿，何必封侯萬里？

取　材：

TO LUCASTA, ON GOING TO THE WARS

--by Colonel Lovelace

Tell me not, Sweet, I am unkind
　That from the nunery
Of the chaste breast and quiet mind,
　To war and arms I fly.

True, a new mistress now I chase,
　The first foe in the field;
And with a stronger faith embrace
　A sword, a horse, a shield.

Yet this inconstancy is such
　As you too shall adore;
I Could not love thee, Dear, so much,
　Loved I not Honour more.

注： 親卿愛卿語見世說新語惑溺篇

南柯子　睡美人

柳眼慵初合，櫻脣笑尚宜。佳人春困睡些時，不道長顰累歎爲相思。絳霞侵鬢頰，白雪露蝤蠐。喃喃絮語夢中低，道出伊家心事怯聞知。

交腕橫胸雪，含愁閣淚珠。卻忘莊蝶漸蘧蘧。莫是仙姝身世本華胥。密意無人覺，游神與化俱。夢鄉安穩世閒無。好把幽情深鎖碧紗廚。

取材：

THE SLEEPING BEAUTY

--by Samuel Rogers (1763-1855)

Sleep on, and dream of Heaven awhile--
Tho' shut so close thy laughing eyes,
Thy rosy lips still wear a smile
And move, and breathe delicious sighs!
Ah, now soft blushes tinge her cheeks

And mentle ov'er her neck of snow:
Ah, now she murmurs, now she speaks
What most I wish--and fear to know!

She starts, she trembles, and she weeps!
Her fair hands folded on her breast:
--And now, how like a saint she sleeps!
A seraph in the realms of rest!

Sleep on secure! Above control
Thy thoughts belong to Heaven and thee:
And may the secrets of thy soul
Remain within its sanctuary!

法駕導引 四

長相憶，長相憶，老屋昔懸弧。曉日窺窗如有約，光陰過隙已云徂。何用戀桑榆。

長相憶，長相憶，玫瑰競芳嫣。粲錦丁香兼百合，巢鶯鳶尾雜金鏈。花好應依然。

長相憶，長相憶，池院趁秋千。習習風生身似燕；飄飄羽化骨能仙——老病羨童年。

長相憶，長相憶，杉檜蔽天高。童稚每疑天尺五，如今始識去天遙。天路太迢迢。

取材：

PAST AND PRESENT

--by Thomas Hood (1799-1845)

I remember, I remember
The house where I was born,
The little window where the sun
Came peeping in at morn;
He never came a wink too soon
Nor brought too long a day;
But now, I often wish the night
Had borne my breathe away.

I remember, I remember
The rose, red and white,
The violets, and the lily-cups--
Those flowers made of light!
The lilacs where the robin built,

And where my brother set
The laburnum on his birthday,--
The tree is living yet!

I remember, I remember
Where I was used to swing,
And thought the air must rush as fresh
To swallows on the wing;
My spirit flew in feathers then
That is so heavy now,
And summer pools could hardly cool
The fever on my brow.

I remember, I remember
The fir-trees dark and high;
I used to think their slender tops
Were close against the sky:
It was a childish ignorance,
But now tis little joy
To know I'm farther off from Heaven
Than when I was a boy.

鷓鴣天

壽曾約農先生七十

海外飄零始識公，鬚髯如雪貌猶童。錙蕪新闢絃歌地，玃玃長裾戰晚風。峯峻嶒，水沖瀜。交涵仁智得心從。高嵋山下鶯相待，何日雙柑侍壽翁？

注：先生家居湘鄉高嵋山下，待鶯亭爲文正公時所建。

高陽臺

漢穆敦博士（Dr. Clarence H. Hamilton）本奥柏林大學教授，精於內典。年來賓席東海，主講哲學。瓜期既屆，不日言旋。予與外籍同人，舊有清談之會（命曰Chat Club），每會均由予講述中土文物風習。雖甚風雨，漢氏夫婦輒列座中。瀕行索書，並屬紀此勝緣，爲賦此章以別。

海上仙山，雲邊客館，幽人小駐浮查。幾見桑紅？贏來鬢髮蒼華。經年揮麈譚玄地，粲青蓮、細辨繩蛇。更饒他，老子婆娑，起舞傳芭。無遮最是清談會，許中邊味透，強似春茶。容我狂禪，憑誰散與天花？同游漸逐征鴻遠，應難禁、倦客思家。自堪嗟：身老蓬瀛，猶是天涯。

虞美人

北市遇宗人子昇先生，約觀其烏拉圭籍女弟子愛蘭娜（Elena Ramirez）所作書畫，屬爲詞以寵之。

仙姝海外耽風雅，妙解詩書畫。調朱弄粉亦何難？難在東方情調入筆端。　鸞牋象管晨昏共，彩翮憐雛鳳。新詞割取海東雲，付與獻之歸去寫羊裙。

巫山一段雲

韓泰東博士邀遊漢城華客山莊（Walker Hill）

二水天邊合，羣峯雨後妝。河山終古鬭兵場，幾度閱滄桑。　杉檜秋陰密，樓臺夜氣涼。可憐歌舞是殊鄉，莫教十分狂。

柳梢青

九月二十五夜飛抵東京機上卽景

疑幻疑眞：身翔玉宇，翼挂冰輪。黯黯深林，茫茫碧海——夜色難分。　錦城燈火流銀，驀地裏、千羣萬羣。不見樓臺，不聞簫鼓，但見「星雲」。

南歌子

贈孫念敏博士夫婦時居三鷹市ICU校園

帝里笙歌市，樵林隱遯居。偶因清話過精廬，老檜長松遶屋自扶疏。夫婦耽風雅，山川入畫圖。讀花商茗意何如，爲問窺窗富士妬人無？

定風波

五十五年四月八日，卽陰曆閏三月十九日，洛杉磯加州大學諸生集寓中，解珍露（Janet Louis Haley）、蘇黛（Donna Thorton）以牡丹餽予。適値生辰，喜而賦此。中土牡丹，舊以洛陽爲最盛，而美之洛杉磯花卉殊少，不意有此，故末語及之。

海外初驚歲月新，杯盤聊慰客中身。纔說一年春已盡，逢閏，今年贏得兩生辰。照座天香兼國色，難得，牡丹花好直千金。更喜看花人未老，雙巧——相歡同是洛城春。

滿江紅

戊申中秋月全食旣復圓有作

誰駕冰輪？纔湧出、銀潢練波。偏今夕、素娥遮面，墨暈黎渦。頓教人間迷朔望，坐愁雲外失山河。算饒伊、陰影暗些時，能幾何？光不昧，人浩歌；城不夜，玉嵯峨。喜夜深生魄，匣鏡重磨。見說淒虛非擲杖，行看探窟有飛梭。待吳仙、斫去桂婆娑，明更多。

水調歌頭

壽賓先尊翁道源先生八十

少壯事鞍馬，拔幟起荊湖。師行堅壁清野，江右靖萑苻。等是輕身百戰，未遂封侯萬里，釣渭尚無魚。獨有不凡子，發憤作通儒。　拜千金，辭二老，歷三都。遠尋金匱石室，讀盡世間書。此日乘桴浮海，多士執經問難，爭造子雲居。看取萊衣舞，猶似鯉庭趨。

玉漏遲

殿春花半院。歸來燕子，天涯飛倦。盼損雙蛾，誰念入時深淺？一寸芳心未改，尚記取、憑肩私願。風信便，饒伊寄語，韶光輕換。　過眼冶葉倡條，對歲晏山空，怎生消遣？飲散歡餘，閣了茶經香傳。怕見殘牋半紙，理前緒，全盤都亂。塵又滿，香銷夢回人遠。

注：此闋得之廢紙中，似爲六十年和絜生之作，而實未脫稿寄出，補「怕見」以下數語成篇，漫存於此。七十四年殘臘記。

巫山一段雲

環遊漢城市郊

曲曲環城路，重重壓嶺樓。高低不復辨林丘，紅葉作清秋。　論學空饒舌，傷時更白頭。今年不似昔年遊，添了許多愁。

注：十月二十五日赴漢城，出席檀國大學東洋學會，發表講演。晨起閱報，知是日我退出聯合國。

南鄉子

雛林古典舞踊學院有歌舞娛賓卽贈六齡小女子崔銀景

纔是簸錢時，已解翾飛鬪舞姿。素面強敎脂粉汚，孜孜——憨態雛聲唱柳枝。　翠袖拂鸞絲，趁拍偏宜下指遲。錦瑟恨長人恨短，神馳——故國淒涼入夢思。

高陽臺

霜厓有高陽臺詞，詠李香君故居媚香樓。思寧先生嘗覓其遺址，不得，屬爲追和。

酒漲秦淮，船叢笛步，孤城夜打寒潮。金粉笙歌，能令王氣潛銷。江山不恨偏安小，恨衣冠、鉤黨分曹。更何勞，燕子春燈，斷送孱朝？　漁樵浪說悲歡事，費工夫尋問，舊院長橋。坊曲斜陽，知他何處窗寮？東陵草沒無人掃，更休提、名士香巢。尚堪豪：扇底桃花，血未輕拋。

眼兒媚

池萍

一冬寒水鏡新揩，春漲綠雲堆。荷錢待選，楊毦未糝，那得浮苔？　迎流唼喋潛鱗動，碧浪暗縈洄。翠禽飛處，纔開又合，碎蘙樓臺。

鷓鴣天

題王心均藏莊慕陵書札

東壁西園玉樹林，白頭不悔入宮深。餐霞骨格清於鶴，食字生涯飽似蟫。　濃黛潑，硬黃臨，老來蹊逕已難尋。佳書未入時人眼，但解千金買瘦金。

太常引

絜生物化，賦此弔之，亦張季鷹撫琴傷逝意也。

道人原不羨輕肥，市隱一枝棲。豎拂說玄機，想丈室、天花亂飛。　珠林瀛海（皆其主編詩刊名），高山流水，斠律契深微。世上幾鍾期？嘆此日、知音更稀！

附題畫詞

長相思

雲一灘，花一灣。放箇船兒弄釣竿，飽看山外山。

如夢令

指點白雲深處，兩箇奇峯當戶。瀑水遠飛來，一片冥濛花雨。低訴，低訴，溪上疏松自語。

望江南

幽居好，茆屋矮牆圍。遶砌花開留茗飲，攜琴人至看泉飛，雨過綠陰肥。

曲

小令

雙調落梅風

清明雨，玄武湖。彩舟橫、蓼汀荷瀲。喁喁柳陰人笑語。鳥驚飛，惹一身香絮。

越調天淨沙

新春飲漁洞溪村店

娟娟臘雪堆丘。濺濺春水鳴溝。裊裊村烟賣酒。粉牆依舊，矮梅探出牆頭。

雙調折桂令

居東京國際基督教大學逾月矣。瀕行賦此，並爲楓林莊書諸筴。

乘風萬里尋詩。錦繡山川，遊子何之？喜煞蓬瀛：川流膩黛，山抹胭脂。不甫能吟鞭駐此，便消受秋色些時。楓葉紅時，銀杏黃時，纔記來時，又是歸時。

正宮叨叨令

長廊展出元明畫，三希堂上昔曾挂。太平天子耽風雅，搜來不費千金價。您省的也麼哥，您省的也麼哥，御題一派頭巾話。

越調凭闌人

纔喜春來春又闌；纔見花開花又殘。百年彈指間，怎禁雙鬢斑。

仙呂一半兒

眞山眞水費安排，曾是天工勾底來。妙手得之加翦裁，畫圖開，一半兒臨摹一半兒改。

雙調殿前歡

覓仙踪，一年三上指南宮。登高不跨蕭孃鳳。逸興偏濃：拄一枝紫竹筇；聽一笛梅花弄；醒一枕黃粱夢。只塵心淨洗，也算仙翁。

雙調水仙子

英雄墳傍美人丘；江上帆兼湖上舟；白堤桃映蘇堤柳。誰想那、繁華一筆勾。待歸時、收拾從頭。風月千場夢，烟波無限愁——說不盡的杭州。

注：阮毅成先生著一小書，述杭州舊事，命曰「三句不離本杭」。「杭」、「行」同音，蓋假俗語爲之也。再版索題，爲賦此曲。「江上」七字，借用阮氏句。

仙呂一半兒

貧居鬧市閉柴關，有子無官心境寬。白髮老翁惟古歡。謝衣冠，一半兒逍遙一半兒懶。

南呂四塊玉

鳥倦飛，雲歸岫。得優游時便優游。自家出處安排就。生不封萬戶侯，換不了窮骨頭，倒不如歸去休。

雙調清江引

對芳樽、玉山先自倒，不待擠排到。饒他蟻陣挑，任你蜂衙鬧；先生草堂春睡早。

正宮醉太平

曾嘗過苦和甘，早識得酸與鹹。學幾分瀟灑帶幾分憨。把人情透參。窄肩頭挑不下千斤擔；村把勢嚇不破行家膽；畫餅兒解不了餓夫饞——別著人笑談。

正宮醉太平 絲路

行不離駝峯馬鞍，夢不離疏勒樓蘭。冰天沙海路漫漫，出陽關玉關。馱囊裝滿了綢和緞；沿途流下了血和汗；蒙頭衝犯着暑和寒——終越過千山萬山。

散套

波蜜娜颱風過境戲賦

【中呂粉蝶兒】 睡起山堂，試開簾惠風和暢，望川原錦繡風光；花兒競芬芳，鳥兒貪歌唱，好趁時游賞，似這般雲淡天蒼，何曾是大風模樣。

【醉春風】 入袖午颸清，披襟秋氣爽。都道是霎時微雨作新涼，你不用瞎胡想，想。天文台沒箇主張；新聞紙又無號外，廣播站免談氣象。

【迎仙客】 微雲猶滃岩，蘋末轉清商，乍陰乍陽多異狀。赤霞燒晚天，涼氣侵屏障。夜幕高張，猛可裏雷部輕車響。

【紅繡鞋】 一會價風搴羅幌；一會價雨打紗窗，一會價金蛇兩道閃光芒，電源斷，燈乍黑；龍頭竭，水又荒，只索把門窗兒全扣上。

【滿庭芳】 只聽得雨暴風狂，暢好是神嗥鬼嘯，倒海翻江。恰扁舟一葉隨波蕩，儘潮頭亂打篷艙。只鬧的馬翻人仰；掌不住舵急篙忙。四下裏全搖晃。是甚麼橫衝直撞，颼的過前廊？

【耍孩兒】 誰家屋漏搬盆盎？忙不迭抱被移床，怨飛廉一味逞強梁，惱的人意亂情慌，望只望——雨收風定東方亮；恨只恨——地覆天翻黑夜長。眞難量：偏是孩兒們膽壯，酣酣直睡到天光。

【六煞】 眼巴巴才盼到明，天陰陰似夜未央，誰又料曉來風力依然旺。昨宵是朝前使的拖刀計；今朝是往後放的回馬槍。好箇漩渦浪！沒命兒胡纏混鬧，使勁兒倒鳳顚凰。

【五煞】 一場噩夢醒，來由事後詳——道波蜜娜小姐纔光降。我則道珮環月下珊珊響，蘭麝風來細細香；誰承望，只帶得一場豪雨，一片災殃？

【四煞】 望通衢一道江，逛公園百畝塘，扁舟闖入了平康巷。只看那橫街做了避風港，小院聊充滑水場。波心盪，倒有些零星家具，新舊衣裳。

【三煞】 播音器啞了腔，霓虹燈走了光，繁華市面寒酸像。東街的貨色吹向西街賣；米店的招牌吹給布店裝。欣無恙，算饒了水泥鋼骨，大厦洋房。

【二煞】 老榕樹搬了場；葡萄架抛過牆；鳳凰木磕斷了芭蕉項。一棵棵似街頭醉倒迷魂漢，一株株似逆旅相逢折臂翁。待要還原狀，怕白花了氣力，受不盡的窩囊。

【一煞】 你波蜜娜名兒艷又香，你性兒蕩又狂，天生一付風魔相。平空闖下滔天禍，迎面澆來潑辣湯。掛一筆胡塗帳，只裙邊兒一掃，也準教家破人亡。

【尾】 送嬌娘甫下場，說新客南施性更強。任憑你花顏玉貌皆魔障，誰着你蕩婦妖姬次第來訪？

語體詩

予少日所作語體詩悉逸佚；惟晚霞頌一首，因曾附譜單行，故得僅存耳。姑錄之。

晚霞頌

二十六年秋，登牯嶺外僑公墓。遠望極西，霞光紛槃，遐情逸思，絡繹於胸。急草此詩。至三十三年出示作曲家克諦，克諦狂喜，攜稿歸，費時三月，譜成鉅型唱詠曲（Cantata），全部以管弦樂伴奏。另作專書於三十四年在皖南出版。

一

西邊舒展着殘雲，
東邊閃爍着星星。
是人間珍惜的晚晴，
是人間留戀的黃昏。
我——自然底禮讚者
獨立在匡山之頂。
寂靜，伶仃，
我身領到難言的親證。
世界變成了渣滓，
我在精靈中馳騁。

聽——
往古，來今，
悠悠的古代底靈魂，
芸芸的眼前的衆生，
來諦聽我的歌聲呵，
——我寂寞的歌聲。

二

夜底屍布向大地延伸，
——這邪惡的世紀
如同末日之到臨？
是神底啓示？
在重重黑暗裏，
終有這一線的光明——
遠遠地，呵，在千山萬山以外，
在重洋碧海之濱，
那是義和騁轡的天津。
癡心的夸父——你眞癡心！
你那能
趕上他飛逝的車塵？
神勇的魯陽——你雖神勇！
你那能
挽回他旣墜的頹運？

三

夢想着的樂土，天國：
「七重行樹，七重闌楯……
「池中蓮華，大如車輪……
「迦陵頻伽，共命之鳥……
「晝夜六時」，
宣流和雅的法音。
那裏有恒河沙數諸佛，
永遠地，放射出無量光明，
無量光明。
生活底疲倦者呵！你們
感到了生之悲哀，

感到了死之歡欣，
幾時能脫離了紅塵？
幾時蒙諸佛底接引？

四

牧羊的孩子呀，
你是那麼姣好，
　那麼英俊。
你靜靜地躺着吧，
好探索那美的人生。
美呵，永遠地美吧！
狄雅娜飛馳着銀車，
卻爲你而遲停。
你底魅力
敢膠住了她底車輪？
她安放你在幽冥之宮，
　永保你底青春。
她憐惜，她溫存，
吻吧，一天一度的甜吻，
一天一度的甜吻。

五

啊——
天昏昏兮地沈沈。
滄江日暮，人間何世？
　九疑消失于層雲，
木葉飄下了洞庭。
白銀盤裏的青螺呵，
幽囚了痛創的靈魂。
如泣，如訴，如怨、如慕，
是游客底簫聲？
是逐客底行吟？
不，是寶瑟底嫋嫋餘音。
　世界充滿了愁恨，
只賸下滿山的斑竹，
滿山的淚痕。

六

是瑤池？是西極？是崑崙？
遠在那「流沙之瀕」。
驊騮、綠耳、山子、盜驪，
日行三萬里，
朝着那裡飛奔。
那裏有爛熟的蟠桃，
那裏有不死之藥，
予祈福者以長生。
奔呵！奔呵！
爲了短促的人生。
那裏有珠闕瑤城，
那裏有蓴綠飛瓊，
予祈福者以芬馨。
奔呵！奔呵！
爲了溷濁的人生。
聽——

七

悲風送來了「黃竹」的歌聲。
看呵，
烈燄騰騰，
把世俗的浮華焚盡；
天風泠泠，
把塵寰的幻夢吹醒。
看呵，
伏爾甘的洪爐，
把阿吉利斯底鎧甲鍾成。
阿織娜底神鍼，
巧過天孫底織錦。
看呵，
那是芬芳的香檳，
你該盡情地狂飲；
那是蕩婦的櫻唇，
你該盡情地狂吻；

那是殷紅的戰士底血痕，
啊，是恥辱？是光榮？
你該盡情地死吧，
把熱血去寫下千古的英名。

八

一片荒林
原始的荒林，
算是人間的一角，
同樣，充滿着恐怖、陰森，
生命和生命在吞併，
在可憐的陰暗裏鬥爭。
鱷魚靜靜地睡了，
棕櫚伸出了可怖的巨靈。
蠻人高燒着火炬，
艷服文身，
在狂舞，在高歌，在痛飲，
在擁抱他們底情人。

那裏是幸福，
何處是光明？
司芬斯跳下了深淵，
世界沈淪于渾沌。

九

自然的藝術，
偉大的藝術，
是美底宗匠、美底玄宰、美底神聖。
我——自然的禮讚者
獨立在匡山之頂。
世界變成了渣滓，
我在微妙中馳騁。
童年底幻夢
只剩下隱約的殘痕。
——神秘的蜘蛛
金絲、銀絲、珍珠的串……
牽箇不停。

大地像搖籃似地轉着，
天邊有美麗的星
——美麗的星。

譯詩

以下各首皆爲講演時舉例之需要而譯。故取材漫無標準，不成體段。然爲數甚少，姑附存之。

取材：

菩薩蠻

蕭淑蘭

有情潮落西陵浦；
無情人向西陵去，
去也不教知，
怕人留戀伊。

憶了千千萬，
恨了千千萬，
畢竟憶時多，
恨時無奈何！

TO Him

Hsiao Hsu-lan

On time the tide is in and down;
No return date since you went to the town.
Not a word left while away.
You'd fear I'd stop your way.

Thousands of times I yearned for you;
Thousands of times I resented too.
But usually I yearned for ----
Resentment was rare.
It happened only when I couldn't bear.

LOTUS FLOINER

Anon.

In full blossom the lotus reddens the riverside.
The flower, you say, is more charming then I.
But yesterday along the bank when I passed by
Nobody cast a glance upon the flower---Why?

取材：

芙蓉詞

佚名

芙蓉花發滿江紅。
郎道芙蓉勝妾容。
昨日妾從隄上過，
如何人不看芙蓉？

取材：

燕歸梁

蔣捷

我夢唐宮春晝遲，
正舞到，
曳裙時。
翠雲隊仗絳霞衣。
慢騰騰，
手雙垂。

忽然急鼓催將起，
似彩鳳，
亂鶯飛。
夢回不見萬瓊妃；
見荷花，
被風吹。

YEN KUEI LIANG

--Chiang Chieh (1235-1300)

I dream in the palace of the T'ang synasty---
That's a fine spring day.
They are dancing, dancing.
Hoisting their skirts.
Quires--in green dresses and ruby garments.
Slowly, very slowly
Their hands are moving down.

Suddenly a hail of drum-beating calls them up
Like a flock of phoenixes
Being startled to soar.
Thousands of beautiful ladies disappeared while I wake.
I see only the lotus flowers
Being played by the breeze.

THE SONG OF WHEAT FLOWER

Chi Tze

Now the palaces are rank with wheat
And luxuriant the millet and rice!
O, that fickle, young man
Didn't act on my advice!

取材：

麥秀歌

箕子

麥秀漸漸兮，
禾黍油油。
彼狡童兮，
不與我好兮！

SONG OF MOUNTING YU-CHOU TOWER

--Chen Tse-ang (656-698 A.D.)

Looking into the past no ancients can I call;
Looking into the future see no coming ages at all.
Only Heaven and Earth are eternal.
Lonesome am I---
Sentimentally, my tears fall.

取材：

登幽州臺歌

陳子昂

前不見古人；
後不見來者；
念天地之悠悠，
獨愴然而涕下。

DRINK, PLEASE!

---Li Po (701-762)

Don't you see the waters of the Yellow River come down from the sky
And run far into Ocean and will never return?
Don't you see someone worrying about his hair
Reflected in the bright mirror in the high hall
Which in the morning was black silk but turned into snow in the evening?
Make a hearty drink when happy in your life.
Never lay your gold cups under the moonlight without liquor.
Since we have been well gifted by God.
The winged riches away from us will fly back someday.
Roast the lamb! Slay the ox! And start the music!
Let's drink three hundred cups today
Come on, Master Chen and Priest Tanchiu!
O, more wine! Don't decline!
And Listen! I'll sing a song for you.
Crown and diamonds are nothing to me.

I prefer to remain drunk and never be sober again.
The sages of old, you know, they all have been forgotten.
Only the drunkards could keep their names immortal.
Once Prince Chen gave a feast in the P'inglo Palace.
Ten thousand coins per cup of wine, merely for their unrestrained pleasure.
Don't worry about money, Gentlemen!
Let us order more and drink together!
Over there are my noble horse with mane cut into five locks.
And my furs worth a thousand ounces of gold.
Ask the boy to barter them for excellent wine!
Let's drink down the sorrows through thousand centuries!

取材：

將進酒

李白

君不見黃河之水天上來，

奔流到海不復回；
君不見高堂明鏡悲白髮，
朝如青絲暮成雪？
人生得意須盡歡，
莫使金尊空對月！
天生吾徒有俊材，
（此句各本有異文，依敦煌本，因⑴例須起韻；⑵文氣較順；⑶吾徒兼岑、丹言，亦較勝。）
千金散盡還復來。
烹羊宰牛且爲樂，
會須一飲三百杯。
岑夫子！丹邱生！
將進酒，杯莫停。
與君歌一曲，
請君爲我傾耳聽：
鍾鼓饌玉不足貴，
但願長醉不用醒。
古來聖賢皆寂寞，

惟有飲者留其名。
陳王昔時宴平樂，
斗酒十千恣歡謔。
主人何爲言少錢？
徑須沽酒對君酌。
五花馬，
千金裘。
呼兒將出換美酒，
與爾同銷萬古愁。

取材：

結愛

孟郊

心心復心心，
結愛務在深。
一度欲離別，
千回結衣襟。
結妾獨守志；
結君早歸意。
始知結衣裳，
不如結心腸。
行結坐亦結，
結盡百年月。

LOVE TIE

Meng Chiao (751-814 A.D.)

Heart to heart---
Our hearts are hot.
One time about to part;
Thousand times we tied knot---

To confirm my oath keeping alone,
To affirm your promise returning soon.

Rather than unite in clothes
Better to be united in hearts---We both.

Long and forever we combine
Till the end of time.

英譯高麗詞人李益齋（齊賢）詞三首

——為ASPAC季刊——

WU SHAN I TUAN YUN

Market in a Cloudy Mountain--

Thousands of green hills appear in the distance.
The long stream runs around like a jadebelt.
The small inn is still closed while the sun has risen up so high.
And the morning mists are going to scatter.

Far away are the buildings in dimness.
The grasses and trees have been bathed by moisture.
Crossing the bridge, I remember, once returning from the market with fish.
But now I see that things have somehow changed.

巫山一段雲

山市晴嵐

遠岫螺千點，
長溪玉一圍。
日高山店未開扉，
嵐翠落殘霏。
隱隱樓臺遠，
濛濛草樹微。
市橋曾記買魚歸，
一望卻疑非。

CHE KU T'IEN

--P'ingshan Hall, Now Occupied by a Lama--

By reading his poems I heard of the Hall.
The great poet, now still can the sightseers recall.
With the decayed willows he planted by the windows.
Were his handwritings blurred out on the wall.

The passing clouds obscure.
The moonlight like a pall.
For thinking of the past my tears fall.
What a dull creature the Tibetan lama is.
Drowned in sleep, cares nothing at all.

鷓鴣天

揚州平山堂今爲八哈師所居

樂府曾知有此堂，
路人猶解說歐陽。
堂前楊柳經搖落，
壁上龍蛇逸杳茫。

雲澹泞，
月荒涼。
感今懷古欲沾裳。
胡僧可是無情物？
毳衲蒙頭入睡鄉。

註：歐陽修朝中措詞云：「手種堂前楊柳，別來幾度春風。」是公曾植柳於平山堂前。故第三句加 he plented 以足其意。又句中「楊柳」與「搖落」為雙聲，頗韻致，故以 willows 與 windows 相襯搭，小施狡猾。

太常引

暮行

棲鴉去盡遠山青。
看暝色、
入林坰。
燈火小於螢，
人不見，
苔扉半扃。

照鞍涼月，
滿衣白露，
繫馬睡寒廳。
今夜候明星，
又何處、長亭短亭？

TAI SHANG YIN

--Lonely Travel in Evening--

Though mountains visible, all crows out of sight,
The veil of dusk
Falling down the hillside,
As small as a firefly---the dim light,
A door ajar,
But not a soul to invite.

Cool moonlight over my saddle,
White dewdrops on my cloth,
Roosting in empty house, with horse tied.
May there be a few stars bright!
May I have an inn or a hostel
Where I can pass the night!

儷辭

駢文

妃青儷白之作，非予所能。僅得二首，聊存於此。

友紅軒詞話自序

雞鳴風雨，天步方艱；龍血玄黃，人間何世！仲尼浮海，悲大道之難行；桓景登山，信不祥之可祓。遂乃片颿東渡，萬里孤征。亘浸無涯，嘆蟲沙之入刦；蓬萊可到，望雞犬而疑仙。塵海滄桑，浮沈何極！中年絲竹，哀樂無端。懷土有甚乎仲宣；感舊亦深於季重。榕烟椰雨，時興喬木之思；春月秋花，幾見韶華之逝。請纓磨盾；彈鋏吹簫。廡下賃舂，式舉齊眉之案；軍中記室，還憐短後之衣。既無補於明夷；庸何傷乎習坎！紀炎荒之風物，集乇瓊瑤；念故國之山川，情同辛陸。焦廬跼蹐，居如戴屋之蝸；鄴架荒寒，飢甚食書之蠹。慰客懷之騷屑，偶託詩餘；擷藝圃之芳馨，漸饒語業。披尋故紙，商略名篇。每有會心，輒爲載筆。賞音難遘，謬尚友於古人；攻錯相期，求同聲於大雅。索瘢擿垢，技止雕蟲；批卻擊軱，狂同捫蝨。平戎萬字，換來種樹之書；泛越一舸，廢却屠龍之手。古今一轍，能無慨然？得失寸心，抑自知矣。

壬子秋夕述懷

龍虵起陸，幸浮海以東來；鸞鶱離羣，亦馮風而西翥。求全季造，豈復干榮？快意壯游，偶然乘興。別枝驚月，鵲三匝以無依；衰草迎秋，蟲千號而思蟄。空山閉戶，漸遠跫音；故紙堆榼，聊尋勝處。信考槃之可樂，非塵網所能嬰者矣。

爾乃風日暄和，川原靜淑。脫巾獨步，得林下之清娛；把卷微吟，失人間之煩熱。雲嵐肆其詭幻，草木溢其芬馨。豈必飲沆瀣而神清，涉滄溟而意遠哉？

於是誅草茅，培卉木，治闌楯，汛庭除。積翠侵脂，頳紅助頰。丹楓未落；碧桃始華。禽百囀而山幽，蟬長嘶而晝永。

及夫朱明既匿，皓魄代升，零露初溥，涼颸閒作。笙歌止沸，滅華鐙而出房櫳（謂TV）；茗果宜秋，踞胡牀而面場圃。私珍節序，燕坐宵分。逸興遄飛，孤懷浩渺。仰視則碧空不滓；傾聽則銀漢無聲。分素女之清輝，寒生玉臂；賞才人之高唱，夢入瓊樓。

因念星海茫茫，大地纔其一粟；塵途擾擾，浮生無過百年。朔望以時，視盈虛者如彼；彭殤等壽，知脩短之謂何？樗以散而獨全；井可渫而不食。幸暫懽之可恃，宜行樂兮及時。

今乃列國窮兵，羣陰搆難。殺機甫發，野血何止於玄黃？樂土難尋，天道且即於淪滅。而士窮物理，蔽于天而不知人；國騁霸圖，恣其欲而不顧害。乃貪甘而飲鴆；亦竭澤以行漁。染海毒流，則百蟲赤其族；熏天慘霧，則二曜黯其華。充類致極，生道其幾于息矣！

古有棲眞守素，服食求仙，汗漫九垓，上壽千歲。痲姑渡海，蓬萊之淸淺者三；王母乘軿，青鳥之飛來不再。雲中宮闕，尙饜神游；月下笙璈，猶存幻境。未聞不謂排雲有箭，上窮碧落之天；馭電爲車，深入淸虛之府。而廣寒宮渺，寧靜海枯。竊藥之佳人，無論擣霜之玄兎。婆娑金桂，豈蕭斧所能加？嵯峨玉城，惟寒灰其可揾。以知蟾宮閶闔，不過蜃樓；蟬蛻塵埃，徒成蝶夢矣。

然則藐是衆生，淪兹濁世，奚翅日中之野馬，甕上之醯雞？因循則過隙之駒，騰踔亦搶楡之鷃耳。興思及此，寂寥寡歡。坐對嬋娟，顧視罔兩，遐馳未已，良夜何其！杞人抱不釋之憂，湘纍積難窮之問。爽然自失，羌不知今夕之爲何夕也。

題畫耦句

聯語爲詞章小道，壯夫不爲。歷年酬世之作，不可勝記，初無留稿。僅就題畫偶句言，亦無慮千數。因內人偶有鈔存，即便彙錄，附之駢文之後，聊以救「儷辭」一類之貧薄云爾。

一 集孟子

何取於水
必觀其瀾

二

幽窗分樹影
虛枕納溪聲

三

雙松當戶秀
一水帶雲暄

四

出雲山愈峻
經雨瀑初肥

五

雲因出岫冷
水似在山清

六

奇峯窺野屋
疏柳媚晴灘

七

春陰猶澹沱
雨意漸闌珊

八

白雲封古道
紅葉煖秋山

九

柳色當門淺
鐘聲出谷遲

十

野水和雲冷
孤亭盡日閒

十一

亂雲山徑失
殘雪寺樓明

十二

溪廻村路遠
林密屋廬深

十三

水漲一溪活
春來萬木蘇

十四

筆下千峰雪
心頭一味涼

十五

雨後灘聲壯
雲深樹色涼

十六

曉晴山欲笑
夜雨瀑初喧

十七

雙峯銜霧出
一徑入林深

十八

興似雲生谷
心如泉在山

十九

迷茫山下路
清曠水邊亭

二〇

幾家居石隖
數里入雲峯

二一

竹邊雙樹老
松下一峯青

二二

低傾馬腦樽
深酌蒲桃淥

二三

松僂如迎客
雲深不辨峯

二四

干雲松節勁
隣水樹聲涼

二五

林中村舍靜
溪上板橋閒

二六

流水逶迤去
寒松寂歷青

二七

過雨看松色
隨山到水源

二八

貪看青嶂好
誤入白雲深

二九

風泉滿清聽
山月照歸人

三〇

霧散江天曉
寒餘草木春

三一

清溪喧樹杪
累榭傍巖阿

三二

幽情狎鳧鷺
高臥巢雲松

三三

瀑泉衝石亂
山逕入雲深

三四

巖高懸素練
林密隱紅樓

三五

曲渚春陰晚
前山雨意涼

三六

一徑松杉古
千尋瀑水寒

三七

眉分春嶺秀
衣借暮雲紅

三八

江聲日夜急
帆影去來明

三九

樹影千重碧
溪流五月涼

四〇

曉峯銜霧出
春柳倚風嬌

四一

野水和雲出
長松帶雨吟

四二

解笑蒼松好
耽吟碧澗深

四三

寒樹無乞色
晚山參苦禪

四四

風定松無語
雲凝澗有聲

四五

數峯商晚雨
孤艇入蒼谿

四六

晚水鳴瑤瑟
遙峯列玉屏

四七

花下三升酒
松間一局棋

四八

刺舟臨斷岸
枕石飲飛泉

四九

客面分酒紅
溪聲答松語

五〇

寺樓侵樹出
溪路入雲深

五一

山勢如犇馬
花光欲醉人

五二

幽居依茂樾
野水出寒雲

五三

谿聲疑過雨
松勢欲拏雲

五四

紫烟山下路
紅袖水邊亭

五五

秋水寒尤淨
晚峯淡欲無

五六

雲迷山遠近
溪滙水東西

五七

小溪納驚瀑
暗壑宿歸雲

五八

巖高飛瀑瘦
林密度雲遲

五九

山光因雨活
柳色爲春酣

六〇

水穿雲隙冷
寺借夕陽明

六一

樹色深難辨
泉聲時可聞

六二

虛閣延紅蕚
扁舟弄素波

六三

明月獨無恙
青山俱白頭

六四

山重雲出岫
石礙水爭溪

六五

逕通雲際寺
樹掩水邊邨

六六

洲渚薄清秋
泉聲破荒寂

六七

樹色分山徑
泉聲到寺門

六八

山頭千尺瀑
溪上兩三松

六九

路隨溪水轉
橋破野烟橫

七〇

披雲尋曲徑
倚杖聽流泉

七一

寒林無宿鳥
殘雪罕行人

七二

蘭杜逢春發
溪泉得雨喧

七三

雲濤無際處
山雨欲來時

七四

盪胸生層雲
洗耳攬鳴瀑

七五

樓臺宜近水
嵐翠欲藏山

七六

野屋芳洲近
扁舟別浦深

七七

水色倒空青
烟林橫積素

七八

野泉鳴濺濺
雲樹鬱蒼蒼

七九

泉石怡情久
雲山入望深

八〇

林中邨舍靜
溪上板橋閒

八一

松寒須鶴守
橋滑沒人行

八二

瀨淺流泉咽
林深歸路平

八三

峯廻如反顧
溪漲漸平流

八四

野水偶留客
寺鐘時出雲

八五

天氣轉清漻
水木自明瑟

八六

樹影千重碧
溪流六月寒

八七

溪雲猶戀樹
山雨欲侵樓

八八

長松俯幽澗
暝色下前峯

八九

山石醜逾媚
秋花老更妍

九〇

松聲琴不斷
山色玉無瑕

九一

山靈供夜雨
瀑布挂天紳

九二

大瀑從天下
孤花向晚明

九三

谷樹連郗合
山泉遶砌流

九四
風定松聲細
春深柳色青

九五
石似羆當道
松如將點兵

九六
秋色點青林
虛牕起商籟

九七
松具參天意
泉聞赴澗聲

九八
岡巒迎曉色
洲渚炫春光

九九
古驛斷人跡
荒谿納亂流

一〇〇
花依精舍靜
鐘出上方閑

一〇一
雙松能揖客
重嶺欲當關

一〇二
排雲遠岫如端笏
臨水孤松欲濯纓

一〇三
水邊無處着僧寺
花下何人移釣篷

一〇四
大瀑正從簷際下
六時常在雨聲中

一〇五
水聲粗悍如驕將
山色朦朧似美人

一〇六

雪蘆皤似騷人鬢
霜葉紅如玉女脣

一〇七

峯爭曉色如新沐
樹掩晴嵐似乍醒

一〇八

老樹拏空有奇氣
青山迎客如故人

一〇九

長松吟風晚雨細
野水穿雲春草深

一一〇

晴嵐欲散塔先出
曉霧猶低橋自橫

一一一

在山泉水含雲氣
到寺江潮送艣聲

一一二

泉喧未厭瓢鳴樹
林密何須扇障塵

一一三

湖光留客停孤棹
柳色迎人度短橋

一一四

溪聲活活分平浦
樹色陰陰護小橋

一一五

琤琮澗水調鳴瑟
重疊峯巒獻畫屏

一一六

寒樹照人秋水淨
輕雲籠野暮山蒼

一一七

欲來山雨催歸棹
不斷溪雲溼客衣

一一八

蒼狗白衣渾不辨
赤松黃石相從遊

一一九

千古湖山自清迴
一樓風月獨徜徉

一二〇

山縈曲浦青無際
徑掩幽篁綠到門

一二一

村舍溪橋自掩暎
烟巒霧嶂相參差

一二二

濃陰透瓦銷煩暑
遠水喧寒迎早秋

一二三

林下水聲喧笑語
巖間樹色隱房櫳

一二四

山迎烟雨微茫見
水赴陂塘散漫流

一二五

白魚紫蟹都宜酒
紅樹青山好放船

一二六

癡雲不散常遮塔
野水無聲自入池

一二七

瀑布松杉常帶雨
夕陽蒼翠忽成嵐

一二八

嵒顛石欲留松住
雲裏山如渡海來

一二九

乍無鳥語喧林薄
恰有灘聲破寂寥

聯賸

集契

魯君實先在日，嘗以甲骨文字隸定彙爲一紙，屬集聯語，得如干首。今實先宰木拱矣，附印諸聯於此，海內書家，或有采焉。

一

敬爾宗族
宜其室家

二

中天下而立
得上壽以仁

三

大德尊龍象
高文識鳳麟

四

史學承司馬
文才越子雲

五

遺懷有歡伯
分甘媚細君

六

載酒秦淮月
振衣岳麓雲

七

甘受和白受采
老者安少者懷

八

相逢舊雨三升酒
得意新辭五采雲

九

昌言行見千秋永
元氣相涵六合春

十

春風化雨因才敎
大谷幽林取次遊

十一

十年禾黍懷京國
一夕風雲震史編

十二

出山君定爲雲雨
在野人先識鳳麟

十三

何時立馬天山北
此去觀光上國中

十四

雲山弘麗如三晉
人品沖夷比六朝

十五

爲邦宜畜七年艾
上馬猶任五石弓

十六

六月荷風三月柳
十月樹木百年人

十七

和風甘雨徵休歲
采鳳祥麟享大年

十八

細觀龜甲三千載
新發牛刀十九年

十九

酒行洛社東西玉
文演淮南大小山

二〇

老去不憂明日事
興來猶作少年狂

二一

受茲介福以中正
樂夫天命復奚疑

（集易晉象辭及陶文）

二二

百歲齊眉魚得水
三星在戶燕于飛

二三

避人每喜雲封谷
對酒常疑月在尊

二四

老樹宿雲時漏月
幽巖受雨自分泉

二五

少日南山曾射虎
黃昏西陸自鳴蟬

二六

新荷細雨游魚出
垂柳春風旅燕歸

二七

黍谷一聲鳴采鳳
黃河九曲化文魚

二八

昌言立見傳天下
宿學宜教折衆心

二九

每對春風懷少日
長涵元氣益高年

三〇

合有新聲傳舊曲
好將高格入弘文

三一

入戶好風來燕子
逢春新雨長龍孫

三二

及時羊角風承翼
出匱龍泉夜有聲

三三

雲氣每依山上下
伊人疑在水中央

三四

雨後山泉虹自飲
風前楊柳燕先歸

三五

分曹射覆當年樂
鬥酒呼盧一夕狂

三六

干雲老檜猶爭雨
出水新荷盡亞風

三七

大好河山宜逐鹿
無端風雨正鳴雞

三八

好義如朱家郭解
遣興於周鼎商彝

三九

二分明月揚州夕
萬戶垂楊歷下泉

四〇

才高自晦方山子
事定從遊黃石公

四一

千家風拂垂楊綠
四野雲分大麥黃

四二

西蜀三弓揚子宅
南窗一角米家山

四三

美酒金尊同對月
豆風荷雨並宜秋

四四

向定中求無上乘
游方外入不二門

四五

酒自無何乘興好
樹猶如此閱人多

四六

官高易至二千石
王者何期五百年

四七

二水雲端涵日月
長瀧林外飲虹蜺

四八

長才惟有使君耳
野服其如天下何

四九

沈沈宿酒朝猶困
冉冉行雲暮不歸

五〇

才人爭說楊无咎
長者咸稱直不疑

五一

得句每於人定後
懷君多在月明時

五二

寶玉貯將雲母匱
明珠旋向水晶盤

五三

曲水游觀少長咸集
惠風和暢山水同春（兼集蘭亭字）

五四

用君之心行君之意
后天下樂先天下憂

五五

正氣堅剛白虹貫日
惠風和鬯玉壺買春

五六

宿將氣行虹上馬未甘辭老大
好官車逐雨買牛曾見振家聲（代實先集壽龔孟希）

五七

文化繫中興喜鼎命東來千秋典册貯天祿
明時由衆力看王師北定萬族河山復舊觀（擬送中央圖書館聯）

春帖

一

飽諳世味情彌淡
喜接春和氣漸舒　五十一年癸卯

二

座有鴻儒共談笑
人隨春煦轉陽和　又爲東海大學招待所。時校中多事，人事失調。此聯爲顧雍如院長揭去，攜往美國矣。

三

一犂膏雨徵豐歲
萬樹芳梅獻好春

又爲大坑農家，其地多梅花。

四

入室雲山饒供養
傍蹊桃李耐遲徊

五十七年戊申。此聯後爲朱龍盦先生索去。

五

清契一庭山月齊
遐思萬里海雲深

五十八年己酉

六

蓬島春回，正大度風餘，合歡雪後。
山齋晝永，有相思樹碧，含笑花香。

六十年辛亥

七

未能免俗猶耽畫
安得長閒不負春

六十一年壬子

八

歲在癸丑
運啓貞元

六十二年癸丑

九

老健榕爭春旭煖
葳蕤蘭報歲華新

六十六年丁巳

十

舒閒歲月平安福
坦蕩胸懷自在春

六十七年戊午

十一

十分冰雪由人冷
一氣陽和自我春

六十八年己未，時中美甫斷交。

十二

千秋正朔難忘夏
一室兒孫別有春

又爲熊伯穀夫婦旅美作

十三

寒重元知春煦近
時清又見歲華新

六十九年庚申

十四

出海雲霞開曙色
逢春草樹得陽和

七十年辛酉用杜子美劉文房詩意

十五

春來雪地冰天外
人在清夷和惠閒　七十一年壬戌

十六

文章千載壽
心境四時春　七十二年癸亥

十七

上元甲子開新運
再造乾坤進大同　七十三年甲子

十八

準擬從頭數花甲
政須著意賞春韶　又

十九

但使赤氛隨日淨
不辭白髮逐年新

七十四年乙丑

二〇

一卷能銷春日永
千金難買老年閒

七十五年丙寅

二一

集司空圖詩品及劉禹錫文

若爲雄才，喩彼行健。
斯是陋室，惟吾德馨。

七十六年丁卯

二二

爲國文天地雜志作，用時下流行語。

穩過太平年，今年好，明年更好。
緊追先進國，外國能，中國也能。

二三

白頭負手觀新局
青眼高歌迓好春

七十七年戊辰

柱銘

一　美國孔子文教基金會

聖亦猶人，出乎其類，拔乎其萃。
道原在邇，仰之彌高，鑽之彌堅。

二　嘉義吳鳳廟

「勇士不忘喪其元」，當年白馬紅巾，躬移獷俗。
「民到於今受其賜」，此日山程水庫，同樂春臺。

三　曼谷白雲村藏書樓

碧海灣頭行樂地
白雲深處讀書堂

四　正中書局辦公室

四壁有書終日醉
萬人如海一身藏

五　又

未妨人境喧車馬
應有文光射斗牛

六　友紅軒集句

載酒園林（陸游沁園春），趁胡蝶雙飛（呂渭老夢玉人引），香紅千畝（姜夔角招）
弄花庭榭（程垓洞庭春色）正海棠半圻（陳允平絳都春），春色三分（蘇軾水龍吟）

七　東京國際基督教大學

文物千秋盛
車書四海同

吉祝

一　壽貝麗絲（Betty Vickers）七十 貝為女飛行家，寡居數十年

黃鵠久摩空，碧海青天，獨來獨往。
素梅偏耐冷，暗香疏影，彌老彌堅。

二　張鏡予夫婦銀婚

玉臺春好二三月
鴛柱聲調廿五絃

三　壽林繼勳前輩九十

時維九月，榮期九十心常樂。
地接三山，閬苑三千桃始華。

四　壽公弢六十

為覓仙山同渡海

不嬰塵網定延年

五　壽周世輔七十

讀老子書，期千歲壽。
治孫公學，成一家言。

六　壽劉孟梁　劉自號瀟湘漁父，為中醫學院教授

定卜遐齡，家住蓬萊尋大藥。
未成歸計，竿投滄海釣神鼇。

七　楊雪齋向時七十雙壽　江西豐城人

地靈劍氣騰干莫
歲晏詩聲樂唱隨

八　壽謝鴻軒母九十　冬月生、繁昌縣志稱婺宿之野

愛日常溫諼室永
白雲深護婺星明

哀挽

一　挽彭素翁醇士

草憲數先驅，更以能文爲世重。
論年忘後進，稍因同氣得交深。

二　挽藍孟博文徵

是經師，亦人師，望重儒林，從容品儗東西晉。
由講席，而議席，志窮史乘，寢饋功深南北朝。

三　挽魯實先

於文史星歷之閒，糾譎發微，直造古人不到處。
無室家婦子之樂，含辛齎志，其奈老父尚存何。

四　挽俞瘳音大綱

俞作庚子秋詞，常以書抵予推敲，輒比於漚尹之於半塘。前歲，予嘗邀其至東海大學講演元曲專題。

餘事事詩餘，記庚子詞成，下問虛懷比漚尹。

劇談談戲劇，歎龍蛇運厄，上庠高座失觀堂。

五 挽蕭子昇瑜

子昇居烏拉圭孟都，設館授烏人以中國藝文，曰「中國文化之宮」，又自號曰「文化苦行僧」。

獨憑翰墨圖書，傳道地南端，此老堪稱文化使。
空賸藜牀早帽，愴懷身後事，何人爲繼苦行僧。

六 挽陳錦濤

在厄瓜多遇害

知必死不顧厥身，義殉國家，忠魂在黨追英士。
居是邦能聞其政，望隆朝野，廣道何人繼太丘。

七 挽楊子惠森

已近百年身，常遊千仞上。
不樂一人敵，自許萬夫雄。

八 挽盧聲伯元駿

嘗從盧冀野學，有四照花室曲

冀野得傳人，硯北生花能四照。

廣陵疑絕響，山陽聞笛有餘哀。

九　挽趙孟完聚鈺

若子弟之喪父兄，遺澤浹同袍，此日軍民俱墮淚。
竭股肱以事元首，籌謨弘異域，他年中外共銘勛。

十　挽曾寶蓀女士

文正公曾孫女，曾辦藝芳女校。

湘鄉爲一代名臣，歷數孫曾，環瑱亦人豪，奇才遠過嬰兒子。
藝芳作百年大計，廣栽桃李，蓬瀛餘教澤，碩望無慙女丈夫。

十一　挽王岫廬雲五

中山先生爲大總統時，曾一度任秘書

壯歲偶從龍，卷舒以時，出山志在爲霖雨。
耄期仍炳燭，教學不倦，易簀心猶繫簡編。

十二　挽張蒓鷗維翰

中華詩學研究所長。與張岳軍、何敬之號川滇黔三老南服多賢，並張何而三，各有千秋尊碩老。
正聲弗替，繼于賈之後，自麾一幟領風騷。

十三　挽張劍芬齡

朋友交深，諍言每爲多情累。
死生事大，學佛原知一悟難。

十四　挽胡希汾

清羸叔寶微慳壽。
夙慧士安善理財。

十五　挽屈翼鵬萬里

酒戶已無多，故人何限黃壚痛。
經師能有幾，高弟難忘絳帳恩。

十六　挽繆輔元

赴義忘身，雖聖賢蔑以過。
毀家紓難，是史乘所宜書。

十七　挽梅恕曾

立法委員，曾著食譜。

杯酒聚朋簪，每見故交融水乳。
箸籌關國策，微聞餘緒託鹽梅。

十八　挽杜負翁

揚州人，有聯話行世。

身離十丈紅塵，聯話尙留鴻印在。
夢斷二分明月，羈魂應共鶴飛回。

十九　挽錢思亮

臺灣大學校長中央研究院院長。子純、復、煦等皆顯。

報國總魁儒碩彥之成，厥功不泯。
敎子與薛鳳荀龍並美，於時有聲。

二〇　挽沈仲濤

早年英譯易經。晚歲以珍本圖書多種贈中央圖書館。

所癖者書，鄉嬛身後歸天祿。
尤精於易，鞮譯英年見異才。

二一　挽劉孝推

衡文試院時，孝推輒木然痴坐，華仲麐頎謂予曰：「孝推靈爽已亡，殆不久矣。」未幾果卒。注左傳未竟。

文會記初逢，飲醇如接周郎席。
棘闈驚永訣，癖左誰成杜氏書。

二二　挽吳萬谷敬模

南雅夏聲皆所編詩刊名。

壇坫重鴻裁，南雅夏聲歸月旦。
闈幃揮竹淚，西風秋氣入霜毫。

二三　挽戴靜山君仁

東海記從游，橫宇方新，風塵共作拓荒客。
比鄰疏過往，衡門依舊，才俊空停問字車。

二四　挽曾約農先生

焉知死，焉知生，天地止樊籠，早見空門超四度。
不思善，不思惡，形骸同土木，定從此際識貞常。

二五　挽張曉峯其昀

爲現代青年之師，興學見劬勞，海上羣才瞻北斗。
以中華文化自任，等身遺著作，浙東一脈溯南雷。

二六　挽祁樂同

五千年史事盡繫心頭，教學總關天下計。
三十載交情紛呈跟底，傷懷怕展病中書。

二七　挽黃啓瑞

軍人之友社主席，首創台北市自來水。

袍澤賦同仇，當日三軍齊挾纊。
枌榆頌遺愛，至今萬戶尙思源。

二八　挽余井塘先生

十載爲鄰，讀詩方恨知公晚。
一瞑長往，謀國同嗟慮患深。

二九　挽巴壺夫

才可兼施，能吏名師堪易地。
理無二致，詩翁禪客已同龕。

三〇　挽蔣總統經國先生

爲國事勞，流盡最後一滴血。
計天下利，贏來不朽萬世名。

三一　又

棠蔭繫民思，萬姓謳歌傳簡策。
樗材勞匠顧，十年俛仰負弓旌。

三二　挽阮思寧毅成

斷夢憶西湖，英年布政枌鄉，未許烽塵妨治績。
分流繼南社，晚歲昌詩蓬島，尚持椽筆著文章。

酬贈

一　東海大學第六屆政治系畢業紀念冊

車笠莫相忘，絳帳論交猶昨日。
鯤鵬宜自奮，青雲有路是前程。

二　題蕭宣哲家乘

蕭，衡山人，曾為軍法官。據考衡山蕭氏自廬陵遷湘。

律令誦先芬，沛國家風光漢室。
文章崇祖德，廬陵墨妙表瀧岡。

三　贈克和

交情似酒陳年好
笑語如珠脫口圓

四　贈康達維（DAVID R. KNECHTGES）

達維爲西雅圖華盛頓大學教授，曾著楊雄賦研究（THE HAN RHAPSODY--a Study of the Fu of Yang Hsiung），年來正英譯昭明文選。

雄辭獨仰子雲閣
異域新傳文選樓

五　酬熊式一

熊翁早歲以「王寶釧」劇飲譽英倫，與蕭伯訥（GEORGE BERNARD SHAW）友善。承自港惠貽聯語，因以十字酬之。

戲曲蕭翁敵
遊踪騶子驚

六　贈翁文煒

玉立花行唐伯虎
水痕雲影李公麟

偶成

一

得意拳岑有丘壑
相忘勺水亦江湖

二

好學不知老將至
立身宜與古爲徒

三

洞達世情惟守厚
沈酣書味漸回甘

四

飽喫酣眠貧亦好
名花奇士淡相忘

五

未成小隱聊中隱
不薄今人愛古人

六

新裁蕉葉題詩滑
細嚼梅花送酒香

七

蘛足未辭千里遠
讀書已悔十年遲

八

馬腦盃斟家釀碧
水精簾隔市塵紅

九

客中但見一分月
世上猶餘二斗才

十 植物園

六月陂塘堆菡萏
九秋風露染芙蓉

十一

月曳雲羅窺綺戶
蝶尋花氣上瓊樓

雜綴

(一)夢得

往日夢中偶有成篇之詩或詞，而斷句爲多，錄其偶句於此，并記年月，聊識因緣，無關占驗。

三十八年十二月某夕

一寸秋燈尋舊夢
十分春日照靈臺

三十九年八月二十九夜

雨溼芹泥粱燕鬧
風翻麥浪野雞啼

六十八年二月十八夜

今日捉將官裏去
當年辛苦賊中來

七十一年八月十一夜

傾榼無窮酒
憑闌不盡山

山因照夜常磨月
海欲烘晴先煮霞
七十三年八月六夜

飯熟酒香客至
書聲琴韻兒啼
七十五年一月七夜

花鬚柳眼各無賴
月地雲階俱有情
七十五年二月一夜

㈡ 折 枝

詩鐘亦文人末技，取資笑樂。顧命儔不易，佳會難逢。四十餘年前偶亦逢場作戲，大都即席分詠，僅記數數聯而已。

一

定有暗塵隨影去（跑馬）
莫教消息與人知（信封）

二　又集句

老子猶堪絕大漠
憑君傳語報平安

三

三分差足當吳魏（劉備）
百姓從頭數趙錢（財神）

四　又

使君以外無餘子
舉世由中拜此公

五

巾箱幻出新花樣（魔術）
歲月抛成故紙堆（日曆）

六（又）

玄機有在知誰覺
片紙無存報歲除

七

追思錦纜牙檣日（龍舟）
想見綸巾羽扇人（諸葛武侯像）

八（又）

旂鼓千江招逐客
雲霄一羽識宗臣

散文

序跋

實用詞譜自序

東渡之初，居恆不樂，始稍稍理故業，重治倚聲之學，以自寄其鬱伊棖觸之情。一時朋游同好，謬許知音，猥從問律。輒亦自忘愚陋，以瞽導盲。第以片辭隻字，鱗爪支離，言之苦不能盡；而坊間譜書，每病疏失，易致乖譌。因取昔賢名作，汰其繁僻，紀以新譜，遂成是編。選調止三百有六十——旨在取精，不復求備。然以爲初學楷模，固恢恢其有餘矣。其間去取寬嚴之際，理蓋本諸古人，間亦斷以己意，彼非此是，尺短寸長，誠非遽數之所能終，惟讀者會心妙解以自求之耳。

民國四十五年八月　蕭繼宗　序於東海大學寓齋

友紅軒詞自序

余幼耽韻語，苦乏師承。稍長作詞，幾同冥索。率意而爲，幸不爲家數所困。自律者止三事：情必求眞；律欲求協；辭惟求達而已。三十年來，守此弗渝。故平居非眞有感發，未嘗苟作。撿視篇章，纔百許首耳。徒以舊日偶有流布，難免譌文；變亂之秋，重虞散佚。因自寫定，聊實行笥。不謂朋游謬獎，輒付景傳，是立醜女於五都之市，吾知其必爲解人所笑矣。庚子八月繼宗識於友紅軒中。

孟浩然詩說自序

唐詩李杜而外，論者必推王孟。惟孟詩散佚，無復全編。天寶初，王士元始爲裒輯殘遺，已不及元製之半；韋滔繕進秘府，亦止微有增益。顧後世刊本，浮溢殊甚，馮虛審訂，厥業滋難。世之論孟詩者多矣，而深中肯綮者，殆莫過於殷璠。璠之言曰：「文采丰茸，經緯緜密」，寥寥八字，可云精愜。自餘諸家，各操衡度，以意短長。如劉辰翁、李夢陽輩，率取片言，便施評騭，初未嘗鉤理全文，良非定論。至王世懋謂其洮洮易盡，不出五言，窺豹未全，文何由蔚？抱殘定讞，誣古人矣。暇日披尋，偶有所獲，輒爲逐一詮論，遂成是編。方今詩道日新，操觚之士，矜奇逐詭，流波所屆，至於險怪成風。其尤甚者，即作者亦不能自解，使讀前賢之作，或將廢然而反也。

民紀四十九年十月十日湘鄉　蕭繼宗　序於東海大學寓齋

THE PREFACE INEDITED
to
CHINESE VILLAGE PLAYS

I. YANG KE AND FOLK SONGS

The first collection of Chinese folk songs is the *Shih Ching*, or *Book of Odes*, in which the folk songs collected from fifteen states are given a special name, "Feng", or Wind. It is very interesting that Johannes Scherr had the same idea--he also compared folk songs to wind. We do not know where the wind comes from or where it goes. As a matter of fact folk songs had to be created by the singers who sang them first but are themselves unkown. After many repetitions, some of the songs were changed, some were improved, some were shortened, and some were lengthened. Since there were no records even of the songs themselves, naturally the names of the selectors, improvers, and original creators are unknown. Therefore folk songs have been the work of the folk and the reflexion of the spirit of the people. They are the expression of the real ideas and real feelings of the masses as a whole. For this reason, folk songs may continue through many generations and, though not recorded, can not be removed from the memory of the people by any political or military force.

"Yang ke" is the name of Chinese folk songs sung by farmers when they are planting the rice fields. We may translate this name into English as a "planting song". As well as "hang ke" (piling songs) and "ch'u ke" (pestling songs), the "yang ke" grew up with the labour and their rhythm is timed to the rhythm of the actions of work. Besides amusement, it is also the best way to increase the labourers' efficiency and to relieve their emotions during the hard work. Planting rice sprouts is the most important work of farmers in the spring. They sing while they work. Some one leads and the rest follow. The soloist asks questions in his song and the others answer them.

Most themes of the "yang ke" are concerned with love which is the most interesting subject of all kinds of songs. Now the communists of China have snatched away the freedom of all the people as well as the original contents of their "yang ke". Instead of the original contents they have squeezed communism into them for their political purposes. Singers on foot and on stilts are compelled to sing and dance along the streets of every city. So the free writers named the Red Authorities the "Yang Ke Dynasty". In fact poison cannot be accepted in place of sweetness. The people on the mainland have refused to accept the so-called communist yang ke in the bottom of their hearts. We must thank Mr. Sidney D. Gamble for his outstanding contribution in preserving the records of the original form and contents of "yang ke" through which we can learn about the general interest of the Chinese people in former days and can imagine what the people have suffered on mainland China today.

II. YANG KE AND YANG KE PLAYS

"Local tradition does not say, nor does the memory of the oldest inhabitant recall", Mr. Gamble stated in his book, *Ting Hsien--a North China Rural Community*, "by what stages the yang ke moved from the rice fields onto the local stage, by what metamorphosis the original simple group songs became plays, with the dialogue generally sung and accompanied by music, nor how the singers changed from blue clad farmers into actors in costume performing for the pleasure and amusement of the people."

As we know, all kinds of Chinese plays are operas. The Chinese opera has been evolved from the "tsa chi" or miscellaneous dancing acts of the Sung Dynasty (960-1260 A. D.) which were entertainments presented by the "singing and dancing troupe" of the court. These troupes, organized on the basic form of the imperial "Peach Orchard Troupe" of the T'ang Dynasty (618-907 A. D.), specialized in song and dance without a plot until the Emperor Chen Tsung of the Sung Dynasty (988-1022 A. D.) initiated a new kind of entertainment of song and dance with a plot, called "tsa chi". This improvement was readily received by society and began to come into fashion. From this time forward, through several stages of evolution, "tsa chi" reached the present form of the Chinese opera. Though Chinese operas all have a plot, much emphasis is laid on song and dance. To put it briefly, all Chinese operas come from the song and dance so "yang ke" plays have gone through the same process.

It is very interesting that all meanings of the character "hsi" in Chinese are very similar to those of the word "play" in English. Here I would like to emphasize only three of those different meanings: (1) exercise or action by way of amusement, (2) fun, jest, or trifling, as opposed to seriousness, and (3) drama. Among these meanings, we do not need to discuss the third point. From the first point, "the exercise or action by way of amusement", the actors, especially the jesters, may make a joke at any point even in a tragedy in order to dispel sadness from the audience's hearts and enable them to be conscious that they are enjoying drama. So there is little real tragedy in Chinese plays. According to the general desire, a bad man must be punished at the end, either by the officials or by the gods, and the good must succeed during their life time, or their grievance will be swept away after their death. Their purpose is to encourage the audience to goodness and prevent them from wicked deeds, and it is also the normal way to satisfy their general taste. On the other hand, the aim of the audience is to get pleasure from drama; they do not want to pay tears for it. They want to laugh but not to wail. Therefore some of the plays have no profound meaning, but have lots of puns to make the audience laugh.

From the second point, "fun, jest, or trifling, as opposed to seriousness", the dramatic poets (suppose there were) did not take their work seriously; they had not the ambition to sanctify it. As I know, the unity of time and space in one play may sometimes be confused. Sometimes the name of one character may be different in one play. As to the materials, some are very different from the records in history. The dramatists did not care about any of these things. Their main purpose was only to amuse their audience and to express their own interests and desires. According to Chinese ideas there is nothing real in art-expressions. A picture of an apple is not a real apple. You will not demand the good smell and delicious taste of an apple from its picture. For the same reason, a play is a play; it is not a physical fact. When the audience enters a theater, it knows what it wants to enjoy and that it should not demand beyond what a play can give.

III. TING HSIEN YANG KE

Ting Hsien is a district of Hopei province. Its city is 128 miles south of Peiping. The "yang ke" plays in this book were collected from this area. As I mentioned before "yang ke" is one kind of Chinese folk song sung by farmers when they are planting rice sprouts. Every province, every district in China has its own "yang ke". Although farmers of some provinces do not plant rice sprouts, they use the same title "yang ke". Their form and content, their tunes and tempos are often different from one another. We have never collected or recorded any of those rich treasures from the lives of the folk except those of Ting Hsien which once was an experimental district.

"Local tradition says," Mr. Gamble recorded in his book *Ting Hsien*, "that the poet Su Tung-p'o (1036-1101), when he was the magistrate in Ting Hsien, wrote songs for the farmers to sing while they were planting the rice fields watered by the Black and White Dragon Springs, in the northwest of the hsien". It was recorded in history that Su was the magistrate of Ting Hsien in the year 1093, but there is no record about his composing "yang ke". In former days Chinese writers liked to write some good poems under other famous poets' names. Especially did the folk-song creators like to borrow other poets' names to raise the value of their work. We can hardly believe that the Ting Hsien "yang ke" were written by Su because every district has its own "yang ke". I think perhaps this is only a tradition.

The preface of the text says that it is known that three of these forty-eight plays, *A Switch-Holder*, *A False Daughter*, and *The Wood-Cutter and Fairy* are the original, local plays of Ting Hsien. I believe that these are best ones among them. Every one of them has its special style. The first play, *A Switch-Holder*, gives a comparison of the poverty of a gambler's family and the diligence and frugality of the rich farmer's family. According to a Chinese proverb, wealth comes from diligence and frugality. Through generations the farmers worked hard on their land and lived close to save money. In this way most of the poor peasants earned their wealth and became richer. In other words, wealth was the prize for their hardship. The real tragedy is that those in fairly comfortable circumstances must be tortured to death by the communists because of their small wealth. Moreover, the vanity of woman is lightly revealed and thoroughly described in this play. The woman who wanted to borrow a switch-holder merely for vanity's sake, humbled herself to accept the harsh conditions from the owner. It is not dissimilar to the famous short story, *The Necklace*, by Guy de Maupassant though it is much longer than the story because it is a play. On the other hand, the owner of the switch-holder refused to lend it in many different ways. Their dialogue is very interesting and skilful. It is not inferior to the well known "group song", *Lending A Horse*, by Ma Chih-yuan, an outstanding dramatic poet in the Yuan Dynasty. (1260-1341)

A False Daughter is a light comedy which shows how a woman tried to be clever but fail in the end. The style of this play is very clear, plain, and interesting and the development of the story is in accord with natural events. It casts ridicule upon the deceiver but the audience will not be surprised at its result.

The Wood-Cutter and a Fairy is purely a fable. There is no conflict or climax in this play. Its main subject is to show that conjugal relations are tied by Heaven. A handsome man might marry an ugly woman and a beautiful woman might marry a rustic fellow. This depends upon their different fates. Still you may often find this sentiment written on a piece of red silk or a congratulatory scroll if you attend a wedding ceremony nowadays. It is "tien tso chih ho", or "Heaven is your go-between". In former days one could not see his fiance before marriage. They would not blame their unhappiness in marriage on any one but thier fate. In this play, even a fairy is not different from a mortal. She was destined to marry a wood-cutter. Thus destiny must be fulfilled in the end.

These three plays are said to be taken from the original, local plays of Ting Hsien. I do not know about the other ones, but these three are very good, though I am not confident that the "yang ke" plays of Ting Hsien are any better than those from other parts of the country.

Some of the other plays, such as *In Court*, *Cursing at a City Gate*, *In the Kuan Wang Temple*, *Sung Chiang Kills a Prostitute*, *Drying the Tomb with a Fan*, and *The White Snake* were borrowed from the Peking opera but more or less changed. The scenes of these operas are probably much nicer and their plot are more complex, especially the full text of *The White Snake*.

IV. WHAT WE CAN LEARN FROM YANG KE PLAYS

As a kind of "specific peasant art", "yang ke" plays may be regarded as a mirror of the people in which we can see the reflexion of their feeling, their emotion, their inclination, their imagination, the form and material of their lives, their circumstance, their custom and habits, their political thoughts, their rules and values, and their ideas of religion. All of these characteristics can hardly have been found out from ordinary social intercourse, though, of course, some of them can not be easily understood by a foreigner. For instance, why should a wife remain patient while her husband has concubines? Why should a grandmother love her grandson better than her own son? Why should a father-in-law treat his daughter-in-law better than her mother-in-law does? Why should a woman marry unwillingly the enemy who killed her husband for the sake of the latter's posthumous child? All these questions from "yang ke" plays will be answered by the rules of virtue.

Taoism and Buddhism were the two great religions in China, but most Chinese peasants were polytheists. They used to worship all the Buddhas as well as gods and immortals. In their eyes the status of Buddhism seemed little higher that that of Taoism. But the honest and earnest farmers would often cast ridicule upon both the Buddhists and the Taoists in these plays. They did not like them either. Why did the Chinese farmers have little interest in religion? It was because the behaviour and actions of some of the Buddhists and Taoists did not impress them favourably. As they were farmers, they knew what they should do on earth and what would be given by nature. Of course, they might aspire to future existence. They would try to beg for the life to come through worship and offerings to all kinds of spiritual beings, but they had no time to consider other religious problems.

Beside these we can read about some historical personages and their romantic stories from these plays, such as: Liu Hsiu, the founder of the East Han Dynasty, in *Liu Hsiu on Escape*, Chao K'uang-yin, the founder of the Sung Dynasty, in *The White Grass Slope*, and Chu Yuan-chang, the founder of the Ming Dynasty, in *A Cowboy*.

Among these forty-eight plays there are two real stories. One is *Ku Chu Buriees His Child*. Kuo's story was recorded in the book *On Deities* by Kan Pao, a historian in the Chin Dynasty. And the other is *In the Kuan Wang Temple* (only one act of the whole play); the records of this case were kept in the archives of the government of Hungtung District of Shansi and were moved later into the National Musseum.

There are two historical persons in these plays but their stories are changed. One is Sung Chiang, head of a robber gang during the reign of the Emperor Hui Tsung in the Sung Dynasty, but there is no record in history about his killing a prostitute as described in the play; and the other is Chuang Chou, a famous philosopher during the period of the Warring States. It was recorded in his book, *Chuang Tse*, that after the death of his wife, he sang, accompanying himself by beating an earthenware jug as a musical instrument. There is nothing more as described in the play *Drying the Tomb with a Fan*.

Besides these, there are two legendary tales. One is *The Boundary Stone*. The hero in this play, Liang Shan-po, and the woman, Chu Ying-t'ai, have been well known by the people for many centuries. Their names and story may be found in many topographical records of districts (such as: Ningpo, Shangyu, Hanchow of Chekiang province; Yihsing of Kiangsu province; and Ch'inghsui of Kansu province), miscellanea (such as: Shui Ghao-ping's Miscellanea On Mount. Ssu Ming, Liu Yi-tsing's Anecdotes of Chientang County, Chiao Shun's On Drama etc.), and many local operas. The other play is *The White Snake*. This was purely a fable. It was the first story I read during my childhood and is still very popular with the folk.

Moreover, there is another play which fell under my notice when I translated it. It is *The Gilded Chest*. In my conjecture, it must be the shadow cast from a real, historic event. At the end of the Ming Dynasty there was a rebel by the name of Li Tzu-cheng who captured a very beautiful woman, Chen Yuan-yuan, a favourite concubine of General Wu San-kuei. In this play Li's name is Misspeled as Li Tzu-ming and Wu san-kuei becomes the cousin of the woman.

V. LITERARY VALUE OF YANG KE PLAYS

In Chinese literary history the farmers were often the pioneers of the literary men. Most of the farmers, as we know, were not well educated or were even illiterated, but they had an earnest and pure spirit. No doubt there must have been some geniuses among them, so that they could create their "specific peasant art"; and the "yang ke" plays comprised only one of their arts. They passed those plays on from mouth without any written records. Out of these forty-eight plays I found that only one, *The White Snake*, had been improved and refined by literary men, and the rest kept their original style. We should not criticize them with the same criteria for measuring poetry. We should not criticize them for what they are. Some of the sentences may be ungrammatical. Some of the dialogue may be illogical. Some poems may be meaningless. Some characters, phrases, dialogues or even actions are not required in those plays. But none of these detract from their literary beauty. I hold two points in mind when I read over these plays. First, I read them as a whole. When we pass through a primitive forest we enjoy the dense woods, unknown flowers, precipitious peaks, shallow streams, and rough cliffs. They compose a beautiful picture and present it to our sight. We should enjoy the scenery as a whole. Perhaps we will find decayed grass, withered leaves, broken rocks on our pass, or dirty foam on the water. We need not cavil about these things. Therefore, my second point is to enjoy the spirit of the farmers. We will learn from these plays their unaffected imagination, unmixed love, unornamented verses, instinctive emotions, pure conscience, simple wishes, intense feeling of justice, enduring patience, humorous character and proper attitude towards goodness.

As to the technique and context of their work, they knew how to arrange the number of characters to fit their stage, how to bring forth their plot in order, how to put rhymes at the suitable lines and omit them in mere dialogue, how to exagerate, how to make fun by the use of puns, or characters having the same pronunciation, and how to use their dialect, proverbs, and local peculiarities of accent to make the plays very popular to all the inhabitants.

Now there are somethings more I must touch upon here:

1. In Chinese opera the actors must paint their own faces in different patterns to represent different characters before entry. In "yang ke" plays the actors must do the same. The purpose of the facial make-up may be explained in three ways. The first is to change the facial type of the actor into that of the character. Hence the audience can easily know who the character is but not the actor himself. The second is to express the individual character and personality of each role in the play with diverse face-patterns to convey to the audience the roles represented in a play. And the third is to make distance between drama and real life, to increase the dramatic air, and to hint to the audience that the play is still a play.

2. Female roles in "yang ke" plays are often impersonated by male actors because no woman would like to appear herself on the stage, especially to sing love sings or even pornographic verse. A woman will be regarded as an adult-teress if she dare to embrace a man in public or even on the stage, but a skilful

actor not only can play the part of woman as well as an actress can, but also can speak, sing, and act the way she would do in the play.

3. In this book the songs and dialogues of plays are recorded, but not their actions which cannot be stated in writing. Undoubtedly, actions are the important part of a play. The chinese play is the combined art of singing and dancing, so all actions done by performers, no matter how slight they might be, should be change from everyday forms into the more formal movement of dancing. In case certain actions can not be easily changed, they should be performed in an artistic way, by representing ordinary actions in graceful, curving movements. For instance, the actions of mounting a horse, walking, trotting, galloping, pulling the rein, turning, backing, sitting on an untamed horse, kneeling, and dismounting from the horse are all performed in a dancing manner. Besides the plot itself and songs, dramatic actions were also an important element to make the enthusiasts so infatuated with "yang ke" plays, that they forgot all the things around them in their enjoyment.

VI. ABOUT TRANSLATION

On a commission from Mr. Gamble I began to translate these plays in the fall of 1959. Of course, some difficulties in translations have been encountered here and there in the plays, especially the puns, the dialects, the lewd expressions, and other meaningless dialogues, but most of these difficulties have been smoothly overcome. However, some of them had to be deleted.

I would like to express my thanks to Dr. Teh-yao Wu, President of Tunghai University for his recommendation that I should undertake this task, and to Mrs. James A. Hunter for her help in correction and improvement of my translation.

Taiwan, July, 1961 Chi-tzung Hsiao

注：Chinse Village Plays 一書，係甘博爾博士（Dr. Sidney D. Gamble）經由亞洲基督教高等教育基金聯合董事會（United Board for Christian Higher Education in Asia）託予爲之英譯者。閱一年有八月（自1959八月至1961三月）而竣事。稿存甘氏處凡七年，始商得荷蘭之Philo Press出版，而甘氏以心臟病猝發逝世。付梓之前，甘氏之友頗預其事。遷延至一九七〇年，書始出。封面既無合著之名，此序亦未見刊。脫非甘氏序文中含胡道及，則譯者爲誰，亦無由考矣。甘氏爲人，本非憒憒，惟身後介入之整理者，則不無攘功掠美之嫌。事經輾轉交涉，卒以鑄錯已成，是正不易。至一九七四年七月始由貝茲教授（Dr. M. Searle Bates）於聯合董事會所發行之New Horizons撰文澄清其事，去迻譯時已十五年矣。

此事經過曲折，非短文所能盡，當年參與其事之中美人士甚多，然多已老退物故，愈益糾結不勝剖解。茲僅存拙序，並附貝茲之辭於後，稍存崖略云。

近時美人每以國人侵害智慧財產權爲病，然觀於此例，始知美人亦勇於責人，而怯於自責也。

Chinese Village Plays

Chinese Village Plays from the Ting Hsien Region *(Yang Ke Hsuan). Edited by Sidney D. Gamble, Research Secretary of the Chinese National Association of the Mass Education Movement. Amsterdam, Philo Press, 1970. 762 pp.*

Reviewed by Dr. M. Searle Bates, Former Professor of History at University of Nanking and Former Professor of Missions at Union Theological Seminary in New York City.

Through fifty years, various persons and institutions in the family of the United Board and its predecessors have undertaken productive studies in Chinese society and culture. Now word-and-action pictures from centuries of peasant life are brought to our libraries through the labors of three scholars whom we are glad to recognize.

Mr. Gamble, internationally known for social surveys of Peking and of North China rural communities, was working with and for colleagues in Yenching University when, in 1926, he organized the recording of the forty-eight plays in this collection. Professor Hsiao Chi-tzung, who labored diligently at the difficult task of rendering into English the distinctive and highly idiomatic diction of the plays, is Dean of Studies in Tunghai University. Professor L. Carrington Goodrich of Columbia University was fifty years a friend of Gamble and long related to the Christian colleges in China before his active service as a member of the United Board; he has contributed significant editorial work, taken up after Gamble's death in 1968.

In the region some 125 miles south of Peking, these plays had been developed as oral folklore, to relieve the fatigue of field labor and the tedium of village life. They were accompanied by simple instruments, and portions were sung. Content is drawn from the elemental human relationships, frequently supplemented by measures of romance and quasi-historical tales. Our scholars' work will chiefly serve toiling anthropologists and those who specialize in the literature and the quasi-religious beliefs of peasants.

轉載自：

New Horizons

Vol. XLI, No. 3 July 1974

UNITED BOARD for CHRISTIAN HIGHER EDUCATION IN ASIA
475 Riverside Drive
New York, N.Y. 10027

擊磬集序

少日讀書白下，嘗聞同門中盛道「湘南二唐生」者，詢之，則衡陽唐振楚、唐昌晉也。屬在盛年，學力識力，均有未至，後雖並識其人，殆亦泛常視之。中更喪亂，奔走四方，益不復相聞知。洎遭逢鉅變，違難來臺，少年意氣，幾於銷短以盡。一日，振楚過予，相約游木柵指南宮，復枉道邀昌晉以偕。時方初冬，行人寥落。吾輩拾級登山，沿塗漫語而已，未遑深及其它。此時相見，雖視往日爲進，而所知實仍有未盡也。自此與振楚歲或一二見，昌晉則未嘗重覩。大抵振楚爲人淵重，不輕爲短長臧否。昌晉尤簡默，方主編「新思潮月刊」，一意轉輸西方思想學術，冀爲攻錯之資。偶得一編讀之，第知其浩汗殆不可測耳。

今年夏，偶值昌晉於北郊，旋復以所著擊磬集見餉，並屬予弁其耑。集以「擊磬」名者，蓋取諸論語荷蕢人語，其意固可深長思也。計所收錄，多平日所爲論文及名著提要，都若干首。就中於馬契維里之論君道及羅素之論世界改造二書，其所述論，篇牘尤繁。因取原書，少加披覽，勉爲覆勘。既驚其治學之淹通，復敬其立言之廉正，不苟爲非常可喜之論，以取悅流俗。惟馬氏生丁宗教改革之秋，力贊共和憲治之美，卒乃昌言君人之術，著爲斯論，以逢合時君，亦功名傾仄之士已。說者謂當時之文化，甫脫教會之桎梏，而尚未取人本主義倫理上之重荷以自任。若馬氏者，適爲此過渡時期文化之代表，洵爲篤論。蓋巧取豪奪，以攫國柄，舞文任詐，以馭斯民，其術視商君韓非爲尤慘覈，而昌晉乃重譯以摘取其要，其意豈如曾子固所謂不滅其籍，乃善於放絕者邪？不然，昌晉何取焉？

至於羅氏，盱衡世變，實切隱憂，凡所指陳，類多精闢。曲體人情，鑒循往轍，方將闕蘋末之商飆，弭稽天之巨浸，不可謂非出自悲天憫人之懷矣。惟吾孔孟之學，要皆推本於性善。君顧明命，民具秉彝，故能充類錫仁，至於不匱。而後斯世不淪於禽獸之域，大同之治，庶其可幾。至若同白雪於羽玉，等人性於犬牛，設權宜之計，運畸仄之方，謀所以寢一時之金革，貪萬世之太平，又豈事之可能？竊恐其養癰積毒，終乃潰爛而不可治耳。昌晉於羅氏之說，且述且論，既彰其瑜，瑕亦不掩，斯可見其治學之醇正已。

顧予自渡海以來，篋無一策，舊業盡荒；乃遁之詞章之末，倖取衣食，以視昌晉之含茹古今，游涉中外，顙汗涔涔，復何敢為是書作序？意昌晉胸中之所畜，殆未必止於是，特自恨於故人相知之未盡也，故具書其所懷云爾。民國五十一年十二月湘鄉蕭繼宗序。

實用詞譜再版題記

憶在髫齔之年，始就家塾，先君子鍾祥公課督之暇，嘗鈔選昔人絕句小詞，授令諷翫；復出示韻書，指喻音叶，取便研尋。時方受經，疲於記誦，偶近歌詩，頓開心目。迨涵濡日久，於浮切飛沈之理，若有所遇。故中歲以還，雖媿意樂章，而尋味音聲，習於內聽，實自童丱始也。

實用詞譜一書，脫槀於乙未，丙申間，旋付梓人，行之中外，士林傳習，視若階梁。今歲之秋，議當再版，審其年月，去公誕降之辰，適且百齡。覆勘之際，輒念先人啓導之劬。譬之飲水，尙復思源；況出趨庭，感何可旣。嗟夫，青鐙有味，白髮無情，逝矣童年，宛如夢寐。簡端綴語，猶似牽衣覓句于荒橋野屋閒也。

先君子諱有荃，字芳谷，鍾祥其號；以同治八年己巳九月初八日生，今見背亦三十載矣。

五十八年己酉重陽前夕　繼宗　記于友紅軒中

評校花間集自序

花間爲詞集之祖，自來作家，莫不覽誦。探源星宿，仰止岱宗，殆若不可幾及；即有品衡，率視衆作爲一篇，諸家爲一手。玩物者惟采擷其芳馨，尊體者則侈陳其寄託。定評眞賞，夐矣希聞。

近日講論之餘，偶取陳編，逐一披覽。粗加點校，次以論析。自忘固陋，妄有短長，求當吾心而已。蓋一人之私言，而欲盡洽乎衆心，吾知其必不可得也。

六十四年五月幹俟　蕭繼宗　序

評訂麝塵蓮寸集序

到今天，終於執筆爲「麝塵蓮寸集」這部前無古人的奇書再版寫一篇序言，我心頭眞有說不盡的感觸。

一晃就是三十多年了，那時正在抗戰期間，我才二十來歲，在皖南的重鎭屯溪，主辦皖報。由於文字因緣，安徽的老宿——詩人如歙縣的許際唐先生、詞人如歙縣的江彤侯先生、古文家如合肥的高鐵君先生——和我都有不少的往來。尤其是高先生，已是迫近七十的高齡，因爲同寓屯溪，過從更密，竟把我視爲忘年之交。有一天，他來看我，很鄭重地交給我兩本書——就是這部「麝塵蓮寸集」——說是江先生的朋友的遺著，在那時候已經是孤本。江先生特意交給我，希望我設法爲它再版。江先生是當時安徽省的議長，也是首屈一指的詞人，而我對於詞也有濃厚的興趣，一看這部書，就滿口承諾下來。沒想到打那時起，就是一連串動亂的日子，老過着東奔西走的生活，一直沒有機會去實踐這項諾言。

三十四年，抗戰勝利，我隨着政府還都，好不容易有了一段很短時期的安定。一時心血來潮，寫了一篇題爲「文章遊戲之奇觀」的長文，在南京中央日報副刋發表，把這部書稍加介紹。偏又遇上一位嗜文而好奇的朋友朱興良君，看到了那篇文章之後，特地到南京向我借去閱讀。這一借，就久久沒有歸還。接着又是兵慌馬亂，連書都不在手邊，再版的事，也就更談不上了。

大陸淪陷，我隻身來台，藏書拋盡，連自己的稿件和出版品也不敢隨身帶出；而這部書却因朱君的借閱，很幸運地由他攜帶來台。到四十一年，它又物歸原主了。這時，我很起勁，想完成再版此書的宿願。爲了避免孤本的意外損害，我先請友人柳君作梅，把全書重繕，寫成一個副本。同時又請許靜仁（世英）、于右任二先生題僉——于先生更熱心，認眞地一連寫了三份之多。不巧的是初到臺灣的那段時期，大家正過着「克難」的日子，出版界還是一片荒蕪。一本調高和寡的書想出版，實在太不容易。當時確也動員了不少的力量，可都是白忙了。麝塵蓮寸集的再版計畫，又只好繼續讓它擱淺。

又過了些時，我和正在主編大華晚報「珠林」版的江絜生先生談起這檔子事。絜生是詞家，又是安徽人，自然很熱心。他力勸我將原書重加校訂，並將書中作品逐一加評，由「珠林」發表。這是他所能做到的事，也就無異於爲這部書非正式地再版了一次。

但是，我對於江、高二老的諾言，仍然不算是已經實踐，除非把它正正式式地印成了書籍。

本書的作者是一對夫婦。擔任集句的汪淵，字時甫，又號詩圃，前清貢生，安徽績溪人；而爲他作校注的（所謂「校注」是注明每句的出處。）則是他的夫人程淑，字繡橋，安徽休寧人。根據績溪汪氏族譜的記載，汪淵生于道光三十年庚戌，卒于民國八年己未（一八五〇—一九一九），年七十。程淑生于咸豐八年戊午，卒于光緒二十五年己亥（一八五八—一八九九），年四十二。程淑于光緒三年（一八七七）歸汪氏爲繼室，生四子四女。他倆共度了二十二年美滿的生活。

汪淵和程淑，可以肯定地說，是一對很幸福的夫妻，在那個「女子無才便是德」的時代，婦女受教育的已經不多，能在文學方面有造詣的，更是難能可貴。而他們倆的興趣又完全相同，都是「詞迷」，更是難上加難，千萬人不一遇了。他倆的一生，都沈醉在詞裏。這部麝塵蓮寸集，也就是他倆沈醉一生的產物。我們試讀下面的兩首集句：

前調　　程　淑　繡橋

婀娜籠鬆髻，連娟細掃眉。含情無語倚樓西。正是銷魂時節，雙燕說相思。芳樹陰陰轉，林鶯恰恰啼。夜闌分作送春詩。生怕春知，生怕踏青遲。生怕黃昏疏雨，春被雨禁持。

我們可以想像到，一個暮春的季節，也許是雨夜，這兩口子守着一間小小的書齋，爲了悼惜這旖旎韶光的逝去，共同集句作送春詞。就在這種恬靜的氣氛裏，度過這溫馨的春夜。這該是多麼幸福而美麗的畫面！汪淵和程淑夫婦就在這一種純藝術的、唯美的生活之中，消磨了一輩子。恐怕連趙明誠和李清照也不見得比他倆更幸福。

集句是極費精神、極花工夫的。一首集句要「集」得很巧妙，可能比「作」幾十首還難。

喝火令　送春同內子繡橋集　　汪　淵　時甫

玉合銷紅豆，鑪烟篆翠絲。黃昏微雨晝簾垂。不道有人新病，彈淚送春歸。寒峭花枝瘦，日長胡蝶飛。可憐單枕欲眠時。因甚將春，因甚嬾支持？因甚留春不住，楊柳又依依？

汪氏這部麝塵蓮寸集，一共集了二百八十四首，一百五十六調，可說要花一輩子的心血。過份沈湎於集句的人，其創作的才情就相對地減降。過去那些專門治韻、治律、治史、評詞或集句的人，往往其本身的作品，不一定很傑出。汪氏的創作，有「瑤天笙鶴詞」二卷，一名「古調獨彈詞」，又「藕絲詞」，這兩部詞集我都沒有見過，我只在王曉湘（易）先生的詞曲史裏，看見他選的一首例詞：

一枝春

一樹棠梨，傍塵簃、吹出廉纖春雨。茸帷夢醒，淚滴紅蘭無緒。圓冰自抱，甚慵畫、兩彎眉嫵？應是怕楊柳青青，欲上翠樓愁聚。　閑從鈿屏遮處，把琳腴飲罷，重歌金縷，簪笙葉抱，試掐紫釵遺譜。情傷小玉，料花好、也遭風妒。空脈脈、心事箋天，倩誰寄語？

還有「全清詞鈔」裏選了其他的兩首：

小重山

絡緯秋啼夜漏長。玉階苔尚涴、襪羅香。一痕燈暈冷搖窗。窗外竹，又送雨聲涼。　舊事暗迴腸、胭脂陂下路、月昏黃。西風轉眼露成霜。南去雁，遠夢落瀟湘。

摸魚子 用弁陽嘯翁韻暮色蒼茫舟行未已鄉思棖觸愴也成吟

劃鷗波、琉璃萬頃，艣聲鴉軋隨喚。銷魂冷雨疏烟外，人意與秋俱遠。秋色淺。甚十里蘋香。吹作西洲怨。潮平古岸。任柳隙蟬嘶，蘆根雁語，脈脈水天晚。蓴鄉路，中酒阻風曾慣。旅愁依舊難浣。空江月黑迷津樹，側臥蓬窗吟倦。腸欲斷。聽碎笛零歌，別淚征衫濺。孤衾夢短。賸芡葉偎涼，紅花攪暝，青滴一燈顫。

還有篋中集所收錄的其它三首。從他的作品看，他的風格，正是清代一般詞人的面目。譚復堂評之爲「清脆婉秀，固是當行」，可說是很恰當的。而他所集「麝塵蓮寸集」，卻是以「難」見「奇」，可見他的一生精力，特別集中在集句這方面。

談到詞詩的集句，大體上由於作者一時興到，或者「妙手偶得」之作，原本談不上什麼標準尺度。但如果稍加分析，也大有醇駁之別。

「集句」爲「詩」，遠溯到晉代的傅咸，那不過偶一爲之。到北宋的石延年、王安石等，才開始有意鬥巧。以後的詩人，或分集諸家，或專集一家，無所不有。到清人黃之雋的香屑集，已經是洋洋大觀。不過「集詩爲詩」，只有工與拙的差異，但並不太難。因爲詩的句型與章法，只有寥寥幾種，而古人的詩句又多如牛毛，俯拾即是。只要花點精神，人人都不難湊出幾首的。至於「集句爲詞」，就大不相同了。因爲詞的章法、句法、音律等很制限嚴。「纔動眉頭，便犯了祖師規矩」。「集詞」自然比「集詩」難多了。

最先「集句爲詞」的，大家都推王安石。王安石詩集卷三十七「集句」有「胡笳十八拍」十八首，「虞美人」一首，「甘露歌」一首。在型式上都是詩。但「甘露歌」一「詩」共十二句，曾慥以爲是三首「詞」，每首四句。那末究竟是詩是詞，尚難斷定。

「集句成詞」，但是所集的句子是隨意從一詩中引出，自己又加上兩句的「雜湊班」，則始自向子諲。他的一首「浣溪沙」，一共七言六句。第一、二句用王安石詩，第四、五句用蘇軾詩，第三、六句自作。這勉強可說是「集句詞」，但也可說不是。

「集詩爲詞」，而成份較純的算是蘇軾、黃庭堅和趙彥端。蘇有南鄉子三首，且舉一首爲例，其餘兩首亦同：

南鄉子　蘇軾

寒玉細凝膚 吳融 清歌一曲倒金壺 鄭谷 冶葉倡條徧相識 李商隱 爭如豆蔻花梢二月初 杜牧 年少卽須臾 白居易 芳時偷得醉工夫 白居易 羅帳細垂銀燭背 韓偓 歡娛豁得平生俊氣無 杜牧

這首詞中的「爭如」和「歡娛」四字，並非杜牧句中所有，而出自東坡自撰。還有，在同一詞中，重用同一家的詩句，也是不很好的。而東坡的三首南鄉子，都重集了杜牧，一首還重了許渾，另一首還重了李商隱，這就不夠嚴格了。至於黃庭堅的兩首「鷓鴣天——重九日集句」，雖然沒有註明出處，但後起兩句三字句，則爲山谷自撰無疑，又趙彥端的一首「南鄉子」，和蘇黃同病，也就是駁而不醇了。

像這樣地「集詩爲詞」，一直到清朝的朱彝尊的「蕃錦集」，才算得裒然成集。朱氏的體例已臻嚴格，但小疵仍所不免。例如：

春光好　　朱彝尊

花嬋娟　孟郊　月嬋娟　孟郊　早是傷春暮雨天　韋莊　思緜緜　盧仝　梁間燕子聞長歎　李商隱　春將半　劉禹錫　舊事思量在眼前　白居易　一年年　白居易

詞中首兩句，同見於孟東野集的「嬋娟篇」中，便覺美中不足。又如：

長相思　　朱彝尊

歌淫淫　李賀　管愔愔　李賀　花煖江城斜日陰　宋濟　情多酒不禁　白居易　為君吟　李白　動君心　李白　雲母屏風燭影深　李商隱　銷魂況在今　錢起

詞中首兩句，則不僅是同見於昌谷集的「相勸酒」，而且這兩句是相連的，等於一口氣集上兩句，比前首的毛病更大了。

由於詞的句法和詩的句法不盡相同，常常有格格不入之處，尤其是慢詞，其中五言多用領句字，七言多上三下四，從詩中很不容易找到適當的句子來湊合。朱氏蕃錦集共集詞一百零九首，其中只有六首慢詞，而且是較爲順適的調子。再則，詩中雖有雜言，但四言總是嚴肅枯燥的，如：

朱彝尊

秦樓月

風颸颸 溫庭筠 桃紅李白花參差花參差 蘇顧 枝頭鬱鬱 上官昭容 淑景遲遲 樂章

青樓珠箔天之涯 盧仝 清風明月遙相思遙相思 王勃 重吁累歎 王維 識者其誰

韓愈

詞中最末兩句「重吁累歎，識者其誰？」不僅缺乏詞的韻味，就在詩裏也不過是一些笨句而已。

以上所談的都是「集詩爲詞」。「集詩爲詞」比「集詩爲詩」，就顯然難得多了。除了「集詩爲詞」之外，還有一種「混用詩詞集句而爲詞」的，那就是南宋紹興間曾慥所編「樂府雅詞」卷一所收的「調笑集句」。據他的引言說是：「九重傳出，冠於篇首」，想必是出於不知名的宮廷樂師之手。這一套調笑分詠「巫山」、「桃源」、「洛浦」……等八件事。前有「致語」，尾有「放隊」。中間各個子題之後，先有七言八句作引，再依成例以其最後兩字，逗入正文——共七句。細看這些句子，是用詩句和詞句混合集成的。其中大部分是七言，有些六言句，竟是用成句隨意宛割而成，如：

人面不知何處（去）　（本崔護詩）——桃源
擬倩游絲惹住（伊）（本張先減字木蘭花）——洛浦
一寸還成千（萬）縷（本晏殊玉樓春）——文君

像這樣的集句，也只能算聊備一格了。

至於很純粹的「集詞爲詞」，應該最先數到宋朝的石孝友。在他的「金谷遺音」裏有一首浣溪沙：

浣溪沙　石孝友

宿醉離愁慢髻鬟 韓偓　綠窗紅豆憶前歡 叔原　錦江春水寄書難 叔原　紅袖時籠金鴨煖 少游　小樓吹徹玉笙寒 李璟　為誰和淚倚闌干 中行、

這算是比較醇正的「集詞爲詞」了。當然，像「浣溪沙」和七絕詩相近的調，集起來本不太難。而短短的六句之中，晏叔原竟佔了兩句，就是一病。何況「綠窗紅豆」一句，又集自小山集中的「浣溪沙」，更是大毛病。因爲同調互集，未免太便宜了。

「集詞爲詞」，要求規矩嚴，聲律細，到清朝的萬樹，才算合於理想標準。且舉他的兩首江城子爲例：

江城子　　萬樹

醉來扶上木蘭舟 張仲宗踏莎行 大江流 唐庚訴衷情 去難留 周邦彥早梅芳 闊甚吳天史達祖玲瓏四犯 極浦幾回頭 孫光憲菩薩蠻 春盡絮飛留不得 劉禹錫柳枝 又重午 劉濬夫賀新郎 又中秋 劉過唐多令 芳塵滿目總悠悠 蔣捷高陽臺 倚危樓 辛棄疾歸朝歡 雨初收 歐陽修芳草渡 天氣淒涼 程垓蝶戀花 冉冉物華休 柳永八聲甘州 水面霜花匀似翦 秦觀玉樓春 翦不斷 李煜烏夜啼 那些愁 毛滂更漏子

江城子　　萬樹

蕭蕭江上荻花秋 無名氏眼兒媚 水悠悠 黃昇長相思 思悠悠 李景山花子 移過江來僧揮木蘭舟 飛夢到揚州 晁補之臨江仙 芳草連天迷遠望 周邦彥滿江紅 官驛外 陸游驀山溪 柳枝愁 史達祖祝英台近 庭槐影碎被風揉 吳淑姬小重山 晚雲留 蘇軾南柯子 夕陽洲 蔣捷木蘭花慢 簾幕輕陰 馬偉壽春雲怨 暝色入高樓 李白菩薩蠻 涼月去人纔數尺 王安石蝶戀花 應念我 李清照鳳凰台上憶吹簫 不擡頭 牛嶠西溪子

萬樹的集句，雖然很標準，可是作品很少。如果要「慢令具備」分量又多，每篇又都是「毫髮無遺憾」的，只有汪淵一人。可說是「前無古人」，按現代生活的轉變趨勢看去，甚至也可說「後無來者」了。

現在讓我來介紹麝塵蓮寸集的特色吧。

一、汪淵集詞的體例嚴格，從他全部作品上，大概可以看出四點：

(1) 集詞爲詞——他所用的原料，全部是「詞」，全部是「集」，不像蘇黃諸公以「詩」爲之，也從沒有自己湊上幾個字。只有卷四的「江月晃重山」，裏面集上了馬致遠的「天淨沙」（詞律補遺以元曲小令爲詞），夾入曲句，算是特例，我已於按語中酌加評改。

(2) 不集同調——他集來的詞句的原調，決不和他所要集的詞的調子相同。如「鶯啼序」，多至四十五句，可沒有一句是從他人的「鶯啼序」裏集來的。（集中偶有違例之處，我已酌加評改。）

(3) 一詞不用兩句——通常一個詞人的名字，只出現一次。一首詞，只用其一句。

(4) 一語不作兩用——詞有叠字叠句，但他決不引用同一來源，一語兩用。如：

「如夢令」三首，其叠句(一)「重省」——徐伸「二郎神」；「重省」——陸淞「瑞鶴仙」。(二)「凝佇」——徐□□「眞珠簾」；「凝佇」——姜夔「月下笛」。(三)「無據」——柳永「黃鶯兒」；「無據」——孫居敬「喜遷鶯」。

又「采桑子」二首，其叠句(一)「冷冷清清」——李清照「聲聲慢」；「冷冷清清」——汪元量「鶯啼序」。(二)「宿酒初醒」——柴望「念奴嬌」；「宿酒初醒」——儲泳「齊天樂」。

又「東坡引」結尾叠句：「海棠花謝也」——溫庭筠「遐方怨」；「海棠花謝也」——晁冲之「感皇恩」。

二、所集各詞，氣格渾成，眞是「天衣無縫」。如卷二之「木蘭花慢餞春」，卷二之「金人捧露盤」、「酷相思」，卷一之「喝火令」、「祝英台近」，尤其是一氣呵成，巧不可階。

現在再舉兩首例子：

黃昏庭院，誰品新腔拈翠管？庭院黃昏，枕上流鶯和淚聞。　千山萬水，不寄蕭娘書一紙；萬水千山，暮雨朝雲去不還。——卷四減字木蘭花用石孝友體。

柳供愁，花解語。總是銷魂，總是銷魂處。人自憐春春未去。芳草斜陽，芳草斜陽路。臥紅茵，觴綠醑。幾度相思，幾度相思苦。明日重來須記取。梅子黃時，梅子黃時雨。——卷四蘇幕遮仿花簾詞格。

可知前人恃才炫巧的花招，他却能以集句方式和他們爭勝。

三、聲律謹嚴——詞的聲律，複雜而嚴密，不像詩那麼自由，也不像詩那麼簡單——不是平平仄仄，便是仄仄平平。集句最難的事，莫過於碰上拗句，這種句子，往往找不到音節相同的，更無論文義的貫串了，但是汪淵移花接木的手段，實在高強，他能變化通融，毫無困難。例如：「三姝媚」（卷三）第二句「偏東園西城」，集自劉子寰「花發沁園春」；而「花發沁園春」（卷三）後段第二句，「見梅花清姿」，却集自史深「花心動」。又如：「大聖樂」（卷一）第七句：「睡起闌干凝思處」，集自趙以夫「二郎神」；而「二郎神」（卷二）第六句，「吹盡殘花無人見」，却集自葉夢得「金縷曲」。又如：「明月引」（卷四）二首換頭，一爲「謝娘翠蛾愁不銷」，集自溫庭筠「河傳」；一爲「三花兩花破蒙茸」，却集自王沂孫「花犯」。

其他工細之處，不勝枚舉。如「水龍吟」（卷四）結句，「一聲聲怨」，集自翁孟寅「燭影搖紅」；「有銷魂處」，則集自汪輔之「行香子」；「八聲甘州」（卷一）後段第九句，「昔攜手處」，集自韓元吉「六州歌頭」。這些地方，一般作者不很注意，而他卻一點也不含糊。

再如「木蘭花慢」（卷一）

碧雲春信斷，思往事，慘無歡。但密袖熏虬，芳屏聚蝶，急鼓催鸞。歌闌旋燒絳蠟，任畫簾不卷玉鈎閑。天外征帆隱隱，樓前小雨珊珊。輕翻，倦枕夢初殘，獨自倚闌干。料素扇塵深，繡囊香減，金縷衣寬。無端淚珠暗簌，正黃昏時候杏花寒。依舊照人秋水，憑誰剗却春山。

其中第七句「歌闌」，換頭「輕翻」，後第七句「無端」，都是暗韻。一般讀者往往不知，就連宋代作家，也多不講究。而汪氏在這些細處，毫不放鬆。這三處暗韻，「輕翻」二字，通常因換頭不妨讀斷，故以二字句單集，還比較好辦。至於第七句和第十七句，不便截割，又必須押有暗韻，眞是難極了。再則在同句中還要「旋」、「淚」、「絳」、「暗」都是去聲，不知道「上窮碧落下黃泉」，要費多少工夫才找到這兩句了。

四、對仗工妙——集句而對仗很工，是不容易辦到的。而汪氏的對仗，往往比原作還好，所以我不說它工「整」，而說它工「妙」。這種例子，讀者於書中隨處可見，不必舉例了。

集句一道，在古人詩詞集中，不過偶一爲之。旣沒有人花一生精力，專注於此，自然也不會把它看成文學藝術。因爲那些作品，不是從作者內心流出來的語言，而是把人家底話拼湊起來的。這只能算是一種遊戲——一種吃力不討好的遊戲。當然，對於一些拙笨的集句者底作品，我們敢於下這一個斷語。如果一位集句者工力奇深，已達到了神乎其技的境地，那就又當別論了。他底作品，雖然仔細查驗起來，都各有出處，確屬集句，但是在他自己，已經不自以爲是集句，而只是「借他人酒杯，澆自己塊壘」。他集得那麼巧妙、生動，足以發洩自己內心所蘊蓄的情緒，一一如自己出，比那些自以爲是「創作」的作品，反而高出百倍，我們豈可一筆抹殺？其次，在讀者方面，如果撇下那些出處不看，而只看他的成品，一點也感覺不出是集句，就把它們作「創作」來閱讀欣賞，又有什麼不可以？

寫到這裏，我忽然想到一個近乎詭辯的妙喻。我們現代通訊方式之一是電報，而電報有明碼和密碼。明碼是一碼一字，密碼則是一碼一語，甚至於一碼數語。一般人作詞？就像拍明碼一樣，把要用的單字組合起來，可說是「集字」。「集句」之作，不過是用的密碼而已。明碼也好，密碼也好，能達到通訊的目的，不一樣都稱之曰「電報」？爲什麼硬要把精美的集句之作，否定其文學價值呢？

還有，有些人認爲太工緻的東西，就有「匠氣」，如工筆畫，常被一般人把它的藝術價值貶低，如果有位大師潑倒了一缸顏料，反而說是「傑作」。這種看法我不能完全同意。我以爲「美」就是「美」，不在於工與不工。如果本身美了，照理，越工緻，越美。例如一位美人，淡妝很美，濃妝也很美，就是「亂頭粗服，也不掩國色」。這個理論顯然可以成立的，只要美人眞正是美人，那麼一定濃妝勝于淡妝，淡妝勝于亂頭粗服的。孟子所謂「西子蒙不潔，人皆掩鼻而過之」，一句話就說穿這個道理了。集句這東西，只怕集得不好，如果集得眞好了，自然是很美的藝術品。例如翡翠、螺鈿、眞珠、象牙之類，其本身固然美，但如果把它們拼鑲起來，成圖成式，自然美上加美了。

四庫全書在別集類裏收了清人黃之雋的香屑集（集句詩），其提要有云：

……雖雜取諸家之成句，而對偶工整，意氣貫通，排比聯絡，渾若天成……可謂前無古人，後無來者。雖其詞皆豔冶，千變萬化，不出於綺羅脂粉之間，於風騷正軌，未能有合；而就詩論詩，其記誦之博，運思之巧，亦不可無一之才矣。

從這段話的字裏行間，可以看出提要的意思，以爲這種集句，無論怎樣好，究竟所寫的範圍，不外男歡女愛，和風騷正軌不合。殊不知古今中外的詩——包括風騷在內——男歡女愛總佔其中最重要的成分。韓偓的「香奩」，王彥泓的「疑雨」，何嘗不一樣被收錄？一樣被視爲文學作品？難道惟有集句之作，限於綺羅香澤，便算是有背於風騷嗎？

好在四庫諸公還欣賞黃之雋的「記誦之博，運思之巧」，誇贊爲「前無古人，後無來者」。認爲「不可無一之才」。而汪淵呢，由於出生時代太晚，他的麝塵蓮寸集沒有被收入四庫全書的幸運。假設他底這部奇書，能讓紀曉嵐之流見到，該會如何地驚嘆？如果四庫全書收了麝塵蓮寸集，那末，當他們執筆寫香屑集提要的時候，恐怕就不會再慷慨地用「後無來者」四個字了。

麝塵蓮寸集在和汪淵並時或以後的詞話裏，也很少有人提及。只有在王曉湘先生的詞曲史裏，算是「叨陪末座」，挂上一筆：

汪淵，字詩圃，績溪人，有藕絲詞；又有麝塵蓮寸集四卷，皆集宋元人詞句得詞二百餘首，工麗渾成，亦詞家之別開生面者。

王先生的「別開生面」，和四庫提要的「不可無一」，都是同樣的看法，總以爲這種集句，雖然也值得欣賞，甚至於值得拍案驚奇，但總有點兒「邪門」，正像我們看過的「哈林籃球隊」，好像表演的味道，遠過於比賽。

從這裏，我又聯想到另一個問題。一般人總以爲舊體詩詞的平仄對仗，規矩太嚴，足以束縛一個詩人的才情。至於詞，更是重重枷鎖，足以使一個作家窒息。如果，我們仔細欣賞過這部麝塵蓮寸集，就可以發現，在那重重枷鎖之中，汪氏依然能巧妙地集句，頭頭是道，左右逢源。可見作詞並不太難。那些揎拳怒目，衝着傳統詩吶喊的朋友，似乎應該重新考慮考慮。試問一個初學騎脚踏車的人，當他在馬戲團裏看過有人在鋼索上騎獨輪車，帶玩「竪蜻蜓」的表演之後，還該抗議脚踏車的輪子太少，柏油馬路太窄嗎？

讀者如果多多玩味這部集句詞的技巧，一定可以得到上面的啓示，知道對於以規律太嚴作爲反對傳統詩的理由，是不夠堅強的了。

無可否認的，像麝塵蓮寸集這樣的一部集句詞，其「表演的」成份遠過於「抒情的」成份。因此，我們把它當作一件極精緻的「鏤金錯采」的藝術品去欣賞，是最適合不過的。在古代，有些巧匠，不惜窮年累月，嵌珠鑲鑽作成一件藝術品，實際毫無用處，但仍然價値連城。也許有人說，像這樣的藝術品，不過是有閒階級玩弄的古董。不錯，有閒階級玩弄的古董，但並不損害其爲藝術品。只要在自由世界，人就有安閒地沈醉於藝術品的權利。

人們也許要歆羡古老的時代——那些恬靜、閒適、愉快的日子。

請閉目凝思，把自己帶回到八九十年以前的歲月——正是汪淵和程淑過着共同生活的時代。在那個時代裏，像汪淵和程淑他們有精神生活的享受，而無物質生活的顧慮，兩人有着相同的愛好，相近的才情，眞是上帝有意安排的結合。他倆擁有一間書屋，擁有他們最心愛的詞集，他倆如癡如醉地從事一項毫無世俗目的純藝術的工作——擣麝拗蓮，霏珠屑玉，添聲減字，賭酒鬬茶，借他人的酒盃，澆自己的塊壘。夫唱婦隨，平平靜靜，甜甜蜜蜜地過了一輩子。他倆不爲名，不爲利，只爲了滿足自己的癖好，終于留下了這一部奇書。至於這部書的傳與不傳，認眞地說，對他倆而言，未必是最重要的，因爲他倆已經得到了別人所得不到的幸福。

可是，從他倆留下的這部奇書裏，我們可以想像他倆的幸福，也可以分享他倆的快樂。我們應該設法使這一對沈湎於詞章的「璧人」，花了一生的心血所得的結晶傳下去，使更多的讀者能分享。

古人以立言爲「三不朽」之一，其實，「朽」與「不朽」，有時也和氣運有關。像黃之雋生得早些，他的香屑集就堂而皇之收入了四庫全書；而汪淵呢，剛好生在同光末造，新舊交替之際，「前不巴村，後不巴店」，就給打入了冷宮。即使有「有心人」如江彤侯、高鐵君兩先生，熱心要爲它再版，又不知費了多少周折，到三十多年以後的今天才印了出來。一部「可傳」之作，而「能傳」的機率，却如是之微。那末，「傳」與「不傳」，「朽」與「不朽」，其間不是八成兒靠點氣運嗎？

現在，書總算出版了。我總算了了我多年未了的心願；我給它重新校閱、訂正、批評，總算使汪氏花了一生心血之作，其精光巧思，能夠豁露于無數讀者之前。

江彤侯先生在抗戰期中就去世了；高鐵君先生在三十九年因爲文字之累，受共黨的迫害，不屈殉義；爲這部書題過簽的許靜仁、于右任兩先生，來台以後，也先後下世。而這部書到今天才出版，執筆作序，一想到文章顯晦、世事滄桑、人琴愴痛，不覺百感紛乘，也就「不成報章」了。

蕭繼宗　六十七年二月於臺北寓廬

正中形音義大字典序

高君樹藩窮十餘年之力，成形音義大字典一書，於民國六十年由正中書局出版。其體例之新，取材之審，爲近日字書所僅見。故問世未久，蓋已如珠玉之無脛而自行。越三歲而再版，並初版之小疵，逐一而諟正之。發行至今又五年矣，益爲士林所樂用。使作者不復櫛剔，即閱十稔乃至數十稔，亦未嘗不可魁然獨步於坊肆閒也。顧高君不以此自慊，日孳孳事鉛槧，擿垢攻瑕，若惟恐其不盡者。一形之未正，一音之未審，一義之未諦，乃至一點一畫，小有曼漶，皆不惜一一改定，意非求其毫髮無遺憾不已也。

余以六十七年夏來董正中局務，始見是書，頗訝高君用力之勤。披覽所至，偶有一得，輒舉以眎君；君亦不鄙余之不學，忻然察納，其虛懷廣益也若是。今增訂爲第三版，乃督余爲之序。余嘗見世之學人，凡有述作，既壽棗棃，遂以爲千秋之業，名成功竟，不復稍加檢覈；脫令一紙風行，則苟焉以弋利而已，遑復爲讀者計邪？是余於高君用心之正，任事之莊，有不能已於言者，至於是書之奄有衆長，則時賢所爲序，論之詳矣。

蕭繼宗　六十八年六月二十八日

成廬詩稿序

文之於史，如驂之靳。自昔方軌而比行，斯能御重而致遠。盲左腐遷，辭雄百代，是之謂史以文勝；屈騷賈賦，闐咽簡編，則文以史傳者也。洎夫近日，術業尚專，而涂轍遂歧，分鑣日遠。治史者不盡務文，故徵信之功深，而纂組之才絀。或有述作，鉤稽方策，比緝舊聞而已。至於沈思翰藻，吟詠性情，蓋百不覯一焉。以予所知，獨長沙勞貞一先生以史學名家，兼文壇健者，信乎其難能矣。予夙耳貞一名，顧未嘗一覿其面。第知其邃於史學，馳邁周秦，浸淫漢氏，尤以居延墜簡，枕葄其中者幾三十年，旁搜遠紹，發秘鉤沈，足以糾前誣而啓來哲；初未諗其工於文也。乙巳之秋，予應美邦國務院之邀，講學洛城之加州大學，幸獲締交，相與往還，蓋恂恂君子也。講論之暇，閒以篇章見餉，始驚其屬翰之工，與構思之捷，爲之歎服。

貞一、湘人也，而生于秦，長于晉，游學于燕，訪古于河西漠北之野。以南人之溫秀，得朔氣之清剛。故其爲詩也，實兼風華典重之美。時而爲兩京之樸茂，時而爲六代之清新，時而爲杜、爲韓、爲昌谷、爲玉谿，靡不得其神理；及其至也，則又俱爲而俱不爲，無不滅其鍼線。非深于詩者，曷足以躋此？又嘗疑治乙部者，恆疲神於名物之考索，湮廢之披尋，宜不能無損於興會。是以篇什之間，或不免於辭人造情之作。抑中畜者旣富，如水伏流，遇罅噴涌，爲淵爲泉，有不能自已者乎？己未十月，承示其所著成廬詩稿屬序。快睹之餘，徑書所見如是，將以質之知言者焉。

湘鄉　蕭繼宗　序於臺北

宋詩研究序

詩而曰宋，謂以時分耶？使唐祚如姬周，則宋猶唐耳；謂以體分耶？顧宋人無不宗唐者，又安在其為宋也？然則詩而已矣，不可曰唐曰宋耶？是又不然，固唐自唐，宋自宋也。不獨時代殊，人物殊，內涵殊，氣格亦殊。宋人之詩，其始、其盛、其衰，靡不與天水一朝相推移，相感應。是宋之非唐，亦猶唐之非宋耳。譬之父子，有形似者，有神似者，有形神俱似者，亦有形神俱不似者。固不得以其不肖謂非其子，尤不得以其肖謂即其父也。故詩之於宋，自其似者而觀之，非截然有異於唐；自其不似者而觀之，亦非混然無別於唐。宋之有詩，詩之有宋，厥理甚明，將無待於辯矣。

吾友江際雲教授近著宋詩研究，方付剞劂，亟出其目以示余，並屬為之序。覽其全目，都十四章，區宋詩體派為十有四。章各三節：首敍源流，以明其宗尚；次述人物，以著其魁桀；末加評介，以別其瑕瑜。體例條目，如指掌，如列眉。讀其書者，宜足以知宋之為宋，益足以知宋之所以為宋；非若明人之武斷，謂終宋之世無詩焉；亦不若季清之膠執，視江西以外無宋也。

際雲博覽羣書，而不務為汗漫，向所撰述，持論特謹嚴。余固不待讀其書，而後知是編之作，有以厭士林之望矣。

庚申五月　蕭繼宗　序於台北

湘鄉方言自序 一

湘鄉自漢哀建邑，代毓賢豪，下迄遜清，可云極盛。方咸同中興之日，將帥如雲，簪纓相望；乃至近世，曾未少衰。惟先正遺風，特崇淳朴，耕夫牧豎，不出里術，固無論已；即有游宦四方，躋身朝列，亦鄉音弗改。跡其語源，恆合於古，而吐音嘲哳，每與人殊。邦人以此自豪，示不忘本，買譏貽譏，所不顧也。

喪亂以還，播遷海嶠，閱三十餘載，四方之人，薈於一地，通用之言，已不期變而自變。後昆繼起，盡習國音，至於母語，視若侏離矣。茲以退食餘閒，就記憶所及，雜綴成書，命曰湘鄉方言。非有意於同鄉子弟，返仄徑而廢康莊，舍通言而習里語，酒後茶餘，聊供談助而已。至若循音聲之跡，以探語學之所未周；敘名物之源，以補方志之所不及，則俟諸賢達，非予之所敢望矣。

中華民國六十九年三月　幹侯蕭繼宗　於台北

湘鄉方言自序　二

近世餘杭章氏，踵子雲之事，造新方言，務使今日委巷之談，因其音義，一一上通於爾雅、方言、說文。其志尚矣，其辭亦博而辯。惟世異周秦，地苞南朔，泛舉方言，非其母語，骫骳傅會而不得其情者，一卷之中，固比比是。又嘗病錢曉徵恆言錄徒取史傳爲徵、翟大川通俗編多本唐宋以後傳記雜書，爲不麗於古訓。將謂四海之內，千載而還，舍爾雅、方言、說文，人不能創一字，並不能造一語。溯其本源，必不出自三書之外。故其詮解，每不惜深文周納，以曲成其說。遂使本淺者反深，本近者反遠，本明者反晦，其甚焉者非九譯不能通其塞。於義何居，非予之所敢知也。

予於語學，初無深解，顧自奔亡海上，既閱歲年，故土縈懷，鄉音在耳，有未能盡釋者，歷載搆綴，成湘鄉方言二篇。越吟楚奏，人情所同，積痗自紓，非有竢於輶軒也。獨篇中所錄，其音、其義、其物、其情，皆予童丱所目擊身經，吻習而心會者，尚幸無模胡影響之辭耳。至於徵引所及，初不局於經傳，即說部之言，亦往往剌取之，視錢翟所采，則又下焉。竊謂小說家言，以徵史實，誠悠繆而無根；以證方言，則不失野語之淵林，轉足資爲典要，葑菲無遺，正亦以此，貽譏大雅，所不辭矣。

六十九年五月　幹侯又識

重印玄覽堂叢書叙

溯自盧溝衅啓，抗日軍興，至建國二十有九年而寇勢日張，東南文物之都，俱爲敵有。我政府西遷于渝，閔典籍之亡失也，乃命中央圖書館密遣人于滬上蒐求遺佚，由是江以南故家舊藏，稍得次第網羅，歸之册府。主其事者爲避敵耳目，凡所得善本，皆識以印文曰「中樞玄覽」，語蓋取諸陸機文賦，固廋辭也。是年夏，首彙印明代諸家之作都三十一種爲一輯，遂以「玄覽堂叢書」命之，越五年，日寇既降。山河復旦。政府方將講求文治，措民衽席；而赤禍踵作，國事絲棼。道路流離，救死不贍；公私圖籍，往往歸諸灰滅。玄覽堂諸輯又卷帙綦繁，益難求其全璧矣。繼宗以戊午之秋，始董正中局務，頗主重印是編，以厭篤古者之望。乃商之中央圖書館諸君子，詢謀僉同，於是鳩合羣材，重加董理，訪殘補闕，俾復舊觀。首輯遂得於今年六月問世，去初版之歲，蓋四十年矣。此四十年中，國家遘曠古未有之劇變，九土爲之晦冥，生靈陷于塗炭。幸我政府播遷海嶠，以一隅之地，萃全國之英，積三十載經營生聚之功，已駸駸彊富，用能誕敷文德，光大前徽。斯不獨國人之榮，亦全人類之幸已。惟中原未復，如水益深，我祖先歐心瀝血之所結撰以貽後人者，爲不肖子孫拉雜摧燒之惟恐不盡，至於舉國皆盲，文運瀕絕。有志之士，當思所以椎胸奮臂，攘除姦凶，蕩滌邪穢，庶幾存斯文於一脈。則玆編之出，豈獨嘉惠士林，抑重光故物之嗤引矣。

中華民國建國七十年辛酉六月　蕭繼宗　謹敍

翁文煒人物畫集序

竊嘗謂畫莫易於蘭竹，莫難於人物，而山水則介乎其間者也。人物之難，非它科所有者三：骨格體形有常度，眉目位置有常宜，小有乖違，立呈疵病。此其一；男女聖凡異其品，喜怒哀樂異其情，儀態萬千，傳神匪易。此其二；衣冠環佩稱其人，宮室器佽適其時，不有考訂，即貽笑柄。此其三。有此三難，殆非積數十寒暑之力不爲功也。世之畫家，急於弋利，每病其難而不爲。有爲之者，而談藝者或且執景響之辭以輕之，豈得謂之平哉？

閩侯翁君鎮岳，蓋游於藝而不爲利動者，墫力於人物畫垂五十年矣。近歲輒景其所作，以供當世案頭之賞，此其第六輯也。旣命序於予，因得披覽諸作。予尤善其運西人畫理於曹衣吳帶之中，一洗龍鍾、猥陋、尫羸之舊，凡意匠所營，靡不工妙。

夫「目之於色，有同美焉」，子輿氏言之審矣。故曰：「至於子都，天下莫不知其姣也」。世固有以「蓬頭攣耳，齞脣歷齒」爲美者矣；顧亦不得誣子都爲不美也。鎮岳之人物，畫中之子都也，吾知其必爲有目者所共賞矣。

國民常用字典序

我國文字之妙，在於字少而辭富。字少則辨記易；辭富則運用靈。故能彌綸世事，日新而不匱。職是之由，樹漢幟於世界語文之中，蓋獨擅勝場而了無愧色焉。近世字書，務求詳備，遂不惜搜幽剔隱，將以多取勝。溲勃兼收，葦茅彌望，而十九皆譌廢重繁，無裨實用，甚無謂也。

方今治平日久，當局尤切心文治。教部嘗賓集學人整理國民常用字，俾歸畫一。詳愼研議，頗閱歲年。案既定，得字四千八百有八。復一一準楷則書之，著爲定式。諸君子用意之善，與用力之劬，誠有足多。惟字形雖告確定，音義尙付闕如，雖曰「常用」，而其「用」尙未能盡也。故字書之作，實不容緩。則有高君樹藩耗十年襞積綴采之功，以從事焉。書成，命曰國民常用標準字典。大抵以音釋常用字爲主體，復參酌部議之「次常用字」及「罕用字」各若干，分別重輕，附諸其後。意在使讀者偶逢生僻之字，軼出常用以外者，亦得辨歧而解惑焉。

憶高君屬稿之初，頗瞻部議爲馬首，凡有更定，靡不相從步趨。中歷諸艱，易稿至再，而未嘗少移其志。昔王良善御，必曰「範我馳驅」。不爲「詭遇」，以期「獲十」，高君有之矣。

中華民國七十三年十二月二十四日　蕭繼宗　序於正中書局

孟浩然詩說修訂版序

說實在的，我對於孟浩然，並沒有什麼偏愛，因為凡是詩，只要是好的，我都喜歡，不只是孟浩然一家。然而，我却單為他寫下了一本「詩說」。

寫這本書的動機，很偶然，也很單純。

當民國四十四年東海大學在臺中建校之初，我便在那裏任教。中間曾一度講授過詩選。那時班上的學生不多，課後在校園一起散步，可以隨意閒談。從閒談中我發現青年們和傳統詩之間，似乎還有一段距離。他們總覺得傳統詩的格律太嚴，典實太多，辭語也太艱深，總之，是高不可攀。有時候他們也會把他們自己的詩作（新體）給我看，問我的意見。我發現我與他們之間，也有一段距離。我看不懂他們的詩，更甚於他們看不懂古人的詩。儘管我異想天開地試着去串聯幾行詩的語意，但始終不知所云。最後，我只好讓作者自己來解釋，可是他們繞來繞去，支吾其詞，連自己也說不出個什麼來。

好像那時候國內剛引進了 Faulkner 的寫作技巧叫什麼「意識流」（stream-of-consciousness）的，很多年輕朋友，覺得又新鮮，又容易，不免學步效顰，放手寫下了許多誰（包括作者自己）也不能了解的囈語。一些詩作者更變本加厲，好像大家的表達能力，一時都退回到含奶嘴的年齡，或出入於「燕子窩」與「杜鵑窩」之間。

這時候，我在唐代詩人中，遇上了孟浩然，發現他的文字平淡明暢，容易理解，可以縮短青年與傳統詩之間的距離（試看他的「春眠不覺曉」一首，常常是兒童最先背誦的唐詩之一，就是最佳證明。）；更難得的是：他的詩組織完整，條理細密，有理路可尋——不像其他詩家常有天外飛來之筆。這兩個特色，剛巧可以醫治當年的流行性夢囈症。爲了使青年們對傳統詩不至於望而却步，也爲了使他們的表達方式不至於亂成一團，於是我有意選定了孟浩然，爲他寫這本詩說，目的在爲初學鋪設一條比較容易入門的平路。

本書以「詩說」命名，當然是就詩說詩——有「詩」才有「說」，凡「說」必然與「詩」有關聯，而不是由著者天馬行空，隨意發表自己的「高」論。因此詩說的內容有兩部分，「詩」的部分，是孟浩然的原詩，是書的主題；至於「說」的部分，都是由原詩引發出來的，分爲三個項目：第一是由原詩版本有異文而產生的「校記」；第二是輯錄後人對原詩的評論而成的「集評」；第三則題爲「宗按」，是著者本人對原詩的意見。

關於異文校勘方面，我不願承襲習見的方式，羅列許多的版本名稱，在正文之後一一注明：「甲本作某，乙本作某……」而不加以裁定，害得讀者眼花撩亂，莫衷壹是。我要綜合我所見過的各本，斟酌短長，分別取舍，寫成一個我自認最好的版本，省得以後每一個讀者都得一一從頭去摸索，浪費精力。至於這種異同去取，是否完全正確，原本很難說，眞有點近似於現代刑事審判所采的「自由心證」。不過，「心證」雖說「自由」，實際上並非漫無標準。我的標準是這樣的：第一是從文理上認定，孟浩然是一個條理暢達的詩人，因此，他的作品，至少在文字上必然前後銜接，在理路上必然前後貫通。如果版本中的異文，足以使前後文氣梗塞，或思路背馳，當然不足「采信」。至於異文會使得文理不通的，那是顯然的錯誤，更不用說了。

第二是從事理上認定。亦即異文中的內容，和孟浩然的性格、生平事蹟，或當代的史實，或一般的情理、物理不合的，當然在捨棄之列。第三是從修辭上認定。如果各本的異文，在文理上都不構成瑕疵，但是，在章句中所表現的修辭技巧，層次上有顯然的高低與工拙，當然捨低而取高，去拙而存工。理由是：只有原作好，而錯成壞的；沒有原作本壞，反而錯出好的來的。至於高低、工拙、好壞，如何判定，也有兩種情形，一種是稍有文學素養的人一看便知的，我只注明：「作某勝」，「作某爲是」，或「某字非」之類，不再說什麼理由；一種是比較艱深一點，難於體會的，我必然會申說我判定是非的理由，或提出其他的證據。第四是版本雖有不同的文字，但在文法、修辭各方面，都看不出高下之分，究竟原作用的什麼字，就無從判定。只好任選其一字，而於「校記」中注明「……均可」或「……兩可」。但也有第五種情形：詩中的文字，各本一致，無可對勘之處，而文義上的疵累，却顯而易見（如「與張折衝遊耆闍寺」第六句之「開」字、「晚春遠上人南亭」第五句之「棲」字、「春怨」第七句之「極」字等），或看去毫無毛病，但從旁徵引他書，認爲各本可能均誤（如「宿天台桐柏觀」第十四句之「三」字），或原本可能用的更好的字（如「永嘉上浦館」第六句之「島」字），我便以說詩者的意見一一指出。當然，無論理由與證據如何的充分，這一切的判定，都是出於我主觀的意見。不過，不這樣，也不能成其爲「我」的「詩說」；不這樣，也不能提供一個「我」自認爲最佳的版本。好在那些未經采信的異文，仍然記在「校記」之中，如果讀者嫌「我」太霸道、太武斷的話，仍然可以一一覆按。

從前法國文豪福樓拜（Gustave Flaubert ）教他的學生莫泊桑(Guy de Maupassant)

的寫作技巧，特別強調：「把最適當的字置於最適當之處」。這句話看起來很簡單，但對寫作技巧而言，眞可說是金科玉律。談何容易！如果我們眞正能運用適當的文字於適當的位置，那就做到了韓文公所謂「文從字順各識職」，已經可以卓然名家了。讀者們如果眞能定下心來，去從容分析、體會我的那些「自由心證」，我相信他們所得的益處，不止在於欣賞孟詩，理解孟詩，而是使自己在文字運用技術方面，也能獲得一種修習的途徑。

其次談到「集評」，無非是羅列前人的評論。孟浩然是唐代大詩人之一，古今來論及過他的人，當然多得不可勝數。如果想全部蒐集起來，似乎不太可能，事實上也沒有這個必要。所謂不太可能者，一則前人評論散見於各書之中，我們不可能爲蒐集一二有關孟詩的評語，而去盡讀古人之書；再則那些隻辭片語，往往互相轉引，大同小異，甚至找不出最先立說的是誰。所謂無此必要者，因爲那些泛論式的考語，不針對某詩某句，往往不能鞭辟入裏，說老實話，那種評論是可有可無的，大可以寧闕毋濫。

我覺得文學批評和攝影有相似之處，同一個客體，用不同的鏡頭，會有不同的效果；從不同的角度去拍攝，也會出現不同的畫面。我們從批評者來說：一般歷史的批評，不如文學史的批評；文學史的批評，又不如專治一家者的批評。從被批評的對象來看：批評一個時代，不如一個流派；批評一個流派，又不如一人一家；批評一人一家，又不如一文一詩，乃至一句一字。正像攝影一樣，距離越近，範圍越小，客體的顯像就越眞切，這是毫無問題的。在這本書裏面，我對於前人的評論，寧可采取其細部的、確指的意見；那些廣泛的描繪，含混的指陳，往往不切實際，則屏而不錄。

至於我個人對於孟詩的態度，我在開頭就說過，我對於孟浩然，並沒有什麼偏愛。同樣，我對於他也沒有存任何偏見。因此，我自信我能保持一副廓然大公的心懷，來從事於客觀冷靜的評說。

一般地說起來，古人對於詩文評論，似乎都不大經意的。我們只要稍稍從嚴地去分析，就難免發現些毛病。最常見的是「拜偶像」。凡是在詩壇上已有崇高地位的人，大家都一味添花上錦，爲佛裝金。把美妙說成神奇，把瘢垢也說成美妙。大詩人就是詩壇的偶像，偶像永遠是被崇拜的，他是完美無瑕的象徵，不容許再有指議的。甚至對於偶像偶有涉及的小花絮，大家也一窩風似地附和着。如杜甫有「身輕一鳥過」之句，歐陽修以爲「過」字妙，於是大家都認爲非「過」不可，孟浩然也很運氣，他有「還來就菊花」一語（過故人莊），楊升庵一提出「就」字妙，於是，李夢陽、王曉衢、唐汝詢大家異口同聲說非「就」不可。由此可見偶像觀念對于人們的影響，是多麼的大了。

其次是「任愛憎」——以批評者一己的好惡爲批評的準繩：有些人特別喜愛那一家，就愛而不知其惡，凡是這一家的作品，不分青紅皀白，照單全收，對他家則反是；有些人由於自己的性格或際遇和某一詩人相似，或自己的思路或筆致和某一詩人相近，於是乎極力推崇這一家，而排拒他家，表面上是推崇古人，實際上是自擡身價；也有些人喜歡攀龍附鳳，把自己附屬於某大門派之中，從而大張旗鼓，黨同伐異；也有些人基於地緣、血緣、教緣的關係，和古人認同鄉、同宗，或同道，而格外阿私偏愛；也有些人拘於一孔之見，說體格、講聲調，自定規格硬要古人就範；也有些人炫其一己之長，考古音、論訓詁，把經學、小學上過了時而未必定論的孤例，向古人吹毛求疵。以上這些，對批評者來說，眞是得心應手，對被批評者而言，則難免抱屈蒙寃了。

以外還有一種毛病，可稱之爲「認廠牌」。他們把一位大家看作一家大工廠，他的詩作，就是這家工廠的產品。好像產品都由機器生產，而且都經過嚴格品管似的。因此，只要說是哪家工廠的產品，就可以判定它的品質。他們把一家的詩，往往用一兩個字的考語，就判定終身。就拿孟浩然來說：呂本中說他「高遠」；嚴羽說他「妙悟」；李東陽說他「古澹」；沈德潛說他「閑遠」；紀昀說他「清切」；張南山說他「孤淡」，用的都是些沒有清楚界說的形容詞，教你無從捉摸。殊不知詩人不是工廠，詩更不是機器生產品。同一人、同一題、同一體的詩，第一首和第二首，同一首的前半和後半，就大有高下之別，對於一家詩的全部，豈可以拿一兩個字來定讞呢？

很慚愧由於我反應遲鈍，不易爲高名所震懾，一向沒有崇拜偶像的習慣；加上性情頑固，也不知道附和權威，標榜聲氣，對於古人，總是就事論事，無黨無偏；同時因爲讀書不多，所見不廣，不敢對於各家各派，作鳥瞰式的評隲。寧可讓識者譏爲「見樹不見林」，我用最笨拙的方式，對這一家的作品，逐字逐句地較量，就寫下了這本「詩說」。我已盡了我的力量——除非我的識力有不透之處——凡是詩中的精采之點，我必會表彰出來，決不輕易抹煞；凡是詩中的小小疵病，我也會指明出來，決不曲意廻護。目的是要把孟詩的眞正面目，呈現於讀者之前。

爲了要呈現孟詩的眞面目，趁這次商務印書館給我以重排修訂版的機會，我下決心從頭整理一遍。架構雖維持原狀，內容方面，則新的資料，新的意見，加入了很多。希望那些獎勵過我的朋友，和那些有心指教而沒有提出來的讀者們，知道我不是一個護短藏拙的人。我確曾抉垢索瘢，作過大幅度的修訂。至於是否已經毫無遺憾，我當然不敢說；至少，初稿中該補正的，大都一一補正了。

我是一個生性喜歡急就成章的人，沒耐心「慢工出細活」，因此無論寫作什麼，都恨不得一揮而就——寧可有些漏洞，讓今天來補苴，而不願扼殺當時一鼓作氣的寫作衝動。記得初稿的寫作，是利用一個暑假完成的。身邊簡編狼藉，朱墨紛披，齋中獨坐，揮汗疾書。當時室有稚子；門多雜賓。由於身兼系務，還有不少的人事紛紜，需要周旋疏導。我居然能一氣呵成，很快推出初稿，不能不歸功於內人張宗毓的照顧、襄助和鼓勵。在這裏，值得補書一筆的。

還有，書的初稿，曾由東海密送校外學人審查。後來審查者的「審查意見」竟在東海學報發表，才知道審查人是梁實秋先生。我和梁先生實無一面之雅，而審查意見中褒辭稠疊，並且聽說梁先生還向師大文學院同學大力推薦過這本書。老輩的風範和盛情，眞敎我由衷地感佩。現在，特地把他的審查意見也附印於後，以誌不忘。（附件從略）

蕭繼宗於北市　七十三年十月十日

跋翁逸墨序

跋翁逸墨者，與化余先生井塘所爲詩，晚歲之寫定本也。始予識翁于戰時之陪都。予年方少，忝在生徒之列，時於衆中瞻望顏色而已，實不獲親謦欬。洎違難來臺，客居一島，私幸德音之日邇矣；而翁位益高，勛益隆，望益重，益不敢有所干瀆，故平昔於翁所知者寡，蓋大氐得諸所聞。翁之謀國也，志慮忠純，而甘遺榮利；翁之親賢也，交乎氣誼，而不忘久要；翁之處家也，篤于伉儷，而貽裕後昆，是固聞之熟矣；然竊嘗擬翁之爲人，獨於詩爲近。蓋其風骨之峻整也如詩；其志節之貞清也如詩；其襟抱之沖夷也如詩；其胸腸之悲憫也如詩；其意興之蕭遠也亦如詩。凡所以爲詩者且畢具，宜非彫章繢句之徒所可幾。是則如翁其人者，不爲詩則已；爲之，不患不爲眞詩人也。今歲之九月，翁年登九十矣。頗自寫定其稿，得詩之稱意者約三百篇，而以逸墨命之。適及門諸君子方謀所以爲翁壽，計莫若壽此本以棗棃，俾垂于無窮。編次略定，命序於予，予因得而窺翁之詩。澹素之中，時饒奇趣。諷味廻環，每有會契；或听然以笑，或淒然以歎，或慨然以奮，往往有不能自已者。甚矣！翁詩之感人也若是，不謂之眞詩人，其可得乎？吾聞昔人之論香山詩者，或病其勸懲，或譏其輕俗，是皆蔽于所聞，以一得自專者，烏足以議香山哉？香山之言詩，擧四事曰：「根情、苗言、華聲、實義」，詩之道蓋盡之矣。又自標其詩爲四體：「雜律」而外，尤重「諷諭」、「閒適」，以至「感傷」，何嘗以美刺自畫哉？今讀翁之詩，四事具而四體兼，斯誠深得香山之髓者。故其所作，字字從肝鬲中出，攬之可掬，挹之不窮；又懼其流于滑易也，時復以宋人之刻至救之，遂不盡爲香山詩，而自成其跛翁詩矣。雖然，翁之勛名位業，久爲世所誦美，故詩名不能不爲之少掩。江都詩人陳含光先生贈翁詩，嘗比之於「安石圍棋」，「午橋覓句」，正謂其文章之外，大有事在耳。夫銘勛竹帛，有史氏存，誠非予之所敢任；獨於其詩，三致意焉，俾世亦知事外正復有文章在。

遂園書評彙稿序

畏友張君眉叔裒近歲所爲文六首爲一編，命曰遂園書評彙稿，屬予爲之序，予讀而善之。計所評詩話凡四家：曰王湘綺、曰陳石遺、曰梁任公、曰汪方湖。文二家：曰章士釗、曰林語堂。獨語堂原著爲英吉利文，其言非華言，不足爲文評，評其譯著；譯者代言，其辭又不足評，評其所言。意在評著，非評譯也。其餘諸家皆直評所著，不煩轉假矣。

是六人者，名輩有先後，學尚有異同，譽望有崇庳，性行有端詭，要皆以文名當世者也。人不暇盡讀其書，讀亦不暇盡究其蘊。一編之中，或溯敍淵源，或標榜聲氣，古人時輩絓涉其間者，無慮百數。黨伐紛紜，莫衷壹是。遽覽之自無以窮其畦畛愛憎。使無人爲之董理而加評焉，則亦震於俗望，隨衆唯阿而已。眉叔處是非之終不明也，運其澄澈之思，奮其犀利之筆，即人、即事、即文，剖肌析脈，逐一述論。短長功罪，備著於篇。凡所稽彈，靡不允洽，雖百儀秦莫能爲之辯矣。

予讀之既有當於心，亦重有感焉：以爲士君子之立身立說，不可不愼其初也。

湘綺當易代之際，直世變之衝，儒林重望，巋然若靈光魯殿矣。其於詩也，獨崇漢魏而斥宋唐，重聲色而輕意趣，以此成湖湘一系；然其執義偏而取徑隘，乃欲盡關天下人之口，又豈事之可能？湘綺非見不及此者，何一往而不復邪？雖曰平昔負縱橫王霸之略，或不免於予智自雄，以天下人爲可欺；亦以立說之始，非立異無以鳴高。一幟既樹，勢不能自拔而自易之。亦惟有執始怙終，以自遂其過而已。

至於石遺，閩詩巨子，標揭同光，誠一時之彥也。洎以說詩名家，益騰光譽。閱時旣久，積勢奪人。老宿不敢犯其鋒以取辱，英髦則欲借其口以成名。遂乃抑揚予奪，左右時流。夫藝文流派之成，必有二三雄桀，斡移風會，使趨一途，原亦事理之常。獨恨其於湘綺一派，不以堂堂之陣，明攻力取，而極盡捭闔飛箝之能事。心術之工，逾於寺宦。蓋亦操翰之初，嗜名成毒，爲遂其閥閱之私，終至不復擇術耳。

方湖說詩，稍能持平。然點將錄以說部虛構之人物，影射並時之作手，其始已出於諧謔。況名數乖違，勉強牽合，不於其倫，固可知也。至地理與人文之關係，泰西諸說，持之有故，言之成理。方湖襲而取之，以析諸派，誠無不可。顧不問山川自然之勢，而斤斤取準於行政區畫，毫釐之失，喪厥本初，其說亦難於自圓矣。

士釗倡爲邏輯之文，筆路思致，宜於柳州爲近。然指要一編，深文鍛鍊，厚誣古人。邏輯云乎哉？抑何以自解也？其人早歲以智術自負，此念橫胸，即爲敗德之基。一旦比之匪人，始計益非，及其自陷旣深，勢不能不詭辭以遠害，逢惡以取容。庸詎知後世千載之誅，不烈於暴君一時之罰乎？

予於諸人，稍喜任公。任公博聞遠矚，奄有衆長，初不以一藝名家。其於詩也，當湖湘稍替，而同光鼎盛之日，乃能高舉「詩界革命」之旗，其識遠矣！至其成與不成，非任公所當任也。任公胸無貪執，言所欲言，不詭隨、不文過，獨能以「今日之我，與昨日之我戰」，其磊落丈夫哉！

語堂端士，亦復可人，於諸人中爲獨異。兼治中英文學，驛騎其閒，且有所樹立。然行文或失之率，野語笑林，資爲嘔噱，不暇考其虛實。向見其所譯東坡臨江仙詞，起筆竟亦小誤。爲之立傳，或有所不足矣。吾聞嚴又陵譯西方名著，自謂「一名之立，旬月踟躕」，老輩立言乃矜愼如是，操觚率爾，信不可與？

準諸眉叔之所論析，是諸人者，其才其學，無不過人。然或因一念之私，或由一時之率，遂使功罪殊塗，瑕瑜異致。夫苟率之過，或出無心，偏私之惡，每成流毒，予故謂立身立說之不可不愼其初也。

眉叔之文，謹嚴精悍，有似乎柳子厚、蘇明允，及其御繁析紛，斷割是非，則如飲上池之水，然牛渚之犀，使異物不能遁其形，故其辭或微傷於刻。然世之深心隱慝者多矣，不有鋒刄，何足以誅發之？陸沈以來，詖邪盈耳，「楊墨之道不息，孔子之道不著」，使眉叔能奮其摧陷廓清之功，豈不大有助於時？懷其器而不得其用，惜哉！

臺嶠集序

詞風之盛，極於天水一朝。方晏、歐、柳、蘇、秦、賀、周、李羣才之竝起也，爛然若衆星之羅秋旻焉。是時作手，上自君相，下至倡輿，靡不各騁其才，各言其志，風氣不趨於一涂。雅鄭莊諧，雜然鋒出，故能蔚爲壯盛。南渡之初，猶存豪宕之氣；迨其末造，雕鏤日工而生氣轉索。卒至元明兩代，幾無足觀。洎乎清世，茲道復振，儼然具中興之勢。顧自同光以降，風氣漸成，蹊逕寖隘，家夢窗而戶玉笥，奄奄索索，自以爲盡態極姸；而不知晚宋之覆轍，同光諸老復躬蹈之。陽春自賞，而廣陵就絕矣。蓋時代之推移，宙合之開拓，口舌猶是，心胸耳目則大異前人。操觚之士，宜不甘引繩切墨，以自困於絕潢斷港閒也。

寰球詞苑集海內外諸家之詞，將付剞劂，命曰臺嶠集。苑中諸老宿不以僕猥陋，俾預簡勘之役。編既成，問序於予，予既獲縱覽時賢之作，喜見其各騁其才，各言其志，風氣不出於一涂，奄有壯盛之勢；今也海天清晏，民物康華，中興之局，宜若可期。竊有感於詞運盛衰之故，因書數語以申其愚。

丙寅八月二十一日　幹侯　蕭繼宗　序于台北

實用詞譜三版題記

實用詞譜一書，成於壯歲，梓行及今，忽三十年矣。茲以三版發行，又復嚴校一過——大氏是正譌文，鉤理句讀而已。至於櫛比音聲，辨章譜式，管見師心，則一仍其舊。可見三十年來，齒加長矣，而學不加進，爲之赧然。

七十五年丙寅　幹侯蕭繼宗識於北市時年七十有二

楊亮功先生叢著序

世之論孔學者衆矣，皆自以爲無戾於聖人。然陳義高則難幾，稱引博則寡要；其說滋緐，而其去聖也益遠。鄉見南巢楊先生亮功著孔學四論，獨出之以平實。比類析辭，提綱挈領。以孔證孔，不乞諸鄰。迨尋其指要，則一以教育爲孔學之重心。良以聖人覺世牖民之志，與夫文化傳承絕續之機，胥惟教育是繫也。

竊觀先生之生平，志業所尙，蓋亦在於教育；而著書行事，又靡不以平實爲依歸。跡其本末，是固浸濡於孔氏者爲多；而別溯師承，亦有得而言者：方其少壯，嘗游於當世魁儒巨匠之門，從而辨章學術，磨礱文辭，一一得其要緒。國人如蔡孑民、胡適之、陳百年、劉申叔，西人如杜威（John Dewey 1859-1952），如克伯屈（William Heard Kilpatrick 1871-1965），如桑戴克（Edward Lee Thorndike 1874-1949），是皆博聞專詣而務平實爲宗者。先生轉益多師，又復守之以約，久而弗渝。及其服官任教，敬事潔躬。雖夙登顯秩，久預勝流，而穆如清風，不違儒素。尤殷殷於教學相長，不厭不倦，不知老之將至，希賢希聖，有非徒託空言者矣。

今先生年事高，已在耄勤之閒，而自反自彊，無殊壯歲。生平述作，或早付剞劂，或散見期刊。時賢慮其放失，無以見威鳳文豹之全，得書十一種，彙印爲一，命曰楊亮功先生叢著。既成，先生不以予猥陋，命予爲之序。因受諸書而徧讀之。計以文化教育爲主體者凡九種，而散文與詩得其二焉。予於教育之學，愧無深解，然展對諸書，頗開茅塞。每見篇中論理必窮溯中西；論史必援酌今古；論法必剖證事例，要以求平責實期於至當而後已。至於紀行一編，作於兵深國弊之秋，星飯水宿之頃。時方廉察州郡，整飭紀綱。王事勤勞，不遑寧處。而道塗風物，入筆成妍，簡絜要眇，在酈善長、吳叔庠之閒。詩則取徑義山，以企少陵。吐辭溫厚，一如其人。顧先生平居未嘗以此自矜詡，蓋以緒餘目之。緒餘若是；其非緒餘者，益可知矣。

民國七十六年四月　湘鄉蕭繼宗謹序

美游詩紀序

丁卯春，眉叔有北美之行，不及浹月而反。旅途中日必有記，間亦有詩。所記皆家人起居、賓友言笑、與夫游涉觀覽之所及。詩則稿略定，即雜日記中書之。旣歸，綜其稿爲一小書，曰美游詩紀。蓋詩以紀游而記以傳詩也。

日記之作，盛於北宋，元祐諸公，爲者多有。大抵信意隨筆，旨在備忘。故事惟盡實，文無求工，以是而記亦不易傳世。洎於淸季，辭章家冀其書之能傳，遂刻意彫鐫，如人處湢浴，而盛飾冠裳，雖美而弗眞；理學家恐其書之果傳，則有心愼獨，如人在昵私，而儼臨廣坐，雖敬而弗眞。若越縵堂，求闕齋之倫，書非不佳，尙微恨其不免矜持塗澤也。

眉叔此記，意頗在於問世，察其臨文之際，詩力求其深，而記力求其淺，正欲存其眞而明其事耳。譬之傳奇，貴能「曲白相生」，使聽者聞歌而知意。然淸季文士之作，曲文工矣，其賓白亦以駢儷騷雅出之，遂致主從不分，精神不顯，無怪乎聆雅樂而思睡也。眉叔之記與詩，讀之忘倦，或有取於曲白相生之理歟。

卷中諸詩，古近體皆工，而古風尤卓絕。能紀新見之事，狀難狀之景，灝氣蟠胸，詞源倒峽，是則知音者必能賞之；吾所欲言者，特人之所易忽而未必賞者耳，乃書之於耑。

七十六年六月六日　蕭繼宗　於北市

游記

游記二篇，皆二、三十年前所記，與今日實況迥殊。雖無助於見聞，而回首舊遊，亦可以見世運推移之迹也。

臺灣中南部紀游

一 日月潭

二十日，凌晨首途。殘月半規，疏星幾點，曉寒猶重。車行宿霧中，牕外風物，了不可辨。至桃園，天始大明，而霧下如微雨，陰晴未可必也。過苗栗，霧稍稍散去。陽光爛然。亭午，抵台中。進餐後，改乘汽車赴日月潭。

自台中至南投間，原隰平曠，村社殷賑。蔗田亘十數里，青葱如薺。過集集後，漸見峯巒。沿途諸山，種蕉成林，果熟下垂，囊以敗葉，纍纍如婦襁兒。行至水裏坑，山勢益峻。是處爲日月潭洩水孔道，設廠發電，以供全島之需，工程至鉅。惜不及下車觀覽，即其外景，亦盡爲林樾所掩矣。

車過水裏坑以後，全爲山道，峻坂危橋。盤紆曲折而上，咫尺間即失來處。日就晡，行近水社，蓋已置身千仞上矣。忽於林隙木末間，見一碧泓渟，熒熒如鏡，則日月潭在焉，車中人皆大樂。是夕，宿潭畔之涵碧樓。香暮中不辨遠景，閒行市肆間，湖光山色，草草領略而已。

明日，晨起，泛舟游潭中。潭水深達百二十英尺，深碧若不可測者。初日照林，萬山如濯。諸峯爲曉霧所截，隱見不恆。林木陰茂，水面隨崖詰曲，黯綠尤甚。空翠撲人，衣袂爲之染碧。

日月潭，一曰龍湖。周三十餘公里，名之曰湖，宜無不當。意者、湖中故爲山，因地震而陷，致成沼澤，瀦諸山水，初爲池，繼爲潭，迄日人役三萬衆，鑿山通渠，引遠山之水，匯之潭中，以供水電，潭面日廣，終乃爲湖矣。湖心有小渚，曰光華島，無可觀者，而近山諸處，往往有枯木如林，陷諸潭中，枝幹猶槎枒出水面，殆即震陷之遺蹟也。旋移舟水口洞，觀潭水所入處。狂流激雪，晴晝喧雷，而湖面波平，若舒明鏡。何施之者如是其勇，而受之者乃泰然若罔知也。既而囑榜人鼓枻游番社。

蕃社者，故高山族人之所居。曩爲日人所迫害，復不與外族通婚媾，生齒日衰。居蕃社者，今纔百七十餘人。入其村落，荒陋殊甚。男女衣著，悉如外人，無椎結雕題文身畫面之俗，殆浸濡漢化者矣。顧其族之所自來，族之人莫能言者。察其髮膚，固亦華夏之苗裔也。光復以還，始見尊重，與他族同。而其生活習尚，則從其舊。村中設小學，俾兒童有所教養，以知祖國文教之盛。族中服兵役者三人，亦累葉之殊榮已。又有婦女數輩，嘗從金門定海間舞踊勞軍，抑其出類而拔萃者矣。山胞矯健絕倫，登山升木，捷於猱鳥。性嗜酒，無外人虛浮機狡之心，以作以息，無復塵累。歲時伏臘，羊酒相勞。聚族交懽，男女相悅，率出自然。未嘗作忸怩態，而內以變詐相伺，是殆伊甸園中之亞當夏娃，而人類之本來面目也。村中多高、朱、黃、毛四姓，酋長毛信孝。所居獨脩飭明潔，儼然府第。無識者逕呼之以「王」，其稱女則曰「公主。」聞客至，始易裝，酋長裸膝跣足，衣綵衣，佩木劍，披皮坎肩，戴蕨葉為冠。諸女衣繒，著繡褌，服色各殊其制。好事者與之錢，攜與攝影，與美洲之印第安人相似，此俗不知昉於何時也。未幾，酋長鳴鐘，而艷裝者麇集舞廳中。廳亦卑陋，堂中嵌圓石如覆銚，初為杵歌，出女子七人，各秉杵，杵之長短各有差，上下亦不一。杵中石，鞺鞳作聲，疾徐高下，自成節族，似以七音階為其率也。杵聲乍歇，引吭始歌，歌已復杵。杵歌者，蓋古之葬歌也。古者葬人於野，親舊以杵築土令堅實。勞人相和為歌，多哀聲，世久湮廢，杵歌猶存。以圓石象墳，其遺意也。歌闋，繼以舞，女子多至三十餘人，衣被斑斕，各殊其態。或纓珠翠，或取山花野草，為耀首之飾，尚存樸野之致。然皆塗脂施粉，鬈髮膏脣，則又染時尚矣。歌音高亢，舞態婆娑，雖無管弦伴奏，而動中節律。一女曼聲而歌，若哀猿夜啼，破空而至，似為「主導高音。」衆聲和之，而成「齊唱」，皆哀宛動人。歌辭皆土語，傖儜不可曉。然高亢中時為悲酸激楚之音，令人心惻。

午餐後，繼游文武廟，拾級三百六十有五，始達山門，殊憊甚。文武廟，初不可解，及察廟貌，則合孔子關羽而祀於一堂者也。以羽配仲尼，可謂儗於不倫者矣。益以楹額題鐫，皆惡俗荒鄙，令人不能少駐。廟中備冊供游人題寫，積帙至三十餘卷，塗鴉畫鬼，觸目而是，益不能堪。然粉牆石礎，明潔如新，幸免於畫墁疥壁之災，始其事者，又未始非大功德也。

二　吳鳳廟

二十三日，晨發日月潭，抵台中，轉嘉義。甫下車，即改乘汽車赴吳鳳廟，約半小時即達。吳鳳者，於清康熙中爲蕃通事，漢蕃官民間有事，資爲傳譯者也。初阿里山族有獵頭之俗，往往殺人，官廳曉諭莫能禁，鳳始假神道以戒之，後以赤巾自冪其首，俾番民取獵，番民既得頭，審知爲鳳，乃大悲愴。怵於神殛，復高其義，其風遂止。鳳死於康熙三十四年，今三百餘載矣，鳳死，而後之人幸而不死者多矣。若鳳者，可謂殺身成仁者歟。謚之曰阿里山忠王，專血食於一方，至數百載而不衰，宜哉。廟頗弘敞，然無可觀。碑記皆出日人手，苔侵蘚蝕，漫漶不可讀，試沃以水，鉤畫稍明，爲志其崖略於是。

三　阿里山

游吳鳳廟既竟，即返嘉義。明日，乘阿里山游覽車登山。車身偪仄，同游皆束身跼蹴坐。車過竹崎，山道漸險，雙軌出沒於危崖陰壑間，廻環迂曲，往往遶山行，凡三四盤，仍還故處，特愈行愈高耳。其斜度之大，爲它處所罕覯。自麓至椒，鑿隧都五十餘處，橋梁亦彎環因其勢。車行長隧中，如夢寐中墜萬丈之淵，惘惘然不知所屆，惟聞輪聲轆轆，挾此身而奔耳。車程計九小時，始達阿里山。山顚天候轉寒，未酉而昏。宿阿里山閣。淢闌遠矚，惟見天末朱霞，幻成采帶，適與地平。蓋落日餘輝，耀於海天盡處，詭麗無比。四山崖壁，受光作殷紅色。映帶成趣。是夕爲十二月二十四日，於西俗爲耶誕節。例行晚會，同人於車馬困頓之餘，聚首一堂，歡聲雷動，亦游程中之樂事也。

明日，四時起飯。御厚呢大衣，將登山觀日出。時夜氣尚深，捫索山道中，古木森立，虬枝時欲攫人。行一小時，始達絕頂，東望積霧沈沈。群山如擁敗絮。少選，彩霞鋪道，熠熠有光，初露火齊一珠；旋成一線；不彈指頃，曉日曈曈，如彈丸脫手，躍雲而出。光芒四射，灼霧爲赤，洵壯觀也。已復循故道返，叢莽菁密，霧淞淋漓，衣履爲濡。下訪博物館及神木，木高五十餘公尺，周三十五公尺，三千年故物也。是爲紅檜。杜工部所謂霜皮溜雨四十圍，黛色參天二千尺者，庶幾近之。木雖老，而根幹堅挺，枝葉敷榮，無拳曲瘦腫之病。蟲蝕莫之能傷。斧斤望而生畏，非金剛不壞之身，又安能根荄萌蘖於周秦之際，歷百刦而挺然屹立以至於今也。往歲於廬山黃龍寺，見娑羅寶樹。傳係晉僧曇詵手植，嘆爲希有，其堅挺之姿，與此木同。序其年齒，則雲仍矣，爲之俛仰徘徊者久之。

阿里山故以森林勝，兼有熱溫寒帶之林。可供材用者。以檜科、荳科、欅科爲最富。鐵杉、紅檜、華山松、台灣杉、及肖楠，號爲「五木」。肖楠質堅理膩，尤爲美材。日人經略台灣，鑿山通道，採伐歷三十年，牛山之美，漸歸濯濯。而新生林尚在穉齡，未及成材，使旦旦伐之，山且童矣。而玉山（即新高山）林木之盛，實過阿里，使延申鐵道以就之，則再歷三十年，不虞匱乏。而阿里山之新林，足以繼之，一植一收，互爲長養，則材木不可勝用矣。司其事者不知屬意及此否也。

自神木乘車，復返嘉義，積霧漸消，天益晴亢，頗煩熱。牕外長林古木，如部曲肅立送客行者，山中羊齒科植物最繁茂，幹高數丈，舒葉逾尋，如張繡葆翠華，以壯行旌，間有霜葉深紅，點綴其間，則十三四女兒爲客獻鮮花者歟。

四　關子嶺

午後達嘉義，即乘汽車至關子嶺。關子嶺以溫泉勝。泉自山腰石罅中迸出，居人刳竹引泉，以通湢浴。水濃如乳，著膚滑膩無倫，傳爲石膏泉，微有硫臭。第浴後無宿味，遠勝他處。白樂天詩云，溫泉水滑洗凝脂，往日嘗謂溫泉可使膚滑耳，今乃知其水本滑也。吾未嘗游驪山，想華清之水，亦必似之，同游諸人，塵途煩倦，入泉試浴，得此不獨澡身蕩垢，亦且蠲煩而滌慮矣。浴後就飯聽水廳，肴核紛陳，倦人爲之一奮。飯後憑軒小坐，山泉活活流石澗中，時有鳥聲和之，萬慮俱滅。

明日，侵晨即起，乘車赴大仙寺。山翠沈沈，微有雨意，旣抵寺，諸峯雲合，細雨如絲。復前行，游碧雲寺，碧雲較大仙爲宏麗。金碧交輝。二寺均爲苾蒭尼所居。鐘魚幢蓋，淸淨莊嚴，吾意此輩或在妙年，即脩梵行。或身世皆有難言之恫。今乃遁跡空門，企求解脫。因念大陸沈淪，名山僧衆，迫令還俗，甚或淪爲倡優，以視此間，眞不啻洞天福地也。

碧雲寺少憩，雨聲大作，敲寺瓦作響，衆皆冒雨前行，衣履盡溼，頗聞喋喋之聲，夫山游遇雨，雖不能縱目遐觀，亦倍增韻致，昔東坡於沙湖道中遇雨，同行皆狼狽，而坡獨不覺，因作定風波詞。首云：莫聽穿林打葉聲，何妨吟嘯且徐行，想見其悠然之致。同游諸若，恐無此興會也。旋得水火同源處，水從石竇中出，火燄亦隨流噴射，水受熱而沸，流湯濺雪，亦奇觀也。

既離水火洞，雨益豪，草草返寓。衷衣盡溼，急更衣入浴。始復暢爽。午後，天霽，即返嘉義乘車。至深夜始抵台北。時十二月二十六日也。

——選自盾鼻瀋餘

東飛鴻爪

應中央星期雜誌作

筆者於去年（民國五十三年）九十月間有韓日之游，行前編者屬爲撰稿以紀之。歸後雜事如麻，未遑執筆。茲以暇晷，信筆追記。行文零亂，不成報章。然塗巷見聞，起居瑣屑，雖無關於大局，亦未嘗非攻錯之資也。程期短暫，難免浮光掠影之嫌；筆墨荒疏，聊識鴻爪雪泥之印而已。

一　客身粗喜近中州

八月二十八，在臺北，天氣還是很熱。剛好這一天有幾位外籍的學人離開臺灣，松山機場送行的人，似乎多了一些，裏邊顯得很擁擠。太熱了，大家把扇子搖個不停，可是搖不掉擁擠時的熱浪。我因爲忙着辦手續，少不了也得從人堆擠來軋去。加上衣著整齊，汗朝裏邊流，外面也似乎冒出一股蒸氣，很不好受。好容易挨到了四點，進了場，西北公司（NWA）的飛機在等着上客了。在場有不少的離人在抽抽咽咽，黯然神傷。我因爲只有短期的離別，似乎感不到什麼酸辛，向家人和親友們揮了揮手，就輕鬆地踏上旅途。

我這一次的旅行，是由基督教亞洲高等教育聯合董事會（United Board for Christian Higher Education in Asia）安排的。東海大學原來是由該會支助創辦的。該會認爲東海應該和她的姊妹學校進行交換講學的計劃，而我是首次被邀去韓日兩國的。指定的學校，在韓國是延世大學，在日本則是國際基督教大學（International Christian University 簡稱ICU）。不過，我在國內事先有一個想定，即是韓國的情形和日本有些不同，我的講學計劃，在韓國不妨稍稍擴展到延世以外的其它大學，而日本環境複雜，則應該局限於ICU以內。照這個計劃的安排，應該先到韓國，後到日本。拿旅行來講，去韓國的機會，似乎比去日本較爲難得，而去韓國又是必須經過日本的。

上了飛機之後，纔喫過一次簡單的點心，五點十分便到了琉球。在那裏休息二十分鐘，這短短的時間，無法進入市區，只能在機場蹓躂。橱窗裏所見的除了琉球寶石之外，多半是洋烟酒之類的東西。琉球通用的貨幣倒是美金，可知那兒美化的程度了。

從臺北到琉球需要一小時，可是從琉球起，由於緯度的不同地方時間比臺北晚一小時。換言之，臺北的五點，即是琉球的六點。到六點四十分，繼續起飛，九點鐘，到達東京上空。

離開琉球以後，天色漸漸暗了下來，在海上，在雲上，簡直什麼也看不到，可是，一到東京上空，儘管在夜晚，單看那些迷人的燈光，也就可以意識到脚下的那一片土地，是一個花花世界了。

羽田機場，日本人稱之爲國際空港，規模比松山大多了。大，也有大的毛病，從飛機到辦公處所，有一段頗爲漫長的甬道，需要步行。老年人和小孩們，多少有點吃不消。爲什麼不用汽車接送，這個理由直到現在還不知道。

空港應辦的手續幷不太簡單，可是你只要順着一條直線前進，驗黃皮書，驗護照，取行李等等，一樣接一樣辦下去，倒也簡單明瞭。

我因爲是過路客人，被安排在NWA的招待所（Airterminal Hotel）住宿，也用不着到市區去找旅館了。招待所就設在空港辦事處的三樓。由侍者送我到一個房間，把門鑰交給我，以後一切就可以自理了。

房間大約不過六個榻榻米，可是佈置得美觀、舒齊，空間經濟。電話、空氣調節設備，電視……應有盡有。入門這一段，還擺上兩張沙發，儼然小規模的會客廳。靠窗戶有一張寫字檯，除了信紙明片之外，還有一片小紙卡，上面有針、線、鈕扣、別針之類，以備旅客不時之需，設想可說是很周到的。洗澡間也很精緻，梳妝台上有簡單的化妝品和用具。從這些小地方也可以看出日本人底生意腦筋，比我們那些大而化之的作風要高明一點。

晚上疲倦極了，洗了一個熱水澡，睡一個安靜的覺。

第二天六點起床，看了半小時電視，然後拿了NWA的招待劵進餐廳早餐。餐後，就在機場信步瀏覽一番。發現他們陳列在櫥窗裏的貨色很多，有各色電晶體的收音機、電視機、照相機、洋娃娃、眞珠、寶石、織料，各色機器或手工的製品，眞是洋洋大觀。十一點，我離開招待所，由侍者送我到NWA辦公處，交付行李，驗票。這時候機室裏也有不少的客人，但一點也不擁擠，更用不着流汗。因爲東京天氣本來比臺北就涼快些，又加上這一天陰陰地，還下點兒小雨。可有一件，還是和「沒有汽車接送」有關，當我們走到甬道的盡頭時，外面正下着雨，到飛機還有一段路得走過去。於是，有人給每個客人送上一把傘，打到機艙口再扔下去。這一段「天雨假蓋」，倒很有點兒詩意；可是有一位初到東方來觀光的美國老太太，不免口中念念有詞，嘮叨着這是「初見」呢。

十一點三十五分，離東京起飛。我底座位倒不錯，揀上了一個靠右的窗口，可是，窗外只有白茫茫一片，看不到甚麼。偶然從許多大朵的白雲之間看下去，很像從地下仰望晴空一樣，也可看到襯在白雲後面的一片蔚藍。因此想到了莊周，他說：「天之蒼蒼，其正色邪？其遠而無所至極邪？其視下也，亦若是則已矣。」我們這位兩千三四百年前的哲人，他底想像力是何等豐富呀！

下午一時左右，已進入了韓國上空，雲層還是很厚，不過偶然可以從雲隙中看到地面。可是我從這偶然之中，發現了一件事，即是韓國的農田，差不多全是劃成正方的。這件事，當時確曾使我驚異過，可也沒有加以追索深思。到後來有人談起韓國的史學家，拿北韓的「箕田」遺跡來證實箕子開國的史實，再印證我在飛機上的所見與驚異，可以推想到在韓國北部的農田畫分，更和我們周代的井田相近了。

在這一段飛行的時間裏，我做了一首七言律詩，以打發寂寞。詩題算是「漢城上空口占」：

偶尋劫隙御風游，脚底晴雲冉冉浮。
鄰壤明知非故國，客身粗喜近中州。
戎機虛費將軍略，廟算偏教豎子謀。
一線依然界南北，不堪遙望鴨江頭。

在臺灣一晃就是十多年，光復大陸的準備已經完成，而機緣沒有成熟。生活局限於較爲狹小的空間之內，當年那份泱泱莽莽的心情，不免無形中消滅一些。再想到麥克阿瑟元帥之雄才大略，其遠見先瞻，竟爲那般政客們所扼制。他自己固然「齎志以歿」，留下給韓國的，依然是那造成半身不遂的三十八度線。試讀他身後才得發表的紀錄，我們不暇爲這一個歷史上的人物悲哀，倒要爲人類的歷史悲哀了。

一點三十五分到達漢城。漢城機場的規模，似乎比松山又要小些。下機以後，四處一望，找不到一個熟面孔，只好獨個兒進去辦手續。這裏檢查得很嚴，韓國人從國外回來的，一來就是幾口箱子，每口箱子都是沉甸甸地，塞滿了外國貨。檢查員一件件抽出來抖散，於是一箱子的內容，倒出來總有幾箱子的「堆頭」。這樣一來，檢查進行，非常之慢。看看挨到只差一個人了，這個人就得檢查半天。好在輪到我的時候，檢查員知道是個外國人，又是教授，除了幾本書，決不會夾帶什麼日本貨的，就在行李外畫一條粉筆勾就放行了。

到出口處，第一個前來迎接的是東海中文系的一個畢業同學崔克楠，和另一位在成功大學念書的王同學。崔生是從大邱趕來的，沒有他就沒有人認識我。接着延世大學的教務長秋憲樹先生和一位職員田相義君，也發現了我是他們迎接的對象，接上頭了。我們坐上了汽車，一直開進市區。由學校給我安排在中區會賢洞的Oriental Hotel暫時安歇。

二 閒客此閒行

我過去的習慣，凡是到一個新地方，總喜歡掉臂閑行，到處「隨喜」一番。一到了個新地方，自己便成了外鄉人，以外鄉人眼光去看一個新地方，便很容易把那地方的特殊之點看出來，那怕不夠深刻。這一次漢城對我而言是個新地方，纔認識的人不過兩三個，只要他們沒有來，我就無牽無挂，自由極了。正像東坡所謂「我是世間閑客此閑行」，心理上別有一層境界。

在這裏隨意蹓躂，有好處，也有壞處。好處是自己是黃臉孔，在黃臉孔的國度裏，只要你不開口，人家決認不出你是「外國人」，而加以另眼相看。壞處呢，如果要和人家打交道，不會說韓國話，只好說英語，馬腳便露出來了。而韓國人一聽見說英語的黃臉孔，便以為準是日本人，常常會問「你是不是日本人」，教你頗為彆扭。

漢城，這名字最先見於新唐書東夷列傳，(「又有國內城漢城，號別都」。)原本很大雅。但現在韓國人不叫它漢城，而叫它서울(Seoul)，竟寫不出漢字來。(據韓音疑卽「首邑」二字，與別都義近。)據說從前漢城市上的市招，全是漢文。第二次大戰之後，有一位美國的VIP到漢城來，到處一望，衝口而出地說了一句：「簡直像在中國一樣啦！」這句話竟像颱風一般，發生了很大的力量，把漢城市上的漢文市招，除了「中華料理」，「漢醫院」之外，幾乎全給颳跑了。不僅此也，漢城兩箇字也颳掉了，颳出一個Seoul來了。因此上，招牌上夾得有些漢文的，我可以摸出它的意思，否則，要看它的櫥窗裏擺的什麼貨色。至於郵政、銀行之類，則

附有英文招牌，並無大問題；難就難在那些政府機關，簡直不知道是什麼衙門了。

當我沒有來漢城以前，我的一個學生 Ellen Johnston 曾從這兒寫過一封信給我。她說：「漢城比臺北小，比臺中大，和臺北最大的不同是沒有三輪車」。她到漢城只住過一晚，難免走馬看花。這幾句話之中，就是第一句並不可靠。漢城市決不比臺北小，而且大，如果把 Walker Hill 算進去，可能比臺北大多了。

漢城市馬路寬闊，很有規模，多數街道，還有電車通過。以外就有公共汽車和計程車。三輪固然沒有，摩托車和脚踏車也少見，因此人行道上倒落得寬闊清爽，不像臺北市的人行道上，步步荊榛。從行人道上看，漢城市的路也已經接近龍鍾之年了，如果財政寬裕的話，也得翻修翻修了。

漢城市的公共汽車是民營的，因此多帶幾分生意經。車子到每一個站都要停，而且儘量拉客，客人倒不怕沒有車子坐，只是站站停，站站拉客，如果有急事，就給害苦了。公共汽車上也有車掌小姐，都是十四五歲左右，穿男長袴，藍灰色紗質大衣，藍帽，最奇怪的是她們都是些矮小個兒，遠不如臺北車掌小姐之亭亭玉立。還有，車後排烟管，故意高舉接近車頂，因此噴出來的烟，給後面的車輛威脅很大，這一特點成立的理由，我始終沒有找到答案。

在一次宴席上，有位新來的太太說：「我看漢城有一樣生意很好做，即是開計程車行。你看，計程車的生意簡直太好了。」不錯，我就有過經驗，有一次我和一個朋友攔計程車，攔了兩個鐘頭，總是給別人捷足先得，最後還是坐電車走的。因爲漢城市人口已經超過三百萬，生意當然好作。不過眞正的情形，並不如表面所見的那麼簡單。原來漢城的計程車很多，而且太多了。現在分爲ABC三組，今日AB，明日BC，後日AC輪流營業。換言之，即是三天之中，只有兩天有市而已。

漢城一般人底衣著，都相當考究。學生有學生制服；女學生的衣裙和帽子，依各校制定的服式而不同，男學生則穿的類似警員的服裝，較爲單調。女公務員有女公務員制服，多半穿得很樸素，特別多一副套袖，顯然不是些花瓶，而是道地的伏案工作者。我們國內的婦女作公務員，原想增加家庭收入，但是因爲有些人太重視服裝，薪水錢除掉紅白喜事攤份子和做新衣服之外，所餘無幾，如果辦公一定要穿制服，使大家不從服裝上去爭勝，我想多少是有好處的。

上了年紀的男人和成年婦女，就得穿韓國自己的服裝。這一種服裝，也可說是古裝，但並不要在舞台上才看見，滿街都可以見到的。這種衣服叫做Hanpok，不知道究竟是「韓服」？抑是「漢服」？女裝多用絹製成，淺色。上衣特別短，短得不能遮及胸部。袖子長而窄。領子是滾邊做領，和中國古裝一樣，無鈕扣，用寬帶子打一個蝴蝶結，帶尾飄飄然，很有丰致。下裳很長，從胸際直到脚面，好像是從左後繞着全身一週，所以當她們上下車的時候，由左手把下裳稍稍提起。鞋子很淺，鞋尖翹起，後跟突出，男人的服裝也很寬大，上衣和中國古裝一樣，圓做領，就在大小襟相交之處打一個結。袴管是紮着的。頭上或是戴高桶寬簷的笠式帽，或者戴紗頭巾，也有科頭的。這種服裝，和中國古裝極相似。我見過一張李朝一位畫家金宏道的民俗畫，其中的人物服飾，看去就和中國人一樣。宋史高麗列傳裏說：「男子巾幘如唐裝；婦人髮髻垂右肩，餘髮被下，約以絳羅，貫之簪。旋裙重疊，以多爲勝」。則宋朝的時候，韓國的服裝學的是唐裝。宋以後又學宋以後的裝束。這樣說來，Hanpok 即爲「漢服」的可能性，也許更大了。

有一天在我的房間裏可以很清楚地聽見隔壁人家搓麻將的聲音。這引起了我的好奇心，我在窗口傾聽了很久，想知道場上的人是中國人呢，還是韓國人？結果，發現他們說的是韓國話。因此我知道中國人這一種娛樂是輸出品之一了。漢城有不少的碁院，場子比臺北新公園要大些，可見得在漢城閒着沒事兒的人也不少。而且場子裏的人物並不全是「橘中老叟」，年輕而富有閑情逸致的人多的是。碁院裏的碁，主要是圍碁，完全和中國一樣。象碁則和中國象碁不大同。全盤三十二子，可是大小不同。最大的棋子是相當於「將」「帥」的「楚」「漢」，位置擺在「將城」正中——相當於「將五進一」的位置；其次是「車」「馬」「象」「炮」；「士」和「兵」最小。位置也有點特別，左翼按中國順序是「車馬象」，右翼却是韓國序列「車象馬」，因爲「象」可過河，二象的位置不同，則象步不至雷同，威力更大。可知象碁由中國傳入，經過了重新部署過，規則也有變動。〔按日本昭和四年東京美術學校印行之唐宋元明名畫大觀第二四〇頁，有明畫家吳偉人物圖，畫松下攤席著象碁。併觀碁者共五人：內二人戴笠，三人著頭巾，與韓人畫中之服飾全同。又枰中將帥二子特大，位置置在將城正中。車馬象炮次之，士卒最小，亦與韓國象碁同（參閱 Tae Hung Ha FOLK CUSTOMS & FAMILY LIFE）。〕

那時候我是吸烟的，漢城的烟有兩三種牌子，最好的叫 Pagoda，是取義於一座稱爲國寶的石塔；次一類叫 Arirang，看烟盒上的圖畫，不能了解它的意思，再問一些韓國人，也不清楚來源。後來才知道 Arirang是一支有名的韓國民歌。就在漢城的小東門外就有一道關，名叫 Arirang Gorge，但是民歌裏的 Arirang 關道，只是情侶們幻想中的幽會之所。起初這故事裏的女主角是一位羞人答答的少女Miryang（美娘），給一個爲她害單相思的男人殺死了。日子過久了，這故事也傳得走了樣。倒過來變成一位害單相思的小姐，在怨歎她的無情郞。這首歌是令人盪氣回腸的，這種烟也淸淡醇和。烟酒專賣局一早把這種烟配銷出來，一到中午，市上就缺貨了，可見香烟銷路之好，無怪其非專賣不可了。

至於喝酒，韓國人對此道很感興趣的。這，在中國歷史上有着多次的記載。三國志魏志高句麗傳裏更提到他們「絜淸自喜，善藏釀」。現在他們最喜歡喝的是自釀的啤酒，「啤酒」是中國人拿beer音譯而成，實在有點欠雅；而韓國人叫它「麥酒」（中文始見於後漢書范冉傳），似乎雅正得多了。從這裏又聯想到另一件事，即是韓國人命名，確乎比現在的中國人要雅一點，不僅沒有外國化的名字如喬治瑪麗之類，也沒有那些太俗氣的名字如招弟、進財、阿灶之類，都是大大方方的中國名字，那怕是個鄕巴老。這些地方，我們看了多少有點臉紅的。

當然，這種情形也并不始於今日，可說是「古已有之」了。後漢書東夷傳就有這麼一段話：「辰韓耆老，自言秦之亡人，避苦役，適韓國，馬韓割東界地與之。其名『國』爲『邦』，『弓』爲『弧』，『賊』爲『寇』，『行酒』爲『行觴』，相呼爲『徒』，有似秦語，故或名之爲秦韓」。可見得在東漢時代，韓國人就借用秦代語言，就古雅一點兒，一直到今天，還是這樣，不僅是人名，更不止是「麥酒」一詞，還有很多很多的名詞。

在中國歷史上記載韓國是產馬的。宋史上已經多次提到高麗貢名馬。到明朝，幾乎每次朝鮮都以馬進貢，多至萬匹。但到明末淸初的貢單裏，已經不見馬匹了。我這次在漢城街上，只見過兩次馬，都是矮矮的，小小的。決不是宋明史上所稱進貢的良馬。但是太平御覽卷七八三引魚豢魏略說：「貊俗好彎弓……騎馬小，便登山，夫餘不能臣也」。也許這種小馬，就是那種便於登山的馬，也就是魏志所說的「果下馬」吧。

三　延世大學校

韓國有不少歷史悠久的學府，延世大學是其中之一。我這次赴韓講學就應延世之邀。延世和東海雖說是姊妹學校，可是她們姊妹倆的年齡相差一大截——東海纔十歲，正是上小學四年級的小姑娘，而她底姊姊倒有了八十來歲，是可以抱重孫子的老太太了。

遠在一八八四——李氏朝鮮的末年——一位美國北長老會的傳教師艾倫（Dr. H.N. Allen）徵得國王的許可，在銅峴地方設一所濟衆病院，開始行醫并且授徒。即以這一所病院爲基礎，到一九〇四年，由艾維遜博士（O.R. Avison）接辦創設世富蘭偲聯合醫學專門學校（Severance Union Medical College）。這是延世大學的前身之一。

另一前身由美國北長老會和加拿大長老會聯合創辦的儆新學校，於一九一五年成立。其中並設有大學部。這是韓國最早的一所教會學校。到一九一六改爲延禧專門學校（Chosun Christian College）。延禧二字的來源，是由於學校所在地屬高陽郡延禧面（相當於縣）。到一九四六年這所專門學校才昇格爲延禧大學。

到一九四八年，世富蘭偲醫科大學的預科，附設在延禧大學。這兩所學校終於在一九五七年合併，兩校各取一字，命曰延世大學校。

延世的校址在漢城西大門區的延禧洞。那裏有大片陂陀起伏的土地。大多數的建築都是用青石造成的大樓，饒有西式的古色古香。

韓國人稱University為大學校，稱College為大學，因此一所大學校裏面有很多的「大學」。大學校的校長稱「總長」，各大學的首長稱「學長」。

目前的延世有七個大學，即文科大學——包括國（韓）文、英文、德文、歷史、哲學、教育、圖書館等學系——商經大學、理工大學、神科大學、政法大學、醫科大學、音樂大學、和大學院（Graduated School）。

延世最負盛名的是醫科大學，附設醫院因為歷史久，設備新，據說是遠東最完善的醫院。在延世的校園裏，醫科大學佔有最多的地皮，擁有最多最新的建築。

我初去延世的時候，原來的總長已經因故離職，新的人選，還沒有確定。副總長有兩位，都姓趙。一位是史學家趙義卨博士。他是延禧時代的老人，溫厚的長者。另一位是醫學者趙東秀博士，兼醫科大學的學長。因為延世的醫科最著名，所以我第二次去學校的時候，就由秋教務長及文科大學學長洪以燮先生陪同前往醫學院參觀，由醫科大學副學長李秉賢博士導引。導引者是道地的專家，而三個參觀者卻是道地的外行，虧他一路上指點說明，總算摸到一個輪廓。至於眞正的內容，仍是一無所知，即使他解釋也無用，因為越解釋，越胡塗。我參觀之後，連想要把所見過的部門去記憶整理一番，也辦不到。由此可見這一行飯，天生不是我喫的。給我印象最深刻的只有兩件事：一次經過一棟房子，上上下下關的全是鷄、狗、猴、兎之類的動物。這些是養着專供解剖之用的。打這些房子的甬道上走過一趟，衝着人有一股混和着藥水味的腥臊氣，只差沒有把腸胃裏的早點倒出來了。另一處是解剖室，很大的一間屋子，我也跟着走進去看了一回，着實沒有什麼可看的，除了牆上的掛圖，和櫃裏的標本之外，所有的桌子上都不過擺些罩子而已。快要出門的時候，李博士隨意把門口的一張桌子上罩子掀開給我們看看。天啦！好慈悲的謀殺集團！就像剔刮過了的牛羊骨架一樣，分明是一具人類底屍體，骨頭上還黏掛着些半紅不白的碎肉呀！這一來，眞像新序裏描寫的那位好龍的葉公，我這個十足外行給嚇得要奪門而出了。

參觀以後，由李副學長招待我們在醫科大學的餐廳吃中飯。這頓飯吃得很辛苦。原來韓國人喜歡吃牛肉（猪肉不高明，價反廉於牛肉。）牛排之類是少不了的。這一上午我見識過了這兩次惡心的場面，看見牛排實在拿不起刀叉了。馬馬虎虎吃了點別的東西，於是乎猛抽其Arirang聊以鎭壓嘔吐中樞。這時，在座的大家都抽起烟來，李博士笑着說：「宛死人骨頭，這是我們的家常便飯。這次我特意要把那些東西給你看看，就是要你對我們醫科大學留下更深的印象而已。」這樣說來，李博士不只是外科醫生，而且足夠稱一位心理學家了。

一說到Arirang，又回到抽烟的話題上來了。原來韓國的教會風氣要比較保守一點。當然，吸烟並不是什麼好事，值得提倡，但也並未列爲宗教戒條之一。而延世似乎不成文地把吸烟當做一件和基督教相抵觸的事。最顯著的現象是辦公室沒有烟灰碟的設備。我那時候是吸烟的，對這件事非常敏感，已意識到和宗教有關。但有時候也看到有人抽烟，於是根據「入國問禁」的教訓，我得「問」一問，才知道辦公桌上無烟灰碟，確與宗教方面有點關係。不過，「窮則變，變則通」，補救之道還是有的，就在辦公桌下或茶几之下，有一個相當於美孚油箱那麼大的鉛桶。當然，那鉛桶設置的原始意義是多目標的。

延世的學生有六千多，而且有神科大學，校牧（學校裏的牧師）人數也就有九人之多。聖經列爲各系的必修課程，似乎所有的教職員都是教徒，這些，和東海倒也不盡相同。

有一次，延世有幾位教授在我旅館裏聊天，談到東海的宗教氣氛和作法，他們都非常欽羨。從那些片段的詞句裏，可以看出更爲開明的宗教風氣，尤爲他們所嚮往的。

延世旣是教會大學，而過去教會大學的背景多半是西方的，換言之，即和本地的傳統風氣稍殊，多少帶幾分洋氣，延世自然不能例外。就灌輸西方文化而言，教會學校對社會自有其作用與好處；但如果教會學校而與本國文化太脫節，則對於社會與宗教本身可能處於不利的地位。

延世的圖書館規模不小，西洋文字與韓文書籍藏量頗豐。在歷史上，中國文化曾經構成韓國文化的主流。中文書籍，無論著者是中國人，或韓國人，或日本人，都有不可忽視的重要性。延世圖書館的中文藏書，在四五兩樓，大約有七萬多册，已經不算少數，而且其中有很多的古本。可惜這一代的韓國人，因爲採用漢字問題，政令上有多次的變動，閱讀能力已遠不如老輩，這些陳貓古老鼠，至少在沒有中文系的延世，除了少數的教授之外，很少人去問津。因此躺在圖書館四五樓的鋼架之上的那些線裝書，不由它們不進入冬眠期中。

但是，在外文教學方面，延世和東海又不盡同。延世的外文教學似乎遵循着傳統的路線，由文字入手，因此英文系或德文系中，難得一位外籍教授，可說全由韓國人自己擔任。他們底理由是：由本國人教外國文，比由外國人教外國文更懂得文法和教學心理些。這個看法是否全對，要專家才能知道，但是，延世的這一作法，至少說明這所教會大學在相當程度的洋化之餘，仍對於自己人具有更多的信心。

四　自家人

我剛到漢城的那一天，就在Oriental Hotel的樓上，一位中國學生指着街上對我說：「那就是華僑中學和小學，就在馬路對過。那是我的母校，幾乎所有漢城的華僑學生，都是從那裏畢業的。再過去，那一片樹木很多的地方，便是中華民國大使館了。」

這兩處房子，對於我，雖然很陌生，却別具一種親切感的。它們又相去這麼近，一定得去拜訪一下。不巧的是這一天偏是星期日，只好從門外過一下路，順便望望而已。

華僑小學和中學在一起，裏面倒有好幾棟樓房，似乎掛得有國旗，總統像，和于右老的榜書。看了這些，自然在精神上覺得距離更近了一步。可惜那一天教務處幾個人正忙着辦註册，沒有興趣給我這一位「世間閑客」去領導參觀，也只好作罷了。後來，我在成均館大學演講之後，遇了一位高登河先生，就在這個學校執教。他希望我去參觀、講演，可惜那時候我已換了旅館，同這所學校的距離又拉遠了，終於沒有去成。

大使館就在華僑中學的隔壁，外面幾間房子，似乎很低隘，有點像鄉下的民房。而前面的巷子似乎很狹窄，至少至少這個地方的選擇已經很古老，有點歷史價値了。這是大使館給我的初次印象。

兩天以後，我正式去使館辦手續。進了二門以後，才發現使館的地皮很大，房屋很閎麗，陳設也很堂皇。原來還是袁世凱駐紮朝鮮總理交涉通商事務的時候所置的產業，從這些地方，也可看出野心家的氣魄與手筆。才知道這所使館的內容和外表完全兩樣，不像一個暴發戶，儘管把家當亮在外面。

在臺灣的時候，曾請外交部的范道瞻兄寫過一封介紹信，這次我就拿這封信去拜訪大使館的胡駿伯參事。胡參事給我的初次印象是年輕、幹練、熱情，往後多次的見面，和一班留學生的批評，都證實了我初次印象的正確。

他約我第二天中午同到半島酒店，參加扶輪社的例會，因此可以認識一些漢城的名流鉅子。第二天，我如約到使館，他先給我介紹了一位留學生蔡茂松君，同去扶輪社餐聚。從這一個社團活動之中，可以看出胡君的人緣和肆應能力。我想次一級的外交官員，能在所在國的社交界兜得轉，對於公務方面是有莫大益處的。

從扶輪社回到使館，胡參事乘機介紹了梁序昭大使。梁大使曾經作過海軍總司令，從他的眉宇之間，仍可以讀出軍人開闊、軒朗、堅定、明快的氣概。

在韓國的華僑大約有兩萬五千多人，其中有五分之一在漢城。他們底籍貫，最多的是山東，其次是東北九省。職業則以「中華料理」爲主，很多的街上可以看到這類挂「大衆食事」的飯館，有些小得只有一個門面，也有些擁有四五層的樓房。據說有一家館子的老板，是漢城的鉅富，他底財產約當於漢城全部財產總額的千分之一，也就多得可觀了。

我在閒中也曾訪問過好幾家這樣的料理館，規模有大小不同，可有一樣相同，即是這幾家裏，每家至少有一位僑生，來臺灣上過大學。可見得鼓勵僑生回國升學這一政策，是作得相當成功的。

在這裏，我有機會認識好幾位從臺灣去的留學生，如成均館大學的蔡茂松、葉乾坤、陳祝三三君，延世大學的陳兆銘、陳世忠二君。這幾位青年朋友，除了陳世忠君是浙江人外，其餘全是臺籍。其中尤以蔡茂松、陳兆銘、和葉乾坤三位過從最頻，幾乎每天都有見面的機會。他們都有健全的思想和品性，可以作爲中國青年的代表。由於年齡上有點距離，他們總給我以師長輩的敬重；由於氣誼相孚，他們也給我以朋友間的坦誠。往往到旅館裏一談就是幾小時，有時到深夜才回去，他們不僅不以爲苦，反而覺得興味盎然。這樣一來很可以解除我客中的寂寞。

蔡茂松君已得成均館大學碩士，正在修博士學位，對韓國史、韓國儒學史很有造詣，他優異的學業成績很爲學校所重視。他曾經編過東國詩選，和漢城一些詩人，也有點來往。因此我常常和他談些詩的理論與文字技術。

有一個晚上，他把他自己作的詩寫出來請我批評。因爲將近一個月的時間，彼此相處得很熟了，我也就毫不保留地指出它的疵病。並且指點他怎樣去修改，使他底作品漸臻於成熟工整。

陳兆銘君在延世大學研究，我是應延世之邀去的，自然更多了一層關係。無論從日常生活以及語言通譯方面，得他的幫助很多。

五　萬世之師

從一九五〇年六月韓戰爆發，當時的韓國成爲舉世注目的焦點，以地理上的三十八度這一條線，在歷史上劃出一條奴役與自由的分界線。沒想到經過一連串慘烈的戰爭之後，在一九五三年四月六日，由於克拉克將軍（Gen. Mark Clark）的建議，停戰談判的聯絡人員第一次會議，就在這一條線上的小地方——板門店舉行了。

當年打得傷心慘目的韓戰，結果只把板門店打出了名。這些年來，人們把目標轉移到越南去了。連板門店也幾乎都淡忘了。更想不到十多年來的板門店的會談一直持續下來，從沒有停過，這種冗長的會談，眞是「餘音嫋嫋，不絕如縷。」

由於人們底健忘，板門店由拳擊場一變而爲茶館，再變而爲名勝古蹟，只供游客們的憑弔而已，他們談些什麼，誰也沒興頭去理這檔子事。

人們把十年前打得鬼哭神嚎的事忘記了，但沒有把一個幾千年以前的一位中國偉人忘記。祀孔，在韓國多少年來一直是一件大事。

本來大使館預備給我在九月十五日安排去板門店觀光的，但這一天剛巧是陰曆八月十日，孔廟秋季釋奠之期。對於我而言，祀孔比看板門店似乎重要得多，於是我接受了成均館的邀請。

韓國的祀孔，開始於高麗朝恭愍王（十四世紀後半期）時期。當時有一位元朝的翰林學士，孔子五十三世孫衍聖公孔浣的兒子孔昭，陪大長公主下嫁來高麗，同時把家眷也帶來了。就定居在水原，起了一所闕里祠，奉孔子像，這是韓國最早的祀孔。

成均館之建立，是在李氏朝鮮太祖六年（一三九七），地址即現在的文廟。文廟的規制，和中國內地的文廟完全一致。正中爲大成殿，南向，左右爲東西兩廡，靠近大成殿的西廡有「典祀廳」，東廡有「東庫」和「東三門」，正前方爲「神門」，神門之西爲「祭器庫」，之東爲「碑閣」。大成殿後面的正屋爲「明倫堂」，明倫堂三字橫額的下款是：「萬曆丙午賜進士及第翰林修撰欽差正使朱之蕃書。」〔按之蕃字元升，明茌平人。萬曆進士，官吏部侍郎，使朝鮮，著奉使稿。〕明倫堂前為「享官廳」及「東育」、「西育」。東西育之外有「養賢庫」、「正錄廳」、「丕闡堂」、「六一閣」、「樂器庫」……等等。明倫堂前堂有很多古老的檜樹和銀杏。其中一株是李朝第十一代中宗十四年（一五一九）大司成尹倬所植，到現在快四百五十年了，這棵銀杏已列為韓國國寶之一。

我初次去參觀文廟，由該館典儀金翊煥先生引導。因為我穿的是「夷服」，所以沒有資格進大成殿，但大禮是非行不可的。只好在神門之前行跪拜禮。接着由李完山君帶領參觀樂器庫，其中四具「軒架」，挂的是「編鍾」、「編磬」，以外有鼓、瑟、干、戚、羽翟、以及柷、敔……等等，可說應有盡有。

我雖沒有參觀大成殿，但我知道殿裏的神位，除文宣王不談外，「四配」、「十哲」，再加上六位宋儒，完全和中國一致。至於兩廡，除了中國學者之外，加上韓國學者從祀。東廡從澹臺滅明到眞德秀四十七位是中國人，以下有弘儒侯薛聰、安文成公裕、金文敬公應弼、趙文正公光祖、李文純公滉、成文簡公渾、宋文正公時烈、朴文純公世采八位韓國名儒；西廡從宓不齊到許衡四十七位中國人，以下有文昌侯崔致遠、鄭文忠公夢周、鄭文獻公汝昌、李文元公彥迪、李文成公珥、金文元公長生、宋文正公浚吉七位韓國名儒。

一九五〇年六二五之役，北韓共軍攻入漢城。成均館裏只留下李完山一人守廟。共軍在文廟內盡量糟塌，把兩廡的這些神主拿去當枕頭用，當柴火燒，但是李完山却盡量設法把樂器祭器和這些神主藏匿起來，這種精神也近於基督教中的殉道精神了。

釋奠的那一天，我以來賓的身份參加，在神門之下，列有坐位。來賓多半是各國使館人員，梁大使因公沒有參加，由胡駿伯兄代表。以外都是韓國儒林，他們都穿的古裝，看去好像置身於另一時代了。

初獻官原定由大統領朴正熙擔任，因朴未出席，改由文教部部長尹天柱充任，他是這一次的主祭官，祭服的品級也最高。這種品級當然是根據傳統的規式而來的。在李朝時代有所謂「殿下冕服」，九章，永樂元年欽賜；「王世冕服」，七章，景泰元年欽賜。現在帝制時期已經過去，文教部長是比較從前的冠服而定的。頭上戴的「冠」，按一品，用五梁。「衣」以青羅爲之；「中單」以白紗爲之，皂領緣；「裳」以赤羅爲之；「蔽膝」也以赤羅爲之；「方心曲領」以白綃爲之，「革帶」鉤二品以上用金；「大帶」以赤白羅合以縫之；「綬」，二品以上，以黃綠赤紫四色絲織成雲鶴，花錦下結青絲網，施以雙金環；「佩」二，以珠玉飾之；「襪」，白布爲之；「履」以黑皮爲之；手裏還拿着「象笏」。單是他這一套服裝已經夠瞧的了。其餘的獻官和執事人員，服裝、色采，各有等差。計亞獻官爲成均館館長金舜東，終獻官爲副館長兪致雄，另有東西從享分祭官二人，贊禮爲金翊煥，導引爲李完山，其他司各色樂器，各色祭器，以及佾舞生等等，各各有不同的服飾。由此可以想見古代漢官威儀之盛了，怨不得那些沒見過世面的美國佬，把電影機舞得嗤嗤價響，忙得「不亦樂乎」了。

典禮開始，一陣古樂造成了莊嚴雍穆的氣氛，接着幾位獻官就位，各執禮、太祝、廟司、贊禮和導引這些人就忙起來，一連串繁瑣而嚴格的動作在進行着。初獻時，登歌作「成安之樂」，佾舞生六十四人，靠近西廡，手裏拿着「翟」，作「烈文之舞」。亞獻時，軒架作「成安之樂」，舞生們則手拿干戚作「昭武之舞」。終獻時的儀式和亞獻時一樣。最後「徹籩豆」，登歌作「娛安之樂」，徹訖，軒架作「凝安之樂」。

軒架所用樂器：計鍾、磬、鼓、柷、敔、壎、箎、簫、笛、籥、缶。登歌所用樂器：計琴、瑟、控、揭、鍾、磬、節鼓、鳳簫、笛、籥、箎、笙、壎。至於祭器如：籩、豆、尊、俎、簋、簠……等，和那些祭品如：菹、醢、脯、太羹、玄酒……等都是「遵古法製」。

我們國內的祀孔方式如何，因爲我沒有參加過，不得而知；但是，他們的禮制，則完全依照中國的傳統方式。

孔子，是聖人，而不是神。孔子之教，和一般的宗教，也全然不同。祀孔和其他宗教的禮拜的動機也完全兩樣，他們不是爲了要祈福，不是爲了要走向另一世界去，而是爲了敬禮一位偉大的人物，爲了尊重他的教訓，使人生更趨於完善，其間沒有任何神秘的意味存在。

李朝時代國王用的祝辭的開頭幾句是這樣的：「維年歲月朔日，朝鮮國王李某，敢昭告于先師大成至聖文宣王：伏以道冠百王，萬世之師。玆値上丁，精禋是宜……」

直到現在，接受過中國文化的那些亞洲國家，祀孔之禮，仍然不廢，那末，「道冠百王，萬世之師」，這兩句話，惟有孔子可以說是當之而不愧了。

在今天的韓國，板門店被人淡忘了，而祀孔仍然那麼隆重，也許可以歪曲地說是一份閑情逸致；但是今天的越南呢，在那樣紛亂緊張的局面之下，他們却在大修其孔廟，是不是受過紅色的茶毒的國家，感覺到孔子之教更合於現時代迫切的需要呢？這一點，很值得我們深思的。

六　成均館

在漢城，每年像這樣隆重的祀孔盛典，幷不是表示一時的風氣，而是許多世紀以來韓國歷史文化的總反映。伴隨着中韓兩大民族過去的政治關係，孔子之教，早已成爲韓國民族文化的精髓，早已深深地植根於韓國人心的內層。多少世代以來，他們都受着儒家思想的甄陶。

遠在新羅第三十一代神文王二年（六八二AD），相當於唐高宗永淳元年，他們的國學已經開始以周易、尚書、毛詩、禮記、論語、孝經、春秋、左傳、文選等書教授諸生。到高麗朝，宋學開始輸入。忠宣王流寓燕邸，近臣白頤正在元京治朱學，後來帶了許多性理之書回去，以後的學者如禹倬、李齊賢、李崇仁、鄭夢周、鄭道傳等，可說名儒輩出。到朝鮮時代，更是儒學的天下。他們在政治上表現過他們的事功，表現過他們的節烈；在學術上，也有過深湛的探討，但也不免由門戶的爭執，釀成一些不幸的事件。現在，單看文廟裏兩廡從祀的那些韓國名儒牌位，就可以知道以往韓國儒學之盛了。

儒學在今天的韓國，情形如何呢？這倒不容易答覆。不過從有些地方也可以看出一點消息。除了那些一二十歲以下的青年之外，一般成年的知識份子，大都曾讀過四子書或五經，或更多的經籍。在目前，所有的從政或執教的人員，至少對孔孟的學說都有相當的認識或硏究。在社會上，論孟裏的語句，仍舊是一般人拿來評衡是非的尺度，由此可知孔孟思想，無形中仍是韓國人倫理上遵循的準繩，我曾經參觀過漢城市上好些書店，漢文書之中，除了一部份啓蒙書之外，幾乎全是經書。各圖書館的藏書也差不多，那些線裝漢文書，不管是那國人寫的，大都是闡明六經之作。

漢城一些大學裏設有中國文學系的，雖然只有「成均館」、「慶熙」、「漢城」、「外國語」四所大學，但其它大學，還有些設有哲學系或東洋哲學系，那就少不了和儒家思想打交道了。現在我單舉成均館大學的東洋哲學系的一部份課程，就可以看出他們研究的精神和研究的對象。東洋哲學系課程，除了通才教育裏有四學分的中文、四學分的儒家思想之外，計大學中庸共四學分，論語四學分，孟子四學分，儒學史四學分，禮記二學分，尙書四學分，特別講演（儒學）四學分，春秋四學分，周易四學分，關於諸子及中國近代思想等等這些課程還不包括在內。這樣看來，一般韓國青年對孔學的認識，決不會比中國青年差。記得成均館大學東洋哲學系的一位同學徐正淇君，發起「韓國儒學青年會」，他的宣言劈頭第一句就說「韓國五百萬儒林……」我們不管「儒」的程度若何，只看「五百萬」這個數字，也就令人肅然起敬了。

一談到儒學，毫無疑問地以成均館大學爲中心了。成均館大學的歷史要遠溯到高麗朝忠烈王三十年（一三〇五），那時的國學成均館便是現在的成均館大學的前身。成均館大學和孔廟是互相毗連的，它們的關係也非常密切。

九月十五日祭孔之後，我被介紹和成均館大學總長李丁奎、東洋哲學系教授梁大淵、中文系教授丁來東幾位先生見面。他們邀我出席第二天的「儒學大講演會」，並請我作一次學術演講，講題已經由東洋哲學系講毛詩的梁大淵教授擬定爲：「孔子及其詩教」。原來這「儒學大講演會」，一年舉行一次，時間多半是祭孔後的第二天，出席的是成均館大學的教授們和被邀請的外賓，東洋哲學系、中國文學系和大學院的學生，還有來自各郡面的儒學代表。像這樣的邀請，身爲中國教授，尤其是中國文學系的教授，除了欣然同意之外，沒有任何理由可以婉辭規避的。當時我一口答應了。隨即由幾位教授陪同和「養賢庫」的學生見面。

「養賢庫」是在明倫堂偏西的一帶房屋。養賢庫的設置，始於十二世紀初，高麗朝睿宗初年，以後李氏朝鮮，仍舊沿襲這一個名稱，直到現在。朝鮮時代還置有主簿、直長、奉事各一員，由館官兼任，掌管儒生餼廩的費用。現在的養賢庫，仍舊繼承着這個傳統，凡是東哲系的高材生，公費生才有資格住養賢庫的。但是，「養賢」二字，比較隆重，和一般學校的公費生不同，有鼓勵他們爲國獻身的意思。過去的養賢庫着實出過不少的楨國棟家之士，足爲楷模，國家對他們有這樣的期望，他們自己也自然有這樣的抱負，慨然以忠義自許了。他們知道我到了，先在齋舍外面排隊等候，然後由教授們陪同過去，行見面禮。像這樣的尊師重道的風氣，也惟有在以儒學爲中心的大學裏才能看到的。

我在延世最後一次講演，剛好在第二天下午三時半結束。成均館大學爲了遷就我，將「儒學大演講會」延遲一小時，把我的講演安排在下午四時，因此、我在延世講完以後，成均館的車子已在等着，得立即趕到那裏去出席。

李丁奎總長，在北京大學畢業後，在中國住過多年，懂得很多中國方言。他給我的印象，是一個有見解也有魄力的教育家，最值得稱道的，他有強烈的國家觀念。我到達成均館的時候，已經四點，那時候演講會上前後已有三位教授作專題報告。李總長和我在總長室坐談片刻，即同車往會場出席。

會場很別緻而富有古典意味，地點在大成殿之後，明倫堂之前那片園地上。在兩棵盤根錯節的古銀杏樹下，設一個簡單的講臺，這也是取義於杏壇敷教之意。

這次講演的題目，既是由東哲系擬定，時間又極其迫促；事實上，在客中也沒有辦法去作什麼準備。因此，我不得不空手上場。場中除了李丁奎總長和其他一二人能聽懂中國話以外，其餘的人全然不懂，特請蔡茂松碩士給我作翻譯。蔡君是專攻韓國儒學史的，所以他這一次的翻譯也就特別得意。

我這次的演講，主要分爲三部分：第一是講孔子之偉大與平凡；第二是講詩教與四科之關係；第三是講詩教之實踐。到最後結論，對於韓國青年根據孔子底詩教提出幾點意見。我認爲韓國青年對於音樂的天賦和素養，其水準不亞於任何民族；韓國社會仍舊保持并尊重傳統的禮俗，正合於孔子「立於禮，成於樂」的說法，只是對於「興於詩」一點，還可以加一番努力。孔子底詩教所謂「溫柔敦厚」，換一種語句來說，便是「樂而不淫，哀而不傷」，「怨悱而不亂」。我就個人和國家兩方面對這三點加以發揮。以爲這三句話的意義，對個人說是：得意的時候，不要太沈湎於享樂；失意的時候，不要太自甘於頹廢；有所不滿的時候，不要任性胡爲。對國家說是：富強康樂的時候，不要縱欲敗度；艱難困阨的時候，不要委靡不振；有所不滿的時候，不要輕舉妄動。這才是合於孔子的詩教。我這一段語重心長的話，顯然有絃外之音。一種委宛的規諫，也不失溫柔敦厚的詩教。

我說完之後，李總長緊接着講話，他再發揮我所講的意思，但也去掉我的委婉和含蓄，變爲嚴正而沈痛訓示。

大會結束之後，李總長爲我介紹出席的董事們、敎授們和在場的各位耆宿，然後攝影，贈送紀念禮品，接着就在杏壇之前舉行一次韓式宴會。席間除了蔡茂松碩士外，其餘均是師長，另有一二位男女同學參加，在場侍饌，這也算是一種榮譽。在座的敎授們對於中國經籍都下過很多工夫，文章都能做，只是不會講話而已。所以我們可以遞條子筆談，只要寫文言文，彼此就可以暢所欲言。有幾位敎授就詩經方面提出些問題，我一一就所知作了答覆。他們對我這次演講中所提許多處的新觀點，表示很滿意；對於青年勗勉一節，表示感謝。

飯後，由李總長車送回旅館，沿途師生鼓掌點首示意，使我非常感動。剛到旅館裏，梁大淵、李明九等幾位敎授，隨後還有些同學陸續來看我，大家談得很痛快。

事後蔡君告訴我，成均館大學師生對我很有好感，頗多過譽之辭。他們認爲國外學者來此作學術演講而空手上台者，此爲第一次。那知我在短期旅行之中，手邊本無資料，實在是事出無奈呢。青年人更有意思，他們說：「十年以後，我們作了要人，再請蕭先生來遊一次罷」。

後來，有些同學堅持要請我吃飯，東哲系要我題辭，而且預先議決了上款寫：「示東洋哲學系諸生」，眞是國籍雖然不同，斯文出於一脈，簡直是一家了。

梁大淵敎授曾經來過臺灣，雖然中國話不大會講，對經學很有硏究，詩文書畫都有一手，他客氣地說，他不敢作詩，卻爲我畫了一幅蘭石，贈了我一幅頌詞：

洙泗眞脈，孔孟宗風。聲敎東曁，仁與歸同。

我雖然受之有愧，但紀念價値卻是太高了。

七　麗季詞宗

除了成均館大學之外，我還參觀過梨花女子大學，高麗大學亞細亞問題研究所，和漢城大學。在漢城大學，另有一次講演。

梨花女子大學，全校有八千學生，因此被目爲世界最大女子大學之一。但從中國人的眼光看去，最引人注目的還是這學校的名稱。梨花，在中國，往往拿來象徵失去了歡寵的女性；唐玄宗則用以標示教坊子弟；決沒有人敢以這兩個字來爲女校命名的。原來這是朝鮮李太王二十四年（一八八七），由明成王后命名的。梨花，在韓國，卻是象徵忠順。虧了這位王后，沒有用那些抽象的字面如懿、淑、貞、惠之類，倒有幾分詩意了。梨大也是一所教會大學，由美國北監理派傳教師Mrs. Mary Screnton於一八八六所創辦。到現在，除了大學院之外，有文理、美術、音樂、醫科、藥科、師範、法政七大學，共三十四個學系。

在漢城，我去過的大學，都有博物館。博物館裏所藏重要的古物，都由政府編號，列入「國寶」之內。像梨大的博物館裏，就有三件列入國寶，除「石造浮屠」以外，「淳化四年銘壺」爲高麗成宗十二年所造太祖廟廟器，係用宋太宗年號，又「金銀泥妙法蓮華經卷第七」，末尾也註明：「洪武十九年丙寅五月日，某等泥銀書此法華經一部，端爲奉祝聖壽萬歲，后妃齊年……」是高麗王辛禑十二年作獻壽用的。可見中韓兩國文化關係之深了。

高麗大學是一所很老的學校，但亞細亞問題研究所則是一九五七年才成立的。這個研究所的目的是以韓國爲重心，研究亞洲諸民族的歷史、文化、社會生活，以增進各民族間之相互瞭解與文化貢獻。所長由李相殷先生擔任，研究員人數大約在三十左右。研究員資格大多數爲教授，極少數副教授。他們底專攻以語文、歷史、哲學、政治、經濟、法律、社會學爲範圍。目前的工作：第一是發行三種期刊，韓文的有「亞細亞研究」，英文的有The Asiatic Research Bulletin及Bibliography of Korean Studies。第二是主催講演會與研究發表會。第三是特殊研究活動，如發掘熊川貝塚，整理東學黨之亂史料之類。該會得福特基金的補助，整理韓國史料。其工作分野：一爲韓國奎章閣檔案之整理，二爲南韓研究，三爲北韓研究。關於中共研究，也在逐步進行之中。

奎章閣的藏書和檔案，實際上保存在漢城大學的圖書館。漢城大學在漢城學術界，其地位是很高的。漢城大學辦的有中文系。記得我初到漢城的時候，在書店裏看到一本「大學漢文選」，裏面選的有詩經、莊子、韓非、國語、左傳以及一些唐宋古文和詩，附有韓文註釋，其編者車相轅先生，即是漢大中文系的教授。系裏還有一位車先生叫做車柱環，他對中國文學很有研究。他寫過：「鍾嶸詩品校證」、「鍾嶸詩品校證補」、「劉勰批評文學論」，和其它有關中國文學的論文。另外有一位更年輕的講師金學主先生，是臺灣大學畢業的，中文造詣也很不錯，他曾率領漢大的學生到延世來聽講，所以我認識他很早。一談到臺大的那些教授，有很多和我都有友誼關係，更覺得親切些。

車柱環教授堅邀我去漢大演講，並且說用中國話說，不要翻譯。我覺得很有趣，就答應了。九月十七日金君來邀我去漢大演講，講題爲「中國詩之含蓄」。聽衆除一部份教職員外，餘爲中文系全體學生。講了以後，據金君說，除四年級同學及同人能全懂以外，其餘的也能了解六成，可見得他們的程度不算壞了。

前些時，車金二人曾請我到三喜亭吃韓式烤肉，在座還有幾位中國留學生，大家用中國話談天，很起勁兒。偶然談到了「詞」的問題，車教授說：「我們韓國人對於詩，大家都還知道；對於詞，就很陌生，鬧不清楚。過去我以爲韓國沒有詞人，近年來才發現有許多人做的詞，都混在詩集裏。用五言或七言去斷句，不是多了就少了，所以大家都以爲是原文脫誤的詩。」據車教授從一千多種詩集裏去挑揀，已經發現有詞作的韓國人，有三十餘人之多。

洪萬宗的「小華詩評」裏有一段說：

> 我東人不解音律，自古不能作樂府歌詞。世傳李益齋齊賢隨王在燕邸，與學士姚燧諸人游，其菩薩蠻等作，為華人所稱賞云。豈北學中國，深有所得而然耶？余見其「舟中夜雨」詞曰：「西風吹雨鳴江樹，一邊殘照青山暮。繫纜近漁家，船頭人語譁。白魚兼白酒，徑到無何有。自喜臥滄洲，那知是宦遊？」其「舟次青神」曰：「長江日暮烟波綠，移船漸近青山曲。隔竹一燈明，隨風百丈輕。夜深篷底宿，暗浪鳴琴筑。夢與白鷗盟，朝來莫謾驚。」詞極典雅，華人所讚，其指此歟？

因此我決心找李益齋的詞來讀讀。讀過之後，我認爲韓國的詞人，可說只此一家，因爲其它的人，不過偶而染指，作過幾首而已，不足成家。而李益齋的詞有五十四首之多——其中有「太常引」一首和「浣溪沙」一首有缺文，另一首「巫山一段雲」有題無辭。就文學水準而論，他底作品就擺在中國文學史裏，也可以卓然成家的。以一個韓國人，而能有這樣好的作品，不能不說是「域外詞源疏鑿手」了，我忍不住要大書特書，向國人介紹一番。他在高麗史列傳卷二十三有很長的傳，讓我作最簡單的節錄罷：

> 李齊賢，字仲思，初名之公，檢校政丞瑱之子……年十五，魁成均試……忠宣元年，擢糾正，累遷成均樂正……忠宣佐仁宗定內亂，迎立武宗，寵遇無對。遂請傳國于忠肅，以大尉留燕邸，搆萬卷堂，書史自娛。因曰：「京師文學之士，皆天下之選；吾府中未有其人，是吾羞也。」召齊賢至都。時姚燧、閻復、元明善、趙孟頫等，咸游王門，齊賢相從，學益進，燧等稱嘆不置。遷成均祭酒，奉使西蜀，所至題詠，膾炙人口……忠宣之降香江南也，齊賢與權漢功從之。王每遇樓臺佳致，寄興遣懷，曰：「此閒不可無李生也。」……忠宣被讒，流吐蕃，（齊賢累上書）……既而，帝命量移忠宣于朶思麻之地……齊賢往謁忠宣，謳吟道中，忠憤藹然……（恭愍王）十六年卒，年八十一，謚文忠……所著「亂藁」十卷行於世……

這裏我得略舉幾首作品，如「大江東去」——過華陰云：

三峯奇絕，儘披露、一揃天慳風物。聞說翰林曾過此，長嘯蒼松翠壁。八表遊神，三盃通道，驢背鬚如雪。塵埃俗眼，豈知天上人傑？猶想居士胸中，倚天千丈氣，星虹閒發。縹杳仙蹤何處問，箭筈天光明滅。安得聯翩，雲裾霞佩，共散麒麟髮？花閒玉井，一樽轟醉秋月。

又如「水調歌頭」——過大散關云：

行盡碧溪曲，漸到亂山中。山中白日無色，虎嘯谷生風。萬仞崩崖疊嶂，千歲枯藤怪樹，嵐翠自濛濛。我馬汗如雨，脩逕轉層空。登絕頂，覽元化，意難窮。羣峯半落天外，滅沒度秋鴻。男子平生大志，造物當年真巧，相對孰為雄？老去臥丘壑，說此詫兒童。

又如「洞仙歌」——杜子美草堂云：

百花潭上，但荒烟秋草，猶想君家屋烏好。記當年，遠道華髮歸來，妻子冷，短褐天吳顛倒。卜居少塵事，留得囊錢，買酒尋花被花惱。造物亦何心？枉了賢才，長羈旅、浪生虛老。却不解消磨盡詩人，百代下、令人暗傷懷抱。

好了，看了這幾首樣品，可知他的風格和工力，和元遺山也不相上下。可惜他這一部份的作品，在韓國已經「知音難遘」，甚至於能爲這些長短句分句的人，也就快要成爲鳳毛麟角；只有他的詩和「櫟翁稗說」還有人欣賞而已。

對於韓國的詞學，除了車柱環教授在從事蒐剔之外，另有一位孜孜矻矻在從事「大曲」研究的，是成均館大學的李明九教授。

關於「大曲」的考證，高麗史卷七十一樂志裏所保存的是很有價值的材料。李明九教授就專門研究這一部份。樂志裏的大曲，全是詞，有些調子爲中國詞書裏所沒有的。而這些詞，似乎大多數出自中國人底手筆。因爲有文字的問題，校勘的問題，聲律的問題，給一個韓國學者以許多棘手的困難。

在我離開漢城的前夕，李教授帶了近兩百張卡片到我的旅社，逐一提出問題，可見他這一番工夫着實下得不少。可惜時間太迫促，旅社裏還有其他的客人等着，我以最快的速度，在兩小時以內，解決了一百多張卡片的問題，其餘的部份，只有約定將來再以書面解答了。

八　蓬萊宮闕對南山

有一天的下午，天氣還不怎麼涼，正好閒着沒事，我懶得穿上裝，就單穿一件襯衫去逛街，那樣似乎更逍遙一點。走到一處地方，看見一座大牌樓，門口題着「大漢門」三個大字。看樣子，好像是個公園，我也懶得問人，就跟着游客踱了進去。還好，一進門就有兩塊說明板，一塊是英文的，上面有這公園的地圖，並詳細說明它的歷史。原來這叫德壽宮，是朝鮮宣祖二十八年（一五二九）建立的。

我照着地圖的指示，到中和殿，國立博物館和國立藝術館隨意兜了一圈，再蹓了出來。到門口左方，發現了處荷花池，雖然這時已經葉敗花殘，難得的是都市裏卻有這幾分疏野之氣。於是，我踱過了一溜紫藤架，打算到荷池邊去休息會兒。這時候池畔有一個中年男子，衣裝整齊，忽然朝着我開口了：「May I talk to you, Gentleman？」

這一下倒把我楞住了，怪就怪在他怎麼會知道我不是韓國人呢？我只好勉強和他搭訕起來。記得在國內的時候，有人提醒我，對於陌生的韓國人，還是少打交道為妙，所以當他問我「來韓國貴幹」的時候，我就含糊地說「因為辦點私事」支吾過去。

我們邊走邊談，到了一處游廊改造的咖啡廳，我請他進去喝咖啡。這時候似乎友誼稍深了一層，「言語」也「拉順」了些。才知道他叫李康熙，是文教部秘書，現兼藝術館副館長。他願意領我去參觀，這樣，我才放心，說明了我的身分。我們離開了咖啡廳，由「秘閣」，經「即阼堂」，「浚明堂」，到博物館。博物館所存的古物，除了少數新石器時代的石器以外，多半是高麗朝的東西，以陶瓷為多。佛像很多，自北魏到清朝的都有。瓦當也很多，有些上面有篆文「樂琅員當」四字，顯然是漢代的東西。甎文也全是漢字。其中有封泥二件，因為倒攞了，看不出它的文字。出口處有一座大的金冠，自祥鳳陵出土，是新羅朝的遺物。

接着，他引我到藝術館，在他的辦公室裏小坐，並介紹另一位職員。他說他願意領我去參觀古器物庫。庫在樓下辦公室的盡頭，庫門除保險鎖之外再加上封條。這一間庫很大，藏的東西很多。多半是新羅、百濟、高麗之物，其中又以瓷陶器爲多，瓷陶之中，又以高麗青瓷最名貴。小件的萬曆瓷和成化瓷多得很。佛像從六朝到清代都不少，有幾座鑄鐘，則是乾隆年間造的，上面還有漢滿文字。其次，再參觀書畫庫，這一間庫比較小些，裏面庋架分類很細，如碑帖、立軸、橫幅、册葉、扇面、山水、人物之類，都有條不紊。無論書畫，每件都有封套，封套外面有標籤。我隨意從「人物」檔中抽出一幅，則是署名西河的所畫「孔明躬耕圖」，完全是中國畫，絹色已經黑敗，而顏料還清晰。又抽出一幅，畫的是蓮花，上面題的是：「水陸草木之花甚蕃，而濂溪周茂叔獨愛蓮。蓮，花之君子故也。」我看了覺得很有意思，特別英譯給他們，教他們知道這幾句話的來源，可知無處不和中國有關係。又碑帖之中，有淳化閣帖一部，幾乎這一間庫所藏全是中國的書畫，因此我解釋得更多，尤其強調中韓文化關係，他們聽了也很感興趣。最後李先生便慨然領我去參觀國寶庫，這間庫最小，但門外封鎖最嚴，臨時查書對照保險碼，費了一會工夫，才打開庫門。裏面有新羅時代銅質鍍金佛象一尊，衣褶都是依中國畫的筆法。據李說：「這是國寶之一，現在國際市場中，這一尊佛象值二百萬美元呢」！又一櫃存青瓷三件，都是國寶。另有一幅畫像，上面自題有「……爾貌清臞，爾學空疏。帝衷爾違，帝言爾侮。爾宜置之，蠹魚之伍」等語，末署「尤翁自題。」據告，這是宋時烈像，因爲「尤翁」是宋時烈晚年的自號。但上面題得有御製詩三首，這三首詩我在麗季名賢集裏見過，是肅宗爲鄭夢周（圃隱）題像而作的。宋時烈是朝鮮仁祖、肅宗時代的人，而鄭夢周是高麗忠肅王時代的人，不知這兩件怎麼會裝裱到一幅的。

這一次偶然的遭遇，倒享了不少的眼福，最重要的還是把過去中國人對韓國朋友的誤解，通通給否定掉了。然而這種機緣，究竟是可遇而不可求的；至於其它的故宮名勝，就只好隨緣隨喜了。

九月二十日是陰曆的中秋節，在韓國是大節日，各級學校都放假，我便利用這個假日，和秋憲樹先生，陳兆銘同學作竟日之游，打算把漢城幾處重要的故宮看一看。第一個目標當然是景福宮。

景福宮始建於朝鮮太祖三年（一三九四），一部分是李太王二年（一八六五）大院君重建的。建造這所宮的時候，曾經動員數以萬計的夫役，遠自鴨綠江邊搬運木材。形式上完全摹仿北平的故宮，不過具體而微罷了。因爲依照中韓政治關係，即使物質條件許可，宮室也未便踰制的。據說景福宮裏面，過去有房舍四千多間，從中國人看，這倒不爲過分；但從日本人看，就覺得非常礙眼。到一九一〇日本亡韓以後，就把景福宮開始拆毀，就在正對着宮門建一座西式大廈作「朝鮮總督府」，大有「厭勝」之意。到現在各個宮、殿、坊司的門額，還一一掛在廊下，作爲象徵性的紀念。可知當時被拆除的房屋是不可勝計的。有些房基還很清楚可以看出，只是裏面種了花草，眞正是「臺殿荊榛」了。韓國人對於這些事恐怕不容易忘記，你看每一處古蹟，必有韓文和英文的說明板，每一塊說明板上必提到日本亡韓的一段滄桑痛史，看了去確乎令人觸目驚心的。

這裏有一部份古物陳列，包括王公后妃官屬的冠服、旗蓋、儀衞、輿輦、軒軺、佩飾、刀劍之類的東西。有一間房子藏「胎壺」很多，頗爲少見。還有高麗時代的石棺，和許多墓誌銘，都是用漢文。最妙的是有兩件中國找不到的古物，想不到給他們收藏着了。一件是關羽使的青龍偃月刀，立在那兒足足有丈把長。另一件可更古了，那是張良在博浪沙誤中副車的那個大鐵椎，大概因爲只用過那一次，所以到現在還像出爐不久似的。我看了之後，覺得很有趣，只有望着同行的中國留學生會心微笑而已。

昌德宮的正門叫「敦化門」，是朝鮮太宗四年（一四○四）建造的，到現在快六百年了，算是很古老的一座木造牌樓。仁政殿也是這時建的，可是經過宣祖四十一年（一六○九）光海君翻修，一九○八年又補修一次。這是一所用於登極或其它王室大典之用的。一路房廊曲折，保存王后冠服佩帶甚多。這些東西的形式也許和中國的小有出入，但是名稱和中國的一樣，圖案也純粹是中國式。有一間保存帝室器用，都非常精好。所藏李朝英宗書法，筆姿秀勁，比起那時候清高宗的書法，就要更勝一籌了。當時王室的「敎命」，多用高麗紙以工楷寫成，或刻在極細緻的竹簡之上。高麗紙光膩柔白，其厚度超過羊皮，拿來寫毛筆字，想該算是人生一樂了。另有幾扇屏風，是有一位王后自寫自繡的，也是難能可貴的。仁政殿壁柱藻井，都是雕鏤精富，楹柱大到一抱半，可見工料之費了。另一所「大造殿」，是王后休憩宴游之所，裏邊陳設還不錯，旁邊一間小的，似乎是王儲的書室。

昌德宮裏面還有很多的殿宇，不是短時期所能細看，只好出來，轉到「秘苑」去。秘苑是利用地形布置的，山徑曲折，圍牆繚繞。這一帶樹木高森，只隔得一道門，就由「鍾鼎」而遁入「山林」了。但是在林泉池沼之間，到處還是布置得有樓臺亭閣，不過久無人居，也不免有荒寒寥落的氣氛。那裏有一間小小的書香閣，原來是王后親蠶之所。這種「親蠶」與「籍田」也是遵循中國的古制。

這秘苑的範圍很大，不能一一細看，假使時間許可的話，以一個中國人作爲遊客，一定到處可以觸摸到中國文化的痕跡。

從秘苑和宮室的結構，可以看出當年設計人的匠心。他不僅注意內部的組織，還注意遠景的收攝。各處遠遠的山巒，從不同的門窗，依不同的角度看去，有軒豁、掩映、橫斜、拱揖各種不同的姿態。

這些宮殿大都建在漢城市的北區，就儼然有「南面」之意。市南有一座高山，就名叫「南山」，現在管叫南山公園了。從市區至山頂，有汽車，也有纜車。從山頂上可以看到漢城全市，這裏正對着秘苑，獨有那一帶是茂林陰翳，偶然有一二殿角從樹林中露出而已。

昌慶苑，也是古宮之一，正門叫「弘化門」，裏面一樣陳列得有些古物，但主要部份已經改爲動物園，所飼養的動物，很多在臺灣不易見到的。其餘的風景仍舊保留得好好的。不過多改爲新的用途，如兒童樂園、圖書館、標本館、露天音樂場、餐廳、以及花房等等。這樣一來，使君主時代的禁苑，也作爲大衆的遊樂之所，可說是兩全其美了。

九　錦城歌舞

我們參觀過昌慶苑之後，道經「國樂院」，就把車子開了進去，可是裏邊除了傳達以外，闃其無人，原來我們都忘記這是禮拜天又是中秋節了。據說這裏所保存的全是古樂，國家有大典，或特殊場合，就得請他們師生出來演奏。他們所謂古樂，究竟是些什麼，因爲沒有親眼看過，實在不得而知。

如果根據成均館祀孔時所用的古樂來說，所用的樂器，包括管、籥、笙、竽、簫、笛、篪、缶、壎、琴、瑟、編鐘、編磬，和各種鼓，再加上鐲、鐸、雅、應、相、牘之類，則是純粹的中國古樂。這些古樂器，在中國已經稀見，難得我們底鄰居，卻爲我們忠實地保存下來。

如果根據韓國發行的十種古樂器的郵票來推測，那些樂器包括Na-bal（喇叭）、Tang-piri（唐觱篥）、Wa-kang-hu（臥空篌）、Kaya-ko（伽耶琴，絃樂，見高麗史，不知何以用ko）、Wul-Keum（月琴）、Taipyengso（太平嗩）、Tai-Keum（大琴，實爲管樂器，亦見高麗史，簧樂器亦有名琴者，如口琴、風琴之類）、Pyen-Kyeng（編磬）、Hyang-pipa（鄉琵琶）、Chang-ko（杖鼓），則是韓國古樂加中國古樂加從前的胡樂。

其中伽耶琴、大琴和杖鼓才是道地的韓國國樂。原來高麗時代的音樂分爲三部份。

第一部份是雅樂。雅樂是廟堂音樂，在最隆重最莊嚴的場合用的。據高麗史樂志的記載，是「（宋）太祖皇帝特賜雅樂，遂用之于朝廟。」其內容仍是「登歌」「軒架」，所用樂器與祀孔時所用全同。

第二部份是唐樂，所用樂器，包括方響、洞簫、笛、觱篥、琵琶、牙箏、大箏、杖鼓、教坊鼓、牙拍，這是唐代的音樂。但是「唐樂」本身並不純粹，裏面一部份中國樂，一部份胡樂，還有一部份高麗樂，（卽高句麗的音樂）。高麗樂遠在隋朝就已經輸入中國，據隋書樂志的記載：「始開皇初定，令置七部樂：一曰國伎，二曰清商伎，三曰高麗伎，四曰天竺伎，五曰安國伎，六曰龜茲伎，七曰文康伎。又雜用疏勒、扶南、康國、百濟、突厥、新羅、倭國等伎。」在這些樂部之中，高麗、百濟、新羅三種就屬于韓國音樂。所以唐樂中的一部份高麗樂，無異於是「再輸入」的。

第三部份是俗樂。俗樂中一種是三國——新羅、百濟、高句驪的俗樂；一種是高麗樂。但高麗樂中一樣雜有胡樂，如琵琶、觱篥之類。另有一樣叫做「嵇琴」的，照字面看，一定是中國樂。一種類似月琴的樂器名爲「阮咸」，就由於阮咸所擅長；安知「嵇琴」不就是嵇康所善彈的琴呢。嵇康是晉代最有名的琴手，世說和晉書有多次提到他的彈琴，他到臨刑時還惋惜他最拿手的「廣陵散」從此失傳。如果這個推斷不錯，那末，高麗樂裏也就雜用了中國樂了。音樂和美術本來是不受國界限制的，彼此交流影響，原本毫不足怪的。

韓國人對於音樂歌舞，是極富於天才的。我們只要從演奏會中，聽聽那些聽衆的采聲，就可以看出韓國一般國民的欣賞水準是很高的。從表演方面來說，以前韓國的電影事業，在國際間幾乎是沒沒無聞，但近年以來，已有驚人的進步。例如我們最近輸入的幾部韓國片子，如「紅巾特攻隊」、「獨立軍」等等，無論從故事主題以至編導、表演、攝製技術各方面，都合乎國際水準了。在我看過的國產片之中，認爲足與這些片子抗衡的，我以爲只有「一萬四千個證人」，其次要算「養鴨人家」。但照這兩部片子票房紀錄看賣座的情形，似乎並沒有引起國內觀衆廣大的興趣；而看得舉國若狂的，乃是「梁山伯與祝英台」。今後如果老是陳陳相因，一路黃梅調「黃」下去，恐怕連「梅」字也得改爲「黴」字了。韓國的電影圈裏，也深知他們底財力有限，不容易露頭角，只有就有限的財力範圍以內動腦筋，結果他們還是很成功的。演員方面，他們也很肯努力下苦功，學習很多的技巧，所以吃這行飯的，能站得住，熬得久，成熟的希望也就大些，不像我們單憑一張臉孔挑人才，以外別無技巧；明星像走馬燈似地，三天兩天就紅起來；紅了幾天之後，就宣告脫離影界，下嫁富商去了。

我在漢城只看了兩場電影，但是場外的秩序很好，賣座很好的片子，也並無「黃牛」的蹤影。場子裏有休息室，如果上一場還沒有演完，下場的客人可以在沙發上打個盹，或者喝一杯咖啡，就不用去看站票，或者在戲院外面窮蹓了。

韓國人管各色表演都叫「Show」……這當然是美國大爺來了以後才有的語彙。我看過一次Show是歌舞戲劇混合的表演，節目非常精采，其中有幾個諧角，極受觀衆的歡迎，一顰一笑，都獲得采聲。舞台裝置也很進步，現在臺北有沒有那樣的場面，因爲北上的機會很少，就不大清楚了。

另一次更摩登的Show，是韓泰東博士邀我去「華客山莊」（Walker Hill）看的。因爲我的講演有一部分提到元代的戲曲，韓博士知道我有意去看看Show，特地在九月十七日下午邀我去邀光。

Walker Hill 位於漢城市的東面，離市區很遠，那是一個新興的遊覽區域。這座山之所以命名Walker者，是爲了紀念韓戰期中的聯合國部隊總司令Walker將軍，他是在山上因撞車而死的。山上有各色的現代建築，有最新的觀光旅社，有韓式、日式、中式酒吧，附近有跑馬場、高爾夫球場、滑冰場、游泳場。韓江就在山脚下靜靜地流過，韓江江水清澈，遠遠地可以望見這條水分爲兩道，在下游又合成一道，江裏產一種「鱗魚」味極鮮美。

那一個下午，天色陰陰地，不時下幾點微雨，我們在山上參觀了各處重要的建築。其中有一座水榭，其名爲Korean Mansion，雕梁畫棟，很有中國的宮殿風味。據說這一帶地方，在李承晚時代，爲大統領休暇之所，無異於一座御花園。政變之後，踵事增華，佈置得更好，爲的作觀光事業，想爭取外匯，所以這裏的費用特別高。原本不許韓國人自己去享受的，後來因爲外客並不十分踴躍，虧蝕很大，只好也讓本國人去，以維持開銷。我們去的那一天，水榭裏的西方客人，還是不少，長久下去，總有希望的。

七時半，我們進了Night Club晚餐，八時正開始表演。在這裏表演的樂師、歌手、舞人，都是全國拔尖兒的人物。舞台裝置比城裏的劇場更新、更好。舞孃們身材健美，舞技精嫻。全部節目，脈絡貫穿，除情節混合着中韓的神秘傳奇外，可說是十足的西化了。前半的節目到九點爲止，我們急着趕回市區，就離座而去。至於九時以後的節目如何，我想一定有教那些觀光客人更盪氣廻腸的在後頭。

韓泰東博士是上海聖約翰大學畢業的，能說一口道地的上海話。他是神學博士，對中國諸子也很有研究。一談起韓國的處境與前途，感慨很多，我於離韓前，做了一首「巫山一段雲」，以紀此遊，寫了送給他。順筆把原詞錄在這裏：

二水天邊合，
群峰雨後妝。
河山終古門兵場——

幾度閱滄桑。

杉檜秋陰密；

樓臺夜氣涼。

可憐歌舞是殊鄉，

莫教十分狂。

一個友邦客人在遊覽觀光勝地之後所得的感想，如此而已。

十　松仁桔梗蒲桃酒

在臺灣的時候，有些韓國僑生告訴我，說韓國人同湖南人一樣喜歡吃辣，無論甚麼菜都放得有辣椒。不巧的是我雖然是湖南人，但近年因爲害十二指腸，最忌辣椒，所以到漢城以後，對於韓國菜，始終不敢問津。而一般所謂「中華料理」呢，實際上只是山東菜，比起臺北來，又太差勁了，無可奈何，只好吃西餐。吃久了，實在容易倒胃。在我底家鄉，雖然盛行吃辣，有時連湯也是紅的，不過那是指家常菜而言，眞正的筵席上，卻很少上辣椒菜的。韓國的情形一樣，像樣的菜肴，並不擱辣椒。我有一次經驗，那是延世大學事務局長金南駿請我過中秋節的那一次。

中秋，在韓國是一年中的三大節之一。他們叫中秋爲「秋夕」，也叫「銘節」。爲這個節日，一般學校往往要放四五天的假。秋夕那天，婦女兒童都穿戴得煥然一新，尤其是女孩子，都穿上鮮艷的Hanpok，花團錦簇地出外逛公園，遊山。晚上回家賞月，家裏照例有最豐盛的晚餐。

漢城是大陸氣候，到八月下旬，已經微有寒意。那天晚上由秋憲樹先生陪同去金家，主人已經換上了寬袍大袖，開門肅客。進門是一片花園，就揀了一處小有陳設的露台上坐了片刻。這時月亮已經出來，只是微雲遮掩，涼露侵肌，有點兒禁受不住，又是在夜裏，園子裏的景色也瞧不明白，只好提早結束了賞月的節目，剛好另一位客人趙副總長也到了，主人就引我進屋子裏坐。

在晚上，房屋的格式也看不清楚。傳統的韓國式住宅是四合院，呈正方形的。進門的左面便是父親的房間，再左是兒子的，右邊是傭人房，和醃菜房以及浴廁等，裏面是天井，天井左方是工作房，右方是柴房和廚房，後進才是堂屋，堂右爲母親的房間，堂左爲媳婦的臥房。韓國天氣冷，整幢的房子是一所大炕，地面鋪的是磚石，上面一層漆絹，倒也油光水亮的。後進的游廊上有一處燒炕的爐口，到冬天，在那裏燒上煤，煖氣就走遍所有的房間了。廊簷下面，喜歡掛些漢文對聯，都是木板刻好的。這些對聯多半是現成的詩句和格言，也許後來演變爲一種裝飾，文字不一定相對，只是一句句的詩句掛在那兒。

就我的記憶所及，那天晚上到金家，確是進門靠左的第一間，即是主人的起居室。和日式住宅一樣，須在玄關脫鞋。室內沒有椅子，卻是鋪的絲織品的厚坐墊，中設一張長方形的矮桌。

主客都跪在坐墊上，我不習於跪坐，只好趺坐着。餐具也很考究，大都爲銀器，但是飯盌是銅的，韓語叫做「鍮器」，這鍮字在中文裏用得很少，據韻會：「鍮，石名，似金。」格古要論：「鍮石，自然銅之精者也。」實際上是一種銅與鋅的合金。從這些地方也可以看出韓語中用字較爲雅切。

那天的菜，記不清楚了，但有些從沒吃過的，如松子仁，桔梗——我們只當藥材用。柿餅浸湯中，和以桂皮、薑汁，這也是從沒吃過的。有些多年沒有吃過，如鮮栗、鮮棗，還有漬蕨——蕨是一種羊齒植物，臺灣倒也很多，但不知道蕨的嫩芽可食，經鹽漬之後，更別有風味。這些菜之中，沒有一樣是辣菜，席上特別有一樣醃菜，是辣的。這醃菜韓語叫Kimchi，這是「金虀」二字的韓譯。（按宋人以果蔬魚膾拌之爲菹，謂之金虀，見雲仙雜記、東坡樂府、東坡志林、南部烟花錄等書。）金虀在韓國是很重要的。一到陰曆十月，家家戶戶做金虀，婦女們把蕪菁、白菜、紅椒、芹菜、鹿角菜、大蒜、葱、薑、松子、栗、梨、牡蠣、以及蝦仁混和起來，拌鹽作成的。婦女們見面就問：「你家金虀作好了沒有？」自然是家庭中一件大事。

另一樣不是菜，而名之曰韓國茶，實際上是飯鍋裏加水連鍋焦煑成的，據說可以助消化，這和喝餃子湯一樣的原理，似乎貴州人也有這種吃法，不過講究一點的韓國茶，則是另用糯米煑羹，外加麥芽、松子、糖，更好一點就是。那天晚上備用中式和韓式兩種月餅，韓式月餅只是拇指大的蒸餃似地。主人問我這兩種月餅如何，我說：「滋味都好，不過中國餅是滿月，韓國的卻是新月。」那位留學過希臘的趙副總長笑了，他說：「此語眞富於詩意啦！」

後來我眞寫了一首絕句，送給這位金先生，紀念這個「秋夕」的嘉會．

靜室幽蘭院落深，當頭涼月度花陰。
松仁桔梗蒲桃酒，煖我他鄉遠客心。

一提到「秋夕」，可知韓國民間依然不廢太陰曆，說起來也有千多年的歷史了。過去的朝鮮，高麗乃至三國時代，都是「行夏之時」，而且是奉中國正朔的。我曾見有一本書的序文，末尾署「崇禎一百二十九年」，可見他們到淸高宗時代，還是不忘明室。早幾年前韓國開始用檀君紀元，好像是四千幾百年，最近又變成公元一九六四了。

用檀君紀元，可能只是出於一種民族自尊的動機。這一派史學家以爲史記漢書的資料，均不可靠，不足資爲依據。幷說王李兩朝，幷非以中國爲「宗主」，不過當時的一種「事大思想」。於是根據六百年前的一種傳說，把韓國歷史伸展至四千多年之前。原來高麗朝忠烈王時代，慶尙道麟角寺住持叫一然禪師的杜撰了一段檀君的開國神話。這段神話，李朝名儒就表示懷疑。李朝初年世祖命徐居生，鄭孝恆等仿資治通鑑所撰的「東國通鑑」，對於這段神話就說：「姑存之以備後考。」當時的學者李珥、安福鼎等就力斥其謬了。

我不曾研究歷史，我不知道誰是誰非，不過我覺得中國有句俗話：「英雄不怕出身低」，很有道理。重要的問題，還在這一代人自已振卓，「宗主」也好，「事大」也好，幷不妨害民族的自尊。譬如拿文字來說，韓文現在用的是二十四個字母拼音，書寫和打字，確是方便得多，但是行文仍有許多窒礙之處——韓語中保存了中國的古音，尤其是閉口韻與入聲字最爲明確，不過粵語中的T語尾，在韓語中是L語尾而已——爲應用方便，現在的學童，又得讀多少漢字了。試看美國人用的文字不全是英國的嗎？又何必從這些地方去白費腦筋呢？

目前整個韓國的問題是南北割離。就南韓而言，最嚴重的是經濟問題，韓國的資源與出產不足，糧食僅能自給，外銷只靠海產，其數量是有限的。這些年來，全靠美援支持，美援一旦停減，金融就會發生變化。全韓的動力，北韓佔三百五十萬瓩；南韓只有三十萬，歷年的努力，已經增加到七十萬，要想再發展，走上工業化，就不能不舉外債。而本息的清償，仍得從動力本身上去收取盈利來抵付，因此這一段路，是走得很艱苦的。一般青年以爲政治上換一個當家的就有辦法，沒想到除了製造混亂以外，誰也不能爲「無米之炊」。

次一問題，便是青年問題。韓國青年是極富於熱力的，很有一往無前的精神，可是，缺點也在這裏，他們較爲缺乏冷靜與自制的耐力。韓信當年在淮陰市上，能受「胯下之辱」；荊軻在邯鄲市上，給魯句踐一叱而逃。像這樣的事，韓國青年是不肯服氣的。

現南韓就有五十多所大專學校，每年畢業學生不下十餘萬人，而就業的不過九千左右，因此青年就業問題，嚴重地影響了南韓的社會與政治。這些青年，很多來自農漁之家，父母培植子弟到大學畢業，花了不少的血汗錢，原本希望能光大門閭；青年們一進入大都市之中，接觸了現代生活，自然也不想再回去過「雨笠烟蓑」的生活。他們一年年地擠向都市，一年年的逗留都市，越來越加重了都市裏的問題。

現在要如何把這一大羣精力充沛的青年份子，使他們的力量不浪費於製造事端，而成爲積極建設的力量，這是當前政府一個最重要的課題。

一千多年前的新羅時代，有一位留學中國的圓光法師，曾倡導過一種「花郎魂」，把青年們比之於盛開的花。「花郎魂」的「世俗五戒」是：「事君以忠，事親以孝，交友以信，臨陣勿退，愼於殺生。」這是標榜着新羅精神。站在一個友邦的立場，我希望韓國的青年，奉持着這種新羅精神，配合着現代的思想，勇敢地、沈着地向前努力邁進吧！（按說郛引令狐澤的大中遺書云：「新羅國擇貴人及子弟美者，傅粉裝飾，名爲花郎。」

十一　翼挂冰輪

一直到我快要離開韓國的時候，延世大學校的新總長人選才決定，由朴大善先生接充。在九月廿四的晚上，他邀我在韓國之家（Korea House）餐會，以示餞別之意，因爲第二天我就得離開漢城了。

NWA二十五日的飛機，原定下午三時起飛，不知爲了什麼事，上午接到公司電話，說改到七時才動身，到下午又陸續來兩次電話，一再改期，最後通知是八點五十分。於是我利用這段時間向朴總長，及駐韓大使館辭行，六點多鐘，才往機場進發。八時二十分，辦理手續完畢，和送行的朋友一一握別。八時三十分登機，五十分按時起飛。

在黑夜，艙外什麼也看不到，覺得很無聊，而我的鄰座是一個不會出門的韓國人，也沒法子交談，只有悶坐着。直到將近一小時之後，好容易才從窗口盼出一個月亮來。這一天已經是陰曆八月二十日了，俗話說：「十七十八，殺鷄殺鴨」，自然是月亮出來得很晚，可是有了這點光亮，也似乎可以解除旅途中的寂寞。我正呆看着的時候，機身突然一側，那顆平視可見的月亮，忽然給挂到翅膀尖兒上去了。再看，只見滿天的星星突然出現，原來機身一側，角度驟變，無異把地平上的景物，垂直挂了起來，黑夜裏又看不清山和海，地上倒很像天上。東京市的燈光，看去就像星辰羅列。飛機在這兒廻旋了一些時候，可以趁機欣賞東京的夜色。無數的燈光和月亮很巧妙地排在一個平面，那些稀稀落落的部份，當然是很遠的郊區，越近市中心，燈光越密。像無數道「光流」，流向市中心區匯集，到中心部分，簡直像肉眼所見的一團渦雲。不過到最中心，又是一團漆黑，那顯然是樹木幽深的所謂「皇居」了。

就是再笨的人，這時也許會有一點點靈感來了，於是我湊了一闋「柳梢青」的腹稿：

錦城燈火流銀，

疑幻疑真：

驀地裏、千羣萬羣。

身翔玉宇；

翼挂冰輪。

不見樓臺；

黯黯深林，

不聞簫鼓；

茫茫碧海，

但見星雲。

——夜色難分。

十時着陸，照例又是一連串的手續。到出口處，發現一張熟面孔，那是東海中文系畢業之後，在國際基督教大學研究的李峯吟小姐。出門以後，才知道還有原島鮮博士同來迎接。在車上，原島博士告訴我這天班機延期的原因，是由於強烈颱風襲擊日本，一直到晚上才解除警報。校方整天和航空公司聯繫，所以他們八點鐘才出發，班機到達的時候，他們剛到機場不久。

羽田機場在東京的東南方，而國際基督教大學在三鷹市，東京市的西北，汽車也得兩小時的路程。不用說這兒的快車道修得很好，不過在深夜，又是颱風之後，路上行人很少，不時還可以看見風災過後的痕跡。

晚上十二點，車子進入校園，在一幢叫做「楓林莊」的招待所停了下來。進門以後，原島給我介紹了負責招待的高橋種子小姐，和照料起居的渡邊太太。高橋是圖書館館長，兼校長室秘書，這所招待所，也歸她管理，顯然是一位很能幹的女性。她領我看過住的地方，有一間客廳，一間臥室，一間盥洗室，還有一間小小的廚房，環境是很好的。

當天晚上，在寫字檯上發現一叠的通知，關於生活與節目都有詳細的安排，可以看出他們辦事的精細，和組織的縝密。以後的活動都按照這樣做，不勞自己操心了。

第二天早上七時，李峯吟同學來，領我到原島博士家早餐。原島是教物理學的，曾在東海及清華研究所任教，爲人謹愨，在ICU（國際基督教大學簡稱）是有名的好人。原島夫人也曾來過自由中國，在東海住過很短的時間，對中國人特別親切。早餐後，由原島領我去拜訪人文學科科長兼基督教文化研究所所長神田盾夫博士。神田博士個兒高高的，說話很沈著，顯得老成幹練。在座有副教授 J.O. Barksdale 共通討論講演程序，決定以英語講，時間定在禮拜五下午，地點在 Seabury Chapel。接着由神田領我去拜訪校長鵜飼信成博士，談了一會，又介紹了其他幾位同人見面。

中午由Dr. S.A. Hoslett 來邀到他家午餐，Hoslett 是生物學教授，我對生物學太外行，但是談起中國人從生物領會而得的智慧，也很有興味。晚上五時，由Dr.D.C. Worth 來邀到他家晚餐，Worth 是物理學教授。

像這樣分別邀約至家庭餐聚的，陸陸續續有副校長Dr. Everett Kleinjans 副校長Mr. H.C.Shorrock 神田博士及社會科學科科長孫念敏博士等等。還有一次楓林莊的住客們迎新會餐，有Mrs. Marie Bale（心理學教授）、Miss Viola Good（客座教授）、內藤幸（秘書）Berlyn 西村（英語教授）、小林千代子（圖書館編目主任）、小出詞子（日語教授）和高橋種子七位女士。

一個初來乍到的人，突然弄這許多的新面孔，和新的姓名，實在不容易記住。尤其日本人名，更是難記，簡直是對於記性最壞的我是一個訓練。

說老實話，我這一次的旅行，主要的興趣起初還是在韓國，一則因為去韓國的機會較少；二則韓國的立場堅定。至於日本呢，八年的血債，雖然政府以德報怨地不責以賠償；但在老百姓心目中總是不會輕易抹去的；加上日本政府的態度搖幌不定，着實教人打不起勁來。到東京之後，看見這些日本學人，倒也並不十分「兇神悪煞」，情緒上才稍為寬舒一點點。

第三天在Dr. Kleinjans 家裏晚飯，談到日本人。他說：「我們美國和這個國家打個一場惡戰，原本以為日本人太壞，不過事實上也不見得個個日本人都與我們為敵，那場戰爭究竟只是一些軍閥們闖下來的亂子。」我聽了以後，正在想：「日本人怎麼一下子能教美國人忘掉他們手上的刀疤？」遲疑了一會，沒有則聲。他看我沈默着，才繼續說：「再譬如說，我們現在和你們中國（指大陸）又站在敵對立場了，一樣，那不過是少數共產黨造成的局面；我們不能說每個大陸上中國人都是我們底敵人哪！」這一席話，我倒覺得有幾分道理了。不管亞洲也好，歐洲也好，美洲也好，大陸國家究竟是大陸國家，其國民的胸襟究竟是寬大的。恕道，只有在胸襟寬大的人身上容易表現出來。

還有一件事，即是第十八屆世界運動會正在十月份在東京舉行。世界各地有不少的闊佬專程到東京去看世運，平白地把東京弄得加倍熱鬧，把物價也抬高起來，我雖然適逢其會，但這場盛會對我而言，簡直是有弊而無利。一則沒有寃錢去湊這個熱鬧，二則我對於運動一道，一竅不通，我一直不知道撐竿跳要跳多少米才算高，百米賽跑要跑多少秒才算快，就算不花錢請我坐到看台上，也覺得是一件苦差。

早聽說日本人對於這些運動，興趣極濃，在世運開幕之前幾年，體育界就密鑼緊鼓，漏夜加油，好歹要爭幾塊金牌。世運期間，自然是舉國若狂，而我卻在這個時候到這個「洋」學校去販賣中國骨董，正如俗話說的姜子牙做買賣：「猪羊一齊到，街上打清醮」，準沒有開市的希望。

所以我從漢城去東京，實在是懶洋洋地。

十二　ＩＣＵ

國際基督教大學的簡稱是ＩＣＵ，爲了方便，好像大家寧願用它的簡稱。我說它是一所「

洋」學校，是有原因的。這所學校，日本教育界稱之爲「明日之大學」，「明日」二字的涵義究竟如何，我不得而知，至少這所大學和其他一般的日本大學不同，是可以斷言的。它沒有專名，而以 International 爲名，確乎像已經 Internationalized 似地。

ICU是由美國基督新教派十一宗派，於一九五三年聯合投資所建立。下設教養學部（College of Liberal Arts）一部，包括六個科（Divisions）；即人文學科、社會科學科、自然科學科、語學科、教育學科和保健體育科。以外還有大學學院，專攻科（Senkoka）和三個研究所。除了在美國有一個財團法人組織外，日本的理事會由東ヶ崎潔任理事長，監事會有木村重治等三人任監事，另設評議委員會，由秩父宮妃及前大藏大臣一萬田尚登任名譽評議員，湯淺八郎任議長。校長鵜飼信成，副校長三人，負責學生指導的日籍副校長爲日高第四郎，其餘兩個副校長爲美籍，Dr. Kleinjans 負責教務，Mr. Shorrock 負責財務。

在重要的教職員之中，外籍對日籍的比例相當大。學生則來自三十多個不同的國籍，因此校園裏，英語比日語成爲更通用的語言，在有一次中國留學生的茶會上，除了我以普通話致辭之外，他們彼此交談就五花八門了，來自自由中國的用國語或閩南語，來自香港的用粵語，來自南洋各地的或用日語，或用英語，或用當地土話，爲了統一語言，很傷了些腦筋，最後決定還是用英語，以節省時間。至於平日的集會，則利用耳機來解決語言的障礙。在路上，在餐廳，在學校，在學生中心，可以看見各種不同的膚色，聽見各種不同的語言。ICU自許的特性之一，即是希望打通語言的隔閡，以實現國際學園的生活，促進不同種族之間的協調和融的經驗。現在他們正朝着這個目標做去，則謂之爲「Internationalized」，亦未嘗不可了。

校址在東京市的郊區三鷹市大澤，那是除了「皇居」以外難得的一片森林區。一說這是從前皇室狩獵之所，「三鷹」之「鷹」，還是「鷹犬」之「鷹」，與這一帶森林有關。第二次大戰之後，東京地價低落，ICU財團買進了十六萬坪的土地，作爲校地，另有二十九萬多坪作爲農場及實驗場。到韓戰以後，日本經濟突轉繁榮，尤其東京的地價更是上漲，ICU的不動資產無形中也跟着增值。學生人數一直保持在一千左右，一部分是住宿的，計有三所男子寮，四所女子寮，一所大學院學生寮。教職員宿舍則散布在校舍的外圍。校園之內都是古木森林。楓林莊以東，更是深林幽徑，兼具亭園與丘壑之美。其中以赤松、紅檜、銀杏、綠杉、丹楓、烏柏爲多。東南迤北，還有一大片土地，我在那裏的時候，正在伐木薙草，闢建一個高爾夫球場。一方面維持校產不致於割讓，一方面也利用土地使它有點收益。後來據Shorrock副校長緘告，高爾夫球場的收入，竟能增加全校收入的百分之十，眞是我始料所不及的。

圖書館規模不小，設備也很新，藏書總數約爲九萬二千册。中文部分，只有一間書庫，藏書的正確數字不明，總歸不算多。其中大部份爲歷史與方志，小部分爲經籍，還有極少數的類書、文集，以外有大藏二部，道藏一部。大體上偏重歷史、政治、外交關係，還包括一部份日韓關係的資料。

ICU的宗教氣氛是相當濃厚的，但比延世似乎開明一些。校園裡有兩所教堂，一所叫大學禮拜堂，規模較大，另一所三角形的小禮拜堂，即是我講演的地方，叫做Seabury Chapel。我所住楓林莊，是一幢招待所，整日總是清靜得鴉雀無聲。每個星期日的早上，我在早餐之後，準備出去散步的時候，總發現門口有很多的鞋子。原來那間很大的客廳裏，有很多的教徒在那兒作禮拜。客廳門是關起來的，仍和平日一樣地鴉雀無聲，只是門口多了一塊請維持肅靜的牌子。那便是教友會（Quakers Meeting）的禮拜，這樣算起來，可說有兩個半教堂了。其他的宗教活動，如祈禱會、查經班、求道會（Communicant's Classes），婦女會、青年會、退修會，和東海差不多，還有由學校教會主持向鄰近地方所作的慈善事業和傳教活動。

學生的團體活動，和東海就略有不同了。計有山岳部（爬山活動）、弓道部（射箭）、野球部、籃球部、室內樂協會（Chamber Music Club）、戲劇研究社、英語社、美術會、合唱隊、庭球部、桌球部、現代音樂社、人形劇研究會（傀儡戲）、橄欖球隊、文學研究會、社會科學研究會，似乎對於運動方面，較爲偏重一點。

在學生、教授、行政當局三者之間，另有一個特別的組織，叫做「學生教授連絡會」（Student-Faculty Council）。這個會由十二人組成，其中六人是由學生團體中選出，代表學生；三人由教授中選出，代表教授；其餘三人，則由校長和兩位副校長（相當於訓導長與總務長）各指定一人爲其代表，代表行政當局。這個會的目的，在於溝通師生與行政當局間之感情與意見，并解決相互間的一些問題。其效果如何，不得而知，至少，這是值得介紹的一項制度。

在國內，一般學校團體，常常感到伙食問題的棘手。近年來由於軍事機關和部隊伙食的改進，速簡餐廳的試行，在這方面有了長足的進步。於是，有些學校延請軍中的伙食專家到學校裏作示範，結果相當圓滿，但這些專家走了之後，伙食問題依然存在。因爲學生不是專家，各人又要忙自己的功課，自然難得辦好。如果招商承辦，商人重利，難保不從中朘削，於是，大伙食團總是成問題的。ICU的食堂，是由學校監督辦理的。每天有不同的菜單公佈，并註明其營養價値。食客可以憑餐劵進場挑選自己所愛吃的食品。這裏除了本校的寄宿生，走讀生，教職員，乃至於家屬可以去進餐之外，外來參觀游覽的客人也可以臨時去打一頓中伙。食品很清潔，價錢也不太貴。尤其是牛乳，是由學校農場自己供應的，算是東京最純厚的牛乳。在那裏伙食問題在學生心目之中度似乎根本不成一個問題，推其原因，除管理得法之外，最重要的還是廚師的工作態度。日本廚師以從窗口親見食客們狼吞虎嚥爲快，對於菜肴的烹調，至少已經盡心盡意了。他們除了領取應得的工資之外，不願從食品裏再去撈油水，可以說涓滴歸公，伙食自然不會太壞。這件事，看去是小事，但是自小可以喻大，不免牽涉到整個社會道德問題上去了。公共食堂的廚師是這樣，老媽子上菜場當然更可靠，推而至於一般公務員，也會潔身自好。一般人對於官箴吏治，往往責成很少數人，雖然也有其部分的理由，但正本清源之道，還在於整個國民教育和道德水準的提高。如果一般國民能各各重視其品格，則吏治自然會澄清了。

ICU教職員的國籍雖然複雜一點，但有一件事最令我歆羨的，就是同事之間洋溢着親切的友情，尤其像我這種短期作客的人，更隨時隨地可以觸摸到一種人情的溫煖。任何一個團體之中，其構成分子，彼此的意見偶然有點參差，這是難免的事，如果一旦演變爲傾軋搆陷，則對於整個團體是一戕害。尤其是不同國籍的分子，對於所在國的政府和人民，不容採不友善的態度；而總攬全局的首腦人物，更應該把他的聲望建立在各個分子的調融之上。

ICU這種融和的氣氛的形成，不是一件偶然的事。據說一個教職員一經聘用之後，便沒有中途辭退的，除非其本人另有高就。因此在聘任之初，就非常愼重。新聘人員，不是由校長一人或主管單位來決定，而是由全體教職員所組成的一個龐大的會議投票通過的。

我參加過一次教職員同人的蝴蝶會（Pot-dinner），由各家自作菜肴帶到餐廳，一同進食。席間認識了教育學科科長小島軍造、語學科教授清水護、和亞洲協會基金會的Dr. Richard Miller。餐後除鵜飼校長和湯淺博士作簡短致辭以外，還有表演和團體游戲。於是大家返老還童，大玩特玩起來。不管怎樣，會場空氣，輕鬆和諧，大家有融融洩洩之樂，對於平日各自埋頭書本中的教授們，實在是一種很好的調劑。

十三 詅癡符

在一次楓林莊的餐會上，座中的幾位日本小姐，都是接受西洋文化出身的，她們發現我的名片上，除了姓名之外，還有別號，大爲驚奇。我告訴她們中國人有名、有字、有號，還有其它的別署，韓國人和日本人也是一樣的，她們幾乎無法相信。可見這一世代的日本青年，和中國文化已經漸漸地越離越遠了。

實際上日本文化的基礎，完全來自中國，直到明治維新，纔轉向西方的。明治以前的日本漢學者，人才輩出，指不勝屈，到明治以後，漢學鉅子漸漸少了。這種急劇的轉變，從長遠處看，對於日本，是利是弊，很難作肯定的答案。

我在楓林莊看到文學博士宇野哲人爲「漢學者傳記集成」一書所寫的一篇序文，除了給日本漢學作一個簡要的介紹之外，還提出了他的看法。這篇文章很容易猜懂，不妨把重要的部份迻錄在這兒：

漢學傳來，已千有六百餘年，對我國（日本）固有大道之融合，文化之發展，其貢獻洵為偉大。如彝倫道德之攸敍，文學詞章之輝麗，典章制度之更張，奠我國歷代文明之基礎，誠為漢學之力。然孰為導之？則先賢盡瘁研摩之功，良不可沒也。

惟漢學東漸，遠在上古，其最盛時期，則為德川幕府三百年間。而德川之克臻盛治，藤原惺窩（名肅，字斂夫）唱導之功尤偉。其門下人才輩出，弟子林羅山（名忠，一名信勝，字子信）出仕幕府，號為儒臣，作典禮，參機務焉。弟子木下順庵（名貞幹，字直夫，小字平之允，號錦里），博學宏才，為一代景仰。新井白石（源君美，字在中，小字勘解由，初名璵）、室鳩巢（室直清，字師禮，又字汝玉）、雨森芳洲（東，字伯陽）、祇園南海（瑜，字伯玉）、榊原篁洲（玄輔，字希翊）、所謂「木門諸子」，皆文質彬彬者也。

洎山崎闇齋（嘉，字敬義）尊崇朱學，淺見絅齋（安正，小字重次郎）佐藤直方（小字五郎左衞門）、三宅尚齋（重固）等，皆出其門，宗風益見峻厲。又中江藤樹（原，字惟命）師餘姚學，有「近江聖人」之目，門人熊澤蕃山（伯繼，字子介），則以事功負赫赫名。然當時方尊洛閩之學為正學，山鹿素行（初名高祐，字子敬。始治宋學，左祖程朱。四十後，頗然理氣心性之說，寬文六年，著聖教要錄三卷行世，非斥程朱。）獨標異幟，至於得謗獲罪。伊藤仁齋（維楨字原佐）則毅然唱古學，天下翕然嚮風。

復次，東都有荻生徂徠（物茂卿，名雙松，一號蘐園），才識超邁，足以張大門戶。

唱古文辭與古義學相抗衡。是時天下學子雲集，謖園之學，風靡四海。徂徠尸祝李王七子，於文章修辭，用力最勤。我國於詩文格調之輸入，實自徂徠始也。是時堀河謖園之徒，交相頡頏，文運於馬大盛，諸學雜然並起：則有三輪執齋（希賢字善藏）、片山兼山（世璠字叔瑟）始創折衷之學，皆川淇園（愿字伯恭）講考證學。迨白河樂翁執新政，奉朱學為正學，並禁其他諸學，欲以定於一尊，於是擧柴野栗山（邦彥字彥輔）掌學政，所謂「寬政異學之禁」是也。一時西山拙齋（正字士雅）、賴春水（寬字伯栗）、古賀精里（樸字淳風）、尾藤二洲（孝肇字志君）、岡田寒泉（恕字仁卿）又皆氣脈相通，交為輔翊。異學之禁甫出，天下士子，囂然巷議，如赤松滄洲（鴻字國鸞）與西山拙齋之論戰，卽其一例也。異學之禁，雖使一時名士退黜，而考證派如吉田篁墩（漢官字學生）、村瀨考亭（之熙字君績）其學乃益張；折衷如太田錦城（元貞字公幹）亦著聲譽惟林述齋（衡，字叔忱）之門人，如佐藤一齋（坦，字大道）則標榜朱學，而實師陽明，論者謂為「陽朱陰王」；又同門大鹽中齋（後素字士起），則篤信王學。佐久間象山實開「港論」之先河，吉田松陰（矩方，字義卿），蓋待其啓沃者。是故明治元勳，乃泰半出自松下村塾矣。

當時藩邸，好招士講論，烈公尤甚；又別立「水戶學」，正大義名分，尊皇崇儒，鼓吹內尊外卑思想，以為維新之先緒。則有立原翠軒（萬字伯時）、藤田幽谷（一正字子定）、東湖（幽谷子，名彪字斌卿）父子，青山拙齋（延于字子世）、佩弦齋（拙齋字，名延光）父子，豐田天功（亮號松岡），皆水戶人，號為水戶學……

> 大氏德川時代，藩邸盛行漢學，惟學者士族，專力於斯，至於黎庶，則罕及焉。當時士大夫受漢學磨治（及明治初），遽與西洋文明接觸，不免張皇，如何含咀化納，以挈長補短，實為要圖。竊謂世人以漢學乃塵羹土飯，已失將來文明之指導力，實乃大謬。蓋四千年來，漢學經東洋民族間之醞釀發皇，已成一大思潮，為我祖先心血注育而成吾人自己之思想。乃今悉欲舍己而務從人，而謂東西文明乃可融合，天下豈有如斯之淺見者乎？…

好了，漢學在日本過去的發展和宇野的意見，可以看出一個輪廓了。明治以後的轉向，確曾使日本立躋富強，但國力膨漲之後，招致來的是軍國主義的抬頭，與第二次大戰的慘敗。如果不是趁上整個世界的繼續紛亂，委蛇其間以恢復元氣，今天的局面是很難想像的。在今天動盪的局面中，日本幸得經濟繁榮，而政治上仍持模稜的態度，似乎在精神上還缺乏了一點什麼作爲重心，將來如何，又可能成爲問題。究竟該怎麼樣？如果向老一輩的人去「歸而求之」，也許就「有餘師矣」。

現在日本學術界對於漢學的研究，還是相當普遍，而且常常有龐大與深入的作品出版。但是在ICU，除了有一門中國語的課程由歐陽可亮先生擔任之外，似乎沒有別的什麼了。也許正因爲如此，我擰了一點兒中國骨董去，大家倒也很感興趣。出於我意料之外的，世運會的開幕，並沒有給我帶來過多的霉運。

我得特別感謝幾個人，一個是神田盾夫先生，他是治希臘文學的。他對中國詩極感興趣，關於時間的排定，他堅持在星期五，就因爲他那時候得空，他一定要來聽。以後他果然總是按時出席的，而且在人前背後，給我很多的贊譽和鼓勵。據Dr. Barksdale告訴我，神田先生每次聽講之後，必定向他得意地描述一番。神田的一位同學，語言學者東京大學名譽教授倉石武四郎，也許是過聽了他背後的宣傳，想來聽講，因爲時間衝突，特地到ICU和我作了兩小時的談話，——所談內容，頗爲廣泛但對於詞之格律，和白石旁譜問題，談得最多。還有兩位是孫念敏博士及其夫人，孫博士是研究經濟學的，對於藝術方面，也有很深的造詣，夫人柯文蘭（Ruth Quinlan）女士，研究新聞學，都在ICU執教。他們倆的熱忱，不是三言兩語所能說完，對我的幫助實在太多了。每一次講演，從場面的部署到程序的安排，都曾盡力留心。還有兩位東海的畢業同學李峯吟小姐和江振南君，以及從香港來的文國泉君和其他幾位留學生，對於繕印講演大綱、參考資料以及其他事務方面的幫助很多。以外如教養學部長篠遠喜人博士、Dr. W. H. Newell、Dr. King、山本小姐……等是每場必到的聽衆，浪費了他們很多的時間，也是值得感謝的。

全場聽衆起初約四十餘人，往後略有增加，始終維持五十人左右。有些人顯然來自遠處，有些似乎專爲聽某一部份而來。眞沒想到世運期間，還有許多閒情逸致的朋友。

十四　夫婦耽風雅

我第一次應孫念敏博士夫婦之邀到他們家去晚餐，我發現他們倆篤好文學藝術。孫博士是經濟學家，但是他畫的油畫、人物極能傳神；游蹤所及的亞洲國家，名勝風景，都收入了他的寫生畫册；又長於板畫；室中陳列着自己雕塑的作品也很多，因爲他在美國也學過一段時期的美術，他對於經濟和美術，可說是同樣的深入。孫太太教新聞學，她的文筆雋雅不限於Journalism。她雖不會說中國話，但對中國文化，尤其是文學，特別愛好。這是我對他倆初步的了解，但沒有想到他倆竟同是最富於熱情的人，相處的時間較長，越感到他們感情的深厚。

他們的宿舍是一幢精緻的樓房，位於校園的森林區中，從樓窗可以遠遠地望見富士山，如果天氣晴美的話。有一天一大清早孫太太打電話告訴我，說窗口可以望見富士的雪晃，要我立即去看，果然看見在白雲之上，浮現出比雲更白更亮的山頂，令人有仙山縹緲之感。假設眞從山麓爬上去，置身峯巔，恐怕未必比窗口望去更美。日本的秋天，原是天高氣淸的，但是這個秋天，陰雨的日子多，這種機會很少，纔過一會兒，巒頭就消失在雲層裏去了。爲了看富士峯，我寫了一首絕句送她：

擎將新雪出雲端，疑是仙人白玉盤。但願秋來天氣好，不妨長敎倚窗看。

十月四日，孫氏夫婦邀我入市，到銀座白木屋七樓，參觀棟方志功的板畫。棟方以「釋迦十大弟子象」飲譽國際，在日本更是鼎鼎大名。展出的作品，小的不過斗方般大小，大的則等於牆壁的整幅。不管尺寸如何，其氣魄都是很雄桀的。此君手腕廉悍奔放，想像力尤其豐富。在內容方面，他企圖用暴力把兩種極不協調的境界，拉攏糅合在一起。一方面是塵世的、肉感的誘惑——盡量暴露人類的本能衝動；一方面是出世的、涅槃的境界——企圖從感性中解脫出來。人間的癡淫諸相，他拿來作爲到彼岸的橋梁——所選定的路線，是不尋常的。這與楞嚴經上敘述：「阿難因乞食次，經歷淫室，遭大幻術，摩登伽女以娑毗迦羅先梵天呪攝入淫席，淫躬撫摩，將毁戒體」，很相近似。但如何才能自然融合，使觀者能生清淨心，入圓融界，恐怕已超過藝術家的能事了。

接着我們到上野公園東京博物館，參觀日本古美術展，這一次是特爲十八屆世運而展出的，把各地最重要的古物都集中到了這裏。博物館規模很大，陳列的廳房很多，如果逐件觀賞，決非一天的時間所能辦到；即使大體瀏覽一次，也足夠把兩腿走得酸疼。所展出物品，包括石器、土器、陶器、服飾、刀劍、盔甲、瓷器、漆器、刺繡、佛象、用具、樓台房舍模型、書畫等等，無所不有。大體說來，除石器和土器是純粹的日本史前遺物之外，其餘的東西，都受了中國文化的影響。其中少數的古物具有日本特質的，也是以中國文化的基底，而稍加變化的。陳列品之中，有些已列爲國寶，有一件國寶是大約一方寸的金印，印文爲「漢委奴國王印」，白文，刀法是道地的漢印。據說明是漢光武帝所頒賜的，證之後漢書東夷傳：「中元二年倭奴國奉貢朝賀，使人自稱大夫，倭國之極南界。光武賜以印綬。」那是絕對可靠的。這是一千九百年前的王印，眞不愧爲「國之重寶」了。

歐陽可亮先生和孫博士是ＩＣＵ僅有的兩位中國教授，歐陽擅長書法，尤其長於寫契文，他選定國慶日在東京市舉行一次書展，即是由孫博士出名發起推介的。那天李峯吟和江振南兩位同學陪我入市，到銀座「此花畫廊」參觀，和歐陽談了很久。日本書畫家習用一種硬紙板裱好了的斗方，一面爲紙面，另一面爲絹面，或絹或紙，任意選用，極爲方便。因爲面積較小，懸挂起來也佔地不多。歐陽所寫的全用這種斗方。甲骨文字雖然經過重新安排，集成詩詞，但寫的型式不按行格，略照龜版形狀，斑剝錯落，也別有風趣。一般外國人對契文了解很有限，至於集句的內容，更隔一層，他們只是直覺地欣賞畫面，覺得饒有古趣而已；至於中國文字的多重藝術，如字義、筆法、文意、結構、氣韻倒不很重視。因此，在外國人眼中的Calligra-phy，幾乎要突破了它自己的藩籬，和畫法相結合。正統的中國書法，除了少數知音之外，反不如旁門左道來得吃香，這是中國書道，爲了爭取市場，倒過來和破布藝術去結歡的結果。當天在座有位東京大學的藝術教授，正忙着以抹布摺成方塊，蘸着墨汁印到斗方上面，然後以硃筆寫些甲骨文去襯托一番。目前日本書法界，據說也有兩個不同的政治傾向，一個以豐道海春爲首的，傾向於中國大陸；另一個是以比田井天來爲代表的，則和自由中國氣誼相孚。歐陽所收藏的甲骨文集句，有很多種，也公開陳列着。不過甲骨文中的字，除了多數業經公認確定了的以外，還有不少未經確詁，集字成文，難免不有「失出失入」之處。我在臺灣的時候因魯實先兄之屬，也集過幾十首聯語，順便寫了幾首給他看，但是文字方面，就有些出入了。

十月下旬，有一次由日本經濟新聞社主催的「東洋古美術展」。據孫博士告訴我，這一次件數不多，但全是精品。二十七那天，我和江振南君特地去參觀。展出地點在日本橋高島屋八樓。所謂「東洋古美術」，是指日本所蒐集的亞洲國家的美術品而言。果然，這一次不像東京博物館所展出的那樣林林總總，倒是件件名貴。其中伊朗、印度、巴基斯坦，有少數的佛像展出，日本除佛像外，略有幾件其他的美術品。百分之八十的精品，還是來自中國，如漢代的瓷犬以及定窯、建窯的大件瓷器，都是極可寶重之物。以外有宋代畫家梁楷（字白梁）的「李白行吟圖」巨幅，以簡單的幾筆，寫出一位超逸不羣的詩人畫象，自是神品——我看見彭醇士先生家藏張大千先生的一幅，似乎是效法他的。我最欣賞的還是黃庭堅寫的「伏波神祠詩卷」，那簡直太好了，可以說是這一次展出的壓卷之作。往常我看見過黃書的「松風閣詩」景印本，就訝爲瑰寶，到這一次看過伏波神祠卷以後，覺得更高一層。不僅每個字好，乃至每一筆的小小的波磔使轉，無一處不盡態極妍。我看到它的時候，正像米元章看到無爲州治的巨石一樣，幾欲下拜了。後來聽說張大千先生一度要把它買回來，可惜沒有成交。我不知道那些欣賞破布藝術的先生們，對於這一長卷會作怎樣的評價。

孫氏夫婦和一些朋友組織了一個「四海會」，取「四海之內，皆兄弟也」的意思。這個會裏的會員聚會的時候，希望以中國話爲通用語言，使那些能說中國話的朋友有機會使用。有一次由孫家和Newell（其人用日本姓譯爲新井，頗妙。）二家聯合爲東道，到場的有歐陽可亮先生、日本外務省事務官犬丸忠雄及小林二郎、美國駐日大使館一等秘書J.M. Farrior、還有一位梅貽琳先生（Wesley R.C. Melyan，此人有兒子Gary在臺大斯丹福研究中心研究，自己戲稱爲梅貽琦之弟）等等，大家用中國話隨意談天，倒也妙趣橫生。隨意談話，原本沒有什麼論題，自然牽涉不到政治，但是從言談之間，可以看出一點，即是對於共產政權，一致表示唾棄的。

我覺得在ICU生活很有趣，但是和孫氏夫婦的善於安排，也有很大的關係。當我離日之前，我送給他倆的紀念品也是一幅斗方，上面寫了一首南歌子：

帝里鶯花市；

樵林隱遯居。

偶因清話過精廬，

老檜長松遶屋自扶疏。

夫婦耽風雅；

山川入畫圖。

讀花商茗意何如？

為問窺窗富士妒人無？

十五　舞　踊

我對世運會既不感興趣，游覽名勝又爲時間與財力所不許，但我總不能虛此一行，於是，把興趣集中到舞台藝術了。東京的 Strip-act 頗爲國人所傳誦，但我以爲這種洋玩意兒，並不足以代表日本，所以也就只好「免」了。

第一次我看到的是「歌舞伎座」，在十月十四，由李峯吟、文國泉兩位陪同去的，地點在銀座。據說東京的歌舞伎座，只此一家，生意自然鼎盛。劇場規模很大，設備也很考究。我們去晚了一步，買的樓座票，離舞台較遠。

那一晚的三個節目，都是歌舞伎中的好節目：第一個是「鳴神」。大概意思是說雷神隱居茅蓬中修道，以白雲、黑雲兩神作爲侍者。因爲雷神把龍王囚禁了，不能興雲致雨，造成了嚴重的旱災。這時忽然山上來了一個女人，漸漸地與雷神接近，她表示要削髮皈依，長侍隱者，雷神也就答應了。這個女人藉故把白雲、黑雲二神支使下山，趁機誘惑道貌岸然的雷神，同時把酒獻出來，勸雷神喝，眞把雷神灌得個酩酊大醉。這時候她的計謀已售，就悄悄地爬上一個小山丘，剪斷雷神的「神挂」。於是龍王的枷鎖解脫了，立即逃出，才降下一場甘霖，她也就趁機逃走了。等到白雲和黑雲二神回山，雷神還在爛醉之中。經二神喚醒之後，雷神大爲震怒，節目在一個暴烈的憤怒的場面之下結束了。

次一節目的「鏡獅子」，以舞爲主。最後的壓軸之作，是「助六由緣江戶櫻」，因爲不懂日語，像外國人看平劇，有不知所云之感。歌舞伎全由男性擔任演員，飾女角的人，臉上擦一層很厚的粉，雖然也一樣阿娜多姿，但是臉像石灰罐兒似地，毫無一點表情，看起來有冷冰冰的感覺。唱白都用假嗓，似乎有點單調，沒有平劇那種抑揚頓挫之美。動作方面倒還不錯，如上山斬「神挂」時，女角艱於行步，身段很美。舞台設計比平劇進步得多，規模也大得多。行頭不亞於平劇，一樣富麗精工。樂師們在舞台的後面的一個小間裏，利用窗格的啓閉和燈光的明滅，使觀衆可以遠遠地看到。他們一律穿古裝，使舞台上的情調協和一致，不像平劇裏的「文武場」，在舞台前方，而且穿着便衣，有時琴師們還叼着香烟操琴，那不僅傷美，而且傷雅。至於「監場」，只有萬不得已才用，他們一樣穿古裝，常是背向着觀衆出場，用熟練而迅速的手法工作，事畢馬上退出，不像平劇裏的監場，穿着便衣，大模大樣地在演員中走來走去，一方面分散了觀衆的注意力，同時也破壞了舞台的畫面。主角們唱工儘管重，但絕沒有平劇中的

「飲場」，這也是值得我們參考改進的。

第二次是欣賞日本民俗藝能。在十月十七日，由「世運會東京大會組織委員會」和其他幾個藝術團體主催的「全國民俗藝能大會」，在上野公園東京文化會館舉行。那是爲了世運，把全國各地具有代表性的精彩歌舞，集中表演，當然很值得一看。陪我去的是李峯吟和李通尼兩位同學。會館的建築很閎偉，全部設計都現代化。舞台裝置，不用說是活動，適宜於大場面的演出。

那天的節目非常精彩，計有廣島之「花笠踊り」、佐賀之「川原民謠」、岩手之「鬼けんにじ」、京都之「赦免地踊り」、三重之「伊勢太神樂」、福島之「相馬民謠」、岩手之「鹿踊り」、高知之「太刀踊り」、宮崎之「臼太鼓踊り」、北海道之「白糠駒踊り」、青森之「津輕民謠」、富山之「麥屋節」、秋田之「西馬音內盆踊り」、愛知之「花祭り」、山口之「山代神樂」、東京之「八王子の童唄」、長野之「わ諏訪太鼓」，冲繩之冲繩舞踊、廣島之「囃じ田」。

在這些節目之中，「鬼けんはじ」有似印度之魔鬼舞；「西馬音內盆踊り」和中國中元節的盂蘭會含意相近似，用以招祭先靈的；「囃し田」則類似中國北方的秧歌；「白糠駒踊り」和臺灣鄉間新年騎馬送財神的玩意一樣，不過規模大，表演好些而已。論舞姿，則「赦免地踊り」與「花祭」最爲雅馴；「鹿踊り」最原始，動作極凝重；「伊勢太神樂」表演獅子舞，「山代神樂」表演屠龍神話，技巧最佳，我懷疑當地的舞蹈未必有那末精彩，一定是經過了一番改進的。最壯烈的要算「わ諏訪太鼓」，單拿各色的鼓來演奏，儘管衆鼓齊鳴，打得喧天震耳，仍然不失爲「樂音」，而且可以使聽衆精神振發。鼓，這一種單調的敲擊樂器，其妙用眞是不可思議的。出場的時候，有兩面大旗，一面寫「御諏訪太鼓」；另一面上寫：「疾如風，徐如林，征掠如火，不動如山。」這幾句出自孫子軍爭篇，從他們傳統的地方舞蹈之中，忽然看到這面旗子，又觸摸到一次中國文化的力量。

從全部表演之中，發現最弱的一環，便是東京的「八王子童唄」，這一童謠，似乎並不足以代表東京的地方色彩。因此越是現代化、工業化的都市，越容易失去它原有的情調，越難找出它的文化特徵。而文化特徵不是短時期所能加工趕造的，這也許是歷史短而財才雄富的國家，自感美中不足的原因罷。

第三次是欣賞「能樂」。地點在中野梅若能樂學院會館，是孫氏夫婦邀我去的。我們入場的時候，是十二點鐘左右，吃了午餐再去的，而他們的節目前半部分，已經結束。因爲日本人習慣於在劇場裏進午餐，節目表演到接近正午的時候，休憩二十分鐘，以便聽衆進食。

「能樂」的來源似乎很古，據說是「散樂」的支流，「散樂」二字始見於周禮春官，原意是「野人之善爲樂者」，不在官員之列，所以叫做散樂。自漢至隋，漸漸成爲「百戲」之總稱，究竟日本的「能樂」和中國的散樂有無淵源，就不得而知。至於能樂之「能」，可能因爲在歌舞之外，還加上「藝能」表演，以後就以「能」名「樂」了。「能樂」比「歌舞伎」似乎更高級，可也更難懂。老實說，與其說是「欣賞」，不如說是「參觀」更爲正確。

「能舞臺」頗爲別緻，即是在劇場裏面，叠牀架屋地另起幾間固定的房屋，很像國畫裏的一座亭子，臺面光潔，幾無纖塵，臺左有一條短短的走廊，通到一間化妝室，角兒就從那兒慢慢地踱出來，轉到台上。右邊似乎另有一間房子和舞台相通，那是樂師們出入之所。

那天下午的節目，第一個是「仕舞」，包括「紅葉狩」、「富士太鼓」、「菊慈童」三場舞。每場都由一人起舞，另由「地謠」伴奏，其動作之遲緩，與音樂之單調，簡直出人意外。第二個節目是「水汲」，算是一種「狂言」（狂言本意為滑稽戲），由兩人對唱，因唱詞不明，覺得單調無味之至，加上午餐之後，眼皮抬不起來，不覺得打起瞌睡來了。等我醒來看看場子裏，垂頭而睡的人，好像不只我一人。古人只有聞雅樂而思睡的，不想我們聞散樂也打起瞌睡來，可知今人之雅遠遜於古人了。

第三節是「能」，題目叫做「柏崎」，大概情節是子方花若的母親，因爲丈夫死了，兒子又走失了，深感人生之空虛。一度聽見說有人曾看見過她的兒子，於是跟着去尋訪，沒想到陰錯陽差，彼此又沒有見到面。她在悲痛失望之際，覺得浮生若夢，在這塵世裏，她沒有抓住任何一點東西。她終於遁跡空門，皈依三寶，最後卻在一個夢裏和她底兒子見面。

在這個節目裏，飾母親的梅若俊雅，戴了一副似笑非笑，似哭非哭，亦哭亦笑的面具。動作遲慢得可驚，但是台步尺寸，矍鑠森嚴。唱工也是用假嗓，沈重而含糊，單調已極。我在觀衆中竟發現有許多人各自看書，大爲詫異，後來才知道他們在讀脚本，原來連日本人也要對着脚本才能聽懂那些曲詞。於是我也和一個日本人共看一本，除了那些日本假名我不認識以外，其餘的倒也文從字順。原來全劇是嘆人生之無常，說皈依佛之可樂。這時候再聽那些沈重悽慘的唱詞，不覺得一股酸惻之情，襲上心來，才知道這種單調的唱詞，一樣可以移人。唱演的時候，伴奏有大鼓一、小鼓一、笛一，另有「後見」四人，「地謠」八人。最奇怪的是那兩個鼓手，時時吆喝出一種怪聲，正像兩匹驢子，一遞一聲地叫着。爲什麼要這樣，我始終沒有想出一個道理來。

下面接着又是「仕舞」，包括「錦木クセ」、「鳥追舟」、「松蟲キリ」三場舞。最後的一場「能」，題目叫「融」，其音樂、唱做和「柏崎」一樣是沈悶而遲緩，我用最大的努力，尅制睡魔，勉強聽到終場，但是已經疲倦不堪了。

第四次是十月廿六日我和中川秀彌到銀座日本劇場欣賞歌舞，那和「能樂」大不相同了。那一次也是分前後兩節，前節是歌舞，後節却是電影。歌舞中的主要節目是「秋の踊」，演員的品貌、技能水準都相當高。舞臺規模大，設計新，佈景全部電動。換場快極了，兩幕銜接之際，除了偶然用魔術或雜耍點綴外，大都利用燈光換場。因爲舞台布置有深度，有層次，前場的人物在暗淡的燈光之下，逐漸向舞台深處退場的時候，正是後場演員從舞台前面出場的時候。台前燈光明處，第二節目又緊接着開始了。這樣可以使觀衆免除枯坐候場之苦，同時使一連串的刺激，也不至一時中斷。我久不去臺北，見聞孤陋，像這一類的小問題，臺北的那些游樂場所，也許早已改進，現在再談這些，可能是「明日黃花」了。

日本最大的歌舞團是「寶塜」和「松竹」，世運期間，「寶塜」在它的發祥地大阪演出，不來東京，也是明智之舉。因爲一般觀光客人決不會只逗留在東京，而放棄大阪不去玩的。這樣一來，既可以避免商業上的競爭，又可以增加大阪的吸引力，爲國家吸取更多的外匯。記得我離開東京的時候，日航機上的乘客，寥寥可數，但到大阪之後，就擱了將近一小時，一會兒上客，機上座無虛席，都是些外來的游客，可見他們的算盤打得很精，而商人們也確能從大處着想了。

寶塚既在大阪，則在東京最大的歌舞團，只有「松竹」了。在離開東京的前夕，我邀李峯吟同往淺草國際劇場，去看松竹。國際的場面，比日本劇場更豪華，舞台更新，更好，演員水準更整齊，洋化的程度也更深。在臺灣，聽說也有很多小型的歌舞團，在各處表演，但是規模非常簡陋，人才又非常貧乏。因爲他們都是小本經營，財力有限，自然不會有什麼發展，我以爲與其七零八落，幹些小活，何不由政府督促使他們聯合起來，挑選其中比較拔尖的人才，嚴格施以訓練，組成一個大規模的歌舞團，等到發展成熟的時候，一方面他們自己可以賺進更多的錢，一方面也可以代表國家向外國去兜兜圈子，撈些外匯進來。李斯有「倉鼠」和「廁鼠」的理論，我覺得也可以援引到這方面，爲這些藏頭露尾的劇團打開一條出路來。

十六　生活藝術

我初住楓林莊的時候，房間裏有一盆類似洋蘭的草，餐桌上插了一瓶花，看上去非常雅。過了些日子，瓶花漸漸地萎頓了，李峯吟同學那時候正學習插花，於是她常帶些來，給我更換布置，因此談到了日本的「生花」藝術，我覺得很有興味。生花的流派很多，各有各的師承，相傳其「本家」多半是僧人，究竟是否由中土傳去的，不得而知；不過明朝那班文人雅士，對於插花一道，也非常講究，常常可以從他們的小品文裏看到這一類的理論。後來的中國人已經沒有這份閒情逸致，去幹這些「玩物喪志」的事兒。如果買了一束鮮花，就胡亂往瓶裏一插，只要新鮮活脫就行，至於美不美大家顧不得許多了。而日本人呢，對於挿花，除了保持其傳統的藝術之外，也有些大師們更加以改進而發揚之，結果成了日本特有的生活藝術之一。

李峯吟學的那一流，我沒有問她，不過據她概略地說明，大抵一瓶花，其中有一根主枝叫做「眞」，一根副枝叫做「副」，其餘陪襯的花叫做「控」——這和中醫處方時的所謂「君」「臣」「佐使」是同樣的道理。我想生花和其他的視覺藝術一樣，切忌單調，對稱、雜亂、呆板，布局要有高下，疏密、虛實，和書畫金石的原理，相差不很遠的。生花教師常常會命題叫學生去挿瓶，有些題目很抽象，而要靠布局與配搭表現出來。挿花的人只有別出心裁，不以花爲花，而以花爲想象中的事物，構成一幅富於暗示的圖面。這和院畫中以詩句命題去作畫，同一機杼。

我以爲無論那種藝術，在初學的時候，一定要遵循那些敎條，了解那些基本技巧，至於學會了以後，萬不可以爲師法所拘束。不了解基本技巧，不會殺得進去；如果只靠基本敎條生活，不能別具匠心，則永遠殺不出來。生花一道，其最高原則無非是要求其美，美，不限於一種型式，自然可以變通的。所以我送給李峯吟的一首絕句是這樣：

幷刀入水翦花枝，意匠經營費巧思。會得禪門呵佛旨，不知何物是宗師。

雙十節那一天，江振南和李峯吟邀我入市，到日本橋高島屋八樓，去參觀「三大宗家花道展」。所謂「三大宗家」，是日本當前最流行的三派。第一是「草月流」，由勅使河原蒼風展出；第二是「小原流」，由小原豐雲展出；第三是「池坊流」，由池坊永吉展出。實際上另外還有三小派，一派是「古流」，展出者爲池田理英與池田昌弘；一派是「龍生派」，展出者爲吉田華泉；一派爲「未生流」，展出者爲中山文甫。

會場進口一連有幾十盆，都是和日本有外交關係的各國大使夫人的作品。這些使節的夫人到了日本，毫無疑問地會學習花道，日本人也願意把這一種藝術作爲國粹，向全世界宣揚開去。單看她們的作品，也就嫣紅姹紫，各具風標了。至於那些大宗家的傑作，自然要更勝一籌的。

再看那些名家的作品，眞是光怪陸離，無奇不有。花，既不限於花，粗枝大葉、枯藤怪石，都可以入供；瓶，也不限於瓶，精瓷土缶、鐵架尼龍，都可以成爲道具。無論內容與容器以及其它陪襯的東西如何，它們的精神韻味，總要調融一致，相輔相成。有些孤芳自賞；有些衆卉爭妍；有些嫻靜婉麗，如深閨少婦；有些蕭散閒逸，如葛巾處士；有些拗怒騰掉，如脫韁野馬；有些沈冥枯寂，如入定高僧。我雖然不懂他們那些門戶蹊徑，但不能不確認而且深信這是一種藝術。有幾幅大的作品，一幅就佔住了半個廳事，整株的樹，比盌口還粗的長藤，作假山用的石頭，都搬來凑合在一起，那不是「盆景」，簡直在布置園林了。這樣一來，傳統的生花，加入了現代繪畫的精神，已經漸漸要發展成爲另一門藝術了。

與花道同爲外人所稱道的，還有茶道。有一次ＩＣＵ的一位女生舍監小島女士，請我吃晚飯，席間談到茶道，她便約我第二天去參觀一次。就在校園裏，有一位叫三隅達郎的職員，他底太太經常教人習茶道，因此，第二天中午，我和江李二同學，由小島女士陪同前往。我們到她家的時候，有兩個女同學正在演習着。等她們演習完了，女主人才請我們入席。

在一間鋪有榻榻米的房間裏，正中空出兩尺見方的一塊地方，安上一個爐子，這就是行茶道的地方。小島、我、李、江四人，依次入座，一排邊地面對着茶爐。她們都習慣於跪坐，我因爲多年不曾跪過，一跪就痛，女主人讓我隨意趺坐着。坐定之後，女主人對我們磕頭作禮，我們照樣答禮，然後女主人說了一些敬語，因爲小島也是內行，不過流派有些不同，所以由她代表也說幾句客氣話。以後就是一連串煩瑣而嚴肅的禮節。另一位小姐——也許就是女主人的高足——從另一間小房子裏拿着茶具踱了出來。她底步伐似乎有一定的尺寸，走到幾步之後，放茶具，也向我們行禮，我們照樣答禮。接着以湯沃茶碗——方法和次數，似乎也有一定的規矩。她先把一隻陶盌遞給女主人，女主人再遞給小島，小島把這隻盌摩娑撫玩一番，然後說幾句讚美之辭，再遞給我，我也照樣欣賞一會，也照例恭維幾句，這樣照本宣科地一路遞下去，再由江君遞回給女主人。第二次又拿出一隻瓷盌，仍舊套着這個公式做去。第三次把茶七、茶筅一一拿出來，都照這個公式欣賞。像茶七，只是一片小竹子，我實在看不出什麼特別來，但是公式如此，也得學着作撫玩欣賞之狀，還得讚美，不能不說是禮失之繁了。

這些儀節過去之後，那位小姐才取出茶盒，從盒子裏把淡綠色的茶末，用茶七取出少許放到陶盌裏，接着又是一串煩瑣的動作，好容易把沸水注到盌裏，獻給小島，同時把一種糕——用栗泥及羊膏合搗而成的——分餉客人，每人一片。這時小島接茶，賓主都頓首爲禮。把糕咬一點兒吃，再把茶分做三口喝乾，喝乾了，再把茶盌子細端詳，作不忍釋手之狀，然後再把盌口喝過的部分揩一揩，表示揩淨，再遞回給主人。

接着又把一隻彩瓷盌拿出來，儀節和前面一樣，注好茶之後，遞給我，我也一模一樣地學小島那樣做去。完畢之後，女主人又以原來的黑陶盌敬李峯吟，彩瓷盌敬江振南，她們也照着儀式依樣葫蘆一番，總算大事已畢。女主人又解下佩巾，將所有茶具一一拂拭，再把佩巾佩上。

那位小姐把茶具次第收拾停當。女主人又頓首敬辭，我們也叩頭答禮，由小島代表答辭致謝，再把茶盒讚美一番，閒談幾句才退席。

茶道一詞，西方人譯作 Tea Ceremony，實際上是很對的。因爲繞來繞去，盡是儀節，爲了喝這杯茶，頭要磕好多次，好話要說一大堆，磨了一兩個鐘頭，其重心自然在「禮」而不在茶了。最奇怪的是她們只讚美茶具，而沒有讚美茶，似乎對於品味一節，並不十分重視。唐朝時候的陸羽是茶中之聖，他才算深解茶中三昧。封氏見聞記：「……因鴻漸（陸羽）之論潤色之，於是茶道大行，王公朝士，無不飲者。」這才是名副其實的「茶道」，像他們這樣的繁文縟節，則與其說是「茶道」，不如照西洋人的說法叫它「茶禮」更爲貼切了。

十七　楓葉紅時

我在東京的一個月之內，除了演講而外，眞正的樂趣還是在和青年們混在一起，享受他們給我的熱情。楓林莊在一向是鴉雀無聲的，後來常常是「珠履盈門」，往往縱談至深夜纔散，對於習於幽靜的日本人，我常常覺得有點歉然於懷。幸好是短期作客，同住在一塊的女士們，大概不好意思「興師問罪」，也就由我們了。

有一個日本學生叫中川秀彌的，他對中國文學極有興趣，他能讀中國書，但是語言還不太流利，而我又不會說日本話，只好「中英合璧」地湊付。妙就妙在他能和中國學生們一起，跟我一大半天，甚至於一言不發，而且正襟危坐，毫無倦容。他看過的中國書，很多是從大陸去的，所介紹的都是些左翼作家，而我們自由中國輸入的書刊，實在太少，因此我們深感我們的宣傳力量太薄弱了。在韓國國情雖然不同，問題卻是一樣，大陸上的書刊他們不准輸入，而我們自己也沒有東西去供應，以致弄得一般想學中國語文的青年，無路可通。這一點政府和文藝界的朋友應該正視，有再加一番努力的必要。

十月廿六日，中川陪我到東京市去玩了一天。他原本想陪我去游鎌倉的，因爲天氣不好，時間有限，就沒有去成。我們先到皇居外面逛了一回，皇宮對面有一所很高的飯店叫 Palace Hotel，頗有居高臨下之勢，據說是第二次大戰後麥克阿瑟元帥駐節之所。我猛然想起了漢城景福宮正對面的那座「朝鮮總督府」，眞是「三十年風水輪流轉」，不勝感慨系之。中國人說：「己所不欲，勿施於人」，這才是仁恕之道。有過痛苦經驗的民族，應該體認到這個道理。我們接着遊過世運會的場所，但是已經人去樓空，讓那些袞袞英雄們，抱着「金牌」和「痛苦」去回憶罷；對於一個不相干的遊客，除淡然一笑之外，連憑弔的情緒，也微乎其微。離開世運會場，曾一登東京塔，硬把巴黎鐵塔壓到第二。由此我又想起抗戰之前，南京日本大使館的日本旗杆，和金陵大學的國旗杆，兩度賽高的舊事。日本人似乎很喜歡這種類似「厭勝」的把戲，其實，中國旗杆高過日本的，中國仍不免成爲被侵略的對象；日本旗高過中國的，日本仍不免成爲戰敗國家，說穿了，成敗在人，與旗杆何與？然而，他們這種鬥勝的心理，卻始終是高昂的，和中人的謙讓之懷，似乎「大有逕庭」了。

有一次，我在午餐之後，偶然到林子裏去散步，遇到一個美國青年，他正從那兒回來。邂逅之際，隨便談了幾句話。才知道他姓「Tyler」。於是他又回頭陪我去散步。我們一路邊走邊談，由森林談到老子，談到王維。他從日本文裏讀過寒山詩，日本人對於寒山非常推崇，因此又大談其寒山。因爲他初來東方，對於東方，尤其是中國，事事物物都是新鮮的，所以興趣極濃。直到天色晚了，我們才回來。他送我到楓林莊門首，又進來坐談了很久，直到我用過晚餐之後，才興辭而去。他很惋惜禮拜五那天有事，不能去聽我的演講，因爲他對中國詩太感興趣了。後來高橋小姐告訴我：據「Tyler」說，他曾和我留連半日，覺得樹林比課堂似乎更好些。

在東海，同學們喜歡到老師家去聚會，有時打個小牙祭，就是包餃子，自做自吃，別有風味。久而久之。包餃子竟成了東海的傳統之一。ＩＣＵ有兩位東海畢業同學，李峯吟和江振南二君，她們想重溫東海的舊夢，於是約了十來個中國同學到楓林莊包餃子，因此我那間小廚房也派上用場了。餃皮、餡兒，都由李峯吟從市裏買來，男女同學，七手八脚地大忙一陣，沒想到忙出來的餃子，比在東海作的更好。「鍾儀楚奏，莊舃越吟」，安知不是一縷思鄉之情，使食品更增加了一番滋味呢？

ＩＣＵ每年要舉行一度「ＩＣＵ祭」，時間在十一月初，把全校師生按國籍分爲若干個小組，各以其具有本國文化特徵的節目來表演。中國組的表演一向是受人激賞的，這一次，所有的中國學生，不管來自那一個地區，大家都很團結，很活躍，很賣力，一定有很精彩的演出，可惜我歸期已迫，不及欣賞了。來自各地的中國同學，他們都羨慕我「歸期已有期」；而我呢，在「歸思」與「友情」之間，却有說不出的矛盾，我爲這些年青的朋友的熱情所困擾了。「天下沒有不散的筵席」，離別的時間，越來越逼近了。

在十月廿四的下午，學校爲我舉行一個惜別茶會，地點就在楓林莊的大客廳。孫夫人和高橋、小林幾位女士，忙着佈置會場，一般同學則聚集在我房裏談天。那天到場的人，除了鵜飼校長因開會未到，由其夫人代表外，其餘的朋友差不多都到了。席間首由Kleinjans副校長致詞，然後由我說了一段話，表示答謝之意，接着分送在場諸人的贈禮。學校也以一份由鵜飼校長簽署的正式贊辭送給我。茶會到兩個小時以後纔散。

ICU本來是富於國際性的，但是我個人還覺得中國文化的氣氛，在那裏還不夠濃厚，而日本人對於中國的東西一向是很感興趣的，因此，我決心使這種氣氛更濃厚些。事先，我給學校和同人、同學們寫了一些條幅、斗方、對聯，還畫了幾幅畫。他們並請我給楓林莊題匾。就在這次茶會上逐一拿出來，一一致送。

送給ICU的是一副對聯：「文物千秋盛，車書四海同。」給鵜飼校長的是一張斗方和一幅松樹，給孫氏夫婦的是一詩、一詞、一畫。給神田博士的是一幅溪橋送別圖，寫歐陽脩踏莎行詞意，因爲他最欣賞我講演時在黑板上的那幾筆寫意畫。我留給楓林莊的紀念品，是一首北曲「折桂令」，其餘的不能盡記了。這裏，讓我把這一首曲子寫下來，作爲本文的結束吧！

乘風萬里尋詩——

錦繡山川，

游子何之？

喜殺篷瀛：

山流膩黛；
山抹胭脂。
不甫能、吟鞭駐此，
便消受、秋色些時。
——楓葉紅時，
銀杏黃時，
纔記來時；
又是歸時。

國際基督教大學所致送之贊辭原文附後：

INTERNATIONAL CHRISTIAN UNIVERSITY
MITAKA, TOKYO

OFFICE OF THE PRESIDENT

October 24, 1964

COMMENDATION

To Mr. Hsiao Chi-chung, Professor of Chinese Literature, Tunghai University

Dear Professor Hsiao:

I speak on behalf of the entire community of International Christian University in expressing here my deep gratitude for your contribution to the enrichment of our life during this past month when you have been staying with us on this campus.

Your series of scholarly lectures on the development of Chinese poetry through the ages has brought pleasure and delight to all those who have listened to you. You have presented a phase of your great and ancient culture with clarity, depth and beauty. This has increased our understanding of the invaluable contributions of the Chinese people to Asia and to the whole world.

Your own warm personality, charming manner and sparkling sense of humor have won warm personal regard for you on this campus. You will be greatly missed as you depart from us.

Your visit has been a high point in interchange among the Christian universities of Asia, one of the greatest benefits we can offer each other. It is our great hope that this sort of cultural interchange will continue among us.

Very sincerely yours,

Nobushige Ukai

Nobushige Ukai
President

NU:km

碑銘

孫徐靜宜夫人墓表

夫人，姓徐氏，諱靜宜，安徽至德人。徐故至德望族，世有通顯。父諱傳友，字磊生，晚號約庵。歷知繁昌南陵諸縣事，所至有聲，夫人其仲女也。民紀十六年，約庵爲貴池令。會北伐，軍事搶攘，爲蜚語所陷，禍且不測，獨夫人偕姊氏馳謁大府，奮辭辨雪。事卒解，由是益鍾愛之，以爲丈夫子不能及也。明年，約庵襄安徽省縣長試，得士舒城孫君克寬，字今生，賞其才藻，因以夫人字之。又明年，歸于孫。未幾，今生筮仕，得石埭。故巖邑，民貧不能具膏火。夫人執教縣學，佽助寒畯，絃歌以盛，後今生歷宰劇邑，屬軍興多故，而皆能自效，夫人實陰有以相之也。夫人本安徽第一女子師範畢業，少嘗就讀教會中學，於基督教，慕道夙殷，迨違難來臺。今生又受聘東海大學教授，遂偕皈基督，信行益堅。今生淹貫文史，尤工於詩。顧脫略任情，不樂治生事。夫人躬親鹽米，鴻案相莊，老而彌篤。舉女子二，長早殤，次女奇，卒業臺灣大學歷史學系，適殷光霖博士，隨夫西渡，得美國琵琶地大學碩士。方夫人之寢疾也，聞訊遄歸，分父勞以侍湯藥，恆不解帶，夫人病竟爲之少瘥。又月餘，始轉劇，以六十年十一月八日終于醫所。年六十九，卜厝於大度山之原。今生以事狀督予旣表其阡，復系以辭曰：

創世之初，帝摶黃土。受身為人，緣盡而腐。惟一念曰歸主，則死喪戚痛，皆莫之能苦。魄息兮幽宮；魂其歸之帝所。

曾約農先生造象贊

湘鄉曾約農先生，茂德懿行，博聞通識。益以世第高華，風神閒雅，早繫儒林之重望。乙未之秋，膺聘東海大學首任校長。締造方始，經緯百端。先生招延賢俊，作育英髦。廉以潔躬；寬能得衆。乃至擁彗與庸保同勞；回輪引生徒附載，皆出性眞，非由矯飾。至其敎育方鍼，尤重培養通才，弘揚中國文化。一時同風，羣言交美。雖在職日短，而流譽彌長。門生雅故，念哲人之日遠，期古道之常存，範金造象，樹之校園，用申崇敬；復勒貞珉，系之以贊。辭曰：

弘博其知，深銳其思；雋永其辭；清逸其姿。東海之父，多士之師。儀型具在，式爾來兹。

故陸軍一級上將何公墓表

公諱應欽，字敬之，貴州興義人。何氏先世出江西臨川，咸豐中，有景鸞公者，以軍功鎮黔中，始居興義，至公凡五世。

公幼懷大志，弱冠東渡習陸軍。聞辛亥首義，即歸國從戎。護法軍興，公於黔軍中以練兵作戰知名。民國十三年，國父命先總統蔣公籌創軍官學校於黃埔，公以善兵受任爲總教官。此後東征、北伐、靖亂、討逆，無役不從，所至有功。以是深爲蔣公所倚重。至十九年，初任軍政部長。維時外患方興，內憂未巳，舉凡國軍整訓，及國防戰備，擘畫周詳，用能肆應。華北告警，則委曲以緩兵，西安事變，則從容以備敵。及抗戰軍興，又兼參謀總長，運籌之智，飛輓之勞，一身求備。至三十三年奉兼中國陸軍總司令，始獲辭本職。於是遠征印緬，域外揚威。洎日軍戰敗，南京受降；復銜命遣俘遣僑，肅奸振旅，經緯萬端，靡不曲當。戰後奉派爲中國軍事代表團長，駐節聯合國，折衝樽俎，亦著令聞。三十七年，赤氛日熾，蔣公引退，副席代行，浼公組閣，公仰體元首淵衷，不辭勞怨，勉赴艱屯。來臺後，年事雖高，猶復從事世界道德重整運動，開展國民外交。近歲主持三民主義統一中國大同盟，方將廣其聲氣，斡移運會，終以年廹百齡，爲國忘身，以七十六年十月二十一日溘逝，距生於民紀前二十二年農曆閏二月十三日，壽九十有九。

總統聞耗，震悼良深，即日明令褒揚，立派李副總統登輝等，敬謹治喪。飾終之典，隆厚有加，同年十二月一日以國軍一級上將禮葬公及夫人王文湘女士於臺北市郊五指山國軍示範公墓。既表其阡，復系以銘。辭曰：

桓桓上將，絕倫軼羣。世承武德，克集大勳。扶危定亂，挫銳解紛。友邦敵國，並著聲聞。公忠不忒，永式三軍。

傳記

孟浩然傳

爲拙著孟浩然詩說撰。原稿逐句有注，今併刪。

孟浩然，字浩然，襄州襄陽人。其先世出鄒魯，雅尚儒素。家貧，嘗事耕稼。體貌修俊，風神散朗。少好節義，重交游，喜振人患難。與弟洗然並擅文翰，篤於友愛。浩然尤力學，工爲辭賦。年三十，以親老思祿養，苦無徵薦。旋應省試，赴進士舉，不第。居長安經歲，悵悵不自得。歸行至洛陽，居久之，困頓益甚。乃去而之越，由臨渙、譙縣、以達廣陵，所至輒交游賢俊。尋渡江，游京口，至會稽，泛鏡湖，探禹穴。越歲，始泝江歸，隱鹿門山。

年四十，復遊京師。京師士大夫爲之傾蓋延譽。閒游秘省，秋月新霽，羣彥聯詩。及浩然屬句，曰：「微雲澹河漢，疏雨滴梧桐」，舉座嗟其清絕，咸閣筆不復爲繼。丞相范陽張說、侍御史京兆王維、尚書侍郎河東裴朏、范陽盧僎、大理評事河東裴總、華陰太守鄭倩之、守河南獨孤策、率與浩然爲忘形之交。時房琯、崔宗之、閻防、綦毋潛、劉眘虛、崔國輔輩皆名下士，亦爲之揚譽。顧爲有力者所沮，居歲餘，終無所遇。一云玄宗台對、誦詩、不稱旨意，因便放還。

開元二十二年，初置十道採訪使，昌黎韓朝宗以襄州刺史兼山南東道。約浩然偕至京師，將薦諸朝。及期，浩然與故人劇飲，甚懽，竟畢席不赴，遂還襄陽。時荆襄爲天下重鎭，才彥貴游，冠蓋相屬。而浩然名日高，日與大吏長者，講論燕游；或自放於淸谿幽壑之閒，與巖穴隱人相唱答。會監察御史周子諒援讖書劾牛仙客，干帝怒。張九齡坐擧非其人，貶荆州長史。九齡與浩然爲故交，辟爲從事。浩然從游南郡，脫略形跡，時有酬和。未幾，九齡移官，浩然亦去。

二十六年，復往游會稽，乃沿江下彭蠡、至牛渚、道宣州、浮錢唐而達山陰。冬，由海道訪天台，志慕眞隱。以故人張子容爲樂成尉，因游永嘉。明年春，自永嘉歸，復經山陰，泝江至洞庭，出江陵而還襄陽，遂不復出。

二十八年，故人王昌齡游襄陽——時浩然病疽，食鮮，疾甚，終于治城南園，年五十有二。葬於郡之鳳林山。

後樊澤爲節度使時，浩然墓庳壞，符載以牋啓澤，澤乃更爲刻碑，封寵其墓。初王維過郢州，畫浩然像于刺史亭，因曰浩然亭。咸通中，刺史鄭諴謂賢者名不可斥，更署曰孟亭。同郡皮日休爲之記。

浩然所爲詩文，輒多散佚。宜城王士元集其詩二百一十八首，今本已有譌濫。雖五言以外，篇什罕存；然就殘遺，抉其尤最，要皆文采丰茸，經緯緜密。誠足上淩鮑謝，平睨右丞，介乎李杜之閒，而能不媿者也。

曼殊傳

為國史擬

曼殊（西元一八八四—一九一八年），香山蘇氏子，初名戩，字子穀。父朝英，賈於日本橫濱，納日女河合仙爲側室。有子焯。焯稍長，令仙攜之粵。仙有所親曰若子，亦從朝英居，朝英私焉，遂生曼殊（時民國前二十八年九月二十八日）。仙還自粵，覺而欲隱其事，亟遣若子去。時曼殊在襁褓中，乃自撫之謂爲己出。未幾，朝英大婦來日本，居數歲。比返，挈曼殊以行。曼殊方幼，其身世不自知也。及留居粵，就鄉塾讀，顧不見悅於父黨，意常怏怏。無何，朝英經營失利，盡室南歸，獨留仙於日本；尋又將諸雛居滬上，又獨不令曼殊偕。曼殊煢煢孑立，靡所暱附，略無童穉之懽。年十三，其祖命赴上海依父，復不爲父妾所容，時見擯辱；朝英亦不甚顧惜，故恆自疑其所自出，然卒莫能明也。

曼殊在滬日，間從西班牙人莊湘遊，始習英文。年十五，適有中表親赴日，遂相從東渡，就讀橫濱大同學校，與馮懋龍、鄭貫一同學。閱四載，考入早稻田大學高等預科。識劉宗龢、陳由己、秦毓鎏等，皆英銳士，因得爲青年會會員。青年會者，固留東之革命團體也。會俄軍入侵我東北，羣情憤激，留東生組拒俄義勇隊——旋易稱軍國民教育會，湘人黃興實主其事，旨在覆清。時曼殊已入成城學校習初級陸軍，遂亦加盟。其中表聞之懼，絕其膏火貲。不得已，輟學，憤而歸國。及抵滬，倀倀無所適。幸得陳由己、何靡施、章士釗之介，任蘇州吳中公學社教習，並爲上海國民日日報翻譯。所譯囂俄之小說慘社會，逐日付刊。未幾，報館查封，譯文至十餘回而止。

初，曼殊不見悅於蘇，恆自疑其父母俱日本人，而朝英爲後父。其負笈橫濱也，始亦志在尋親。閱五年，終鮮音朕，廢然而返。曼殊孤懷善感，所遇又往往拂意，輒自傷悼。至是，乃不辭滬濱諸友，潛乘輪赴香港。居數日，徑至廣州長壽寺祝髮，受具足戒，號曰曼殊。

曼殊雖披鬀，年甫及冠，茬弱不勝作務；而平昔所交游者，又皆革命黨人。世出世間，衆念紛乘，故行止亦時僧時俗。明年春，離港返滬，籌貲斧爲遠游，歷暹羅、印度、錫蘭。始習梵文於喬悉磨長老，潛心內典。旋取道安南返國，應秦毓鎏邀爲湖南實業學堂教習，識張繼、楊德鄰、楊守仁兄弟。任敎兩載。講授之餘，或閉關終日，或振錫遠游，飄忽靡定。旋因劉宗龢之介，又於南京陸軍小學堂授英文，識新軍標統趙聲。時光緒乙巳，曼殊年裁二十二。其明年，兩赴日本；初偕劉師培，繼隨陳由己。兩任敎習：一在湖南明德學堂，一在蕪湖皖江中學堂。其間仍往來浙、蘇、皖諸重鎭，跡同萍泛；而在滬時，所居乃中國同盟會之駐滬總機關部，蓋未盡漫遊也。

師培婦何震，嘗從曼殊習繢事，稱女弟子。丁未歲首，師培夫婦東渡，曼殊因與之俱。至東京，任民報編輯，識胡漢民、朱執信、宋敎仁、陶成章、章炳麟、黃侃、田桐等，皆革命黨人之健者。章、黃尤邃於國學，曼殊時請益焉。顧不忘尋母，未幾，竟物色得之，曼殊喜不自勝。時河合仙已再醮，聞曼殊至，亦大驚喜，約相見於市廛。河合視曼殊爲己出，曼殊亦自以爲有母矣，於是常往依河合，先意承歡。留連至九月始返滬，及冬復來。以後八、九年間，僅有南洋之行；獨於日本，則歲或一二至以爲常，意在定省。洎民國七年春暮，曼殊病胃居滬就醫，輒私違醫戒恣飲啖，疾益亟。彌留時，自言「一切有情，都無罣礙；惟念東島老母」不置，其純篤蓋如是。卒，年三十五。其醫療殯斂，皆黨人任之，爲營葬於西湖之孤山。

曼殊雖爲沙門，而平居在緇素之間；行踪無定，衫履頻更；嗜肥甘，則壞及色身；好好色，而能全戒體。任情適志，若慧若狂，人莫之測，衆姍笑之不顧也。向所交遊，皆革命黨人，自孫先生以次，凡奇材異能、光明儁偉之士，識曼殊者，莫不折節推心，樂與之友。又常栖栖道路，多往來通都大邑，不躑躅深山窮谷間，宜非三衣一鉢者流，必有以獻力於早期革命者，獨陽狂於方之外，世固莫之知也。世所知者，民國三年六月，謁孫先生於東京，嘗宣誓爲中華革命黨黨員，且預討袁大計耳。實則弱歲所爲文辭、繪畫，乃至譯著、小說，或紀破國亡家之痛，或抒同仇敵愾之情，或寓反清興漢之意，聲情鬱怒，足以鼓盪人心，潛移風氣，已類革命宣傳家之所爲矣。

曼殊幼有隱恫，恆鬱邑無歡。少讀書，資質類常兒；稍長開悟，觸類旁通。雖治學日短，而所詣皆有可觀。及親情暢敍，述作尤豐。曾梓行者，有梵文典、娑羅海濱遯跡記、拜輪詩選、潮音、慘社會、燕子龕隨筆、嶺海幽光錄及小說斷鴻零雁記等，餘或散佚。其詩、文、書札、雜記及畫幅，數爲人彙編別集行世。曼殊素所與遊皆名下士，而章炳麟、劉師培、黃侃、葉楚傖、柳棄疾、邵元沖、劉宗龢、陳去病、高天梅交往尤密。初不爲詩，及侍母東京，乃從炳麟學。或謂曼殊詩，常得章、黃爲之磨礱云。實則其詩以短章絕句爲多，感懷身世，自鑄淒聲，正如其人，雅投時好。至其古風譯作，則不免瘦疥，如訓故家言，於曼殊爲不類，斯章、黃斧鑿之遺耳。

譚延闓傳

為中華民國名人傳撰

譚延闓，字祖安，亦作組庵，號慈衞，亦署无畏。湖南茶陵人。父鍾麟，淸咸豐六年進士，歷官至兩廣總督，加太子少保。卒謚文勤。光緒五年（一八七九）鍾麟自陝西巡撫任滿入都。十月，奉調撫浙。延闓以十二月十四日（陽曆一八八〇年一月二十五日）生于杭州節署。後鍾麟督陝、督浙、督粵，歷二十餘載，延闓皆從之任所；及其致仕，則隨侍家居。延闓七齡就傅，開亦從父習舉業，其治學立身，得諸庭訓者故良厚。十四，入府學爲附生。二十四，鄉試中式。二十六，應甲辰科會試，掄元，爲湖南二百餘年科甲所未有，湘人榮之。旋殿試成進士，朝考一等，以翰林院庶吉士用。

延闓出生勛閥，早掇巍科，其取青紫，宜如拾芥，顧未嘗出仕淸室。蓋方在英年，靜觀世變，以爲濟時之道，首重人才，而人才出於教育，故無意仕途，獨於興學一事，則悉力以赴。先是，攸縣龍紱瑞創辦明德學堂於長沙，而以湘潭胡元倓主其事。會延闓自開封會試歸，應邀入校周覽而善之，遂欣然預董校事。方經費奇絀，乃歸而謀諸母，竟發私畜，歲斥鉅貲以助之。後更繼紱瑞爲明德學堂總理，擘畫籌維，迄鼎革後乃止。方是時，科舉尚未廢止，興辦學校，事屬維新，頗爲守舊派所疾悪；而革命黨人則譽延闓爲識時之俊，凡私家興學，事涉官府者，率乞延闓爲之斡旋，靡不泛應而曲當。一時風氣大開，湖南學校之盛，竟爲全國之冠焉。至光緒末，延闓雖丁外艱，仍受任長沙中路師範及學堂監督、湖南省教育會長。及服闋，經湘撫請准留在籍辦學。其時筦學務者，有關教育大計，亦就延闓諮而後行。英年雅望，已非末世科名所能敍槷者矣。

清室之衰，兆自咸同，至光宣而極。洪楊事定，元氣已傷，外患內憂，如水洊至，有識者已逆知厥祚之難永。是時西方思想，又紛然引入，立憲革命，取逕雖殊，而求變則一，有志者固知革新之必不可免。尤以湖南一省，自曾左崛興，人才輩出，皆毅然以天下爲已任，無論篤古、維新、革命、急進，莫不有湘人爲其主幹。惟我國君主政制，積數千年，驟言改革，則溫和立憲，動人較易。顧自戊戌變後，革新之機，瀕於遏絕。嗣以風氣所關，碩學名流、使臣疆吏，莫不昌言立憲，甚囂塵上。清廷久迫輿情，卒於光緒三十二年，下「九年預備立憲」詔，並頒布章程，刻期辦竣。及西后殂歿，阻力益消，立憲之局，宜若可期。於是各省諮議局依法成立。其議員身世，多出薦紳。延闓敬恭桑梓，培育人才，門第聲華，正符斯選，遂膺公推爲湖南省諮議局議長。是時各省議長，如江蘇張謇、湖北湯化龍、四川蒲殿俊等，皆一時英彥，聲氣交孚。而延闓尤能得衆望，每大會，輒受推主席，隱然爲議壇之祭酒焉。

宣統二年，資政院成立。資政院者，意謂國會之初型也。其議員欽選與民選各半，亦猶立憲國之有上下院耳。然民選者多遇事敢言，罔知禁諱，致清廷失其制馭；其時地方議會與疆吏鬨，又常以事相齮齕，迨訴之資政院，據理轉奏，詔旨輒偏袒重臣，理不得直；又張謇組「諮議局聯合會」三度請願，促請早開國會，亦無所成。立憲諸人，多出身科第，或已展步仕途，其銳意革新，初志實在護持清室，免失憑依；不意枋國樞臣，泄沓委蛇，初無立憲之誠。於是衆乃大憤，轉而同情革命矣。

湘人倡革命者，首推善化黃興。興與劉揆一、陳天華、宋教仁等嘗組華興會，密謀革命。及任教明德學堂，以事機少洩，官府持之急，緹騎且至。幸延闓與有司有舊，故少緩之，令興得脫。及辛亥十月十日武昌起義後，始知興爲戰時總司令官，全盤部署指揮，皆興任之也。

其時在湘運動新軍，響應武昌者，爲焦達峯、陳作新，皆少年勇悍，然不更事，未足服衆。舉事後，達峯自任都督，而作新副之。又統馭無方，部衆離攜，釀成譁變，卒爲亂軍所殺。一時人心浮動，四境騷然。省垣士庶，乃羣起擁入延闓宅，迫以大義，強起爲都督。遂與衆約：必嚴守軍紀，不得濫殺。於是稽伍籍，肅號令，撫馭兼施，而人心大定。

初，各省議會以籲懇立憲，召集聯合會議。辛亥四月，延闓以議長入都。集議時，羣推延闓爲主席。決議結合立憲派諸人成立「憲友會」，意即組成政黨，爲君憲時參政之階。延闓一時人望，已足領袖羣材。不意會後返湘，不數日而武昌起義，湖南易幟，遂強起督湘。其不仕帝室，而受戴新軍，宜非出自本懷。況以侯門貴介，翰苑清才，恩榮所自，夫豈不知？且平日交遊濡染，又無非君憲，自與革命主張，大有逕庭。其挺身任重，憲友會人喜其儻來；而同盟會衆或疑爲坐享矣。然湘鄂安危，勢同脣齒，是時增援武漢，號召全國，皆恃湖南一省。延闓出而湘局定；湘局定而武漢安；武漢安而各省響應至。光復之機，胥於是繫。

時黃興方鏖兵鄂渚，旦暮望援。夙知延闓之能，旣戴私恩，復衡全局，急令譚人鳳、周震鱗馳返湘垣，力助延闓。延闓遂得復容籌策，竭力支援。

於是分電各省疆吏，促其獨立。幷遣龐光志援蜀，羅松濤入桂，以助其成。其時廣西沈秉堃、趙恆惕、福建孫道仁、雲南蔡鍔、甘肅黃鉞、向燊、廣東郭人漳、安徽龔子沛，皆湘人，皆綰符持節，能舉足爲方面重輕者，延闓以雅故相勸喻，相繼響應，革命聲勢，於焉大振。同時整頓湘軍，簡編勁旅，凡數千人；正規軍外，又新募死士，別爲一隊，以次援鄂。湘軍驍勇，乘危擣堅，皆無所懼。故清將聞黃興之名，輒避易。又復征發糧秣，以餉鄂軍，米麥油脂，輜徒相屬。復籌銀至五十萬兩，以濟軍需。其時各省援鄂之功，惟湘爲最，實皆延闓力也。

辛亥歲末，孫中山先生自歐美返國，甫抵滬濱，延闓通電歡迎，謂「聞公到滬，飛電傳來，距躍三百。謹代表全湘百萬生民歡迎，先生萬歲！中華民國萬歲！」延闓文采富贍，遠邁輩流；又與 先生向未謀面；而電文刊落浮辭，樸率至此，蓋已挂籍「同盟」，故語出至誠耳。

民國元年元旦，中山先生就任臨時大總統於南京。二年，清帝退位。先生即辭職，並舉袁世凱自代。七月，世凱以總統名義正式任命延闓爲湖南都督，旨在市恩。惟是時同盟會已擴組爲國民黨，延闓加盟，且爲其湖南支部長。世凱默察所爲，度無以收攬，乃於翌年七月，陰令人焚長沙軍械局，銷其兵器。適延闓又已於先歲厲行裁軍節餉，冀遏亂源。杯酒釋兵，方以爲慶。不期至此兵銷器燬，保安乏力，坐視世凱命湯薌銘提一旅之衆，長驅入湘，取代延闓爲督，使湘人遭其屠掠，蒙禍至三年之久也。

此三年中，延闓去湘之鄂，輾轉京、青、滬、杭諸地，所至有師友弟昆之樂；而以民國五年居滬爲最久，與胡漢民過從爲最密。蓋二人氣質雖殊，而詩才書道，各擅勝場，尤相投契也。適中山先生自日本返國，亦居滬上，以漢民之介，始親謁見，接言談，其悅服更甚於疇昔矣。

是年春，世凱公然稱帝改元，延闓電責之云：「自帝制發生，國人皆知禍至之無日。忠告已多，未聞聽納。遂至五國警告，滇桂舉兵。民怨沸騰，親離衆叛。財匱於內，兵禍於外，禍在眉睫，無可諱言。若使兵連不解，生靈塗炭，強鄰責言，勢所必至。國固不堪，公亦無幸。夫國內之事，與其待他人干涉，寧國人自決之；今日之事，與其以兵力解決，寧公自解決之。公若以救國爲心，民意爲重，則宣告退位，翩然遠引，國家之任，還之國民；是非之公，付之後世。國人感於高義，必無後患可言。爲國計，爲公計，無逾此者……」世凱不聽，而各界責言紛至，各省討袁軍亦蠭起。至六月六日，世凱以憤恚卒。七日，黎元洪以副席繼任。時湯薌銘因多行不義，又失所憑依，已爲湘人所逐。暫代爲督者，皆不稱職。元洪屬之陳宧，宧爲袁黨，湘人拒不納；公推黃興主政，興笑謝之，曰：「吾輩革命，非爲作官。此乃譚祖安事；今後當與孫先生致力國家建設耳。」遂電薦延闓。八月，元洪任延闓爲湖南省長兼署督軍。延闓二度督湘，仍循往轍，裁兵節餉，與民休息。甫三月，聞母喪，駿奔潙潰。令趙恒惕代行都督事。

黎元洪任總統後，以段祺瑞組閣，祺瑞性專恣，與元洪不相能，致府院交訌。時歐戰方酣日本將乘隙圖華。祺瑞竟陰結各省督軍，復嗾使莠民滋事，於六年五月間，迫國會通過對德宣戰案，以遂私圖。元洪順應輿情，免祺瑞國務總理職。祺瑞大恚，陰使督軍團叛變。皖督張勳尤駤魯，更乘機領兵入京，劫元洪令解散國會，竟挾溥儀復辟。祺瑞又誓師馬廠，進逼京津，自行復職，迫元洪遜位，而以馮國璋代之。凡此種種，皆與元年所訂「臨時約法」大背，立國紀綱，一時蕩盡，從此武夫跋扈，國事絲棼。於是有「護法之役」，其間兵連禍結，南北相持者達五六年。

馮段初當國，廣植黨援，以削護法軍之勢，乃令傅良佐督湘，而以延闓爲省長。良佐率大軍南下，延闓莫能禦，急調劉建藩爲零陵鎭守使，俾與南軍相呼應，己則離湘赴滬。及歲暮，護法軍果出零陵，下長沙，良佐終遁去。

七年春，馮國璋任曹琨爲四省經略使，遣吳佩孚、張敬堯、張懷芝率師入湘，湘軍寡，不能敵。敬堯進據長沙，北政府即任敬堯爲湖南督軍。敬堯在湘逾二載，其縱兵殃民，劇於盜賊。民不堪命，而莫之敢攖。至九年夏，佩孚亦深惡敬堯之貪虐，撤軍北歸，湘軍躡其後，乘虛擊敬堯，敬堯敗走。延闓復受任湖南省長兼總司令。

湘省雖在洞庭以南，然自鼎革以來，幾成四戰之國。護法期中，尤當衝要。戰伐相尋，受禍最烈。民之望治，逾於望歲。顧恆處南北政權之交，無以自外於爭奪之局。時國人鑒於軍閥鄙夫，篡奪神器，竊據要津，而令各省俛首聽命，飢法殃民，莫此爲甚。於是羣以爲惟有師法美利堅聯邦共和之制，庶可長治久安。聯省自治之說，遂高唱入雲。各界名流，交相誦美。湘人更翕然和之，至謂「非自治無以救湖南；非聯省自治無以救中國」。延闓初未能決，嗣亦迫於衆論，以爲未始非紓困起危之策，遂于七月二十三日通電宣布湖南自治。并自行解組——以湘軍總司令屬趙恆惕、湖南省長委林支宇代理——然後退隱滬濱。

支宇既主湘政，嘗以聯省自治之制，質諸中山先生。先生覆示，則謂宜「以分縣自治爲立國基礎，聯省只能成官治，不能達自治」云。後延闓嘗與先生論國是，亦舉此以問，先生語焉益詳，謂「中國自秦以後，已成大一統之局，與北美合衆國體制不同。如各省自定憲法，各自爲政，不惟無益，適足以長禍害，非至四分五裂不已也」。延闓始悟向見之偏，自此拳拳服膺，不復言「聯治」。

民國十年，國會非常會議選舉中山先生為非常大總統。五月五日就職。六月，討陸榮廷。閏三月，全桂底定。十一月，先生視師桂林，組大本營，將大舉北伐。延闓在滬策畫，并籌解湘餉銀累數十萬。十一年，陳炯明叛變，先生離粵來滬。十二年一月，滇、桂軍銜命討逆，克廣州，炯明敗走。先生將返粵復大元帥任，延闓又籌款，至鬻田宅，得五萬元，以濟軍糈。二月十五日，適夏曆歲除，先生瀕行，電召與俱。延闓方家宴，聞命，釋箸而起，即隨先生乘艦駛廣州。三月，大本營成立，命延闓為內政部長，延闓欣然就事；而去歲北政府改組內閣，亦嘗以內務部長一席屬之延闓，雖多方敦促，弗顧也。延闓之於中山先生，其心悅而誠服也蓋如是。

七月，延闓受命為湖南省長兼湘軍總司令。時主湘政者，本趙恆惕，以湖南之宣布自治也，方據土自雄，以為脫然於政爭之外。於中山先生北伐之舉，深不謂然，故通電「護憲」，并命葉開鑫、賀耀組、唐生智組「護憲軍」，意為維護湖南省憲而戰，是無異塞民軍北伐之途，而隱為北方軍閥之屏藩矣。會吳佩孚窺湘西急，中山先生命延闓為討賊軍總司令以遏之。將發，延闓電趙恆惕、宋鶴庚、魯滌平、謝國光、吳劍學、蔡鉅猷諸將領，謂「湘以甌脫自居，保境庇民，尚可為人所曲諒；若引致敵兵，自殘同志，則是甘與正義為敵。後有千秋，何以自處？」語至沈痛。於是魯、謝、吳、蔡各率所部，願效前驅。與「護憲軍」相持有頃，譚部張輝瓚策動朱耀華、黃輝祖兩團，自嶽麓突擊，下長沙，恆惕卻走醴陵，乞助於佩孚。佩孚軍大舉反攻，始盡復諸邑。其時，陳炯明又犯廣州，城旦夕且破。中山先生急召延闓回師平逆，廣州遂安；

而北伐之師亦暫中止。

是役也，雖北伐無功，然長沙突襲，以出奇致勝，一時有「新湘軍」之譽。延闓以此得重名，亦以此遭衆嫉。又出師一電，寥寥數語，使魯、謝、吳、蔡諸人，幡然投効，後皆獻身革命，建樹可觀，輝瓚卒以剿匪江西，壯烈成仁。可謂得人愈於得地。而回師平逆，尤爲存亡所繫。使廣州陷賊，則全黨菁英，幾於同盡；至於黃埔軍校之無從籌建，第一次全國代表大會之不克召開，更無論矣。

廣州既定，中國國民黨第一次全國代表大會終於十三年一月二十日召開。會中延闓當選爲中央執行委員、及常務委員。六月十六日，陸軍軍官學校亦在黃埔開學。九月，中山先生召開軍事會議，仍決計北伐。

方是時，曹琨以賄選竊位，倒行逆施，不獨爲愛國者所共棄；即北地諸軍閥亦深惡之。而吳佩孚以同爲「直系」，相與沆瀣，陰得英人之助，方欲以武力統一中國」。命所部孫傳芳、齊變元略地閩浙閒，寖以雄大。「奉系」張作霖、「皖系」段祺瑞，不能堪，謀有以扼之。適直系之馮玉祥爲皖人，又黠而多變，忽倒戈擁段，祺瑞遂復執政。電邀中山先生北上，共商國是。黨人諫勿往；先生欲行。蓋奉、直、皖、浙，爲號雖異，禍國則鈞。自先生視之，本無軒輊。特以北伐之謀，早經策定；今奉皖方弃力以圖曹吳，未始不能收戡削之功於樽俎閒也。先生卒行。行前，令胡漢民代大元帥；而以延闓爲北伐聯軍總司令。延闓自度不閑軍旅，謝不能勝，輒請於先生，先生期以不計成敗，勉力爲之；延闓遂許馳驅，麾師北進，顧所向皆捷。及軍次吉水，所部宋鶴庚輕敵貪功，以躁進受挫，降將方本仁又倒戈與趙恆惕、陳炯明相結合，建國軍遂潰退，回粵。延闓懲於敗衂，痛自整飭，盡汰老弱，益以編訓，卒成勁旅。後於光復瓊崖、驅逐楊劉、以及北伐諸役，所至有功。

十四年三月十二日，中山先生於北京逝世。凶問至，延闓憂愴，左股疽發，力疾至廣州主持治喪。

六月，國民黨決議，改大元帥府爲國民政府、各省建國軍爲國民革命軍。七月，改組竟，政府采合議制，延闓爲十六委員之一；互推常委，又爲五人之一；又軍事委員會成立，亦八委員之一。八月，依制解湘軍總司令職，而以委員兼國民革命軍第二軍軍長，魯滌平副之，所部則前所整訓之湘軍也。

十五年一月，中國國民黨第二次全國代表大會於廣州召開，延闓在主席團中。旋當選爲中央常務委員。四月，黨政聯席會議，推選延闓爲政治委員會主席，蔣校長中正爲軍事委員會主席。六月，延闓向中常會提名蔣主席爲國民革命軍總司令，并通過出師北伐案，至七月初，已進軍湘境矣。

初，北京政府毀約亂政，國人疾首。中山先生早具討伐之志，雖出師屢挫，而厥志彌堅。方民國十三年廣州既定之後，應邀北上之前，更確定北伐大計，蓋統一中國，舍此末由。至於用兵作戰，初則期之延闓，以湘軍爲主幹。顧軍事非其所長；繼則屬望於黃埔師生，尤倚蔣校長爲右臂。惟是時黨、政、軍各級組織之中，共黨分子已喧賓奪主，公然朋比搆扇於其閒。所聘之俄國顧問，銜「第三國際」之命，則又爲之發縱指示。尤深懼中國之統一，深忌北伐之成功，意欲限革命力量於廣東，擴共產毒素於全國。猶蠹之於木，始則託之以生，終又惟恐其不壞也。故阻撓北伐，伎倆百端。其時黨人置疑其跡者衆，而洞燭其姦者寡。如汪兆銘，身兼國民政府主席及軍事委員會主席，竟亦依違其閒，陰惟俄國顧問之意旨是從。自中山先生逝世後，高瞻遠矚，而能踵其遺志，堅持北伐者，惟蔣校長爲最，遂最爲俄共誣陷排擊之死敵。是年三月十八日，海軍代理局長李之龍，忽矯令中山艦由廣州駛回黃埔，企圖劫持蔣校長離粵，駛送海參崴。之龍故共產黨員，劫艦之謀，則出自俄顧問季山嘉之指使也。蔣校長察知其姦，即宣布戒嚴；立捕之龍及同謀；監視俄顧問寓所；並收回軍艦。鞫其端委，則汪兆銘事前已知其謀，事後又有意偏袒。兆銘遂不爲衆議所容，於是忸怩稱疾，不視事。至五月，潛踪離粵，赴法國。六月，其國民政府主席職，推延闓代理。

北伐軍以七月出師，義旅所指，簞食以迎。八月，克長沙。九月，下漢陽。十月十日，重光武昌。蔣總司令以廣州偏促一隅，不足以號召天下；而武漢爲民國肇造之地，局宇恢宏，全民瞻視，建議政府，早遷武漢，以鎮中原。尤望延闓先行，便商大計；已則入贛督師，東徇閩浙。延闓遂於十二月中，率政府人員，取道南昌，以次北移武漢。不意先遣者已爲俄顧問鮑羅廷及共黨分子所脅制，自設政府及黨部，誣蔣總司令爲「新軍閥」，而以唐生智代之。衆不直其所爲，於是後至者皆留贛不行。鮑羅廷乃指使左翼，在武漢召開「三中全會」，欲以裹脅多人——延闓亦在其中，且嘗主持會議。蓋延闓稟性溫厚。與人處，姁姁如婦人，能委曲盡情，具協羣和衆之功。其時國共未分，薰蕕同器，而堅壁相持，暗潮互激，使無延闓其人斡旋於此反復支離之局，橫流潰決，其勢亦難逆睹。故權其利害，則得失鈞而功患半。卒以事無可爲，乃去漢而就寧焉。

時北伐之師，膚公迭奏。至十六年三月，已克復南京，東南底定。四月，中央政治會議在南京開會，決議奠都南京，推胡漢民、張人傑等爲國民政府常務委員，漢民爲主席。於是通令全國，肅清共黨，而各地討共之聲四起。時武漢政權，猶事事與南京爲敵，已成分裂之局。顧少數黨人亦持調和之見，力主寧漢合作。往來疏說，適中共黨之轂。八月，蔣總司令遂自引退。九月，漢民亦去，其主席職又由延闓代理。

十七年二月，國民黨二屆四中全會在南京召開，通過國民政府組織法，延闓被選爲國民政府主席。時北伐軍所向披靡，除在濟南嘗爲日軍阻撓外，如破竹焉。是歲五月渡河，出德州。六月，克滄州，收復平津，華北底定，軍政結束；十月初，中央頒布訓政大綱，實施五院制。公推蔣總司令爲國民政府主席，延闓爲首任行政院長。

延闓生長華膴，體貌豐泰。壯年失偶，終不二色；惟耆肥鮮，工飲饌。方柄政，尊俎風流，一時稱盛。遂以腦溢血終，年五十一——時十九年九月二十二日也。國民政府即日明令褒揚，謂其：「德量醇深，謨猷宏遠。辛亥之役，建樹湘中，應援鄂渚，克奏光復之勛。嗣後討袁護法諸役，力持正義，大節皦然。曁乎壬戌癸亥之際，手挈湘軍，追隨 總理。入襄至計，出奏膚功。爲主義而效忠，固初終之不懈。於以宏濟艱難，克定危難。從容坐鎭，政績彌昭」，良非溢美，國葬于鍾山靈谷寺八功德水之前。子二：伯羽、季甫，皆以績學自効，有聲於時，雖有名父，不假奧援。女四：淑、靜、祥、韻。淑能世其書法。祥適陳誠，誠於四十三年至五十四年間，位至副總統。

延闓工爲詩，少日所作，文藻豐腴，風華絕世。中歲以還，奔走國事，更歷世情，雖倥傯顚危，吟哦不廢。顧下筆多感愴之音，蓋憂患飽經，圭角盡去，隱忍未發之情，時於詩一發之耳。其手自寫定者，有「慈衞室」、「粵行」、「訒庵」、「非翁」四稿，都六百餘首。書法顏眞卿，嘗臨麻姑仙壇記逾二百通。復參以米芾、劉墉、錢灃、翁同龢諸家，氣度雍容，意態俊偉，一如其人。寸楮片縑，士林寶重，遂爲一代大家；世謂其詩已爲書名所掩云。

壽言

張母許太夫人九十壽言（附于右任先生墨跡）

壬午癸未之間，予始識一寒于新安江上，審其爲人有江淮任俠之風。未幾，一寒奉母許太夫人就養，因得一瞻懿範，盖溫溫如冬日之煦人也。太夫人禮佛至虔，視人無不善；初謂其與一寒權奇蹈厲之性少異。又嘗聞一寒少孤露，太夫人撫之於外家以至成立，則其所受於母教者宜獨深。因念自古桀異慨慷之士，赴善如不及，率本諸與人同善之心，則一寒稟受之所自，信可知也。

今歲七月晦日爲太夫人設帨之辰，計其年且九十。揆以大德必壽之義，度必康強逢吉；顧自中原沸亂，一寒亡命東來，而太夫人尙陷賊中，十載違離，音耗久絕，安危且不可知。一寒以此戚戚於心者亘十載而不得舒。暇日過山中，具道其事，屬爲文以發之，將匄三原于先生書之，以貽後世子孫。此盖人子之心所不能自已者，因紀其略而爲之辭。

張母許太夫人九十壽言　太夫人設帨之辰計至
壬午癸未之間予始識之　年且九十揆以大德必壽
於茲民紅上客予為人　之氣度必康強逢吉殆
有江浙任俠之風未幾　值中原沸亂一家亡命
一家也就養因以一路　東來而太夫人尚陷賊中
懿範益溫如冬日之煦　十載而雖音耗久絕然之
人也太夫人禮佛至虔　且以有以一家以此賊於
視人如己善初語予與　心者亘十載而不同舒暇
一家稍有端厲之性少　日夕以中且遺予子屬
異又嘗聞一家少孤窮　為文以發之將曰之
太夫人撫之於家以　原子先生與之以明後世
至半生時予更於世者　子孫益人子之心而不能
者宜於深固而自古樂　自己者因紀其略而為之
異慷慨之士赴善如不　詩五十二年癸卯湘鄉
及亦未許與人同善之心　蕭繼宗拜撰
此一家稟受之所自信　三原于右任
可知也今年七月晦日為

張道藩先生七十壽序

千載以還，中土號右文之國，而古稱三不朽，必先德功而後言，其有兼斯三者，則後者往往為前者所掩。試稽史乘，士有一行加於文學者，輒不入文苑，豈不以文德文治為尙，而近世所謂文學者為末務邪？漢唐詩賦，作家皆一時鉅手，雖時君或畜之以倡，而後世樂誦之不衰。至於蒙元，雜劇鼎盛，顧操觚之士，罕有通籍者，其名類不見于史傳，殆以俳優之辭，市井所好，不足語於大雅。洎乎明清，學人文士，始間有度曲傳歌者，原其學其才皆足以舉之而有餘；又於辭采聲律，漸益講求，故士大夫始稍稍傾耳拭目，摭為談說之資。然亦止視為游戲餘事，聊賢博弈；以視英人之尊禮莎翁，奉為文學宗匠者，終不可得。海通以後，錮見漸祛。鄉所鄙夷之元人雜劇，競為西人所傳譯。法之伏爾泰至以趙氏孤兒為藍本，重經鑪冶，鑄為新編。由是而西方戲劇，亦東漸于中土，效而作者，遂繁有徒。既屏聲謳，復假口語，凡耳近目，靡不通接，其所以鼓舞人心者誠至大，視明清顧曲名家之疲神於宮羽換移，藻績彫鏤，固有進矣。惟作者雖繁，大率蹇屯於楮墨之閒，或且終身窮乏，如蕭伯訥之以高年而享富厚者，於國中蓋未之有。此固筆研之足以困人，而作者以才藝自足，無復一行以加於文學，遂不為世所重耳。中原陷共以來，彼亦深知夫戲劇為政治之利器，未嘗不傾力以從事，資為顚覆錮蔽之具。其中亦不能無一二秀出之士，第以文人習於放恣，而強欲腆顏結舌以事巨姦，終至賈禍，固其宜矣。近日所聞，文字獄興，其酷虐為古所未有，則文人擇術擇塗，誠不可不愼已。

今歲七月十一日，爲盤縣張道藩先生七十生辰，故舊謀壽先生以文，而徵辭於予。予以先生早歲負笈英法，肄習美術，及歸從政，久歷樞要，其績業炳煥，旣爲並世所昭聞，毋庸瑣瑣爲之稱舉，獨其生平造述，於戲劇爲尤深。凡其所作，皆有關世教，足以作軍民之氣，蓋卓然名一家者，惜爲勳華所揜，或爲人所不及知，特表而出之。先生際遇行藏，方之蒙元諸傑，則窮達異致；以視附共作家，則邪正殊塗，其爲禍福，自亦迥不相侔矣。自我政府播越東來，承平幾二十載，雖故物未復，而前達長者皆能杖履優游於甘露祥雲之下，以躋耄耋；吾知襟懷夷曠如先生者，大德長年，或且軼蕭翁而上之矣。故略其行誼而獨申斯旨以爲之壽。

王雲五先生八十壽序

今歲七月八日爲中山岫廬王先生八十生辰，國民大會諸君子謀壽之以文而徵辭於予。予知先生名，實始自童丱，顧未嘗一覿其面；既不獲辭，退乃發其所述作而讀之，以知先生之生平與夫治身治學治事之大要，斯有可得而言者焉。

方先生之董理商務印書館也，聲名藉甚——無論識與不識，莫不以非常人目之。蓋鼎革之際，有志之士皆知以救國圖強爲念，雄辭橫議，往往多有；惟自淸季以還，民智閉塞非一日，遽欲其霆起風追，以與列國爭衡，自非振發聾聵疏瀹靈智不爲功，而當時士夫，徒騖一時之高論，於百年遠計之文化事業，反略不經意。商務一書肆耳，始不過鳩二三估人之力，畜貧薄之貲，蓽露藍縷以逐利什一，誠不足以語事業。迨先生一預其事，獨能遠矚先瞻，長圖大念，慨焉以覺世牖民爲己任。於是張皇國故，吸納新知，擷十洲之英，發二酉之秘，以梓行都鄙，衣被士林，民智得以日新，厥功誠不可泯。試思海通以來，我國文化之嬗遞演進，雖後先才彥，皆與有功，而商務一肆，實隱操其橐籥，是不可謂不奇，則董其事者，信乎非常人矣。

先生起自寒畯，家非素封，少就闤闠之閈，服習奇贏之術，僅以暇餘問學閭巷之師，且就傅不滿五稔，所肄亦有更遷，揆之常情，於學宜無成理；乃一以自力精進不懈，爐冶古今，郵通中外，雖不名一家，而專才通士，率莫能盡其際涯，此又豈常人所能致哉？

世之論者，每謂非常之業，必待非常之人而後舉；人之非常者，又必得之自天，出於自力者蓋寡。予於先生而竊有疑焉：先生固幼慧，然其稟賦非必以霄壤去恆人也；又髫齡羸瘵，人且畏其不壽，非有彊膂勁魄足以勝煩劇也。而臨事則勞怨俱任，從政則繁劇不辭，著書則羣言博采，學不知厭，教不知倦，豈盡得之自天也哉？抑以它術而有此也？

竊嘗論之，先生治身治學治事之大要，不外三端。一曰澹泊以明志也：先生夙安寒素，疏水自甘，雖偶應徵辟，而遺外榮利，故進非爲身，退能全志；二曰窮理之有方也：先生思辨之術，悉本科學精神——比勘精嚴，推證縣密，故語無鑿空，名必覈實；三曰自彊而不息也：先生虛衷耆學，愛日惜陰，矻矻孳孳，迄於暮齒，故用志不紛，爲道日廣。綜斯三者，實皆常人所盡知，常人所能踐，初不足以震駴時俗。審是，則先生亦常人也，徒能擇善而固執之，故所就乃迥異於常人耳。使國人皆不以常人自期，皆能深知而果行之，則人皆可以立非常之業，人皆可以爲非常之人；則向所謂非常者是其常，而常者反爲非常；則國不待救而救，不圖彊而彊；則先生立身垂教之意，與壽人壽世之道，亦於是乎盡矣。

彭位仁將軍九十壽序

在清末造，洪楊亂起。吾邑曾文正公以在籍侍郎，募練鄉勇，號爲湘軍。終至削平大難，樹不世之勳。是時邑人之執殳前驅者，不可勝數。每讀咸同中興將帥錄，連篇累牘，姓字如林，而籍湘鄉者逾十之九，未嘗不歎吾邑武功之盛，爲前史所未有也。文正出身詞林，於兵事初非曉暢，顧以明於選將爲世所稱。嘗謂：「求將之道，在有良心、有血性、有勇氣、有智略」。又嘗謂：「帶兵之道，勤恕廉明，缺一不可」。異哉其言乎！任天下之巨艱，而爲術乃至簡若是也。

同邑彭誠一將軍爲吾湘宿將。早歲以剿匪抗日諸役積勛受知於奉化蔣公，累膺懋賞，久總師干。將軍今年且九十，其故舊僚佐既敍次其生平，復各爲文以自抒其懷慕具於册，予因得闚其大略。蓋量沙織簣，絕少分甘，隱然有古名將風。然其治兵禦敵之道，又無他繆巧，亦不外良心血性、勇氣智略、勤恕廉明而已，與文正所夢寐以求之將材爲近。以此其材，益之以近世兵學之講求，復實踐蔣公之指揮訓示，無怪其所向輒捷也。

予久耳將軍名，顧近始覿其面。乍見之，溫文若山澤之癯；然精光矍鑠，常有據鞍顧眄意。方其磊落抑塞有不能自已，則又如王處仲擊唾壺盡缺，抑魏武帝所謂「烈士暮年，壯心未已」者耶？將軍方治道家言，頗得長生久視之術，步履輕疾，軒軒然若霞舉。吾聞將軍之鼻祖鏗，史稱其壽且八百歲，其然？豈其然乎？使果得其道，由之而不舍，將軍其庶幾哉！

題贈

題贈愛蘭娜（Elena Ramirez）

西人之治漢學者夥矣，其能考訂精博，議論閎深，迻譯繁富者，則十不二三。至於習漢文而工爲辭章者，惟荷蘭之高羅佩（Robert Hans van Gulik 1910-1967），盖並世無與抗手已。若夫書工四體，格妙簪花；藝嫻六法，才堪奪席，短章寸札，亦復斐然可觀者，有婦人焉，一人而已，則烏拉圭國之哈美后·愛蘭娜女士也。女士從宗人子昇先生游凡十餘載。嚮慕聲明，兼習道藝，殆曠代而難求。今薄遊中土，行返舊鄉，尋源有自，傳盔得人，從此發震旦之遙輝，振宗風于彼岸，可預卜矣。

題謝廣和得翁戎螺卷子

國史館謝廣和於新店溪中，得一翁戎螺化石。經地質學家林朝棨教授爲之鑒定，云是「新生代第三紀漸新世」遺蛻，蓋三千七百萬年前物也。遂命之曰「謝廣和翁戎螺」云。

邃古含生，品類久絕；即其化石，亦累世不一見；偶有存者，散谿谷間，非有緣人不遇，非有心人亦不取。今謝廣和之名，傅一羸以傳，其謝廣和之幸？抑翁戎螺之幸邪？丁巳盛夏，漫書一噱。

賞析

湘君湘夫人及大司命少司命四篇結構之研究

應東海學報作

一 神話・民歌・詩人

廚川白村說：「詩是個人的夢；神話是民族的夢。」神話是初民對於自然現象的解釋，肯定超人類的神底存在，流傳成爲美麗的傳說，代表整個民族底想像；而詩則出自個人底創作。可是，詩底範圍如果不局限於「詩人之詩」的話，則世界上所有的民族都有它們自己底詩歌，儘管其形式與技巧在程度上可能有很大的差異。古代的詩歌，往往以民歌形態保存下來。那些民歌，最初可能由天才詩人創造而成，但經過了許多世代的傳唱、修正、夸飾之後，無形中已成了民族的集體創作，代表了整個民族在那個時代的心聲。那末，民歌型的古代詩歌，也可以說是「民族底夢」，假如佛洛伊德（S.Freud）底精神分析論，可以拿來詮釋文學之起源的話。

中國最古的詩歌，如禮記所載的伊耆氏蜡辭，吳越春秋所載的黃帝斷竹歌，孔子家語所載的帝舜南風歌，尚書大傳中的卿雲歌，僞古文尚書中的五子之歌，新序中的江水歌，史記中的箕子麥秀歌，伯夷叔齊的采薇歌，由於文獻之不足徵，一般人對那些作品都不免抱着存疑的態度，即使能證實其非贋品，也不過是些零章斷簡而已。一般人公認具有文字紀錄的，最古的詩歌，是詩經裏所收集的三百零五篇。這些詩，被幾千年來的詩人、文學史家、文學批評家，引爲中國詩底初祖，奉爲中國詩底典型。不過這一個結集裏的篇數雖多，究竟章幅短小，辭句反覆，大多不具作者姓氏——始終沒有脫離民歌底形態。

至於中國底神話，由於年代之湮遠，典籍之散佚，那些耳口相傳的故事，一定損失得很多，但是，現在殘存的，片段的東西，搜集起來，還不失爲豐富的寶藏。神話，原本是詩歌文學底源泉之一，但由於中國早期文化的發祥地底自然環境，使得北方的民族性格傾向於實際人生，很少把那些恢奇詭麗的神話，鎔鑄於詩篇之中。直到戰國時代，處在山重水複的南方的楚文化崛起之後，才有人把它重視，並且融入他們底作品之中，發出幽艷雄奇的光彩。

在古代希臘的荷馬，號爲「偉大的詩歌的盲父」——希臘人逕稱之爲 The Poet 而不名。在中國，如果我們要認眞從古代挑出一位最偉大的詩人——具有雄大的氣魄，豐富的想像，充沛的感情，絢爛的辭采，足與世界上任何民族底古代大詩人抗手的，只有戰國時期的屈原了。

屈原是詩人，不像麥秀、采薇之類的作者，只有零篇斷簡不能獨立成家；也不像三百篇的作者，屬於不知名的群衆；他底詩是他底「個人底夢」，也不像荷馬只是集體的代表（荷馬本義爲 pieces together）。他底生平事蹟，有史籍的記載。他底出生地，是山川錯結的楚國。他底時代背景是波詭雲譎的戰國末期。他有光榮的世系；他底出處用舍，關係自己國家的盛衰存亡，也可說關係整個時代的變化。他有熾灼的熱情、堅貞的意志，加上卓越的天才，但遭逢了乖蹇的時運，迫着他寫下那些瑰麗的詩篇。他從北方直率、單調的民歌形式中解放出來，創造出一種優美而跌宕的韻律。他用楚國的地方情調，塗飾了詩底色彩。他用眞正「哀而不傷」、「怨而不怒」的感情，表現了沈鬱的風格。他鎔鑄古代的神話、傳聞，塑造出光怪陸離的幻境。劉勰說：「……是以枚賈追風以入麗，馬揚沿波而得奇，其衣被詞人，非一代也。故才高者菀其鴻裁；中巧者獵其豔辭；吟諷者銜其山川；童蒙者拾其香草。」王逸說：「自終沒以來，名儒特達之士，著造辭賦，莫不擬則其儀表；祖式其模範；取其要眇；竊其華藻，所謂金相玉質，百世無匹，名垂罔極，永不刋滅者矣。」事實上，他替中國純文學開啓了無數的法門，後世的作者，儘管從他底作品裏去分點兒「零膏賸馥」，也不過髣髴其一二；還有許多東西，可說是後繼無人呢！

二 巫覡·歌舞·戲劇

屈原底作品是多采多姿的。這不僅由於辭采之絢爛，而且是由於他能運用不同的韻律，不同的結構，不同的情愫，去寫不同的題材。就中多數是他自己底抒情言志之詩，惟有九歌十一篇，是以民歌爲基礎，通過了詩人底手腕，保留民歌的情調，加以潤飾、更定、改寫出來的。

關於這一點，前人底說法，大體一致。王逸說：「九歌者，屈原之所作也。昔楚國南郢之邑，沅湘之閒，其俗信鬼而好祠。其祠必作歌樂鼓舞以樂諸神。屈原放逐，竄伏其域，懷憂苦毒，愁思沸鬱，出見俗人祭祀之禮，歌舞之樂，其詞鄙陋，因爲作九歌之曲。」朱熹也說：「九歌者，屈原之所作也。昔楚南郢之邑，沅湘之間，其俗信鬼而好祀。其祀必使巫覡作樂，歌舞以娛神。蠻荆陋俗，詞既鄙俚；而其陰陽人鬼之間，又或不能無褻嫚荒淫之雜。原既放逐，見而感之，故頗爲更定其詞，去其泰甚。」王說爲屈原重作，朱說以爲潤色改作，歷代學者沒有什麼異議。到近代，由於疑古的風氣之煽播，才有許多異說，但大都沒有很堅強的證據。近頃有人從它底詞句、音韻、器樂、神道多方面加以分析，已證實了朱熹之說爲近於事實，亦即九歌以民歌爲基礎，經過了屈原底更定。

九歌爲祀神之曲，是毫無疑問的。神與人之間，一向有一種中介人，其名爲「巫」。就時代言，巫的起源很古。楚語：「古者民神不雜。民之精爽不攜貳者，而又能齊肅衷正……則明神降之，在男曰覡，在女曰巫……及少皥之衰，九黎亂德，民神糅雜，不可方物。夫人作享，家爲巫史。」可見得巫之起源，還在少皥氏之前，已經是很古很古了。就地域言，巫不只是楚國才有。因爲起源很古，可說所有的原始民族，都有巫覡存在。一直到現在，東南亞許多原始民族，祭祀祈報，還是用巫，頂多名稱有點不同而已。商書伊訓中，早已提到「巫風」，伊尹懸爲深戒。周代祀典，經周公制禮，有了一定的儀節，一定的官守，中原的「巫風」漸漸衰落，可是，南方的民族，依然巫風甚盛。呂氏春秋侈樂篇說：「楚之衰也，作爲巫音」。漢郊祀志中有「荆巫」。荆楚文化比北方文化較爲後起，巫風之盛，自不待言。

不過，巫在楚國，另有一個名稱叫「靈」。早在春秋時期，楚國有一個叫屈巫的，他底字就叫「子靈」。說文玉部：「靈、巫也，以玉事祀神，从玉，霝聲。靈，或从巫。」段注：

「楚人名巫爲靈。」九歌中沒有巫字。東皇太一：「靈偃蹇兮姣服」。雲中君：「靈連蜷兮既留」。東君：「思靈保兮賢姱」這幾個「靈」字，王逸都訓爲「巫」。「靈保」一詞，洪興祖補注云：「古人云：詔靈保，召方相。說者曰：靈保，神巫也。」按史記封禪書：「秦巫祀社主巫保」。「巫保」即是「靈保」。又刺客列傳：「高漸離變姓名爲人庸保。」鴨冠子：「伊尹、酒保也。」保爲庸役之人，「靈保」猶言「神僕」。現在沅湘一帶，巫師用的印，其文曰：「靈寶大法師印」。「保」「寶」本通。「大法師」之號，雖然是後人剽襲釋道兩家底名稱，但「靈寶」二字來源卻很古——從戰國時代一直流傳下來的。這，也可以證明「靈」是楚國人對於「巫」的另一稱謂。

南方的楚國，民俗既信鬼而好祀神，巫覡一行，自然大行其道。她們不僅以此爲職業，而且在社會上有她們底地位。巫底職業是人與神之中介，而接神之道，是以歌舞去娛神。說文巫部云：「巫，祝也。女能事無形以舞降神者也。象人兩袖舞形。」又伊訓所稱的「巫風」，是「恆舞於宮，酣歌於室。」孔疏云：「巫以歌舞祀神，故歌舞爲巫覡之風俗也。」詩陳風宛丘及東門之枌二篇，是描寫巫覡之歌舞的。鄭氏詩譜也說：「是古代之巫，實以歌舞爲職以樂神人者也。」由此可知巫是舞師，是歌手，是神與人之媒介，其職責不僅是以此娛神，而且是以此娛人。

中國正式的戲劇，雖然出現得很晚，但其主要的成份，始終離不開歌舞。因此，追溯戲劇的來源，仍出自古代的歌舞，而歌舞則一直是巫覡底專業。換言之，中國的戲劇，是從巫覡底歌舞而來的。由巫覡這一個總源頭，其上游發展爲「俳優」一個支流：下游滙集爲「戲劇」一個支流；而巫覡本身，仍然保持其原有的宗教色彩，和從其衍化而出的俳優與戲劇，並行不悖，到今日還有它底存在。

古代巫覡的歌舞，除從陳風宛丘及東門之枌二詩，可以窺見其一鱗半爪以外，已無法知其全貌。不過，文字的記載和描寫，無論怎樣也不能把實際的情形，形容得纖毫不失的。易言之，在當時巫風熾盛的情況之下，勢必踵事增華，內容很豐富的。他們底職業，既是以歌舞娛神娛人，則其特徵至少有三點：第一，它必是宗教性的。爲了娛神，勢必歌頌神恩，并扮演神話中故事，以稱揚其功德。就歌頌言，現在民間酬神的時候，還是以歌舞戲劇爲崇德報功之具；就扮演言，它演變爲後代迎神賽會中的「臺閣」之類。第二，它必是娛樂性的。爲了娛人，勢必有調笑戲謔，以博觀衆的歡笑。朱熹說：「陰陽人鬼之間，又或不能無褻嫚荒淫之雜」。「褻嫚荒淫」，已帶有色情的意味，至於謔浪笑傲，自然是題中應有之義了。這一點，直接發展爲秦漢以降的宮廷中俳優之類的戲弄的範本；間接演變爲後代插科打諢的喜劇。第三，它必是表演性的，在酣歌恆舞之餘，氏族與氏族之間，巫與巫之間，爲了爭奇鬬勝，勢必增加特殊的節目。晉書夏統傳描寫女巫章丹陳珠底表演：「丹珠乃拔刀破舌、呑刀吐火，雲霧杳冥，流光電發……忽見丹珠在中庭，輕步佪舞，靈談鬼笑，飛觸挑柈，酬酢翩翻……」這就演變爲後世的雜耍之類。

至於現在的巫師底歌舞，筆者在故鄉——沅湘之間——已見得很多。場面雖然沒有像九歌裏所描寫的那麼盛大，但如東皇太一中所說的「撫長劍兮玉珥」，「璆鏘鳴兮琳琅」，「揚枹兮拊鼓，疏緩節兮安歌，陳竽瑟兮浩倡」、「靈偃蹇兮姣服」，以及離騷中靈氛所用的「筳篿」，巫咸所需的「椒糈」等等，幾乎應有盡有，頂多品質上或有不同而已。大司命裏的「靈衣兮被被」，和東君裏的「翾飛兮翠曾」兩句，所描寫的簡直就是今日巫師的舞姿，而且寫得非常傳神。

唯一不同的，是所祀的神道，已經不是九歌中的諸神。還有歌詞極爲鄙俗。鄙俗的程度，一如朱熹之所謂「褻嫚荒淫」。那些歌詞，筆者已經不能記憶。這裏，姑且引用近人劉錫蕃嶺表紀蠻中的一段話來說明：「蠻人喜歌，殆出天性，即道巫經典，亦可以歌謠目之。甚至享祀祖考，祭祀神祇，馨香膜拜，肅穆敬畏之時，亦常涉及男女風流，情歌娓娓之事。如僮巫『慶愿』念詞云：『八十公公到花園，手攀花樹淚漣漣』又云：『明月花前好相會，白雲洞口好成雙。』又『慶愿』時，請神至『官家十八姊妹』或某神祇，例須說淫詞，其語尤難入耳。然則蠻人之所謂神，亦不過色中之餓鬼，而歌壇之健將耳。」這種情形，不僅僮傜之族是如此，就是漢族中的巫師，也一點沒有兩樣。不過筆者所見過只是「慶愿」，從沒有見過連祭祖也來這一套的（晉書夏統傳所紀係祀祖）。他們除了「唱工」之外，還有「做工」，除了「舞容」之外，還有「表演」。這種「做工」、「表演」，是跟隨歌詞內容而表演的一些動作。如果說歌詞不堪入耳的話，那動作才眞是不堪入目呢。

大抵古代較爲原始的藝術，尤其是民間藝術，毫不忌諱以性慾爲母題的。九歌在經過屈原潤色之前，和現在的巫歌所保留的原始情調，大概也差不得很遠的。我們很難相信在那個時代的民間歌曲，沒有經過文學家底修改、潤飾，而有那麼高級。那些赤裸裸的基本衝動，惟有通過了詩人底靈魂，使它們淨化過，昇華過，才能達到一種超肉體的哀怨纏緜的境界。

三　湘君•湘夫人

九歌既是南楚民間祀神之曲，自然以神話爲內容，民歌爲基礎，而由詩人加以潤色更定；而當時祀神的習俗一向由巫覡來主持，巫覡底職務又是以歌舞來娛神，那末，這些歌詞，一定既不是只供諷詠的詩篇；也不是只供淸唱的徒歌；而是配合着音樂、歌唱、舞蹈，兼帶動作表演的歌劇劇本。筆者在這裏逕稱之爲「劇本」，看去似乎有點近於武斷。但細按中國戲劇的發展，從唐人底大曲以詩聯套，宋人底大曲、法曲等以詞聯套，金元明以南北曲搬演故事，以至於今日的皮黃以及各地地方戲，實在都脫離不了歌舞和動作表演的範圍。儘管在屈原時代尙無戲劇之名，而當時的「巫風」、「巫音」，實已具備後世歌劇所有的成份，即稱之爲原始的，或雛型的戲劇，也沒有什麼不可以的。我們沒有生在戰國時代，一般典籍對於這些民間藝術也沒有──古人也許認爲不值得──詳細記載，無從知道當時實況之盛，但從流傳了幾千年之後，殘留下來的巫覡科儀與歌舞，還有那樣的場面，可以窺察出一點消息，知道當時的規模一定很宏大，節目一定很繁多，實無媿於後代之所謂戲劇。九歌十一篇，就是十一個節目；九歌全文，就無異於全本歌劇的唱詞，不過其中的「科白」沒有記錄而已。

有了這個基本觀念之後，對於九歌全文，可以得到一個較深入的瞭解。但是本文不打算把全文加以討論，只討論湘君、湘夫人、大司命和少司命四篇，因爲這四篇和其餘七篇在結構上顯然不同；而這四篇之中，湘君、湘夫人兩篇的結構和大司命、少司命兩篇的結構，又有分別。

明白了這種結構之後，對於篇中文辭向來有些歧異的解釋，也就不難得到澄清了。

爲了表明這種不同的結構，得把原文全部引出。湘君、湘夫人兩篇，還得把原文交錯排比，但順序全照原文不變。爲了幫助讀者對於結構和辭意的瞭解，略仿雜劇，戲文的形式，加入「科白」。至於文字本身，不需要一一詮釋，只在重要的地方，偶然加點說明而已。

湘君·湘夫人

湘君湘夫人究竟是什麽神，自來歧說甚多。有說湘君爲湘水之神，湘夫人爲堯之二女者（如王逸注）；有含混說湘君爲堯女舜妻者（如史記秦博士對）；有說二妃爲湘君者（如劉向列女傳）；有說湘君爲娥皇，湘夫人爲女英者（如韓愈黃陵廟碑，洪興祖，朱熹從之）；有說湘君爲湘水之神，湘夫人爲其配偶者（如王夫之楚辭通釋）；有專指湘夫人爲舜妃者（如檀弓鄭注）；有說湘君爲湘水神之后，湘夫人爲其夫人者（如顧炎武日知錄）；有說爲天帝之二女者（如山海經郭璞注）；有說爲湘山神夫妻二人者（如趙翼陔餘叢考）。以上諸說，有的偏略不全，有的從考據觀點，有的從禮教觀點去看，和九歌全文都有扞格難通之處。九歌根據的是南楚民間的神話傳說，事實上不能拿禮教去衡量，也不能用歷史去考證的。司馬貞史記索隱說：「按楚辭九歌有湘君、湘夫人。夫人是堯女，則湘君當是舜。」王闓運楚辭釋說：「湘以出九疑爲舜靈，號湘君，以二妃嘗至君山，爲湘夫人焉。」二說最爲確當。以之疏理全文，就毫無問題了。

〔二女巫一扮娥皇一扮女英上，女云：〕姐姐！今日夫君來此相會，咱們不免前去北渚迎接。

〔娥做打望科，云：〕怎的不見駕到？好愁人也。〔唱：〕

帝子降兮北渚，目眇眇兮愁予。

〔女云：〕天氣涼了，湖面起了微風，那樹葉也落了下來。〔娥云：〕好一派淒涼景色也！〔唱：〕

嫋嫋兮秋風，　洞庭波兮木葉下。

注一：九歌湘夫人篇次在湘君之後，玩原詞出場順序反應該在前面，因湘夫人本居洞庭也。

注二：「帝子」二字，王逸解爲堯二女，極是。他家多有誤解。這一句自稱帝子，正像後代戲劇裏自說自話的定場詩，否則便不成話說了。

注三：「眇眇」二字，各家皆注「好貌」，誤。「眇眇」，卽渺渺之借字。眇，遠也。九章哀郢：「眇不知其所蹠。」義同。句中的「目」字，這裏應作動詞用，諸家誤。

〔男巫扮湘君乘舟上，云：〕今日前來洞庭，與兩位夫人相會，怎的還不見她們前來迎接？〔納悶科，云：〕敢是有人絆住了也？〔唱：〕

君不行兮夷猶，　蹇誰留兮中洲？

〔云：〕呵，是了。美人兒出門，理該打扮一番，多管是梳裹上耽誤了呵！〔唱：〕

美要眇兮宜修。　沛吾乘兮桂舟。

〔云：〕寡人今日夫妻團聚，各路水神，與俺止住風波者！〔唱：〕

令沅湘兮無波，　使江水兮安流！

注：湘君到洞庭和二妃相會，是從九疑山（湘水上游）來的，所以他坐的是船。又湘君湘夫人同在舞台上而互不相見，這種情形，在後代劇戲裏是常見的。

〔娥云：〕妹妹，且去白蘋洲上打望者！〔女唱：〕

登白薠兮騁望，　與佳期兮夕張。

〔云：〕只是不見一個影兒，敢是咱錯了地方？〔唱：〕

鳥何萃兮蘋中？

〔娥唱：〕

罾何為兮木上？

〔湘云：〕全不見夫人們蹤影，好生納悶！好在隨身帶了一把鳳簫；這是俺首創的樂器，平日和夫人們在一起，她們總愛聽俺吹著這個；今日獨個兒在此，百無聊賴，不免把它吹將起來。

〔吹簫科，唱：〕

望夫君兮未來，　吹參差兮誰思？

注一：「夫」音「扶」，「夫君」猶言「伊人」，指湘夫人。

注二：風俗通云：「舜作簫，其形參差，象鳳翼參差不齊之貌。」由此亦可證湘君是舜。

〔女云：〕姐姐怎的不則聲？可想獃了？〔娥唱：〕

沅有芷兮澧有蘭，　思公子兮未敢言。

荒忽兮遠望，　觀流水兮潺湲。

〔湘云：〕俺此番順着湘水北來，遶到洞庭，一心想和二位夫人相會，不想撲了個空兒。〔唱：〕

駕飛龍兮北征，　邅吾道兮洞庭。

〔湘指神船科，云：〕俺這船兒呵！〔唱：〕

薜荔拍兮蕙綢，　蓀橈兮蘭旌。

注：這兩句描寫湘君所乘的船。大家以爲只是想像中的船，和離騷中的「瑤車」「鳳旂」之類相似。實則巫師祀神時，有眞正用草木紮成的小船。現在的巫師送神則用木製小船，帆櫓帷幔，製作頗精。可知薜、蕙、蓀、蘭字樣，並非完全虛擬。

〔湘做遠望科，云：〕那遠處不就是澧水的涔陽浦麼？〔唱：〕

望涔陽兮極浦，　橫大江兮揚靈。

注：涔陽，說文稱「在郢中」，補注屬之澧州是。他本引水經，謂出漢中南鄭，南入於沔，非。

〔娥云：〕怎生這久還不見來？莫不是他也錯了地面？咳，總是這般陰錯陽差也！〔唱：〕

麋何食兮庭中？

〔女唱：〕

蛟何為兮水裔？

注：蔣驥山帶閣楚辭餘論說：「舊解麋何爲二語，謂麋不在山而在庭中，蛟不在淵而在水裔，皆失所宜，與鳥何萃二語，大略相同，複直無味。」故別作他解。他不知道「鳥何萃」兩句是湘夫人自比，「麋何食」兩句是比湘君，不得謂之「複」。在期待的時候，總是多疑多慮的，反覆猜想，乃人情之常，不得謂之「直」。

〔女云：〕姐姐，終不成這般枯守？不如且去四下裏探看一番波！〔唱：〕

朝馳余馬兮江皋，　夕濟兮西澨。

注：這時候她們離開了北渚到西澨去了。

〔湘云：〕等得俺好苦也！

〔巫扮湘夫人侍女上，云：〕天可憐見，瞧這一門子如花美眷，好容易盼得來夫妻團聚，偏生這等陰錯陽差，不得相見，眞是生拆散了呵！〔長吁科〕

〔湘云：〕瞧你這梅香，也替俺難受，怎的不教俺心痛？〔唱：〕

揚靈兮未極， 女嬋媛兮為余太息。

橫流涕兮潺湲， 隱思君兮陫側。

注一：「女」即是後文的「下女」，王逸說是屈原底姊姊，謬極；朱熹說是「旁觀之人」，亦不近理。

注二：「陫側」，即「悱惻」，近人姜君釋爲「匪」「笮」，太穿鑿了。

〔娥云：〕看今天這般光景，像咱這一門眷屬，拆在兩下裏，會少離多，終沒得長久之計，怎生是好？〔唱：〕

聞佳人兮召予， 將騰駕兮偕逝。

〔女云：〕子細想來，倒不如建一所深宅大院，大家長遠廝守著，省的受這等煎熬。

築室兮水中， 葺之兮荷蓋。

〔娥云：〕這就是了。〔指神屋科，唱：〕

蓀壁兮紫壇； 播芳椒兮成堂；

桂棟兮蘭橑， 辛夷楣兮葯房；

罔薜荔兮為帷； 擗蕙櫋兮既張；

白玉兮為鎮； 疏石蘭兮為芳；

芷葺兮荷屋—— 繚之兮杜衡。

注：以上描寫房屋及其陳設。也許帶點夸張的意味，可是，歌舞時是實有其物的，和湘君底船一樣。

〔湘作舟子舞，唱：〕

桂櫂兮蘭枻， 斲冰兮積雪。

〔云：〕爲何依然不見？敢眞有了變卦？〔唱：〕

采薜荔兮水中； 搴芙蓉兮木末。

〔云：〕寡人這番南巡，遠適蒼梧之野，官事忙的緊了，自家眷屬，反不曾好好照料來，算是俺的不周之處；可是夫人呵，總也不該……〔唱：〕

心不同兮媒勞； 恩不甚兮輕絕。

〔云：〕俺這船兒倒也駛的好疾。〔唱：〕

石瀨兮淺淺， 飛龍兮翩翩。

〔云：〕可惜有了變卦，竟是白跑了這一遭。〔唱：〕

交不忠兮怨長； 期不信兮告余以不閒。

〔衆巫扮九疑諸神上〕

〔娥云：〕妹妹，那邊黑壓壓地，是那兒來的一火人物？你且去打問者！

〔女云：〕衆位請了，敢問衆位尊神從何而來？到此何爲？

〔衆云：〕咱們是從九疑神山來的。咱們大神湘君前來洞庭，爲的和二位夫人相會。照說早該回去了，咱們特地前來迎接。

〔女背云：〕原來如此。呵，姐姐，他們竟是來迎接夫君的。

〔娥云：〕天哪！咱們連面也不曾見得，倒早有人來接了。唉，這宅子才蓋好呢！

〔唱：〕

合百草兮實庭，　建芳馨兮廡門。

九疑繽兮並迎，　靈之來兮如雲。

注：史記五帝本紀：「南巡狩，崩於蒼梧之野，葬於江南九疑。」由此也可證湘君爲舜。

〔湘云：〕忙了這大半日，終是白費工夫。好哪，總算到北渚了。〔唱：〕

鼂騁騖兮江皋，　夕弭節兮北渚。

注：北渚，卽湘夫人詞中「帝子降兮北渚」那地方。等到湘君由江皋到北渚的時候，湘夫人已由北渚經江皋到西澨去了。九章涉江：「朝發枉渚兮夕宿辰陽。」水經沅水注：「沅水又東，歷小灣，謂之枉渚。」或卽其地。總之在洞庭西北岸一帶。

〔湘環視，驚科，云：〕準是出了什末蹺蹊，到這兒也見不到個人影兒；幾間老屋倒好好兒地。

〔唱：〕

鳥次兮屋上； 水周兮堂下。

〔娥云：〕看這般光景，今日是見不著的了。不如脫下兩件衣裳，著衆神捎了回去，以爲信物。

〔解衣科，唱：〕

捐余袂兮江中。

〔女唱：〕

遺余褋兮澧浦。

〔娥云：〕妹妹，與我採一把杜若花兒來，送與衆位遠客，好歹求他們捎個信兒罷。〔女採花，授衆神科，唱：〕

搴芳洲兮杜若， 將以遺兮遠者。

〔娥、女合唱：〕

時不可兮驟得， 聊逍遙兮容與。

〔緩舞下〕

注：「遠者」，猶言「遠客」，即前文來迎之諸神。王逸說是「高賢隱士」，固屬不倫；朱熹說是湘夫人底侍女，以侍女而稱之爲「遠者」，亦不可解。他家解釋均誤。

〔湘云：〕俺今日十停倒有九停是白來的了。不如留下信物，好叫兩位夫人想念。〔解玉玦玉佩科，唱：〕

捐余玦兮江中； 遺余佩兮澧浦。

〔湘云：〕瞧這梅香，倒也玲瓏透剔的，俺且一採一把杜若花兒送與她。〔採花授侍女科，云：〕姐姐，煩你與俺把幾件隨身玉器，稍與兩位夫人者！〔唱：〕

搴芳洲兮杜若，　將以遺兮下女。

〔侍女下〕

〔湘吹鳳簫緩舞科，唱：〕

時不可兮再得，　聊逍遙兮容與。

〔下〕

四　大司命・少司命

湘君和湘夫人兩篇，是按扮演的角色把唱詞分別寫下來的，所以到演唱的時候，必須把兩篇文字錯迕交織起來。至於大司命和少司命，則在同一篇，有兩人底獨唱和合唱，毋須加以參合，兩篇之所以命題一曰「大司命」一曰「少司命」者，大司命一篇是少司命追求大司命之辭，以大司命爲主；而少司命一篇是大司命追求少司命之辭，以少司命爲主，兩篇的中心意義是不相雷同的。各家沒有瞭解這一種結構，所以有些文句的歸屬弄不清楚，誤解大司命全文都說大司命，少司命全文都說少司命，不免辭意混纏，需要加以曲解。事實上，結構沒有弄清楚，即使去曲解也解不通的。

現在，仍照湘君湘夫人例，把全文引下來，文中「科白」仍是筆者加上去的。

大司命

司命，星名，屬於天神。現在湖湘民間每家都供得有司命神，神位署曰「九天司命府君」，不過無所謂「大」與「少」而已，周禮大宗伯：「以槱燎祀司中、司命。」疏引星傳云：「三台上台司命爲太尉；又文昌宮第四亦曰司命，故稱兩司命。」莊子至樂：「使司命復生子形，爲子骨肉肌膚。」戴震屈原賦注云：「三台，上台曰司命，主壽夭，九歌之大司命也。」這個說法，各家都相同的，卽是大司命掌管凡人的生死壽夭的。

〔巫扮大司命乘車上，云：〕位列三台，掌人祿籍。惡者奪算，善者延紀。俺，大司命的便是。今日天氣晴和，不免往下界巡視一番。哇！掌事的！與俺打開天門，吩咐風伯雨師，前頭開路者！〔唱：〕

廣開兮天門，　紛吾乘兮玄雲。

令飄風兮先驅，　使涷雨兮灑塵。

〔巫扮少司命上，云：〕俺，少司命。想俺室家美滿，兒孫滿堂，說得上福祿齊全。只有一事，不知壽算如何？今日大司命下界巡行，不免攛掇着前往，求他一番。〔唱：〕

君迴翔兮以下，　踰空桑兮從女。

注一：少司命主子嗣，詳下篇。

注二：「君」「女」二詞，各家解釋淆異。朱注：「『君』與『女』皆指神（謂大司命），『君』尊而『女』親也。」這是不錯的，可是，如果不知道這兩句是少司命唱詞，便成了大司命自道之

辭，「尊」「親」云云，便毫無道理。如果也說是「旁觀之人」之辭，那末，像這樣平空插入，

屈原底文筆未免太枯窘而蕪亂了。

〔少司命上前搭訕科，云：〕星君請了！您掌管人間生死，威福尊榮，小神前來拜見，眞是三生有幸。

〔大云：〕這，這說的什末？下界生靈如此衆庶，那是俺一手管得下的？哈哈！〔做粧獃科，唱：〕

紛總總兮九州，　何壽夭兮在予？

〔大少合舞科，合唱：〕

高飛兮安翔，　乘清氣兮御陰陽。

吾與君兮齊速，　導帝之兮九坑。

注一：「吾」爲大，少各人之自稱。「君」，彼此互稱。

注二：「九坑」，戴震注：「義未聞。」「坑」字，說文繫傳二十八引作「阬」。漢書揚雄傳：「陳衆車於東阬兮」，注：「音岡，謂大阜也」故洪、朱均引九山名以實之。洪補云：「周禮職方氏，九州山鎭曰：會稽、衡山、華山、沂山、岱山、嶽山、醫無閭、霍山、恆山也。淮南曰：會稽、泰山、王屋、首山、太華、岐山、大行、羊腸、孟門也。」殊覺牽強。按說文土部：「塹，阬也。」又阜部：「阬，閬也。」注：「孔穴深大皆曰阬」。爾雅釋詁注：「阬，謂阬塹也。」「壍」同「塹」，見玉篇，溝也。南史孔範傳：「長江天塹，古來限隔。」那末，塹字不僅可指溝渠，也可以指江湖。在楚國人心目中的「九阬」，應該指九江而言。禹貢：「九江

孔殷。」蔡傳：「九江，即洞庭也。今沅水、漸水、無水、辰水、酉水、敘水、澧水、資水、湘水皆合於洞庭，意以此爲九江也。」這裏的「九阬」，應該指洞庭九水而言，不該老遠地扯到會稽、華、恆諸山上去。

〔大云：〕想俺一手管陰，一手管陽。陽的主生，陰的主死，只是下界凡夫，怎生理會得到？

〔獨舞科，唱：〕

靈衣兮被被，　玉佩兮陸離。

壹陰兮壹陽，　衆莫知兮吾所為。

注：前云「御陰陽」，此云「壹陰」「壹陽」，各家未加確解。

〔少云：〕今日機緣難得，遇上這位星君，原想巴結點兒，沒料到這老漢一味粧獃賣傻。少不了折一把麻花，獻將上去，看他怎的。〔折花科，唱：〕

折疏麻兮瑤華，　將以遺兮離居。

〔少云：〕想俺與他各有職司，本該在一塊兒，不想俺去求他，他倒搭起架子來了。咳，眼看自己也慢慢上了年紀，不趁這個時節，打點交情，來日越發生分了，豈不更糟？〔唱：〕

老冉冉兮既極，　不寖近兮愈疏。

注：「疏麻」，王注：「神麻也。」洪補：「此花香，服食可致長壽。」拿它送給大司命，很得體的。

〔大粧不見，獨舞科，唱：〕

乘龍兮轔轔， 高馳兮翀天。

〔少手把桂枝，悲歎科，云：〕唉，他竟理也不理，打疊着要上天去了。思想起來，怎的不愁殺人也。〔唱：〕

結桂枝兮延竚， 羌愈思兮愁人。

注一：桂也是一種延年益壽的藥物。吳仁傑離騷草木疏引陶隱居云：「仙經：用菌桂三重者良。」

注二：「結桂枝兮延佇」，表示巴結不上還存有一點癡望，與離騷中「結幽蘭而延佇」之對於「帝閽」是同一的心境。又從這類相同的字面和句法，也可尋出九歌是通過屈原底手筆改寫的痕跡。

〔少唱：〕

愁人兮奈何？ 願若今兮無虧！

〔下〕

〔大唱：〕

固人命兮有當， 孰離合兮可為？

〔下〕

〔第一場終〕

少司命

戴震云：「文昌宮，四曰司命，主災祥，九歌之少司命也。」「災祥」二字，語意比較籠統。筆者就九歌原文加以審察，認爲少司命神在南楚民間傳說中是「主子嗣」的，和現在的「送子娘娘」一類的神相似，不過其性別可能還是男的。

〔衆巫扮年輕婦女（亦有抱負幼兒者）上〕

〔大司命上，云：〕今日少司命降靈神宮。老漢暗自尋思：任是活了一大把年紀，却落得箇「膝下猶虛」，終是老境淒涼，不免跟隨着這火娘兒們，前往求他一求，好歹弄個一男半女，以娛晚景，省的孤孤單單，活一輩子。

〔少司命上，唱定場詞：〕

秋蘭兮麋蕪，　羅生兮堂下。
綠葉兮素枝，　芳菲菲兮襲予。

注：「麋蕪」是一種香草。管子：「五沃之土生蘼蕪。」本草：「……其苗四五月間生，葉作叢而細。一定是一種長在肥土上，很容易繁殖的，叢生的草本植物。玩第二句「羅生」字樣，可知這裏是拿「秋蘭」和「麋蕪」作孳生甚繁的象徵，暗示少司命是主種族繁衍的。

〔少云：〕人生一世，誰不想個「兒孫繞膝」，只是，這一件事兒吶……咳，都由命中註定，誰也作不的主。該有的便有，不該有的呢，想也白想呵！〔唱：〕

夫人兮自有美子；

〔做望大司命科，唱：〕

蓀何以兮愁苦？

注一：「夫」音「扶」，「夫人」，泛指，猶言凡人。

注二：「美子」，朱注：「所美之人也。」各家略同，皆無的解。如果解作「所美之人」。無論指誰，前後渺不相屬，來得太離奇了。「美子」在這裏，應作「佳兒」解。

注三：「蓀」，王注：「謂司命」，當是少司命自稱，自己問自己何以愁苦，費解。補注說是指楚懷王，尤謬。朱注：「蓀，猶汝也，蓋爲巫之自汝也。」這，何以自圓其說呢？屈復楚辭新注：「蓀，猶人。」究指什麼人呢？按楚辭中的「蓀」字，總是指一個特定人，照例拿來指君上或神的。因爲不瞭解全文的結構，所以大家捉摸不定。在這裏是少司命稱大司命之辭。大司命雖主壽夭，但子嗣之事，歸少司命掌管，這一篇是以少司命爲主，大司命去求少司命，所以輪歸少司命調侃他了。

〔大唱：〕

秋蘭兮青青，　綠葉兮紫莖。

〔大云：〕恰纔少司命盯着俺看了一餉，還說「蓀何以兮愁苦？」莫不是看穿了俺的心事？看他這一著，倒有幾分意思了。〔唱：〕

滿堂兮美人，　獨與予兮目成。

〔少粧獃科，云：〕誰曾理會他來？掌事的，備車！〔唱：〕

入不言兮出不辭，　乘回風兮載雲旗。

〔大云：〕這是怎的？纔換得個眼色，他倒要走了，唉！正是常言道的好……〔唱：〕

「悲莫悲兮生別離！　樂莫樂兮新相知！」

〔少云：〕吾神去也！只這班孩兒們怪可憐見的。〔唱：〕

荷衣兮蕙帶，　　　　儵而來兮忽而逝。

〔大云：〕他瞅也不瞅一眼，竟急忙忙去了。〔做仰望科，云：〕且慢，他不是還立在雲頭上？等着誰呵？待俺問他一問。〔唱：〕

夕宿兮帝郊，　　　　君誰須兮雲之際？

（與女游兮九河，　　　　衝風起兮水橫波。）

注：洪興祖補注：「王逸無注，古本無此二句。此二句河伯中語也。」此說甚是，這兩句應該刪去。

〔少做望衆兒郎科，云：〕別管那老漢。孩兒們，來！來！〔唱：〕

與女沐兮咸池，　　　　晞女髮兮陽之阿。

注：這裏的兩個「女」字，各家都認爲指少司命，朱注認爲指的是巫，都是說不通的。五臣云：「願與司命共爲清潔。」則成了巫對神所說的話，試按「晞女髮」三字辭義，還成什麽話說？古書中的人稱代名詞，雖然單複數往往不分，但是「身稱」很清楚，總不能亂到這般田地。這裏的「女」字，應作「你們」解，是指前文「滿堂兮美人」一句所指的那些「美人」，包括婦孺在內。「與女沐兮」和「晞女髮兮」這兩句，完全是大人對孩子們的語氣。「與」字作「爲」字解。

〔大云：〕俺道是他在雲頭上等着俺呢，却原來只惦挂着這般婦道人家，連那鴉頭小子們，反不理睬着俺，也罷，〔長吁科，唱：〕

望美人兮未來，　　　　臨風怳兮浩歌。

〔衆合唱：〕

孔蓋兮翠旍， 登九天兮撫彗星。

竦長劍兮擁幼艾， 蓀獨宜兮為民正。

注：這一段是大司命、少司命兩場的總結，也是兩篇的總結，是歌頌少司命之辭。何以知道是單單歌頌少司命呢？因爲末句的「蓀」字是單指少司命；「獨」字更是有意撇開大司命，鮮明地指出歌頌的對象爲少司命。但是，爲什麽要單單歌頌少司命呢？第一，因爲大司命主生死，主壽夭，所謂生死，所謂壽夭，明確地說就是主「死」的；而少司命主子嗣，卽是掌理人類的種族繁殖，是主「生」的。第二，大司命冷酷無情，在前場裏，少司命無論怎樣去巴結也巴結不上，最後來一個「高馳兮沖天」就去了；而少司命呢，他雖然沒有理睬大司命，却照顧了代表「下一代」的滿堂美人，爲他們沐浴晞髮。「彗星」在古人心目中是妖星。爾雅釋天：「彗星爲欃槍。」史記天官書說到彗星，正義云：「光芒所及爲災變。」說到「天欃」，正義云：「天欃爲兵，赤地千里，枯骨籍籍。」戰爭和災變造成嚴重的死亡，是生命的威脅，而少司命却能「登九天」去鎭「撫彗星」，讓人類能生生不已，自然值得歌頌。

但是，作者爲什麽在大司命和少司命之間，要安排這一個畸重畸輕的局面呢？何不把個體底壽命與種族的延緜一例地重視，一樣地祈求呢？因爲先民早已認識了生命底自然則律。生命在宇宙間進行着，像一條不斷的河流。個體在世界上存在的時間，無論怎樣是有限的，對於大司命存有過多的奢望，也是徒然。他底答案只有兩句：「固人命兮有當，孰離合兮可爲？」死亡，既是永遠不可能避免，則反抗死亡的唯一辦法，就只有生命的嬗遞，使種族延緜下去了。個體的永存，根本不可能，而生命的嬗遞，是可求而得的，只要能鎭撫天災人禍，希望是無窮無盡的。少司命既主子嗣，自然成爲大家祈求與歌頌的對象。最後他終於「竦長劍兮擁幼艾。」（艾字，洪興祖引戰國策齊王有七孺子注云：孺子、謂幼艾美女也。」作了下一代—兒童的保護者，所以總結說只有少司命才配作人民底主宰呢！

〔大、少及衆巫下〕

〔劇終〕

五　結　語

屈原全部作品，不過二十五篇，而他在文學上的成就之輝煌，不僅前無古人，截至現在止，還沒有人能超過他，連足與他分庭抗禮的，也找不出。

就他一般作品而言，他從短歌的時代裏，創造了長篇的騷賦；他從樸質的風氣中，開拓了夸大與藻繪的風格，他從北方詩系的六義之中，擴大了比興的運用；他從溫柔敦厚的傳統之中，發揮了諷喻的極致。這些，後起的辭賦家，都有人模擬他，繼承他，雖然沒有達到他底水準。至於方言底運用和想像力之卓越，後人還沒有誰能夠追及他的。

如果單就九歌全文而言，它有幾個共通的特點：第一，九歌是采用民歌的內容，而通過了詩人自己底靈魂與手腕，淨化其情愫，美化其文辭，提高其人生價值，加強其民族精神。這，和以往單純的采集與編次，已經不同；比起後世輕視民間文學，一味陳陳相因地摹擬古人，或脫離群衆走向象牙塔裏的作家，其眼光與抱負更是超出萬萬。第二，九歌是配合音樂而作的歌詞。我們從其韻律、句法、字法以及所涉及的樂器，所負擔的使命，可以窺察出它是入樂之詩（近人姜君析論頗詳）。後代底樂府，雖然也是以詞入樂，可是比起它底文學價值來，便是「小巫見大巫」了。第三，九歌是以幾個不同的題材的詩篇，組成一套結構完整的歌辭，以供故事的演唱。這一點，一直到唐宋才有相同的作法，以後才發展爲元曲中的套數與戲曲。

再單就湘君、湘夫人和大司命、少司命四篇而論，也有幾個特點值得提出的：第一是神話與浪漫氣氛的結合。先民底神話，本來純粹是基於民族底歷史、傳統、加上幻想而成，自然不受後起的禮法所拘束。可是，過去由於重視實際而崇尚禮法的北方文化，籠罩了整個中國，一般士大夫一方面對於這些富有想像力的神話，目爲荒誕不經，不足據爲典要。連文心雕龍辨騷篇也說：「至於託雲龍，說迂怪，豐隆求宓妃，鴆鳥媒娀女，詭異之辭也；康回傾地，夷羿彈日，木夫九首，土伯三目，譎怪之談也。」雖沒有明斥其非，而「詭異」「譎怪」的評語，就不能不說是頗有微辭。而屈原却早已看出神話正是民族文學重要的源泉，充份地加以利用過了。另一方面，因爲他們接受了正統的儒家思想，對於男女愛情的發洩，總以嚴格的道德規範作爲衡量的尺度。如辯騷篇說：「士女雜坐，亂而不分，指以爲樂……荒淫之意也。」以爲這些都有「異乎經典」。至於把神道與男女愛情結合起來，簡直是不可思議的事。湘君爲帝舜，湘夫人爲帝堯之女，舜之二妃。他們是古人，是帝胄，是大聖，又是山川之神，對他們該何等莊嚴肅穆？若是後人用力去渲染他們之間的兒女私情，從儒士底眼光看去，那幾乎是大逆不道。以顧炎武之博達，也說：「後之文人，附會其說，以資諧諷。其瀆神而慢聖也，不亦甚乎？」但早在戰國時代的屈原，却已經把這兩樣東西結合起來，而且寫得那麼悱惻纏緜。這，那裏是後人所能想像得到的呢？第二是悲劇的安排。中國戲劇從古到今，一向喜歡襲用「小姐贈金後花園，公子落難中狀元」的老套。儘管情節上穿插了許多悲歡離合，最後總是以「大團圓」作爲結局。正式的悲劇，在中國是很少見的，屈原底九歌，可說是中國古代雛型的歌劇；而湘君、湘夫人可說是雛型的悲劇。中國戲劇底劇情發展到非成爲悲劇不可的時候，有一個老公式，叫做「沒得辦法，出個菩薩」，即是在萬分絕望的時候，祭出神道來作法寶，於是離者可以復合，死者可以復生，達到「大團圓」爲止。湘君、湘夫人本身既是神道，不說庸俗的作手，即使高明的作家，想到他和她們在生前的離缺（散見列女傳、博物志及水經湘水注），也會願意讓他們到死後團圓，而且，確是很容易安排的。幾千年之後的小說家，還在寫「鬼紅樓」、「紅樓圓夢」，可是幾千年之前的偉大詩人屈原，却早已作悲劇的安排了。這，又那裏是後人所能想像得到的呢？第三是詩底主題之卓越。後世詩人，浩如烟海的作品之中，除了忠孝節義，一般人認爲有關世道人心，便以爲了不起之外，其餘的不外看花飲酒、嘆老嗟窮一類的陳腔濫調。至於詩裏有卓越的識地，崇高的理念，遠大的襟懷的，便是鳳毛麟角了。像大司命，少司命二篇的主題，使人瞭解個體與群體生命之不可分，個體之長存之不可恃，惟有寄託其希望於種族生命之嬗遞，使人夷然於生死壽夭之際，欣然爲其大我之昌榮而貢獻出力量。即此一點，又豈是後人所能想像得到的呢？第四是台詞的變化運用。這四篇都是巫歌，是舞曲，在演唱時的「科白」如何，現在無從知道。依本文的分析，湘君湘夫人的唱詞是按角色分別記錄的，而大司命和少司命的唱詞的安排，和後代的戲曲很接近。可是，元人雜劇的唱法，還停留在只限於正末或正旦來唱，一套曲必須一人唱到底的階段。假如本文底分析不太離譜兒的話，屈原對於角色和台詞的安排分配，在技術上，似乎比元人在兩千年前就先邁了一大步。

末了，關於九歌篇數的問題，歷來各家意見不很一致。九章，九辯，篇數皆九，而九歌却有十一篇。有人主張「國殤」和「禮魂」是多出來的；有人主張「東皇太一」爲迎神曲，「禮魂」爲送神曲，不在九數之內；有人根據「春蘭兮秋菊，長無絕兮終古」，主張湘君與湘夫人，大司命與少司命，乃春秋二祀分用之詞，一般人則認爲九歌是襲用舊曲之名，其篇數根本不必與曲名「九」字相應。這個問題，自然不算太重要的問題。眞不能解決的時候，采用最後一說，也就不解決而自解決了。不過，如果本文底分析不錯的話，則湘君、湘夫人本來是一齣，大司命和少司命是一齣兩場。重要的劇中人物，在舞台上都是同時出場對唱的。因此，這四篇，實際上只能算是兩篇。（山帶閣楚辭餘論及他家主張偶有相似，但因爲他們沒有瞭解這四篇底結構，總覺得牽強一點。）這問題也就附帶地自然解決了，雖然本文底目的並不是爲了要解決它。

論語底文辭之美

應孔孟學報作

自來讀四子書的，其主要目的在於探求它底義理；至於文辭如何，原本無關宏旨，頂多由那些注疏家們把音義弄清楚，把章句理明白，使大家能了解它底意義，也就夠了。老實說，讀四子書不去涵味其義理，而光去欣賞其文章，未免貽買櫝還珠之誚。即使只談文章的話，大家也得先提出孟子，因爲孟子一書倒還算得上富有文章之美，無論怎樣，總輪不到片語零章的論語。

孟子其人，既是辯才無礙；孟子書底文章，自然是波瀾壯濶，極爲後世文章家所推崇、效法。後人作議論文，走上汪洋恣肆一路的，多半取法於孟子。孟子所持的見解雖然很正確，主張很正大，可是，他以雄辯家底姿態，和當時的人往復論難，當辯論進行得很劇烈的時候，推理未必能完全周延，設喻未必能十分貼切；而一般人又並沒有受過邏輯的訓練，即令是事後的追記，也無法使他底言論做到百分之百地謹嚴。後人效法這一種文章作議論文，難免不縱情騁辯，以辭奪理。

眞正說文章作得很妙的，我以爲論語一書，倒值得推薦。這並不是說，論語是記孔子之徒底言行的書，因爲孔子是最偉大的聖人，所以把他底言行錄的文章，也捧到天上去；也並不是因爲大家都注意孟子底文章，而忽略了論語，有意加以強調；而是論語本身底文辭之美，確實是謹嚴精妙，除了有闕文和錯簡的篇章以外。

一般地說起來，論語上的文辭簡潔，像數學上的定理似地，只簡單地提出結論，而不作浮溢的描敘，可是，它底每一條定理，在理論上都站得四平八穩，圓融無礙。例如陽貨篇：

子曰：「性、相近也；習、相遠也。」

子曰：「唯上智與下愚不移。」（朱注：或曰：「此與上章當合爲一，子曰二字，蓋衍文耳。）

前面說人之性是彼此相近的，不過因爲後天的環境不同，才發生差異。這一定理說得何等圓融平穩！這與現代的教育理論完全相合，可說是一項顚撲不破的科學原理。到了孟子就堅持著性善，引起許多爭辯，害得宋儒要弄出個「氣質之性」與「本然之性」來對付。盡管孔子心目中的性也許就是「善」的，但他底話卻只說到「相近」爲止。程朱由孟子底性善論出發，來解釋這個「性」字，運用「氣質」和「本然」兩個法寶，還不免有點差池。程子說：「此言氣質之性，非性之本也。」而朱子則說：「此所謂性，兼氣質而言者也。」如果，他們二公從沒有讀過孟子，恐怕在這裏就沒有什麼「大同」之中的「小異」了。

後面說惟有「上智」和「下愚」兩種人，是不受後天環境影響的，這一定理和前面的話相聯貫，前面注重大多數的「中人」，這裏著重在少數的「極端」。這和現代的智能商數的常態分配曲線相符。「天才」與「白痴」，究竟是最少數的。（筆者在這兒只談及論語立言的圓融，不願意介入有關人性善惡的無窮的論爭，那是哲學家底事兒——筆者附注。）

論語裏多數的辭句，其特色是簡明，簡得無可再簡，但並不因爲「簡」而傷「明」。如：

子之所慎：齊、戰、疾。——述而。

子不語：怪、力、亂、神。——述而。

子罕言：利、與命、與仁。——子罕。

齊景公問政於孔子。孔子對曰：「君君、臣臣、父父、子子。」——顏淵。

子絕四：毋意、毋必、毋固、毋我。——子罕。

又如敍述文之簡潔，如：

子曰：「吾嘗終日不食，終夜不寢——以思，無益；不如學也。」——衛靈公。

可以說是文字極經濟的使用，沒有絲毫枝蔓冗贅之處，但意思的表達，卻很清楚。

在論語裏也有長篇，其中層次、轉折、描寫，都很精到。如果以後人底文筆來敍述，一定要多費許多筆墨。如先進篇子路、曾皙、冉有、公西華侍坐章：

子曰：「以吾一日長乎爾，毋吾以也！居則曰：『不吾知也！』如或知爾，則何以哉？」子路率爾而對曰：「千乘之國——攝乎大國之間；加之以師旅；因之以饑饉——由也為之，比及三年，可使有勇，且知方也。」夫子哂之。「求，爾何如？」對曰：「方六七十，如五六十，求也為之，比及三年，可使足民；如其禮樂，以俟君子！」「赤，爾何如？」對曰：「非曰『能之』，願學焉。宗廟之事，如會同，端章甫——願為小相焉。」「點，爾何如！」鼓瑟希——鏗爾。舍瑟而作。對曰：「異乎三子者之撰！」子曰：「何傷乎？亦各言其志也！」曰：「莫春者，春服既成，冠者五六人，童子六七人，浴乎沂，風乎舞雩，詠而歸。」夫子喟然歎曰：「吾與點也！」三子者出，曾皙後。曾皙曰：「夫三子者之言何如？」子曰：「亦各言其志也已矣。」曰：「夫子何哂由也？」曰：「為國以禮，其言不讓，是故哂之。」「唯求則非邦也與？」「安見『方六七十、如五六十』而非邦也者？」「唯赤也則非邦也與？」「『宗廟會同』，非諸侯而何？赤也為之小，孰能為之大？」

在這一章裏，有記敘、有對話、有描寫，篇幅雖長，而文筆簡潔，尤其從語氣和描寫方面，能夠傳神。孔子劈頭先說「以吾一日長乎爾」兩句，用意在解除弟子們對老師的敬畏，誘導他們放膽說話。然後用「居則曰」四句激起他們發言。這種技巧用得多好！同時也看得出他們師生之間的風度。剛巧有心直口快，而且很自負的子路在場，自然他是第一個搶先發言的，所以加上「率爾」兩字來形容他。他說完之後，插了「夫子哂之」一句，可並沒有說明任何理由，這就是留在後文說出的手法。以下的問語，便不再用「子曰」，以求簡省，這和西文裏的對話，現在語體文裏的對話方式相同，古人文章裏就比較少用了。冉有因爲孔子對於子路曾經「一哂」，直等到孔子指名問他，才敢回話，語氣也謙恭多了，後面還特別加上「如其禮樂，以俟君子」一個尾巴。至於公西華呢，因爲冉有說完之後，孔子沒有表示意見，更加小心，不敢直截說出，先來兩句謙辭：「非曰『能之』，願學焉。」這兩句何等傳神，後人行文，很少有這種筆墨。孔子因爲曾晳還在鼓瑟，所以最後問他。曾晳倒也不慌不忙，放下樂器。這裏用兩句描敍文，「鼓瑟希——鏗爾。舍瑟而作。」眞是有聲有色，使你看得出曾晳的沈著瀟灑。到這裏，曾晳既不先說謙辭，也不直截說出，只說一句「異乎三子者之撰。」有喚起的作用，同時也證明他在鼓瑟的時候，並已留心聽了他們底談話。孔子在這兒插了兩句：「何傷乎？亦各言其志也！」緩和緩和空氣，讓他輕鬆一下，倒要聽聽他不同的抱負。等曾晳說完之後，孔子來了個「喟然而歎」，大有欣賞之意。到其他三個人退出之後，曾晳想要知道老師底批評意見，所以遲走一步，問問他。他底回答卻是淡淡地，「亦各言其志也已矣。」這一句和前面那一句完全相同，不過多了「已矣」二字，意思便有出入了。前面說：「那有什麼關係呢？不過各人說說自己底抱負。」是鼓勵曾晳說話之意。這裏說：「也不過各人說說自己底抱負罷了。」多了「罷了」兩個字，就是告訴曾晳沒有什麼特別之處，表示無所軒輊之意。曾晳卻不相信，因爲親耳聽到孔子底一「哂」，所以逼著一問，不料孔子底答覆，並不是笑子路答得不對，而是覺得子路底態度太直率了一點，他這微笑之中，除了輕微的指責之外，還有欣賞的意味可知。以下的對話，孔子反過來爲冉有與公西華說話，表示他以前的沈默，並非懷疑，而是默許之意。

像這樣的描敍，歷歷如繪，而費辭不多，言外又有許多的意思，耐人尋味，後人行文，很少有這樣精鍊的。

再舉一個長篇，是季氏篇的季氏將伐顓臾章。

季氏将伐顓臾。冉有、季路見於孔子，曰：「季氏将有事於顓臾。」孔子曰：「求！無乃爾是過與？夫顓臾，昔者先王以為東蒙主；且在邦域之中矣。是社稷之臣也，何以伐為？」冉有曰：「夫子欲之；吾二臣者，皆不欲也。」孔子曰：「求！周任有言曰：『陳力就列，不能者止。』危而不持，顛而不扶，則将馬用彼相矣？且爾言過矣！虎兕出於柙，龜玉毀於櫝中，是誰之過與？」冉有曰：「今夫顓臾，固而近於費。今不取，後世必為子孫憂。」孔子曰「求！君子疾夫：舍曰『欲之』，而必為之辭！丘也聞有國有家者，不患寡而患不均，不患貧而患不安。蓋均無貧，和無寡，安無傾。」夫如是，故遠人不服，則修文德以來之。既來之，則安之。今由與求也，相夫子，遠人不服而不能來也，邦分崩離析而不能守也；而謀動干戈於邦內。吾恐季氏之憂，不在顓臾，而在蕭牆之內也。」

這一章首先寫出「伐顓臾」的背景，同時見孔子的有冉有和季路兩人。他們開口用「將有事」代替「伐」字，有故意輕描淡寫之意，而孔子一聽說，馬上很嚴正地責備他們，並且特別加重當時在季家裏用事的冉有底責任。他替顓臾主持公道之後，明白地提出「何以伐爲」的「伐」字。不過在這段話裏，語氣還相當緩和。一到冉有想推卸責任，孔子便指明他要負責。冉有是當時實際參預這一計畫的人，孔子特別責備他，所以冉有特別說一句「吾二臣者」，把子路也拉進去分擔一點兒責任。偏巧平常愛衝口說話的子路，這次倒沒有說什麼，說話的只是冉有一人，所以孔子用「且爾言過矣」，釘住冉有。冉有既參預過謀議，便把原始政治策略說了出來，作爲伐顓臾的理由。這從孔子看來，不過是野心家底遁辭，所以很不客氣地指出冉有來，戳破他底幌子，大發一套政治理論。到「今由與求也」一句，才把子路一起牽進去，稍稍鬆緩一口氣。到最後說「吾恐季孫之憂，不在顓臾，而在蕭牆之內也」作爲結論。這個結論，看去似乎只是委婉，實際上孔子已看穿季氏是一個野心家，野心家總想侵蝕別人來壯大自己的，孔子卻暗示他這個算盤壓根兒打錯了，不僅撈不到油水，還會連本兒也蝕掉。他知道和野心家說話，與其講許多道義，不如說利害更爲有效。這種立言何等微妙，但決無雄辯滔滔的架勢，輕輕巧巧地把一場內戰，於無形中消弭了。

除了上述一短一長的兩種範式之外，我得提到轉折與透澈的手法。如里仁：

子曰：「我未見好仁者，惡不仁者。好仁者，無以尚之。惡不仁者，其為仁矣，不使不仁者加乎其身。」（這裏的「矣」字用法和「也」字一樣。）

「有能一日用力於仁矣乎？吾未見力不足者！」

「蓋有之矣，我未之見也。」

你看它底層次、轉折，何等清楚！交代得何等爽利！又如子路：

定公問：「『一言可以興邦』，有諸？」

孔子對曰：「言不可以若是其幾也！」

「人之言曰：『為君難，為臣亦不易』。如知『為君』之『難』也，不幾乎一言而興邦乎？」

曰：「『一言而喪邦』，有諸？」

孔子對曰：「言不可以若是其幾也！」

「人之言曰：『予無樂乎為君，唯其言而莫予違也。』如其『善』而莫之違也，不亦善乎；如『不善』而莫之違也，不幾乎一言而喪邦乎？」

這裏有兩個問題，都不是可以作鐵定的答案的，所以孔子兩次都用「言不可若是其幾也」這句話先按一下。他首先答復一言興邦的問題，所引用「人之言」有兩面，即「爲君」和「爲臣」。因爲定公是君，所以只申述「爲君難」一句，把「爲臣亦不易」一面，輕輕丟下。到第二問，只引用一句話，但又把這句分爲「善」與「不善」，把「善」的說法用「不亦善乎」撇開，然後用「不善」二字歸結到「一言喪邦」，可謂乾淨俐落之至。又如微子篇：

柳下惠為士師，三黜。

人曰：「子未可以去乎？」

曰：「直道而事人，焉往而不『三黜』？枉道而事人，何必去父母之邦？」

這一章末段四句，用兩個問語作爲答復，如鉗之兩股，使來人無法逃出他底論理之外，這與孟子答陳臻問有異曲同工之妙。

論語中記言之妙，妙在能把說話的人底語氣完全表示出來。這種語氣，有些爲後人所仿效：有些很少是後人摹仿得出來的。尤其是虛字的運用，可說是出神入化了。例如：

夫子之求之也，其諸異夫人之求之與？——學而

曾是以為孝乎？——爲政

是亦為政，奚其為為政？——爲政

君子哉若人！魯無君子者，斯焉取斯？——公冶長

曰：有慟夫？非夫人之為慟而誰為？——先進

既而曰：鄙哉！硜硜乎，莫己知也！斯已而已矣，「深則厲，淺則揭。」子曰：果哉，末之難矣——憲問

子路不說，曰：末之也已！何必公山氏之之也？子曰：夫召我者而豈徒哉？如有用我者，吾其為東周乎！——陽貨

至於從語言中表達出說話人底神氣的，如：

子曰：「相維辟公，天子穆穆」，奚取於三家之堂？——八佾

末句表示對於魯之三家不倫不類的僭妄，加以譏諷。又如：

子曰：由之瑟，奚為於丘之門？——先進

末句表示責讓。又如：

子曰：弗如也，吾與女弗如也。——公冶長

這裏不惜用兩句說「弗如也」，答復子貢不如顏回，次句再加以說明，「吾與女弗如也。」可以看出他當時說話的神態，在背後對顏回深致贊許時一種雍容親切的吐屬。如果兩句中刪去任何一句，韻味就不如兩句充分了，這都是傳神之處。又如在「雍也可使南面」一章裏，仲弓對於子桑伯子之「簡」加以評論之後：

子曰：雍之言然。

寥寥四字，除了表示對仲弓底看法同意之法，還可看出孔子說話時一種寧靜沈著的風度。又如：

子曰：「仁」遠乎哉？我欲「仁」，斯「仁」至矣。——述而首句一問喚起，二三兩句作答，可以看出說話時一種堅定的態度。又如：

子疾病，子路請禱。

子曰：有諸？

子路對曰：有之。禱曰：「禱爾于上下神祇！」

子曰：丘之禱久矣。

這話說在疾病危急的時候。孔子既不說要禱告，也不說不要禱告，因爲子路底至誠難卻，而孔子自己沒有一點點愧怍之處，心裏有數，只淡淡地說出一句：「丘之禱久矣。」可以看出他委命不疑的心境，和一種恬泰而略帶疲勞的神情。他如：

「才難」，不其然乎——泰伯

……「豈不爾思？室是遠而！」子曰：未之思也，夫何遠之有？——子罕

季子然問仲由冉求，可謂大臣與？子曰：吾以子為異之問，曾由與求之問。——先進

子路問成人，子曰……今之成人者何必然？——憲問

子貢方人。子曰：賜也賢乎哉？夫我則不暇！——憲問

這些均從對話裏表示出感歎、調侃、驚詫、諷示……各種不同的態度。這些，並沒在對話之外，

再加描述語句，就無異於寫作戲劇的技巧，能使演員們從對話裏去體會出應有的表情。

當然，純粹用字來描寫聖賢們語默晉接時的風度的，也有不少，如：

子之燕居，申申如也，夭夭如也。——述而

孔子於鄉黨，恂恂如也，似不能言者；其在宗廟朝廷，便便言，唯謹爾。朝：與下大夫言，侃侃如也；與上大夫言，誾誾如也。君在，踧踖如也，與與如也。君召使擯，色勃如也，足躩如也……入公門，鞠躬如也，如不容……過位，色勃如也，足躩如也，其言似不足者——鄉黨

鄉黨一篇，對於孔子底容止進退，描寫得非常細緻，所用的詞彙，也非常豐富，後人很少像這樣描繪的。

還有論語裏有許多短章，著墨不多，但章法完整，首尾照應，如：

君子無所爭，必也射乎。揖讓而升，下而飲，其爭也君子。——八佾

子曰：賢哉回也！一簞食，一瓢飲，在陋巷——人不堪其憂——回也不改其樂。賢哉回也！——雍也

子曰：禹，吾無間然矣！菲飲食，而致孝乎鬼神；惡衣服而致美乎黻冕；卑宮室，而盡力乎溝洫。禹，吾無間然矣！ 泰伯

子曰：天何言哉？四時行焉；百物生焉。天何言哉！ 陽貨

上面四個例子，幾乎用同一個方式，以外還有和這些略爲不同的，後世文章家所謂「救首救尾」一類的筆法，大體上就是仿效這種作法。

一般文章家和詩人喜歡推崇的一種含蓄的風格，在論語裏很多，這裏也舉幾個例子：

季文子三思而後行。子聞之曰：再，斯可矣。——公冶長

子曰：孰謂微生高直？或乞醯焉，乞諸其鄰而與之。——公冶長

季路問事鬼神。子曰：未能事人，焉能事鬼？敢問死？曰：未知生，焉知死？——先進

或問子產。子曰：惠人也。問子西。曰：彼哉！彼哉！——憲問

子問公叔文子於公明賈，曰：信乎夫子不言、不笑、不取乎？公明賈對曰……子曰：其然？豈其然乎？——憲問

這裏第一例，事事三思，誠如程子所云，「思至於再則已審，三則私意起而反惑矣」。孔子對於季文子這一點不作嚴格的批評，只委婉地說「再，斯可矣。」表示三思太過火而已。第二例，他沒有正面說微生高不夠「直」，卻只把他借醋一事一提，絃外之意，由人去體會。第三例中，孔子答子路「事鬼神」與「死」兩個問題，不作肯定明白的答復，把問題移轉到「事人」與「生」方面去。看去似乎是閃避，實際上這正是這兩個問題肯定而明確的答案，不過還有待於問者自己去玩索罷了。第四例更含蓄了，批評人物，本不是太簡單的事。子西是一個了不起的人物，在行事上可也有很大的缺點。所以孔子只用「彼哉彼哉」作答。在第五例中，公明賈把公

叔文子捧得太高，而事實上並沒有做到這一步。孔子覺得文子還不夠，但又不肯直截地明說，恐怕對文子有不良的影響，所以只說：「其然？豈其然乎？」這種兩可之辭，說來說去，還是存疑之意。在這幾個例子裏，它的結論，並不是說不明白，也不是孔子故弄玄虛，說得模稜兩可，而只是一種含蓄之辭。但是他底言外之意，你還是很容易體會得到、感覺得到的。

此外，關於論語底文辭之美，可以提出的還不少，不過不勝其列擧而已。

這部書究竟是誰寫的，我們不得而知。是否集體創作？抑或一人執筆，再經弟子們補正？都難斷定。但是文筆之美，是毫無疑問的。就其多數章法之相近而言，可能是出於記錄者用同一的手法，更可能由於記錄者底愼重與忠實，把孔子說話時的語氣記下，自然語調很一致。雖然不具記錄者底姓名，以一個這樣偉大的哲人底言論，由那樣多才多藝的弟子們記下來，其文辭之美，無疑地要成爲第一流的作品了。

古典詩欣賞入門

為中學生叢書作

一　前　言

詩，包括些什麼呢？廣義地說，它可以包括所有以韻律爲其外型的作品。從「古歌謠」、「詩經」、「楚辭」、「樂府」、「五七言古近體詩」、「詞」、「曲」、以及近代新興的「語體詩」，無一而非「詩」。但在一般人心目中的詩——尤其所謂「古典詩」或「傳統詩」，通常是特指「五七言古近體詩」而言。

五七言古近體詩的數量，單拿唐代來說，據全唐詩所收，作家凡二千二百餘人，作品凡四萬八千九百多首。如果能把各朝各代的作品總計起來，不用說，其數字必然大得驚人。外國人說中國是一個詩的王國，眞也不算誇張。他們一到中國，到處發現有詩的蹤影。一幅中堂、一副對聯，寫的是詩，乃至一幅畫上也題得有詩。一件玉器上刻得有詩，乃至石器、陶、瓷、竹、木、漆器上面，都可能有詩。國家大典紀念用詩，乃至書信往來，慶弔應酬，也可能用詩。文人聚會談詩，乃至市井俗人說笑，也可能用詩。無怪他們要說中國是詩國了。說實在的，老一輩的中國人，只要讀過一些線裝書，就必然讀過詩。即使不會做詩，也會背誦一些詩。在他們的血液裏，無形中早已注入了些詩的成分，眞還不愧爲詩國的國民。

現代的青少年呢，和新興事物接觸的機會偏多，和古典詩接觸的機會就很少。等到升入了大學之後，除了專修文學的科系之外，分道揚鑣，愈來愈沒機會和詩發生關係。一個詩國的國民，全然不讀詩，無論生活水準如何之高，畢竟不能說不是一種缺憾。

當然，「下一代」已不能盡同於「上一代」，「現代」更不能相同於「古代」。現代的語文，不同於古代的語文。現代的生活更大異於古代的生活。

就語文表達來說，現代淺顯，而古代艱深。現代煩瑣，而古代簡要。就語文內容來說，現代複雜，而古代簡單。現代趨新，而古代少變。所以有許多人認為古代的語文太難，和現代脫臼，不易為現代人所了解。

就實際生活來說，現代重物質，而古代重精神。現代極忙迫，而古代極悠閒。所以也有人認為古人的作品太豐富，生活在忙迫中的現代人，沒有時間去接觸。

談到讀詩，說古典詩難懂，尤其對於中學生來說，似乎是可以成立。可是古人的詩，有很多很多是極容易懂的，我們不妨多讀些易懂的作品。至於說忙得沒有時間，那可能只是一種藉口。古人的詩，尤其是近體，絕大多數是非常的簡短，讀五六十個字的詩，比看一場電影、一本小說不是容易得太多了嗎？

我們知道先總統蔣公一生都獻身革命。幾十年的時間都是全國的領袖，一直過著「日理萬幾」的生活，總沒有人比他更忙的了。他沒有時間去「做」詩，可是他還得抽空去「讀」詩。他逝世之後，入棺的五種常讀之書，除了聖經、四書、三民主義、荒漠甘泉之外，竟有一種是唐詩。可見得唐詩是他常讀的。以一個偉大的政治家而常讀唐詩，必有其特別的深意，我們不敢妄加揣測。但是，我們從這五種書的性質看去，其他四種是有關宗教、哲學、政治方面的典籍，內容比較嚴肅。而唐詩呢，屬於純文學，比起來就輕鬆得多。那末，至少有一種可能，那就是詩也許已成爲他嚴肅的精神生活中的一種潤滑劑呢！

從前孔子鼓勵青年們學詩，他說：「小子！何莫學夫詩？詩，可以興，可以觀，可以羣，可以怨；邇之事父，遠之事君；多識於鳥獸草木之名。」（論語陽貨）孔子所說的詩，是指當時惟一的大詩集——詩經，他以爲詩的作用是多元的。我們且不去讀詩經，也不必說得那麼高深。我們至少要認定：讀詩不是一件苦差。讀詩，有讀詩之樂，只要慢慢去欣賞。你覺得詩的語言太艱深了嗎？不妨揀文字淺近的讀！你覺得讀詩的時間太少了嗎？不妨揀篇幅短小的讀罷！

我將在這篇短文裏，用最淺近、最簡短的唐人詩句，來說明古典詩四種優美的特徵，希望引發青年們讀詩的興趣。這四個特徵是：⑴韻律優美、⑵語言精簡、⑶表達技巧，和⑷含意豐饒。

二　韻律優美

一談詩，就少不了要談到「韻律」。這個問題，與其留到最後談，不如乾脆最先就談掉。

青年朋友們對於詩的韻律，一向就不很注意，因此比較生疏，加上時代的風氣，不免帶有先入爲主的成見，發生抗拒。其實古典詩的所謂韻律，簡單得很。它對於詩的束縛很少，而增加詩的美感很多。

拿「詩」比「散文」，正如拿「歌唱」比「說話」一樣。歌唱的特色，就因爲它有節拍，正如詩的特色，就因爲它有韻律。

一首歌灌成唱片之後，一次又一次地播放出來，聽者並不覺得討厭，甚至於越聽越喜歡它，其原因在於它本身帶有韻律美。如果一首歌沒有節拍，沒有抑揚，疾徐、高下、長短，只是說話一樣，連續播出，就會令人厭惡，視爲噪音。詩，也是一樣。

詩之所以爲詩，就因爲它本身帶有韻律美。有韻律，便是樂音；沒有，便成爲噪音了。但怎樣才算是韻律優美，原本沒有成規可循，不過古代的詩人，經過多方嘗試之後，已發現各種形式之中，有些形式似乎具有特別的美感，無形中就成爲大家遵循的範型。而這些範型大體上都具有兩個共同的起碼條件。

最起碼的條件，當然是「韻脚」——也就是在適當的句尾押韻。韻脚之形成，本是很自然的。試看古今中外的兒歌、民謠，沒有不押韻的。那些歌謠之所以能傳播廣遠，流傳久長，「韻脚」這東西就扮演了極重要的角色。沒有它，那怕歌詞再好，也老早老早就被遺忘了。我們知道，那些歌謠並非詩人們有意共同遵守一個規律去「做」成的，而是來自孩子們和無名作家的「天籟」。但他們爲什麼都知道要押韻呢？這只能說是出於自然。要不然，誰能立下一條規矩，教古今中外的人都去遵守呢？

我們的中國語是一種「孤立語」，其文字是單音節的，所以同一「收聲」或「韻母」的字很多，幾乎每個字都可以作「韻脚」用。對押韻來說，原本最爲有利。試看古代的經書和諸子，它們只是散文，本不是詩，但也有很多很多都押了韻。連散文也如此，可見得中文押韻很方便，決不會比走鋼索還難。至於古典詩，尤其是其中的「近體」，一首詩最多不過押三、五個韻，實在該是輕而易舉的事了。但也有人認爲押韻很難，會傷害詩人的才情和靈感，連這個起碼條件也主張廢棄，這個理由對與不對，姑且不去管它；至少，詩已損失了一份形式美，那是毫無問題的。

除了「韻脚」爲傳統詩所共具的條件之外，還有更爲精細的，近體詩的「調譜」，也就是各句平仄的安排，和全篇聲調的組合。這些詩式——平平仄仄的套子，看去似乎呆板了些。但這些東西的形成，得來不易。它們是古代詩人經過多年多方嘗試以後，才發現的標準格式。由於韻律組合得恰當，才爲大家所共同樂意接受的。這些，包括五、七言絕句、律詩的各種格式，從唐代完成之後，一直沿用到今天，在古典詩中，仍舊保持它權威的地位，決非偶然的事。

我奉勸初學的朋友，不要先存有破除成規的成見，而要以欣賞音樂的心理去慢慢欣賞、慢慢接受。這並不難，近體詩中的「律句」，平仄協調，其韻律美是極易觸摸的。只要你是稍具韻律感的人，把古人的近體詩，反覆吟誦，就可以發現那種音聲之美。如果有師友從旁指導，那就更容易了。

當你接觸到詩的韻律之美，於吟誦之中，自然能把握詩的情調，發揮詩的韻味。你不必去苦記，自然琅琅上口，牢記在心，比去背誦一篇古文或近人的小品文，容易何止十倍呢？

除了韻律之外，何況詩的語言，又是那麼精簡。

三　語言精簡

中國詩的篇幅，無論作者或讀者，都要求其簡短而精警。小說可以長篇，而詩歌則切忌長篇——長篇讀了令人厭倦。道理很簡單，正如前面舉過的比喻——以詩比歌唱，兩者都以簡短爲貴。如果一首歌的歌詞，其長度等於一集連續劇的臺詞，無論你的歌詞做得怎樣出色，決沒有一個歌星願意唱，也沒有什麼觀衆有耐性聽得下去的。

古典詩，不像其他文體，可以惡性膨脹。尤其是近體，每句不是五言，就是七言。一首詩通常只有四句至八句，換句話說，字數最多不過五十六個而已。以這樣短小的篇幅，而要表達出作者的經驗、感情、意見或想像，文字方面，自不能不作最經濟的運用。因此，詩的語言，便成了極精簡的語言。

我們日常用的語言，字數是無限制的。每句話的長短，更是隨人高興。如果忽然規定我們每句話都用五個或七個字來說，可能說不出一句成話的話來。而常見的古典詩，不是五言，即是七言。要合於這個要求，就非長話短說不可，那些不關重要的字面就得全部剔除掉。正像一塊生鐵，經過千錘百鍊之後，才把雜質去掉，成爲純鋼。詩，就是這樣錘鍊而成。

由於詩句異常簡短，所以它的語法也和尋常的語法不盡相同。不僅不要求盡合邏輯，甚至於也不必盡合文法。有許多地方，讀者自然懂得去抉擇和補充。

例如賈島的尋隱者不遇：

松下問童子，言師采藥去。只在此山中，雲深不知處。

詩中的主詞是省略的。如第一句的「問」字，是誰在問？第二句的「言」字，是誰在言？第三句的「在」字，是誰在？末句的「知」字，又是誰知？在古典詩裏，通常在表面上是沒有明白的交代，而實際上讀者心裏卻很清楚。誰問，誰言，誰在，誰不知，無須作者像普通說話一樣地明白指出。

又如李白的敬亭獨坐：

衆鳥高飛盡，孤雲獨去閒。相看兩不厭，只有敬亭山。

這首詩的第三句：「相看兩不厭」，「看」字的主詞，顯然應該有兩個。到底是李白和「鳥」呢？還是李白和「雲」呢？還是「雲」和「鳥」呢？還是「鳥」和「山」呢？還是「雲」和「山」呢？還是李白和敬亭山呢？作者似乎沒有作明白的交代，但是聰明的讀者，從詩句裏可以看出誰和誰在「相看」的。

除了主、受詞之類不必像說話一樣要交代明白之外，在「語順」（文句中字的排列順序）方面，也可以變通，有時候需要加以調整，語意才能明確。

例如祖詠的江南旅情：

……海色晴看雨；江聲夜聽潮。

依普通的語順，應該是：

晴看海色——雨；夜聽潮——江聲。

又如杜甫的秋興：

……香稻啄餘鸚鵡粒；碧梧棲老鳳凰枝。

依普通的語順，應該是：

香稻——鸚鵡啄餘粒；碧梧——鳳凰棲老枝。

或更換爲另一種語氣：

鸚鵡啄餘香稻粒；鳳凰棲老碧梧枝。

又如杜甫的客至：

……盤飧市遠無兼味；尊酒家貧只舊醅。

依普通語順是：

盤飧無兼味，（因）市遠；尊酒只舊醅，（因）家貧。

又如劉長卿的過賈誼宅：

……秋草獨尋人去後；寒林空見日斜時。

依普通語順是：

人去後，獨尋秋草；日斜時，空見寒林。

這些例子，都可以說明詩的語言，因爲遷就韻律而變更語順，但語意還要能顯豁。也有時不一定爲了遷就韻律（如杜甫的「香稻」一聯），只因爲語順變更，而更富詩意。

詩中的句子，不僅省去了主、受詞，有時連動詞也沒有，一樣很明白、很美。如王維的送李使君：

……山中一夜雨，樹杪百重泉。

兩句中無一動詞，但不妨害語意表達。山裏下過一晚的大雨之後，山澗裏的流量陡增。到第二天，從山下望去，樹梢上可以看到好多道小瀑布。這景象多麼新鮮、活脫。

又如司空曙的喜外弟盧綸見宿：

……雨中黃葉樹；燈下白頭人。

這兩句也沒有用一個動詞，一樣能夠動人。司空曙和盧綸都是唐代大詩人，又是至親。他們兩老在一個秋天晚上的聚會，用這兩句來描寫，一種悲喜交集之情，就躍然紙上了。

前面舉的這些名句，雖沒有動詞，卻還有相當於外國語的前置詞、冠詞、形容詞之類的字。最簡單的，甚至於連這些語詞都沒有，如劉禹錫的秋日送客至潛水驛。

……楓林社日鼓，茅屋午時雞。

兩句全是名詞疊成的。但他把瀦水驛那一天的光景，用幾個小特寫鏡頭，配合著音響效果，表現得有聲有色。

又如溫庭筠的商山早行：

……雞聲茅店月；人跡板橋霜。

更是「絕妙好辭」，十個大字，把一個初冬的清晨，從小客棧出發趕早程的光景，寫得又突出、又生動、又美。

前面兩聯的例句，有兩個共同的特點，即是：同以名詞疊起來寫景，而非寫情；還有，句中各個單元小景都是獨立而平行的，不發生關聯作用。但大詩人李白卻有更妙的手法，他的送友人詩中，有一聯是：

浮雲游子意；落日故人情。

同樣也是全句都是名詞，但比前兩個例子更勝。第一是情景兼寫。「浮雲」和「落日」，是當日送別時的實景，而「游子意」和「故人情」是在場人物的心情。第二是情景交融。把飄浮不定的白雲，和浪跡天涯的游子的心境相結合，有暗示的作用。同樣，以黃昏落日，烘托送行的朋友黯然歸去，若有所失的心情。在極簡短的句子裏，有極適當、極巧妙的轉折、關聯，使情景交融，眞是「妙手偶得之」了。

詩的語言，旣是那麼精簡，是不是只有偶然能表達作者的內心和外界的經驗呢？讓我們再進一步看看一些詩的表達技巧吧。

四　表達技巧

詩裏所表達的，通常不外「情」（極廣義）和「景」。小說、戲劇、散文要寫景抒情，可以長篇大論，慢慢道來，不愁寫不出，寫不盡。詩，卻只有短短的三言兩語，要表達情景，就不太容易。古人對於好詩的贊美，常常說：「能狀難狀之景，達難達之情。」我們只要稍稍留意，便發現我們自己在日常生活之中，就有許許多多「情」和「景」，値得捕捉的。可是，往往是「眼前有景道不得」，白白地讓它們流失掉了。而詩人們，卻像攝影家，能把外貌乃至靈魂，一齊收到鏡頭裏去。

要從詩裏找寫景抒情的句子，眞是舉不勝舉，在這裏，只好從「唐人」「近體」詩中挑些「常見」而「易懂」的，來作例子，比較容易爲讀者所接受。

先說景吧，景，沒有什麼界定的。一切外界的存在，都是景，都可以入詩。不過一般人心目中的「景」，通常是指「自然景觀」，我們就以「自然景觀」來代表「景」吧。如果我們再要把「景」作一個粗略的分類，不妨依照我國山水畫的理論，分爲「大景」和「小景」，或「平遠」、「高遠」、「深遠」之景。

寫「大景」時，畫面要闊，要有咫尺千里之勢。寫江南風景的，如宋之問的名句：「樓觀滄海日；門對浙江潮」（靈隱寺），把靈隱寺的前景寫得浩蕩雄闊，讀了胸襟爲之一豁。寫塞上風光的，如王維的「大漠孤煙直；長河落日圓」（使至塞上），畫面色彩暗淡，線條單調，但把漠北大平原的雄偉局勢，充分顯出。讀了會產生一種蒼蒼涼涼，彷徨無所依倚之感。

所謂「小景」，就如同國畫中的「林木窠石」，畫面比較狹小，對象比較單純，從前的畫家都用的「草草逸筆」，不必具有震懾的力量。例如嚴維的「柳塘春水漫；花塢夕陽遲」（酬劉員外見寄），寫春天溫馨明媚的風光，他用「漫」字和「遲」字，更表現了一種靜態的美。如果把鏡頭再推近一點，描寫更小一點的小景，如杜甫的「細雨魚兒出；微風燕子斜」（水檻遣興），畫面更小、更明、更細緻。細雨打在水面，小魚便迎著新水游到水面來「搶新」，多麼有趣。燕子本來飛得挺直的，因爲有了微風，使它飛行的姿態不得不稍稍側行前進，觀察多麼細膩，「斜」字多麼傳神。這兩句一樣能表現小動物的一種動態的美。

至於「平遠」、「高遠」、「深遠」，是國畫家爲山水畫布局所作的簡單分類，我們也不妨借來說明古典詩寫景之妙。「平遠」的畫面是開闊的，平面延伸而至於視力所不及的遠處。例如王維的「日落江湖白；潮來天地青」（送邢桂州）讀了之後，覺得地平線的極遠處，有一股自然力量，以加速運動向近處捲來。又如李白的「山隨平野盡；江入大荒流」（渡荊門送別）一樣是極力寫平遠之景；所不同的，是讀了這兩句，好像近處有一股力量，以減速運動，向地平線的極遠處推去。

「高遠」的畫面則主體是垂直的。如李白的「山從人面起，雲傍馬頭生」（送友入蜀），就是一例，雲氣要高山上才會冒出，但是它就在他的馬旁邊出現，可見置身已經很高。但路頭一轉前面還有更高的山，突然出現，就好像迎面劈空向上升起，把山的高峻完全表現出來了。再如暢當的登鸛雀樓詩：「迥臨飛鳥上，高出世塵閒。天勢圍平野，河流入斷山。」一樣是寫「高遠」之景。所不同的，李白是寫山勢的高峻，暢當是寫樓勢的高聳。李白是從山上再往山頂上看，而暢當則是從樓上直往地下看。

「深遠」的畫面，既不是平伸，也不是垂直，而是曲折掩映，一樣能引人入勝。如王維的「……白雲回望合，青靄入看無。分野中峯變，陰晴衆壑殊」（終南山），孟浩然的「……水迴嶂合，雲度綠谿陰。坐聽閒猿嘯，彌清塵外心」（武陵泛舟），都是寫複雜的地形，配上多雲的天氣，使讀者有望之不盡，即之不及的感覺。

「景」，是具象的，是我們的感官所能直接認知的；而「情」呢，則是抽象的，不可捉摸的，只有靠心靈去體會。但是，在詩裏，一切的表達，以具象爲貴。寫景固然如此，寫情也不例外。情的內容雖然抽象，但表達還是要力求具象。詩人寧可讓讀者轉彎抹角，從事物組合的表面去探測其內部的躍動，而不願用乾澀無味的語句，明直說出。

「情」是屬於人類的內心活動，眞是千頭萬緒，千變萬化，比「景」要複雜得多。我們無法以分類方式來說明它，也沒有這種必要。在這裏，只爲了要說明情的表達方式，仍以具象爲貴，特選杜甫的春望一詩爲例：

國破山河在，城春草木深。感時花濺淚，恨別鳥驚心。烽火連三月，家書抵萬金。白頭搔更短，渾欲不勝簪。

這首詩是杜甫在至德二年三月身陷賊營時作。宋朝的司馬光給它的前四句作了個說明：「國破山河在，明無餘物矣；城春草木深，明無人迹矣。花鳥——平時可娛之物，見之而泣，聞之而悲，則時可知矣。」司馬光正是從詩的事物組合的表面，探測出其內部的躍動。作者遭逢戰亂的痛苦，並沒有直截明白地說出。只是讓它在山、河、花、鳥的後面躍動。前四句如此，後四句又何嘗不如此。試看烽火、家書、白頭、簪，都是具體的事物。烽火連三月，家書抵萬金。這兩只是平實地敍述，其中並沒有批判或申訴的字面。但讀者可以很清楚地體認到，詩人在埋怨戰爭的時間太長了，由於戰爭，使得通訊阻斷，盼一封家書也盼不到。在淪陷區中的度日如年，可以想見。最末兩句，他只說本來就白了頭髮，越來越少，少得幾乎插不上髮簪。看去好像只在說頭髮，但他的意思是日坐愁城之中，腦筋傷透，弄得頭髮又白又落，不是很明白地可以看出嗎？

也許，前面的這例子，一個老年人在戰火中受熬煎的例子，不太合青少年朋友的胃口。青少年的感情是熾盛的、進取的、勇敢的。就讓我從唐人從軍行或邊塞詩中，挑幾首七言絕句作爲例詩，說明壯志豪情的表達：

出塞　王昌齡

秦時明月漢時關，萬里長征人未還。但使龍城飛將在，不敎胡馬度陰山。

軍城早秋

嚴　武

昨夜秋風入漢關，朔雲邊月滿西山。更催飛將追驕虜，莫遣沙場匹馬還。

塞上曲

戴叔倫

漢家旌幟滿陰山，不遣胡兒匹馬還，願得此身長報國，何須生入玉門關？

從軍行

王昌齡

青海長雲暗雪山，孤城遙望玉門關。黃沙百戰穿金甲，不破樓蘭終不還。

塞下曲

李　益

伏波惟願裹尸還；定遠何須生入關？莫遣隻輪歸海窟，仍留一箭射天山。

這五首詩有幾個共同之點：㈠都是以從軍報國爲主題；㈡都表現高度的愛國情操，忠勇奮發之氣，溢於辭外；㈢都是以具象的詞采烘托出抽象的熱情；㈣都是七言絕句；㈤都是以「山」、「關」、「還」三字作韻脚。但是，各首以不同的辭彙、不同的語氣，把同一感情，從不同的角度，作不同強度的表達，這是可以值得我們體味和欣賞的。

前面我們對於詩的韻律、語言、表達，已經說得不少，現在讓我說它的含意豐饒——「言外之意」和「意外之意」。

五　含意豐饒

白居易說過:「詩者:根情、苗言、華聲、實義。」他簡明地提出了「情、言、聲、義」四大要素。情是感情;言是文辭;聲是韻律。這三者,前面都曾提到過。至於「義」呢,就是意義。意義二字的範圍太大了,簡直無從說起,因爲沒有一首詩是沒有它的意義的。爲了節省篇幅,這裏單提較爲特別的「言外之意」與「意外之意」。

所謂「言外之意」,通常是指語言文字所沒有明白表達,而讀者可以窺察出的意思。像這種言外之意,實際上就是精簡的語言的效果,在詩中是常見的前面已有不少的例子。這裏所說的言外之意,是指作者有意把眞正的意思完全掩蓋在另一主題之下,而實際上是別有所指的。這種例子,最爲人所樂誦的是張籍的一首古詩節婦吟,寄東平李司空師道:

君知妾有夫,贈妾雙明珠。感君纏綿意,繫在紅羅襦。妾家高樓連苑起;良人執戟明光裏。知君用心如日月,事夫誓擬同生死。還君明珠雙淚垂——恨不相逢未嫁時。

他叙述一位賢淑的妻子,當她婉拒外人私下餽贈時的瞬間情緒轉變。而一字不提的眞正的意思,則是作者婉拒一危險人物的禮聘。

又如朱慶餘的近試上張水部：

洞房昨夜停紅燭，待曉堂前拜舅姑。妝罷低聲問夫婿，「畫眉深淺入時無？」

全詩完全寫一個新娘子第二天早起後，打扮好去見公婆之前，問問新郎官的印象如何。而其眞正的意思卻是作者在考試之前，先送些作品給主試去看看程度如何（這是唐朝的風習）。妙在這位主試張籍也深懂他的言外之意。他回答他的問題，也把人物女性化，將眞意全部掩蓋。題為酬朱慶餘：

越女新妝出鏡心，自知明艷更沈吟。齊紈未是人間貴，一曲菱歌敵萬金。

你從他們的一問一答看來，就可以知道這位明慧的新娘子，已深得公婆的歡心了。

所謂「意外之意」，這只是一個權設之詞，用以說明和「言外之意」不同的一種情形。「言外之意」，是詩中的文字沒有把全部意思表達出來，或者詩中表達的意思，不是作者眞正的用意。而「意外之意」，則是作者已把眞正的意思，完全表達在詩裏；而讀者把它引申為更深一層的啓示，適用於詩題以外很多的場合。這種引申，在後代人看來，簡直與詩無關，但在春秋時代的儒者，卻極為重視。

孔子要他的兒子鯉學詩，他說：「不學詩，無以言。」他把詩和說話聯在一起，就是要能把詩的原義，善於引申應用於語言之中。例如孔子的弟子子貢，由「貧而樂，富而好禮」，聯想到詩中的「如切如磋，如琢如磨」；另一弟子子夏從「巧笑倩兮，美目盼兮」的詩句，悟出先質後禮的道理，孔子便大大地誇贊他們，說他們「可與言詩」。其實他們引詩和解詩，和原詩沒有直接關係，而是斷章取義，引申出來的。

本來嘛，好詩佳句，蓄意精深，可以給人生許多啓示，會讀詩的盡可不必拘於原題原義。三百篇裏的詩和我們太遠了，讓我舉幾首大家常讀的唐詩作例吧。

如王之渙的登鸛雀樓：

白日依山盡，黃河入海流。欲窮千里目，更上一層樓。

作者所寫的河東府的鸛雀樓，原本不過三層，並不是什麼摩天大樓。但他卻發現了層級的高低，和視野的大小成正比。會讀詩的人，就把最後的一句——更上一層樓——引用到各種情況，都能切合。凡事立足點越高，眼界就越廣；眼界越廣，層次也就越高。無論一個人的學術造詣、觀察深度、判斷能力、領悟境界，無一不是越高越廣，越廣越高。乃至於世俗所重視的財富、交游、事業、地位……也都是「欲窮千里目，更上一層樓」。這兩句詩代表人生任何方面提升上進的一種鼓勵，與原題的那座不過三層的鸛雀樓根本不必發生關係了。

又如白居易的草：

離離原上草，一歲一枯榮。野火燒不盡，春風吹又生。遠芳侵古道，晴翠接荒城。又送王孫去，萋萋滿別情。

他這首詩，是眞正的詠草。尤其後四句，刻意描寫，只是要顯出草的特性來。換言之並無「言外之意」。

一般的草，通常是一年生，從生長到枯死，只在一年之間。但是這些野草，儘管在秋冬放把野火把它燒光，可也燒不盡，春天一到，燒過的地方，又吐出芽來了。

聰明的讀者，從它粗淺的表面意思，可以體會出另一重精深的意思來。野草，在一般人心目中是較爲低級的東西。如果拿草來比人，這人必是小人。小人是人中的敗類，品質和野草一樣低下，決不會有松柏之姿，永不會成爲棟梁之任。時來運轉，小人也常有突然得意的時候，可是不會太長久。「眼看他起高樓，眼看他樓坍了」，禍敗覆亡跟著就會來的。這就是它「一歲一枯榮」的特性。

可是，社會上小人總是多於君子。小人最會鑽營結納，像野草一般盤伏地下。那怕用道義法律多方去勸誡、糾舉、懲治，暫時消聲匿跡，一有機會，它又會伸出頭來，蔓延發展。類似這些引申而出的意思，不一定是原詩的本意，姑妄稱之爲「意外之意」，也足夠你去體味的。

六 結 語

由以上的例證，可以看出和青少年們有了距離的古典詩，並不太難懂，也不難從各種角度去欣賞。當然，這不過是接引初學入門的第一步。只要對它有了興趣，以後多多閱讀，詩的殿堂，就會「五步一樓，十步一閣」，逐漸展現在你面前。你會對詩有更廣的視野，更深的感受，更多的創獲。無論對個人的學識、情操、氣質，乃至生活的情趣，都可能有多方面的效益。如果大家對詩有相當了解，我們也就不愧爲詩國的國民了。

評介

宋濂

為中國文學史論集作

和宋濂同時而比他年長十多歲的楊維楨，在他的翰苑集序文裏，劈頭就說：

> 客有持子宋子潛溪諸集來者，曰：「某帙，宋子三十年山林之文也；某帙，宋子近著館閣之文也。其氣貌聲音，隨其顯晦之地不同者，吾子當有以評之！」（翰苑集序）

可見當時已經有人批評他的文章，在跟着他自己底環境在變。而楊氏給他的解釋是：

> ……昔之隱諸山林者，燁乎其虎豹烟霞也；今之顯諸館閣者，爍乎其鳳凰日星也，果有隱顯易地之殊哉？不然，以宋子氣枯神寂於山林，以志揚氣滿於館閣，是其文與外物遷，何以為「宋子」？（同上）

其實，一個人底作品——不管是文學的，或非文學的——不能不隨他自己底環境，和時代背景而轉變，宋濂，當然也不能例外。不過，能力強的人，能夠繼承舊有的傳統，發揚光大，而蔚為一時代的風氣；能力更強的人，除了繼承舊有的傳統之外，還能糾正前人的闕失，開創一條新的途徑，一個新的局面；至於那些普通的人，祗跟着在時代裏打滾，也談不到發揚光大，更談不到除舊布新而已。宋濂，據我看，他是上不至於除舊布新，下不至於跟時代打滾，而是屬於能力強的一類——能繼承舊有的傳統，加以發揚光大，而蔚為一時代的風氣。

大抵在一個朝代的開國時期，就有一種開國的氣象。大家集中精力去推翻一個舊的政權，建立一個新朝代。他們知道創業是如何的艱難，勢必兢兢業業，老成持重。當時的文學也跟着趨於厚重、質樸。雖然在形式上顯得粗糙一些，但氣魄卻是壯大的；在風格上顯得枯燥一些，但意味卻是深長的。一到安定或承平之後，天下無事，慢慢由初期的形態，進而鋪張揚厲，踵事增華，達到光華絢爛的境地。到了這個時候，在極盛之下，文人們無法再從浮華中去爭勝，祇有消耗其精力於搜奇鬥巧之中，務以尖新纖仄去擅場；而國運也就漸趨於衰落的境地。直到國家在崩分離析、喪亂危亡的時候，就產生三種典型的文人，一種是跟着時代墮落，甚至於還從危亡的局面中去混水摸魚；另一種則失望悲觀，憂憤內積於心，發而為頹廢的或所謂沈鬱的作品，這就成為道地的「哀以思」的亡國之音；最後，還有一種人眼看局勢不對，國事日非，於是，退隱於深山窮谷之中，用功讀書，發憤著書，作充份的準備。以後如果能得其時，則可以一展胸中的抱負，一舒多年的鬱積；萬一老死山林，也能保存一點正氣，繼承一份絕學，傳給下一代。宋濂，是最後的一種人，而能得其時一展抱負的。他是元代沒落時期的讀書人，而成爲明代開國時期的勳臣，學者——也可以說是文章家。

他生於元武宗至大三年（西元一三一〇），別號叫景濂，本來是金華潛溪人，到他這一代才遷到浦江的。從小就跟着聞人夢吉，念遍了五經，後來又跟着在元人中負有詞宗之目的吳萊（一二九七至一三四〇）求學，接着又拜過元代的兩位文章家柳貫（一二七〇至一三四二）和黃溍（一二七七至一三五七）的門下（以上略見明史卷一二八本傳）幼年時代，除了天分過人之外，還有一般成功人物的條件，就是家貧而好學。他爲了借書鈔書，那怕「天大寒，硯水堅，手指不可屈伸弗之怠」；爲了從師，他不惜「負篋曳屣，行深山巨谷中，窮冬烈風大雪深數尺，足膚皸裂而不知」，甚至於「至舍四支僵勁不能動，媵人持湯沃灌，以衾擁覆，久而乃和」（並見京朝稿卷三送東陽馬生序）。

等到他底學問有了基礎之後，在元朝至正年間，一度薦授翰林院編修，當然，他看淸楚了和胡人去打交道，決無好結果；而眼看蒙古帝國就等着要崩潰了，才託辭「親老」，不去就職。才決心隱居到青蘿山，繼續研究，他在青蘿山得到鄭氏遺書數萬卷，「書無不盡閱，閱無不盡記」（楊序），在那裏著書十餘年。這時候，已經博覽羣書，學問有了成就，可以用世了。直到至正十七年（一三五七），才逢着雄才大略的明太祖朱元璋，他的年紀已經有了四十七歲。以後一直跟着明太祖，一直到洪武十年（一三七七）六十八歲致仕。中間除了「以文學受知，恆侍左右，備顧問」之外（明史本傳），曾於洪武二年（一三六九）奉詔修元史，八個月就完成，第二年又續修元元統以後的那一段，又花了半年時間修好。他的官位，自「江南儒學提舉」、「贊善大夫」、「侍講學士」至「學士承旨」，大多數的時間是在太祖左右。太祖一度「欲任以政事」，他辭謝了，他說：「臣無他長，待罪禁近足矣」。因此太祖更特別重視他。（並見明史本傳。）

以這樣一位博學多才、忠誠方正、老成持重、而又沒有政治野心的人，身居清要，常侍帝王左右，當時深蒙「隆眷」，文望又如此之高。據明史的記載：

> 在朝郊社宗廟山川百神之典，朝會宴享律曆衣冠之制，四裔貢賦賞勞之儀；旁及元勳巨卿碑記刻石之辭，咸以委濂。屢推為開國文臣之首。士大夫造門乞文者，後先相踵，外國貢使亦知其名，數問「宋先生起居無恙否」？高麗、安南、日本，至出兼金購文集，四方學者，悉稱為太史公，不以姓氏。

照理，在六十八歲的高齡致仕之後，應該杖履優游，以樂天年了；可是，偏偏遇了這位沈雄陰鷙，反眼不認識人的皇帝。到洪武十三年（一三八〇），卻爲了他的長孫宋慎坐胡惟庸黨，居然要置他於死，好在皇后和太子力救，才得倖免。其實胡惟庸作相，太祖早已問過劉基，劉基的答覆是：「譬之駕，懼其僨轅也」。胡惟庸的事件，原是太祖自討的。那能牽扯到宋濂？卻害得他落得個「安置茂州」，就在洪武十四年（一三八一）死在貶所，其死當然也有問題的。他活了七十二歲，其生平事蹟大體如此。

關於他的學術淵源，當然直接是從他那三位同鄉，浦陽吳萊，義烏黃溍和浦陽柳貫而來。如果再推溯一下，據宋元學案的分析：

北山一派，魯齋、仁山、白雲旣純然得朱子之學髓；而柳道傳、吳正傳以逮戴叔能、宋潛溪輩，又能得朱子之文瀾。蔚乎盛哉，是數紫陽之嫡子，端在金華也。（宋元學案論何北山學）

顯然已把他列在何基、金履祥一系。至於金華學風，在何基以前的開山祖師是呂祖謙。而祖謙之學，又本自其家傳，有「中原文獻」之稱。全祖望同谷三先生書院記稱：「朱學以格物致知，陸學以明性，呂學則兼取其長，而復以中原文獻之統潤色之。」（鮚埼亭集外編）由呂學的影響，使金華之學，於重「道」之外，兼復重「文」，這和宋濂的治身、治學、治事、治文是一致的，所以宋元學案列宋濂爲呂學續傳，是有其理由的。

他對於文章的看法是這樣的：

其文之明，由其德之立，其德之立，宏深而正大，則其見於言，自然光明而俊偉，此上馬者之事也。優游於藝文之場，饜飫於古今之家，搴英而咀華，溯本而探源，其近道者則而效之，其害教者，闢而絕之，俟心與理涵，行與心一，然後筆之於書，無非以明道為務，此中馬者之事也。其閱書也搜文而摘句，其執筆也厭常而務新，晝夜孜孜，日以學文為事，……如張錦繡於庭，列珠貝於道，佳則誠佳，其去道益遠矣，此下馬者之事也。（贈梁建中序）

他又說：

有漢以降，聖賢不作……而五經孔孟之道晦矣。然非彼之過也，學五經孔孟者不能明其道，見諸事功故也。夫五經孔孟之言，唐虞三代治天下之成效存焉。其君：堯舜禹湯文武，其臣：皐夔益契伊傅周公，其具：道德仁義禮樂封建井田，小用之則小治，大施之則大治，豈止浮辭而已乎？（經畬堂記）

又說：

文者，果何繇而發乎？發乎心也。心烏在？主乎身也。身之不修而欲修其辭，心之不和而欲和其聲，是猶擊缶而欲合乎宮商，吹折葦而欲同乎有虞氏之簫韶也，決不可致矣。

（文說贈王生黼）

可見得他對於文章的見解，並不外於「文以載道」的主張。他以為「道明而後氣充，氣充而後文雄」，甚至於主張：「後之立言者必期無背於經，始可以言文」。宋元學案把他列入何基金履祥一系，認為「數紫陽之嫡系，端在金華」，認為他「得朱子之文瀾」，自然要算是理學家。他自已雖然博覽羣書，但一般普通的學問在他的心目中並沒有什麼地位，他說：

後世之學士，有以理財為學者矣，有以聽訟為學者矣，有以治兵為學者矣，有以文章為學者矣，然皆非所謂學也。夫辨章析句，抉剔細碎，若馬鄭之流，訓詁之學也。研精極深，融理放辭，若柳劉之類，文章之學也。貴變務奇，奮智鼓勇，若孫吳曹操，治兵之學也。以察為明，以刻為公，若商鞅韓非，聽訟之學也。箕斂口稅，不遺毫釐，若桑弘羊之徒，理財之學也。是皆得一而遺十，或不適於用，或用之而不足以致治，故君子弗貴焉。（傅幼學字說）

這與現代人的看法，顯然有點距離了。但在當時的正統派看來，卻又卑之無甚高論。文以載道的主張，已經是一般儒學者最平常的主張，但是，道是什麼呢？不外兩樣東西，一是儒家的道德哲學，一是儒家的政治思想。除此以外，其他的學問，都算不了什麼學問；那末，現代人心目中的所謂文學，當然連提也值不得一提，也許連這個觀念也沒有。所以我不敢徑尊之為文學家，不能不換一個名詞曰文章家。

但是，宋濂在明代開國時期，依當時的觀念，也確算是一位文學家，也是一位理學家。在他的政治生涯中，可說是敬恭寅畏，不媿為理學名臣。但是，在思想上，並沒有達到一個傑出的地位。他對於宋人的理學，除了接受之外，並沒更深的造詣，夠不上一個思想家。而在他的文集裏，卻處處發現替釋老二宗寫的文章，他自己也承認「精研內典」（集中所作語錄序、碑塔銘記、佛會記題後……篇幅極多，為張天師及道士寫的文章也不少。）這，依當時嚴格的理學家的尺度，是不合規格的，就衡之以他自己的主張「後之立言者必期無背於經，始可以言文」，也不能說是相符合。

他底宋學士集，除了一般文集所共有的一些墓誌銘、神道碑一類的碑碣之作以外，有些頌、贊、樂章、誥命以及「恭題御筆」之類的歌功頌德的廊廟文學，是過去沒有做過大官的文人的集子裏所無。以外關於書畫題跋之類的東西也不少，其他雜色文章以及類似筆記小說的作品，也就未見得與他自己所持的標準一致。如果我們要拿現代文學的尺度，去尋覓理想的作品，更是比較困難的了。

因此，我們覺得要確定他是那一家，是一件不太容易的事。大抵在開國時期的勳臣之類的人物，什麼都是，也什麼都未必是。他是理學家，但眞正的理學家，也許覺得他駁雜而不純；他是文學家，但眞正的文學作品，並不多見；所以只好稱他是文章家了。

綜括宋濂的一生，四十七歲以前，是儲才積學，待價而沽。四十七歲以後，才跟上這位開國皇帝，二十年中，備受尊寵。想到他辛勤治學的結果，他鼓勵後生說：

蓋余之勤且艱若此，今雖耄老未有所成，猶幸預君子之列，而承天子之寵光，綴公卿之後，日侍坐備顧問，四海亦謬稱其氏名。（京朝稿送東陽馬生序）

當然也很慶幸自己的成就，再想到他致仕時的情景：

其明年，致仕，賜御製文集及綺帛，問濂：「年幾何」？曰：「六十有八」。帝乃曰：「藏此綺三十二年矣，作百歲衣可也！」濂頓首謝。（明史本傳）

又誰料到於去官之後，衰暮之年，尚不能終其恩榮？那末，我們不能不嘆息他對於「二氏之書」，還沒有讀得透徹，還留連這世俗的一點虛華。即使他眞正讀透了「旣明且哲，以保其身」，讀透了「趙孟之所貴，趙孟能賤之」這些話，也許以「望五」之年，就可以安安心心地隱居在青蘿山中，再著二十年書，不會作出山的打算了。

鷗貉國

不知道爲了什麼原因，好些久居日本的美國朋友，大家意興闌珊地回到他們自己的故鄉去了。柯文蘭（Ruth Quinlan）女士，也是其中之一。當她離日返美的前夕，她從水路寄來了她的一本英文新著，書名叫 Land of Seagull and Fox（姑譯為「鷗貉國」），一部越南的民間故事集。史記南越尉佗列傳：「佗以兵威邊，財物賂遺閩越西甌駱，役屬焉。」索隱：「交趾有駱田，仰潮水上下，人食其田，名爲駱侯……交趾、九眞二郡，即甌駱也。」這篇列傳裏通用「甌駱」兩字。越南的太古史裏，據說最早的國王叫涇陽王，涇陽王的兒子稱貉龍君（La- c-Luang-quan），所以古代的安南，除了赤鬼國、文郎國之外，又叫甌貉國（Au - lac 257 B.C.）。「鷗貉」二字的意義，也許是越南人自己的詮釋罷。但經過這一番詮釋之後，國名的意義更具體而有詩意了。

我和柯女士認識，在五十三年的九月間，那時我正在日本國際基督教大學講學。她和她的先生孫博士在那裏執教，因此她們夫婦倆成爲我的講演的最熱烈的支持人。她們不僅每場必到，而且事必躬親，更給我許多的揄揚和鼓勵。由於過從稍密，我知道柯女士是紐約州人，是一位治新聞學的自由作家。她對文學和藝術具有極大的興趣，而其文筆之優美，更非一般的報刊筆墨所能局限的。她曾經在曼谷的 Thomasat大學以及美國馬利蘭大學講授過新聞學和文學。從一九五九年起，她們僑居在東京；但其中有一兩年的時間，她曾經單槍匹馬，走向硝烟彈雨的越南，在西貢大學任教。

在這段時期裏，她間常來信，曾說到西貢那種驚心動魄而夠刺激的場面——如市區裏的爆炸、盟軍和越共的巷戰、倒塌的民房、嗷嗷待哺的兒童和婦女——幾乎無時不在警戒之中。我們除了佩服她的勇氣之外，只有替她的安全擔心；從沒有想到她在授課之餘，還有閒情逸致去蒐編當地的民間故事呢。

民間故事，在這個遭受長時期現代化武器摧殘的國度裏，眞是小而又小，一般人認爲不足掛懷的。但是，從這些故事裏，正可以看出一個民族的靈魂，尋出他們的文化的軌跡。

這一本集子，包含著三十一個短篇故事。資料來源，無疑地是得之於越南人的口述，但經過作者的潤飾與琢磨之後，章法與文采，已非一般的通俗故事書所能望其項背。這不是翻譯，更不是記錄，而是忠實地根據原有的素材加以適當的處理，成爲再創作了。

然而，我個人所特別感到興味的，是從這些故事中去捉摸中國文化的影響。不用說，越南和中國的關係是太深太久的了。越南的上古史就確信他們的開山祖涇陽王（King-duong-Vu-ong）是炎帝神農氏的四世孫祿續（Loc-tuc）。周成王的時代，越人曾經九譯來朝，稱越裳氏（Viet Thuongthi）。到秦朝，任囂作南海尉，趙佗則成爲趙朝的武帝。從此以後，中越間一直保持著政治和文化的關係。政治關係雖然隨著法國的侵奪而終止，而文化的影響，則深入人心，不是用槍砲所能轟掉的。越南的文字雖然改用了法文來拼綴，而其讀音仍舊是古代的漢音。以中越兩國文化關係如此之深切，民間故事裏，自然保留許多漢文化的痕跡。

秦始皇（Tan Thuy Hoang）和趙佗（Trieu Da）的名字，第一次出現在一篇叫「神弩」（The Supernatural Crossbow）的故事裏，孔子的話再三地被越南的讀書人所引用。有些故事裏所引用的詩，不僅與中國詩有著共同的詞彙與情調，而且是用的中國律詩和絕句的體裁。

一篇叫「銀河」（The Silver River）的描寫牛郎（Ngau Lang）和織女（Chuc Nu）的故事，完全和中國七夕的傳說相同。連烏鵲爲橋的細節，也一點不漏。可見得這一則自中國輸入的傳說，已成爲越南人心目中自己的神話，其深入的程度，已可想見。

有一篇題爲「望夫山」（The Mountain of Hope），和中國的傳說也相似。望夫山在中國不止一處，在安徽當塗、在湖北武昌、在江西德安、在遼寧綏中，都有同樣的地形、同樣的故事。大都是丈夫出征不還，貞婦癡望其夫之歸，化而爲石。而越南的望夫石則在郎山（Lang Son），其故事的編造，更富有浪漫氣氛，比起單純的征夫思婦，應該更勝一籌了。

以外和中國故事有很顯明關係的，如「深山一局棋」（The Game of Chess in the Mountains），寫一個孝子，得異人指示，帶了酒肴去侍候山中兩位下棋的仙翁，得以逃出夭亡而享高壽，和干寶搜神記記管輅指示顏超去求南斗北斗延壽的故事完全相同。

「兄弟與朋友」（Brothers and Friends），寫一個愛朋友而棄兄弟的漢子，執迷不悟。他的妻子故意殺死一條狗，假稱是打死了一個乞丐，需要藏屍滅跡，使她的丈夫去找那些酒肉朋友幫忙。他們在急難時卻個個推辭，最後還是弟弟來幫著掩埋。顯然是元曲裏的「殺狗勸夫」的翻版。

「廚師的大魚」（The Cook's Big Fish），寫廚師欺騙主人的故事。情節和孟子上的子產使校人畜魚的故事微有不同，但描寫那圉圉洋洋，攸然而逝的細筆十分相似，而主題以爲儒者「可欺以其方」，則完全一致。

「輕生死」（The Encounter With Death）一文，係以莊子至樂篇妻死鼓盆一事爲根據，加上後人小說劇中的警世之言，予以渲染。其主人翁則清楚地標明是道家的莊子（Trang Tu），不過他們把莊子說成是雄朝（Hung dynasty，一說「雄」字係「雒」字誤傳。）時候的越人（約當周末）。

最妙的是「南柯夢」（The Dream at Nam Kha），這個標題已經十足中國化。「南柯」二字出於唐人李公佐作的小說「南柯記」，明朝戲劇家湯顯祖本之，演爲「南柯夢」。我的家鄉話中，譫言夢，乾脆叫「南柯子」。因爲這篇的內容，並不是套的「南柯記」，可見得這兩個字，只是泛用，和我的家鄉話相同了。這一篇不套李公佐的「南柯記」，卻是套的另一篇唐人小說「枕中記」，即大家熟知的「黃粱夢」。盡管情節有些出入，主題完全一致。最有趣的是那個主角的名字叫盧生（Lu Sinh），正和「枕中記」裏的主人翁相同。

以外「書生與盜賊」（The Scholar and the Thieves），與孔子不飲盜泉的故事相近。還有一篇「你也有理」（You Are Right），正是我們常說的糊塗縣太爺斷案的笑話。那就不知道是誰犯著誰的。查「世說言語」劉孝標注引「司馬徽別傳」，記『時人有以人物問者，初不辨其高下，每輒言「佳」！其婦諫……徽曰：「如君所言，亦復佳」！』這可能是中國糊塗縣太爺這則笑話的底本了。

至於套西洋故事的，只有一篇叫「楊枝與緞鞋」（A Willow Wand and a Brocade Slipper）。情節和Cinderella的童話一樣，不過將手把楊枝的觀世音，代替了灰姑娘的God Mother，以緞鞋代替玻璃鞋而已。這，也許是淪爲法國殖民地以後的事，不過，比起中國文化的影響，可說是「小巫見大巫」了。

LI HO AND HIS POETRY

應 Chinese Materials & Research Aids Service Center 作

Like John Keats among English poets Li Ho of the T'ang dynasty was an excellent but short-lived poet. Both of them died at the age of twenty-seven.❶ Both left us beautiful poems full of imagination. They were like magnesium flares which burn with dazzling intensity for a moment and then burn themselves out.

Li Ho❷ was one of the descendants of Prince Cheng 鄭王, a collateral relative of the royal family. His father was Li Chin-su 李晉肅, an official of low rank. He died before Li Ho grew up.❸ Li Ho was born in Ch'ang Ku 昌谷,❹ a valley in Honan 河南. According to his own description, three rivers ran near his home, and there were mountains thickly covered with pines and bamboo groves. Adjoining Ch'ang Ku there was a ruined temple dedicated to Tu Lan-hsiang 杜蘭香, a virgin goddess who was said to have ascended to Heaven from the mountain peak.❺ In appearance Li Ho was handsome, rather thin, with joined eyebrows and long fingers.❻

He was enthralled by poetry and was able to compose quickly when he was a little boy. In the mornings he used to meet with his best friends in a literary society or ride on a lean donkey accompanied by a page carrying an old silk bag and ramble around the beautiful countryside. On the way he would drop into the bag some slips of paper on which he had jotted down one or two lines of poetry and then in the evening he would empty out the contents of the bag and weave the lines into complete poems. He would never first think of a topic for a poem and then go about its composition. One evening his mother finding the bag full of slips exclaimed, "My boy won't stop until he has vomited his heart,"❼ He passed all his days in this way except when he was drunk or going to a funeral.

A man of genius is often precocious and Li Ho won great fame because of his verses when he was only seven.❽ The musicians of the imperial troupe used to buy his words at a high price and set them to music.❾ Out of curiosity two contemporary poets and scholars of high renown, Han Yu 韓愈 (768-824) and Huang-fu Chih 皇甫湜 paid him a visit to test his literary talents. They were met by a child in petticoats. Without any timidity the little boy quickly threw off a long poem in honor of the occasion and his nimble wits were greatly admired.❿ Afterward he won more and more praise as well as envy. On another occasion another young poet, Yuan chen 元稹 (779-831), was also attracted by

Li's name. With joy and pride in winning the rank of *chin shih* 進士, ⓫ Yuan paid Li Ho a visit, wanting to make his acquaintance. To his surprise the young genius refused to see the new *chin shih*, but only sent a message: "It is merely your own pleasure that you have got your degree. It is not necessary to pay me a visit to tell me about it."⓬ No doubt Yuan was embarrassed and displeased by this treatment and even felt insulted.

A couple of years later Yuan was promoted to a high position and had some influence on public opinion. He misled the people with the peculiar idea that Li Ho should be deprived of his position as a candidate for *chin shih* because his dead father's name, Chin-su, was homonymous with *chin shih*. Consequently Li Ho was wrongly criticized in other matters even though Han Yu had written an article in behalf of the young man.⓭ Henceforth Li Ho's way through the examination system ⓮ to a government post was blocked.

Nevertheless, he was in the end made a master of ceremonies under the Board of Rites. What he felt about his political life may be seen from his own lines. Obviously he was not satisfied with it at all. He had to lead a life of poverty and melancholy. He was gradually worn down by distress and his hair turned white while he was still young. The only way to relieve his feeling was to compose subtle verses. This activity broke his health but made him an immortal poet. Li Ho died in the year 816 A.D.⓯ There is a romantic and rather mysterious tale about his death told by his sister, one of the eye-witnesses, and recorded by another poet, Li Shang-yin 李商隱 (812-856).⑯

When Li Ho was dying, he saw in broad daylight a man wearing red garments, riding on a red dragon and holding in his hands a wooden tablet on which ancient characters were engraved. He said: "We have come to summon Li Ho." Li could not read the ancient characters on the tablet, but left the bed and knelt down saying. "My mother is old and sick, and I do not want to leave her." The man in red garments smiled and said: "The King has just built a white jade palace and desires you to write about it. Heaven has sent me to accompany you -- the journey will not be painful." Li Ho wept. All the men and women near his deathbed saw the miracle. After a while there was no breath left in him. Mist rose from the windows, and there was the sound of chariots and music. His mother bade the people to stop crying. They waited for a few moments, and then he died.⑰

We do not know how many poems li Ho wrote during his life--probably many hundreds more than have been preserved. Fifteen years ⑱ after his death a poet, Tu Mu 杜牧 (803-852), received a letter from a certain Shen Chih-ming 沈之銘 which said: "My dead friend Li Ho was very close to me. Day and night, we rose and slept together, we drank and ate together. When he was dying, he gave me all the poems he wrote during his life. He divided them into four volumes, altogether 233 poems."⑲ Li Shang-yin suggested that many more were written. Some were thrown carelessly away, others according to a legend were destroyed by the poet's cousin,[20] still others probably disappeared in the continual upheavals that rocked the kingdom. The poems that remain may, however, be the best and those that he wanted preserved.

Among Chinese poets Li Ho has been known as "the poetical wizard," literally "ghost genius", since the Sung dynasty. This nickname probably comes from three aspects of his genius: his curious imagination which frequently produced fantasies, the abstruse diction and obscure allusions employed in his poems, and the legendary miracles associated with his death.

Concerning his poetry three different points of view may be found among his critics:

I. Those who see Li Ho's poetry as beautiful, mysterious or even whimsical:

"Li Po 李白 is a poetic fairy and Li Ho a wizard."

--Sung Chiao 宋郊 (998-1061)[21]

"I might be the first man who has ever been able to understand Li Ho. To be brief, that he is beyond understanding is precisely the excellent feature of his poetry."

--Liu Shen-weng 劉辰翁 (1231-1294)[22]

"Both Li Po and Li Ho are pre-eminent but Li Po is natural and Li Ho rather whimsical."

--Chu Hsi 朱熹 (1130-1200)[23]

"It would be a deficiency in the poetic kingdom if there were not such a style as Li Ho's mysticism."

--Yen Yu 嚴羽 (12th c.)㉔

II. Those who see Li Ho's poetry as flowery, meagre, obscure, or even meaningless:

"Li Ho worked hard on euphuism but lacked meaning."

--Chang Chiai 張戒 (12th c.)㉕

"Li Ho's poems are like a silk-patched robe full of dazzling colors but not good to wear."

--Lu Yu 陸游 (1125-1209)㉖

"Li Ho concentrated his attention too much on embellishments as he wished every line he wrote to be immortal. As a consequence, they lost he natural flavor. It is the same as in architecture--one cannot build a high building with painted panels and carved small pillars only. There must be great beams and big blocks of stone."

--Li Tung-yang 李東陽 (1447-1516)㉗

III. Those who see Li Ho's poetry as beautiful, subtle, satiric and understandable:

"Li Ho's poetry inherits the style of Li Sao 離騷 of Chü Yuan's 屈原 (322-296 B.C.) elegies."

--Hu Tzu 胡仔 (12-13rd c.)㉘

"Li Ho's poetry comes from Chu Yuan's elegies and the former would have surpassed the later if he had had a long life to deepen his understanding."

--Tu Mu 杜牧 (803-852)㉙

"Because Li was a descendant of the royal house, he grieved for the country founded by his ancestors; he hated the marriage policy by which the barbarians were married into the imperial family; he objected to the emperor's addiction to Taoist magic and to the independence of many of the generals in the great towns; he objected to the military power possessed by the eunuchs, to the quarrels at court, and to the invasions of wild tribes. He was a subordinate officer, and therefore could not reach the emperor. So he rode on his lean ass over wild precipitous mountains, and embodied his poetry in melancholy, peculiarity, a wild temper, and figurative speeches."

--Sung Wan 宋琬 (1614-1673)㉚

"There is nothing strange under the sun. At least there is no strange thing which we cannot understand. In my eyes Li Ho is not really strange, not a strange thing which we cannot understand. The problem is that most people are rumour-mongers, having no exalted views but blindly following others' mistakes without thinking."

--Yao Wen-hsieh 姚文燮 (17th c.)㉛

I do not think it is necessary for me to give any new criticism of Li Ho, but I would like to offer readers some just and fair views here. I agree with almost all the critics mentioned above, even though they may be different from one another, except Liu Shen-weng who thought himself to be the first man to understand Li Ho. Li's poetry is beautiful. Flowery, mysterious, subtle, fine, meagre, satiric, and a certain portion of it is obscure and impossible to understand. Even the commentators who claim to explain his poems fail to interpret most of his dreams. The problem is that the origin of some of the indirect quotations or altered allusions employed in his poems can hardly be proved and that the activities of the poet's subconscious mind during his trances can hardly be traced. According to Li Shang-yin's records, Li Ho would never first think of a topic for a poem and then go about its composition and sometimes he forgot what he had composed. Therefore we can imagine that this young poet might intentionally make riddles with his vast vocabulary and his unrestrained imagination. These should really be regarded as defects in his poetry in spite of Liu Shen-weng's opinion that they may be regarded as his merits.

CHI-TZUNG HSIAO

Professor, Chinese Literature
Tunghai University, Taiwan

❶ 參見姜亮夫：歷代名人年里通譜。

❷ Li's alias is 長吉。

❸ 太平廣記，卷二〇二引摭言：「年未弱冠，丁內艱，他日舉進士，或謗賀不避家諱。」。
「丁內艱」means being in mourning for one's mother, but「諱」means the name of the dead and the name they quarrelled about was Li Chin-su. According to Li Shang-yin's biography of Li Ho, his mother cared for him until his last breath. Therefore the one who died before he reached manhood must have been his father and「丁內艱」must be「丁外艱」。

❹ 參見王琦：李長吉歌詩敘。

❺ See Robert Payne, *The White pony*, p. 234.

❻ 參見李商隱：李長吉小傳。*The White Pony* wrongly uses "thick eyebrows" to interpret 通眉 and "fingernails" for 指爪。

❼ See above and Chen Shou-yi: *Chinese Literature*.

❽ 參見太平廣記，卷二〇二和文獻通考，卷二四二引鼂氏說。

❾ 參見舊唐書，新唐書本傳和王琦引談薈。

❿ 新唐書，卷二〇三。

⓫ 進士，the highest degree obtained by passing the national examination. Those who majored in classics were especially admired in the T'ang dynasty.

⓬ 參見王琦李長吉歌詩注卷首引劇談錄。

⑬ 參見韓愈，韓昌黎集，卷十一諱辯。

⑭ Officials promoted through the national examinations were especially admired in the T'ang dynasty. 參見太平廣記，卷一八二，引盧氏雜說。

⑮ 參見橋本循，李長吉を論ず（*Sinology*, vol. x special issue）。Compare with 田北湖，昌谷別傳。

⑯ 參見李商隱，李長吉小傳。

⑰ See *The White Pony*, p. 234.

⑱ 參見杜牧，李長吉歌詩敍。

⑲ See *The White Pony*, p. 236.

⑳ 參見黃伯思，東觀餘論卷下昌谷詩跋。

㉑ 參見馬端臨，文獻通考，卷二四二。

㉒ 參見劉辰翁，李長吉詩評。

㉓ 參見朱子語類，卷一四〇。

㉔ 參見嚴羽，滄浪詩話卷四。

㉕ 參見張戒，歲寒堂詩話卷上。

㉖ 參見王琦李長吉歌詩注卷首引趙宧光彈雅。

㉗ 參見李東陽，麓堂詩話。

㉘ 參見胡仔，苕溪漁隱叢話前集卷二。

㉙ 參見杜牧，李長吉歌詩敍。

㉚ See *The White Pony*, p. 236. 及宋琬，昌谷集注序。
Sung Wan's name is misspelled as Sun Wan-chan in *The White Pony*.

㉛ 參見姚文燮，昌谷集注凡例四。

YI JAE-HYON--A MARVEL OF TZ'U POETRY IN KOREA

應 Asian Pacific Quartery of Cultural and Social Affairs作

A HARD JOB

Because Chinese characters are monosyllabic and many of them are homophones, Chinese poetical composition is full of beat and rhyme. The earliest Chinese odes and poems were usually sung or written in free verse until the first two centuries A. D.. At that time the *wu-yen* or five-character-line and *chi-yen* or seven-character-line appeared. They were composed with lines of uniform length. Conventionally they have been regarded as the traditional type of Chinese poetry called *shih* in Chinese (*si* in Korean). After a long period of development *shih* came to maturity and reached its zenith during the T'ang dynasty. Thousands of poets worked with these types. Through their writing experiences and the study of phonology they had found some natural rhythms by recitation and created some prosodic rules for these types. By these rules a more liquid style of *shih* was formed and came into fashion. It was called *chin-ti-shih* or 'modern style.' This style pleased the readers' minds as well as their ears and attracted very many poets to follow. Practically *shih* had dominated the kingdom of Chinese poetry and flourished for a couple of centuries. Perhaps because of over production, however, it was beginning to lose its attraction to the readers in the late T'ang dynasty. It seemed a little bit hackneyed. Some pioneers such as Chang Chih-ho (730-810), Po Chu-i (772-846), and Liu Yu-hsi (772-843) attempted occasionally to compose in some other different ways. Then a still newer type, *tz'u* (*sa* in Korean), came to emergence.

The earliest English translators used 'poem' and 'poetry' for the *shih* with which they first made contact. Since these words were monopolized by *shih* there was no other English word equivalent to *tz'u*. They had no alternative but transliteration. Many Westerners can hardly distinguish *tz'u* from *Shih*, so the term *tz'u* is often unfamiliar to them. In English, historians and critics of Chinese literature used to make distinction between these two with two other terms *shih poetry* and *tz'u poetry*.

Actually *tz'u* stemmed from *shih* and developed itself into an independent school, newer and finer, and both of the two schools have carried on along parallel lines until today.

The difference between *shih* and *tz'u* is not in substantiality but in form.

Some scholars insist that the style of *shih* is rather serious and pompous and that of tz'u is charming and light. I do not think that is perfectly true because either *shih* or *tz'u* can produce various flavours depending upon the poets' individualities.

The external features of *tz'u* poetry which set it apart from *shih poetry* may be described as follows:

I. Lines of Unequal Length

The *shih poetry* in the T'ang dynasty was usually set to music, with each line consisting of 5 or 7 syllables. No matter how attractive the musical air might be--and there were many attractive melodies imported from Central Asia--the strict regularity of the line was found to be a determent. Both singers and audience came to recognize the monotony of regularity. In order to improve upon the situation attempts were frequently made to scramble lines of different lengths in the same poem. As a consequence *tz'u* became a favorite with musicians and poets. Because of its various lengths of lines *tz'u* also won another name called *ch'ang-tuan-chu* or long-short-line. For example, Yi Jae-hyon's *tz'u poetry* was titled as *Ik-che Ch'ang-tuan-chu*.

II. Specific Patterns of Rhyming Scheme

Tz'u poetry has more than 800 different patterns, with subpatterns numbering as many as 2408. They come from various sources. At the beginning *tz'u poems* were written for music. When the writers found a pattern which was pleasant to listen to, the poets began to write other words following the same pattern, keeping the name the same as in the original title. Therefore the singers could sing many songs if its title were known. As time went on some famous musicians and poets wrote the words first and set them to music. After a time the men of letters wrote their poems in accordance with the patterns for their individual purposes and paid little attention to musical score. Then *tz'u* was gradually divorced from music and only the patterns of words was carried on by repetition while the musical scores failed to be handed down.

III. Regulations

Every piece of *tz'u* bears a "title of tune" from which its organization can be distinguished; the number of stanzas, lines, various length of each line, the proper places of rhymes, and the tones of proper words, all are strictly regulated. Of course they may become fetters to a common rimer but to a good poet they are merely the apparatus for an acrobat.

Having fine design and musical rhythm *tz'u* has been acknowledged as the finest style of Chinese poetry but also the most difficult to wirte. This may be proved by the facts that most readers love *t'zu* much better than *shih* and that all the *tz'u poets* can write well in *shih poetry* but very few *shih* writers can compose *tz'u*. Since writing in *tz'u style* is not easy even for a Chinese, no doubt it would be a very hard job for a foreigner.

But Yi Jae-hyon, a Korean poet, attempted and succeeded.

CULTURAL RELATIONSHIP BETWEEN CHINA AND KOREA

Korea, according to physiography, is one of the land bridges to the East Asia mainland, stretching southward from Northeast China into the Sea of Japan and the Yellow Sea. Being a peninsula it was impossible in ancient times for Korea to import culture from any source except its northern neighbor, China, across the border marked by the rivers Yalu and Tumen. The relationship between Korea and China, we can imagine, must naturally have been started far earlier than recorded history. Elements such as immigration, intermarriage, expedition, war, trade, banishment, diplomatic service, territorial expansion, religion promulgation, technical initiation, language communication, political achievement, currency of books, ethical and moral belief, mode of life, and custom and habits, whether direct or indirect, good or bad, by nature or by force, have brought these two peoples closer and closer. The more they exchanged, the more they influenced each other.

Through a long range of communication and mixture Chinese culture played a very important role in Korea before finally being absorbed and digested as Korea's own.

The polysyllabic Korean spoken language belongs to the Turanian group but, lik Japanese, Chinese characters were employed to write the language until the Yi dynasty. As a matter of fact, before the phonetic alphabets were made out in 1446 the men of letters wrote all their works in Chinese and produced their best. Think of the Americans who speak in English and have produced great works as great as those of the British.

So far as I know beside the modern literature written in Korean alphabets all the ancient works were in Chinese. Hence Korean literature developed all the styles that Chinese literature had. As a whole Korea literature, like a big diamond, has become many-faceted. Actually there have been a great number of excellent writers giving fire to every facet.

As the Korean spoken language is different from Chinese and the pronunciation and tones of the characters are somewhat archaic, although no rhythmical handicaps are met in prose wirting, it is very difficult to compose lines even in the 'modern style' of *shih*, not mentioning *tz'u*, the most complicated one. So on the surface of this 'big diamond' *tz'u poetry* should be the smallest facet.

After a search through 6,000 collections of Korean writers Professor Ch'a Chu-hwan of Seoul University reported that there were 421 *tz'u* poems written by

43 poets in 89 different tunes. The quantity is really remarkable even though *tz'u* is a rarity in Korean literature. Solely from this point we can see how comprehensive Korean literature has been.

In the autumn of 1964 I got my first touch with the land and culture of Korea when I was invited to give a series of lectures on Chinese poetry in Yonsei University, Seoul. I looked over Yi Jaehyon's collection and I was much surprised at his *tz'u poetry*. At that time I supposed Yi was the first and also the greatest tz'u poet in Korea. Therefore I took his poetry as the topic when I was invited to speak at the Oriental Studies Conference under the auspices of Dankook University this October. During the trip I had a chance to study carefully all the *tz'u* poems in the Source Materials collected by Professor Ch'a and to evaluate them with Chinese criteria. Luckily my assumption turned out to be well supported. According to my evaluation among the 43 *tz'u* writers Kim Si-sip (1435–1493), He Yun (1569–1618), Yi Yang-o (1737–1811), and Chong Yuk-yong (1762–1836) should be the best but Yi Jae-hyon was far and away the greatest of all.

A BRIEF BIOGRAPHY OF YI JAE-HYON

Yi Jae-hyon (1287–1367, alias--Ch'ungsa, pseudonym--Ik-che) came of a very good line. His father Yi Chin was also a famous poet and an official of the highest rank titled as *kom-hyo-chong-sing* and *nim-he-kun* during the reign of King Choongsuk-wang. Like many noted writers Yi Jae-hyon was gifted even as a boy. He won the first honor in *Sung-kyun-kwan-si* or the examination of the national university when he was only fifteen years old. His writings during this age had commended him to the old scholars. He was noted even by the king. After graduation he was immediately selected to serve in the National Historiography Office. From that time on he had to lead an official life with its unavoidable ups and downs in the monarchal court.

It was in the decline of the Wang dynasty that the monarch of Koryo had to submit himself to the gigantic Mongol Yuan Empire which held the biggest territory in history. The Mongols were fiecre, hardy nomads, rising up so suddenly that no civilized people could resist the scourge. They burned, destroyed, and massacred without mercy--with one notable exception. The relationship between Yuan and Koryo was non-violent because the succeeding emperors had been to some degree Sinicized and the Koryo kings had taken a clever measure to soften the cruel Mongol hearts by conjugal ties. Seven Koryo princes (Choongnyul-wang to Kong-min-wang) married Mongol princesses and succeeded to the throne, and a daughter of the Ki family in Koryo was married to a Mongol prince (Shunti, the last Yuan emperor) and became the mother of Chaotsung. But no matter how good the relationship was, unpleasent events between them still occurred. The Yuan emperor used to play a "mother-in-law", taking care to have an oar in the son-in-law's boat even as the son-in-law was having his domestic troubles.

Prince Choongson-wang, son of Choongnyul-wang, married a Mongol princess. He was then summoned to the Yuan court and stayed there until his father died ten years later. Immediately he was put on the throne in the winter of the very year 1308 but he soon left it, going to Peking after his inauguration. Maybe hankering after the luxurious life in Cathay or dreading the troubles brewing at home, or both, he refused to go back even though the emperor urged him to leave. He did not go back all during the time of his nominal reign (1309-1313) and he had to transmit the throne to his son, later the Choongsuk-wang. In Peking, he himself lived a comfortable life in his spacious residence with a rich collection of books. Being a retired king and a bookish man he successfully made a large acquaintance with the noted scholars in the court. In order to show the cultural achievements in his homeland, he summoned the genius poet Yi Jae-hyon to Peking. He offered Yi many opportunities to make friends with famous scholars such as Yao Sui (1239-1314), Yen Fu (1236-1312), Yuan Ming-shan (1269-1322), Chao Meng-fu (1254-1322), Chang Yang-hao (1269-1329), Hsiao Chu (1241-1318), Yu Chi (1271-1348) and some others. With this new wide friendship Yi Jae-hyson deepened his understanding of Chinese studies. His writings in both prose and poetry won much applause from the learned. Then once again he was promoted. In the summer of 1316 he was sent to Szechwan, a province of Southeast China, on a certain mission which he did well. Due to his achievement he was made a minister when he got back. In the next year the king sent him again to Peking simply for Choongson-wang's birthday greeting. He was detained there. In order to keep away from entanglement with power and other troubles, the retired king made a journey to Southeast China with the emperor's permission and Yi Jae-hyon was requested to accompany him. During that time endless difficulties arose in Koryo and the young king could hardly manage the government well. The emperor more than once urged Choongson-wang to return and resume his throne but he invariably refused with some excuses. Furthermore, some ambitious Korean politicians attacked him with mispresentations before the emperor. His nonco-operation and shirking displeased the emperor. In the autumn of 1320 while on his second trip to the South he was called back by force. He still did not act on the emperor's order but delayed his return. Suddenly the emperor got angry and banished him to Tibet. At that moment Yi Jae-hyon hurried to Peking. He tried to rescue the case with all his efforts but in vain. A couple of years later amnesty lifted Choongson-wang's banishment and he died in Peking soon thereafter.

After Choongson-wang's death the situation in Koryo went from bad to worse. The power of the government fell into the hands of treacherous officials. Yuan's interference, the Japanese invasion, civil war and rebellion, political intrigues and corruption caused chaos in the decayed kingdom. With the collapse of the Yuan Empire the Koryo regime tottered during a few short-lived reigns and finally fell. Throughout his life Yi Jae-hyon was in the government. He lived long enough almost to see the end of the dynasty but he could do nothing to improve upon the situation. On the contrary he was the target of evil arrows. During the rest of his days he offered lectures in front of the throne and wrote historical articles as well as essays and poems. Only his old age saved him from injury from the traitors' evil-doings. He died in the autumn 1367. His highest position was prime minister.

Yi Jae-hyon was unable to reform the government in the fight against Koryo's increasing weakness, but his integrity and loyalty had been appreciated especially when Choongson-wang and Choonghie-wang were in difficulties. Due to his good personality and literary achievements the government conferred on him the posthumous title *munchoong-kung* or "Literary and Loyal Minister".

IK-CHE CH'ANG-TUAN-CHU--YI'S TZ'U POETRY

From Yi Jae-hyon's Collection we can divide his writings into four parts:

1. *shih poetry*,--including 263 poems in traditional style
2. short essays,--including
   (a) correspondence and petitions
   (b) biographies and inscriptions
   (c) historical articles
3. *tz'u poetry*,--Ik-che Ch'ang-tuan-chu

4. Yok-ong Pae-sol,--short articles including records and criticism about historical events and on literature and other subjects.

As for *shih* writing, I believe Yi probably started when he was young and kept on until late in life. His *shih* displayed his talent to the highest point and reflected in topics concerning his life, his integrity and loyalty.

But what I am going to introduce here is only his *tz'u poetry*.

In China, *tz'u* came to emergence in the late T'ang dynasty and flourished in the Sung. During the Yuan dynasty it was still in fashion. It would be an original style to a foreign poet who had composed a lot in the traditional styles. Yi Jae-hyon tried the new style with much relish at the beginning. He followed one tune *wu-shani-tuan-yun* many times. Out of his 54 poems 32 were composed to this tune. If this statement is correct then all his poems can be dated because each of the remaining ones has a subheading telling what the poem is about--whether a record of travel life or a description of a scenic view. From this viewpoint comes the conclusion that he did not continue writing in *tz'u* style after 1319 when he came back from the trip to Southeast China in the company of Choongsonwang. We do not know why. Maybe it was because writing in tz'u was really a hard job which would confine too much his vexations during those painful days or because few people in Korea at the time could understand him. Anyway, he gave it up. Nevertheless, his genius struck sparks within this period.

The difficulty of composing *tz'u* is to express freely under the complicated regulations of rhythmical requirements. Many writers could not do it perfectly. In other words, one might be excellent in expression but short of rhythmical beauty and vice versa. Yi's poems evidence a capability to master both aspects. As the period from 1314 to 1319 was the prime of Yi's life and also a plentiful harvest season of his *tz'u* poems, we find none of the sadness or melancholy that he expressed in his *shih* which he composed after the choongson-wang's banishment; rather, the poems of this period are full of the excitement and pleasure of a young tourist. He was healthy and hearty. The style of his *tz'u poetry* is like a tenor aria--a full male voice, not too high, not too low, nor too fast, nor too slow.

Now I would like to translate three short pieces of his *tz'u* poems as samples of what he wrote at different times. Lay the blame upon the translator, not the poet, for anything bad.

WU SHAN I TUAN YUN

--Market in a Cloudy Mountain--

Thousands of green hills appear in the distance.
The long stream runs around like a jadebelt.
The small inn is still closed while the sun has risen up so high
And the morning mists are going to scatter.

Far away are the buildings in dimness.
The grasses and trees have been bathed by moisture.
Crossing the bridge, I remember, once returning from the market with fish.
But now I see that things have somehow changed.

WU SHAN I TUAN YUN is the name of the tune to which the *tz'u* was composed. Its given pattern may be diagramed as follows (E = character in even tone; D = deflected tone; O = optional; R = endrhyme):

O D E E D
O E D D R
O E O D D E R
O D D E R
* * * * *
O D E E D
O E D D R
O E O D D E R
O D D E R

Yi used this tune 32 times. This is one of the 16 poems which describe scenes of Hunan province. The poems are all products of the poet's imagination as he had never been there. They must have been written in the time 1314–1316 when he first got in touch with *tz'u* style in China. The reasons are: (1) according to Chinese criteria they can not sustain comparison with the rest; (2) the new style fascinated him as he was interested in repetition; and (3) he wrote them not for his individual purposes but as descriptions of places that he had never seen. The composition of the poems were really just exercises before the poet became fully well-versed.

My translation of the above poem may be only a paraphrase but the following two will be translated with an imitation of tz'u patterns, roughly similar to the lengths of lines and the proper places for rhymes, not only their meaning.

TAI SHANG YIN

--Lonely Travel in Evening--

Though mountains visible, all crows out of sight,
The veil of dusk
falling down the hillside,
As small as a firefly----the dim light,
A door ajar,
But not a soul to invite.

Cool moonlight over my saddle,
White dewdrops on my cloth,
Roosting in empty house, with horse tied.

May there be a few stars bright!
May I have an inn or a hostel
Where I can pass the night!

The given pattern of the tune *TAI SHANG YIN* may be diagrammed as follows:

O E O D D E R
O O D
D E R
O D D E R
D O D
E E D R
* * * * *
O E O D
O E O D
O D D E R
O D D E R
D O D
E E D R

This poem must have been written in the summer of 1316 when he was on the way to Szechwan. Now he became well-versed; he could manipulate the given pattern to describe his practical experiences of life. From the lines we can imagine a lonely traveler marching on in a deserted countryside. At that moment what he hoped for was only an inn or even a few bright stars which could lead him to a better place. It is also a description of the difficulties of travel in ancient times and a reflexion of the desolation after the Mongolian conquest.

CHE KU T'IEN

--P'ingshan Hall, Now Occupied by a Tibetan Lama--

By reading his poems I heard of the Hall.
The great poet, now still can the sightseers recall.
With the decayed willows he planted by the windows
Were his handwritings blurred out on the wall.

The passing clouds obscure
The moonlight like a pall.
For thinking of the past my tears fall.
What a dull creature the Tibetan lama is!
Drowned in sleep, cares nothing at all.

The pattern of the tune *CHE KU T'IEN* is somewhat similar to that of *chin-ti-shih* but still different. It is regulated as follows:

O D O E D D R

O E O D D E R

O E O D E E D
O D O E D D R
* * * * *
E D D
D E R
O E O D D E R
O E O D E E D
O D O E D D R

P'ingshan Hall was a high spot of Yang-chow on Mt. Shu, built by Ouyang Hsiu (1007-1072), a famous minister and great poet of the Sung dynasty when he was the prefect there. This poem must have been written in the year 1319 during Yi's trip to the Southeast with Choongson-wang. As far as I know he did not continue to write *tz'u* poetry after this year. Because of his genius he was coming to maturity and approaching his climax in poetry as well as in prosody within such a short time.

In this poem Yi gave his deep sympathy to the departed poet, Ouyang Hsiu, for the Hall which had been spoiled in wartime. Actually Choongson-wang's first trip to the Southeast was also not a happy one. At that time Yi would have perceived something wrong--evil might befall this retired king whom he was accompanying. Moreover, Yi was a Confucian. Naturally he would dislike Buddhist monks especially a Tibetan lama who was part of a privileged class in the Yuan dynasty. With dissatisfaction and detestation when he saw the Hall occupied by a Tibetan lama he had a feeling that traditional Chinese culture had been slighted and in his poem he used the moonlight obscured by the clouds as an image to indicate the reflexion in his mind. We can clearly see his tears are not just for the Hall but for Chinese culture suffering in a dark age.

As Chinese criticism says, "There must be some things behind the words." Obviously this poem must be rated higher than the other two translated above because this one is neither only an exercise like *Wu-shan-i-tuan-yun*, nor merely a description of experience of life like *Tai-shang-yin*, but rather, it is an example of poetry at a deeper level, where there is much more behind the actual words.

孔子及其詩教

孔子紀元二五一五年夏曆八月十日（公元一九六四年九月十六日）應漢城特別市成均館大學校邀在儒學大講演會講。題由東洋哲學科提出，前一日始確定，卽席無稿，由蔡茂松博士譯錄，刊於成均哲學第三、四輯合併號。茲仍請蔡君再譯爲中文，略加點定成篇，附於「評介」之末。

李總長、成均館長、各位教授、各郡面儒學代表、各位同學：

貴校在第二五一五周年孔子誕辰秋祭之後，又循往年之例，於今天舉辦儒學大講演會，本人承邀能在諸位之前，做一次專題演講，感到非常的榮幸。

本人於兩週前來到貴國，從中國大使館那兒得知漢城市有一座文廟，地址就在成均館大學校校園之內。因此我放棄了預定的板門店之行，專誠到文廟謁聖。昨天更參加了隆重的秋期釋奠，并於典禮之後，訪問貴校，和教授同學們都有所接觸。同學們給我最顯著的印象，是彬彬有禮，使我深深地感到儒學對於人格教育的偉大成就。

今天我要講的題目，是貴校東洋哲學科梁大淵教授指定的，很慚愧，本人對儒學並沒有高深的研究，在以儒學爲研究對象的各位專家之前，來談孔子及其「詩教」這一專題，眞是十分惶恐，如有不妥之處，還請各位不吝指教。

孔子，他生于中國，但他不是中國的孔子，也不是韓國的孔子，而是全世界、全人類的孔子。他的學說，不只是爲中國，爲東洋，而且是爲全人類的前途。

孔子是人，不是神，是一個平凡的人，但也是很偉大的人。他的偉大就存在於其平凡之中。正因爲如此，他能贏得後世——無論平凡的、或偉大的——人的崇敬，而成爲萬世師表。

論語子罕篇裏記載着大宰以孔子「多能」爲「聖」；子貢則說他是「聖」而「多能」；孔子自己却只承認「多能鄙事」而已。實際上，「聖」是其偉大處，而「多能」卻是其平凡處。試看孔子平日所說及的，都不外乎「日用常行」，幷無特別高深莫測之處。但就在這「日用常行」之中，蘊含着眞理。只要我們仔細去推敲他的每一句話語，就知道他永遠是不偏不倚、無過無不及——永遠是恰到好處。如果世界上有所謂「中」，有所謂「正」的話，孔子便是「中」中之「中」，「正」中之「正」。

在一部中國筆記裏，記着一則小故事：有人拿着一塊白玉到市場去賣，叫價奇昂。一批玉商看過這塊玉之後，都看不出它有什麼特別可貴之處，認爲賣主在擡價欺人，就去質問賣玉的人。這人的回答是：『這只是一塊普通的白玉，但它是一塊標準的「白」玉。不信，你可拿任何白玉來和它相比，別的白玉，多少總有些雜質，不是稍紅，便是稍黃，或是稍綠、稍藍。世界上沒有第二塊玉比它更白的了。所以它的價值最高。』孔子是聖人中之聖人，正如這塊玉是白玉中之白玉。極平凡，但也極偉大。

現在讓我再談孔子的詩教。

孔子對於詩教，是非常重視的。他不僅拿詩教教人，即是他的家教——教自己的兒子——一樣是首重詩教。論語季氏篇有這麼一段：

陳亢問於伯魚曰：「子亦有異聞乎？」對曰：「未也。嘗獨立，鯉趨而過庭。曰：『學詩乎』？對曰：『未也』。『不學詩無以言』。鯉退而學詩」。

陽貨篇裏也記着：

子謂伯魚曰：「女為周南、召南矣乎？人而不為周南、召南，其猶正牆面而立也與！」

可見得孔子對於所有的弟子，都以詩教爲首要，而并非專爲少數人因材而施；那麼，詩教的涵蓋面該是很廣的了。

本人現在正在旅途之中，手頭沒有足夠的書，無從把和孔子詩教有關的資料一一敘述；而要以我個人的意見，嘗試把詩教融入孔門的「四科」，來說明詩教的功用。

孔門四科之分，首見於論語先進篇，明標着「德行、言語、政事、文學」四大項。爲了說明方便，我想倒過來，按「文學、言語、政事、德行」的順序，來申述我個人的鄙見。

孔子對於詩的功用，有一段近於「列舉」的說明，那在陽貨篇裏；他說：

「小子何莫學夫詩！詩，可以興；可以觀；可以羣；可以怨；近之事父；遠之事君；多識於鳥獸草木之名。」

這段話包括的內容很多，也可作多種不同的詮釋，但一般人都把它用之於「文學」的層面。因爲詩本身便是屬於文學的範疇，從文學來分析，是順理成章的事。「興、觀、羣、怨」，足以說明詩可以「提振個人的情操；觀察作者的衷曲；激勵羣衆的意志；發揮風刺的作用。」「事父、事君」，雖是屬於人際關係，但在三百篇裏，提出了許多最佳範型。至於「多識鳥獸草木之名」，看去似乎只是記誦之學，但是詩的題材與語彙，都是從記誦體認而來的；可以說是文學的基礎。關于詩教在「文學」方面的作用，可能還有其他，不過孔子所舉的已經不少了。

其次談到「言語」一科。孔子把詩經作爲語言的教材，我剛纔已提到過，他說：「不學詩，無以言。」無以言三字，并不是不能說話，而是不能把話說好。我們從古書中可以看出春秋時代的人，極講究說話的藝術。一個人的談吐必須溫文爾雅，才能受人尊重，才有說服力。當時的風氣，凡是有教養、有學識的人說話，有意無意地會引用詩句來增加言辭的格調。如果不熟讀詩經，就不能運用自如。就拿論語來說，如：

「如切如磋，如琢如磨」——學而、詩衛淇。

「巧笑倩兮，美目盼兮」——八佾、詩衛碩。

「不忮不求，何用不臧」——子罕、詩、邶、雄。

「深則厲，淺則揭」——憲問、詩、邶、匏。

都是三百篇中的詩句，爲孔門弟子所引用。但是値得特別提出的是，古人引詩，往往是斷章取義，不必與原義相符。也許只是裝飾之用，可也能增加表達的效果。像這樣的「詩句活用法」，似乎是當時的風氣，也大爲孔子所欣賞。例如子貢（學而十五）和子夏（八佾八），都曾被孔子誇獎過：「始可與言詩矣」，却都是這種引詩的方式，可知在孔子心目之中，詩與言語科關係之深了。

再其次，談到「政事」。詩教與政事的關係，孔子有幾句簡單的話，見於論語子路篇。他說：

「誦詩三百，授之以政，不達；使於四方，不能專對；雖多，亦奚以為！」

從這段話，可以知道學詩在政事方面，可以分爲兩部分：一是「授政」，即從事普通行政；一是出使，即擔任外交使節。這兩者都與詩有很大的關係。就普通行政來說，統治者與人民之間意見的溝通，所謂「上以風化下，下以風刺上」（傳、大序），却都是以詩爲媒體。那時候，天子巡狩，要采詩觀風；諸侯述職，要陳詩貢俗。至於一般人民則直接地把自己的心聲，一一傾吐於風詩之中。

在采詩與陳詩的雙向溝通之中，可以「感發國民意志；考見施政得失；促進國民團結；宣洩羣衆情緒」，充分發揮「興、觀、羣、怨」的功用。

就外交活動來說，這似乎是出於春秋時代的風氣。當時各國間聘問交涉，在會同宴享的場合，使節們都會賦詩，然後賓主盡歡。如果不會賦詩，或賦詩而不得禮，可能導致外交失敗，甚至于使兩國絕交、宣戰。（當時的外交辭令，也就是「言語」科的最佳範本。）使節們在賦詩之際，同樣，可以「提升兩國間友誼；窺察對方政治動向；結合聯盟陣線；申訴弱國所受的委屈」，也是分發揮「興、觀、羣、怨」的功用。

最後，讓我們來談「德行」。德行，是指個體或羣體的道德價值而言。詩對於這方面的作用，古人說得很偉大、很崇高。如詩大序就說：

故正得失、動天地、感鬼神，莫近於詩。先王以是經夫婦、成孝敬、厚人倫、美教化、移風俗。

詩，如何能做到這個地步呢？古人認為詩的感情，是純眞的感情，以純眞的感情，就可以培養善良的個體或羣體。所以孔子說：「詩三百，一言以蔽之，曰：『思無邪』。」（論語、為政）「無邪」就是「純正」之意。不過，無論怎樣純正的感情，如果任其充分的發展下去，可能走上極端。必須適度的導正，才能恰到好處。而詩教，正好擔當這導正的任務。孔子說：

溫柔敦厚，詩教也。（禮記、經解）

溫柔敦厚，就是恰到好處的境界。怎樣才算溫柔敦厚呢？孔子又有兩句話：「關雎樂而不淫，哀而不傷」（論語・八佾），可以作爲溫柔敦厚的注解。詩大序裏也說：「發乎情，止乎禮義」。就是讓純正的感情宣洩，而以禮義加以調制。「樂」和「哀」是人情；而「不淫」和「不傷」是禮義。一個人快樂時，不流於蕩檢踰閑，悲哀時不至於灰心喪志，這就是詩教的理想境界。一個人如此；一個民族、一個國家也同樣如此。過去歷史上，一個國家在富足強盛的時候，往往由於瘋狂地縱慾敗度而自取滅亡；一個民族在受壓迫的時候，往往由於過度地消極頹唐而自甘屈服，都是常見的事。

綜括起來說，孔子的詩教：「興、觀、羣、怨」是它的作用；「溫柔敦厚」是它的理想；無論「文學、言語、政事、德行」四科，都是以詩教爲基礎。施教之法，則是「言教」與「身教」並重。除了書本上的誦習之外，還要切實地活用於實際生活之中，否則，「誦詩三百」，「雖多」也無無益。我們只要遵循着孔子這一教育思想的路線，自然能美化世道，喚醒國魂，因其民性之自然，輔之以禮樂，使它成爲祥和安富的社會。

據本人所知，韓國一向有「君子之國」的美稱。在過去歷史上，有無數儒學者，從事於孔孟程朱之學的研究，均有輝煌的成就。還有無數「學優則仕」的賢相名臣，把孔子之教，表現在事功上面。

在今天，韓國與中國處於相同的立場。中國人之關懷韓國，也和韓國人之關懷中國一樣。因爲兩國休戚相共，韓國做得好的話，將有利於中國；而中國如果做得不好的話，也會有害於韓國。

這次本人到貴國來，和貴國青年有很多接觸的機會。我發現韓國青年們，身體特別健壯；愛國心非常強；又很有禮貌；還有，音樂水準很高。這是韓民族復興的象徵。正合於孔子「興於詩，立於禮，成於樂」(論語、泰伯)的好條件。各位年長一輩的教授們已經辛苦地爲年青一代灌輸儒家思想，傳授詩教，青年們如確能做到「樂而不淫，哀而不傷」，以「堅忍」、以「沈著」、以「奮發」、爲國家民族而努力，我們就可以看到大韓民國光輝燦爛的前景了。

雜存

論郭汾陽

選自盾鼻瀋餘

汾陽起自行間，積勛累伐，歷事玄、肅、代、德四主，出入將相，位至王侯，卒能安身全名，以老壽終，子孫蕃庶，世食其澤不衰。論者輒以福厚稱之。然世俗言福，往往歸之於「天錫」。甚且謂惟「庸」爲載「福」之器。使有昏耄闒茸，優柔闒懦之夫，倖登貴顯，出膺大命。無事則安享尊榮，有事則幸得規避，於是衆皆曰「福」。使以此衡之，是等此泄沓無用之人於汾陽矣，豈不謬哉！夫以一人論，獵功名，享富貴，自不可謂非一人之福。脫令國家多故，而以此輩當大任，鮮不貽覆餗之羞，則適足以「禍」天下，安在其所謂「福」哉？詩有曰：「自求多福。」使細味其言，可知福不必爲天命所夙授，尤不必爲庸人所僭享。福澤之加，要在有道之士自「求之」耳。

茲所謂「求之」者，蓋亦有「求之」之道焉。汾陽，得其道者也。雖欲祈禍而拒福，不可得也。凡士之立功名以自顯，見用於當世，垂譽於後昆者，未有不「才」者也。不「才」而欲當大任，猶孱夫之扛鼎，其敗立見。此取「禍」之道，非求「福」之道也。汾陽之「才」，爲其仁厚所掩，世遂以樸拙目之，失汾陽矣。觀其對代宗之問，料懷恩之敗，奮寡弱之師，破思明之衆；以單騎之身，郤回紇之卒，其才智爲何如也！非徒憑血氣之勇，悍然冒萬死以從事，而卒不足以自贖，其成算蓋早爛熟於胸中矣。大凡有過人之「才」者，其器宇必宏，未可以迂拘小儒一孔之見以衡之。汾陽治兵，固號爲寬柔者也，然誓師則期以必死；犯禁則不宥所親；豈漫爲寬柔者耶？汾陽用兵，固號爲持重者也，然張虛勢以讋敵；出奇兵以制勝，豈漫爲持重者耶？蓋「才」之大者，其道多方，行義以守經，通權以應變，而敵莫能闚其涯涘。吾見夫世之統兵事者，其用兵也，或拘守陳義腐說。以坐失其機宜；或貌爲老成持重，以自文其虛怯；或奮其小勇而害及全局；其尤甚者，運其小智，而授敵以擣乘之機。其治兵也，或以顢頇爲寬厚；或以慘刻爲精嚴。及其臨陣交綏，寬者則漫然而驚潰；嚴者則譁然而叛變，而益嘆夫「才」之難得也！

夫才，誠難矣。然世之有才者，未必皆能成大功，立大業，蓋明於此者或暗於彼；敏於事者未必愼於言；精一隅者忽全局；綜大綱者疏小故。其尤難者；重公義而薄私情，循公理而釋私忿。汾陽當變亂之世；事庸闇之君，臨剽悍之敵，復有宦寺小人，浸潤膚受以愬於君側，雄藩叛將坐大於邊陲；吐蕃回紇窺伺侵擾於塞外；唐祚之危，猶懸巨石以寸縷。使汾陽而懷怨望，覆朝廷如湯沃雪；使汾陽而藏禍心，取天下如手拾芥。而旋用旋棄，旅進旅退，視之如土苴，防之若盜賊，非有廓然大公之心，泥塗軒冕之志，鞠躬盡瘁之誠，未有不腐心切齒，奮袂攘臂而起者。則唐之世，縱不終於玄宗西幸之年，亦必亡於回紇吐蕃之手。茫茫史事，又烏能測之哉？吾故以爲有過人之才，必濟之以忠誠，然後可以定大難，立大功，成大業，享大名也。吾固願世之歆慕汾陽之多「福」者，跡其行事，師其自求多福之道，而求之，則福不待求而自至矣。

抑又有進者，玄宗早歲英睿，及暮而自娛聲色，日即荒淫，致召天寶之禍。肅宗、代宗、德宗。又皆柔弱昏庸之主，知汾陽而未信，用汾陽而不專。屢起屢廢，時予時奪。使安史之亂已熸而復熾，播其餘禍至於數世，亦大可哀已。脫令於玄宗之世，剖符授劵，統六軍，專殺伐，寵信不衰，則安史不足平也。又何至九廟震驚，京師播越，生靈炭塗，兵禍結連之久，乃如是耶！吾讀汾陽傳，嘆才之難得，而益歎知人善任之不易也！昔劉後村謂「使李將軍，遇高皇帝，萬戶侯何足道哉？」吾亦謂使汾陽遇太宗高祖，其所就或不止此，其困阨顚躓亦不至此，則世所謂汾陽之「福」，庸更有過之矣。雖然，木以盤錯而始大，士以淬厲而見才，使汾陽而果處高祖太宗之世，坐而論治，或以循厚終其身，無由以顯其勳望，亦庸中之佼佼耳。則天之所以使其艱難憂戚者，安知不即所以「福」之耶！就一人論，吾無所慊於汾陽；就天下國家生民禍福言，則吾願天之所以福汾陽者，福天下蒼生，而冀玄肅代德之爲高祖太宗也。夫玄肅代德雖庸懦，程魚李史雖姦佞，使用才而能專，信才而不疑，亦未嘗不可上躋於高祖太宗也。吾嘗謂人苟有才，明試而有功，人復有德，處危而不變，則眞爲棟梁之器，社稷之臣。授之以兵柄，可也。胙之以茅土，可也，委之以專征，可也。寵之以節鉞，可也。信之，任之，小有挫敗不必責，小有抗忤不必疑，以其忠憤耿耿，大節諤諤，必不至自喪其守，自毀其名，自壞其福澤。使明夫此，則玄肅代德亦可以爲高祖太宗，而汾陽之功業福澤，當益暴著於當世，而際遇之隆，益非後人所可企及矣。

史氏論汾陽者，謂惟仗忠信安義命而已，其言良然。而不知汾陽操心之危，慮患之深，於歷仕庸君，周旋群小之中，殆亦有術焉。如釋朝恩之私怨，杜盧杞之忿睢，其所畜誠未可知。則未必止如史氏所論矣。抑又觀其視爵位如敝屣，目第宅如傳舍，得失無所動於中，獨往獨來，後其身而身先，外其身而身存，其澹泊寧靜之致，殆又深得黃老之精英者與！

佛說大圓通經

選自獨往集

如是我聞：一時，佛在渾淪國、鶻突城、大龍洞園，與兄弟一人俱。

爾時，兄弟即從座起，合掌恭敬而白佛言：「世尊，世間一切，本來自在，種種分別，種種變詐，何由而起？」

佛言：「善哉！汝善思維？如汝所說，本來世界，圓通自在；無如衆生，具諸知見，妄生分別，種種變詐，由斯而起。」

兄弟乃白佛言：「世尊慈悲！云何名爲圓通！」

佛言：「所云圓通，即非圓通，故名圓通。善男子！汝云時間，有分別不？諸三世中，無有『過去』；無有『將來』，無有『現在』。所云『將來』，即成『現在』，即成『過去』，如人捉風，隨手而逝，纔一動念，即歸空寂。古即是今，今即是古，今古相接，了無間隔。汝今仰視，星辰日月，閃閃作光，纔入汝目，汝試思維，彼諸光者，來自天體，或一時許、或一月許、或一年許、或百千萬億乃至不可思議年許，彼時諸光，即已發出，纔入汝目，旋成過去。是汝今日，乃見古光。光光相接，了無間斷。是諸天體，於百千萬億，乃至不可思議數年以前，其所造業，今乃與汝，相與授受，故云時間，無有分別。

「善男子，復次空間，有分別不？汝試思維：汝所立處，上與天接，下與地通，四方周匝，萬里密邇。如大圓海，著一滴水，分子相觸，至於無窮。善男子！汝試思維：世間物體，互有吸力，其力大小，與距平方，成爲反比；與其體積，成爲正比。汝與雪山，乃至須彌，常人視之，了無干涉，其間吸力，實非算數之所能知。善男子！汝於遠近，妄生分別，近即是遠，遠即是近，汝試思維：彼諸星雲，冥王海王，與汝相去，何止恆河沙數由旬？而汝開目，向空諦視，即在目前；其他諸物，乃至汝心，去汝雖近，乃隔千里。凡諸衆生，皷盪業力，遠居無窮；欲明自心，便如矇瞽，故云空間，無有分別。

「善男子！復次生死，有分別不？汝今須知：成住壞空，生滅流轉，無有間隔，成必歸空，空必化成，成即是空，空即是成。物質精神，兩皆不滅，物物相生，力力相轉，如是流轉，永無已時。故知生之與死，如物兩端，如輪常轉，生死相屬。男女媾精，精卵和合，乃生爲人，人死之後，或葬諸野，乃爲塵壤，滋生草木；或投諸火，乃爲烟燼，摻和大氣，仍還諸人；或投諸水，乃爲肉食，飼生魚鼈。復次，善男子！汝試思維，人之初祖，實同一源，譬如榕林，始自一本，由根生幹，由幹生枝，枝復生根，根復成幹，幹復生枝，如此繁衍，取次成林。一枝枯落，一株斬伐，不得遽謂，此樹竟死。譬如人身，所有細胞，無慮億萬，此死彼生，此生彼死，新陳代謝，無有寧時，一胞死滅，無傷全體，不僅無傷，且促新生。生死相兼，生死相屬，永無常住；人之命終，視其族類，正復如此。善男子！汝今須知，生非眞存，死非永滅，生中有死，死中有生，故云生死，無有分別。

「善男子！復次衆生，有分別不？汝試思維，彼諸衆生，溯其初祖，皆由一出，若千萬年，若億萬年，如此世界，無有生命，當其始具，同一細胞，種種進化，種種演變，種種適應，種種孳乳，歧出愈多，畸形愈繁。推原求本，實始於一，親等雖遠，要皆眷屬。是故胎卵溼化，動植飛潛，嚴分細辨，實無分界，衆生如此，何況於人？故云衆生，無有分別。

「善男子！復次萬物，有分別不？汝試思維，含生之倫，與諸萬物，氣液固體，皆是元素之所和合，析之又析，至於原子，質子電子，實皆相同，至於最後，質電二者，倂亦無之，惟有業力，餘皆烏有，何由分別？故云萬物，無有分別。

「善男子！復次六塵，眼耳鼻舌身意之所緣受，有分別不？汝試思維，汝見赤色，乃自謂赤，以之示人，人亦謂赤。此實虛妄，了非實相，人自定名，與色何關？彼諸顏色，由光感映，譬如光譜，色之等差，無慮萬千，色色相連，無由截翦。赤橙藍紫，是皆妄執，至於紫外，紅外諸色，又非肉眼之所能察。設有色盲，看朱成碧，汝以爲朱，彼執爲碧，是皆妄執，不可曉諭。今有一數，其大無窮，彼諸十百千萬，實與零等，而汝凡夫，零下小數，刻意爭持，虛妄可知。復次音聲，亦復如是。耳根所受，始於振動，至其頻率，高低不一，過低過高，耳所不受。譬如法王，轉大法輪，大音希聲，人所不覺，高低強弱，實無差別。復次香臭，亦復如是：彼諸香品，麝臍龍涎，海貍蘇合，安息沈檀，以及糞溺，腥腐惡臭，皆由分子，散發所致，或密或稀，遂有香臭。溺糞腥腐，中有香精，香品諸物，亦含惡臭。適則香生，過則臭甚。逐臭之夫，必厭麝蘭；鮑肆久處，必忘腥惡。色聲與香；既復混同，味與觸法，亦復如是，故云六塵，無有分別。

「善男子！汝自思維！凡諸種相，皆由人造，分別愈細，差異愈甚，洎於最後，仍是烏有。始於有我，生分別心，陷入迷執，不得復返，即令窮研，終成渾沌。今有愚夫，以立身處，確立方位。彼所謂東，東人視之，則實爲西，彼所謂西，西人視之，則又爲東。彼如不信，手擎磁針，向東直走，環地而行，不失累黍，歲月唐捐，仍還故處。至於最後，仍復不明，東在何處，設有大德，預爲開示：『東即是西，西即是東，汝生分別，實爲妄執』。彼必不信，自墮苦趣。是故『迷則分別』，『覺則圓通』，所謂『圓通』，如環無端，只是一物，只是一義。種種變詐，種種妒忌，種種瞋恚，種種怨念，胥由一念，分別而起；如彼衆生，皆能了悟：本來世界，圓通自在，善惡俱滅，立成正覺。」

佛說此經已，兄弟歡喜信受，作禮而退。

濟慈致伯倫書

此篇似為諸生各體文習作示範，並曾以筆名刊之報端。已棄置廢稿中，茲復別出於此，付之「雜存」。

伯倫❶足下：昨自檢疫所出，如經蠶室，惡氣中人，沈痾為之加劇——海航之苦，莫此為甚。晨來吐納清虛，少舒積鬱。輒欲強支病骨，勉作寸箋，屬穎悽惶，又黯然不知心之所欲宣也。自維委頓至此，遑恤微勞；猶冀纏身宿業，得此能少解耳。至於與伊人❷訣絕之說，實不啻促吾以死。嗟乎伯倫！向使頑軀粗健，則夙願可諧，長此心舒體泰，固可期也。夫人孰無死？死何足懼？生離之慘，斯固有甚於死焉。爾者，巾箱行篋之中，凡諸細屑，出自彼姝之貽者，每一撫覽，觸緒情牽，如鏃攢心。悠悠蒼天，曷其有極！即如隨身袷帽，向日裁縑作裏，出伊手製，此際一鍼一縷，莫不繫灸骨砭心之痛。孤衷縈繫，萬慮紛乘。心邇身遐，音容悅接。渺渺予懷，人間何世？舍彼姝外，更無餘事足令眷眷者矣。曩在英倫，即深此感。當日索居韓❸宅，固無時不凝睇瓊樓❹，悵然終日。方以為相見有期；不圖今日，乃至於斯。每一興思，神魂忡悸。不幸一朝溘逝，惟有冢傍閨帷，庶其少慰。今也裁書寄意，既所未能；錦字見貽，亦非敢望。豈不懷人？恐增忉怛耳。乃至片言隻字，稍涉伊人者，皆不敢觸耳寓目，蓋一見一聞，足令肝腸盡裂，悲何可勝？茫茫宙合，果何地為安寧解脫之所邪？伯倫！伯倫！子將何以教我？他日幸獲視息人間，正恐一念之癡，終不免償之以死耳。誠自抱病以來，或託鸞棲，或居康鎮❺，胥為兒女之私所困，情與身仇，亦可悲已！伏承裁答，度在不遠，幸早寄羅馬郵交為便。伊人境況如何？併煩示及，不勞一一，但報「平安」二字足矣。餘人統祈致候。此間叢憂如棘，自當勉自支維。所幸處境如予，虛孱已甚，殆亦不復長守愁城中矣。便中仍望轉知舍妹❻，但云已得吾書，薛溫❼無恙，即爲已足。賤軀倘得復元，恐此間無一知己，足資慰藉，計惟強君來羅馬一行耳。喬治❽比來何似？有消息不？曩者，嘗祈天祐，福我弟昆；顧命蹇如予，早已視衰耗爲常徵，以嘉祥爲非分矣，復何言哉？至於伊處，雖不敢作書，仍煩代申衷曲，俾知我之相思無盡，之死靡它。並懇足下推屋烏之義，隨時照拂，實同身受。關於那不勒斯，媿無一辭之贊，蓋心有所屬，雖萬象紛陳，都已視同身外也。嗟夫伯倫！熾炭在胸，癡情不泯，始知方寸之中，能容如許沈哀。豈天之生我，將令飮恨以終耶？餘不瑣瑣，惟祈上帝垂庥，加庇伊人，及其慈母，並祝足下及諸弟妹親友納福！濟慈頓首。

❶ Charles Armitage Brown，伯倫其姓也。
❷ 謂Fann Brawne。
❸ Leigh Hunt，濟慈摯友之一。
❹ 時Fanny Brawne居Hampstead，其地爲文人匯萃之區。
❺ Kentish Town，濟慈於一八二〇年居此，去Hunt所居甚近。
❻ 其妹名Fanny Marry。
❼ Joseph Severn，濟慈摯友之一。
❽ George Keats，濟慈次弟。

A DREAMY LIFE

—自譯豆棚瓜架錄中之一則

It seemed to be a habit for us to have a chat on various subjects when my lecture was finished at night. Once, by chance, we talked about miracles. Miss Lin, one of the participants, sat quietly in an easy chair steeped in meditation. She was imagining she was still sitting on the balcony under the moonlight in the mid-autumn night thirty years before. When she was asked to speak she told us about a real experience of hers.

She was a great-great-granddaughter of Lin Tse-hsu who was well known in modern Chinese history as the man who played an important role in the Opium War between China and Britain in 1840. As a member of this family, her father was appointed to be the magistrate of Ch'i Men district in 1925. On a summer day she and her mother and her sister followed him to his new post. They arrived at the city in the evening, and went to his office which was in front of their home.

It was very hot. After their long journey they felt very tired and it was too late to look over their new residence. They sat together in the breezy court yard and talked about their family matters. Miss Lin felt a little ill so she did not eat supper but went to bed early. Her badroom was well arranged. It looked very comfortable. When she lay down to sleep, she saw three stripes of yellow charms-paper pasted on the wall. She was surprised at them for they meant to her that the house had been haunted. They were used to ward off spirits.

It was getting dark. She lighted a lamp beside her bed. Weariness had gradually driven the fear from her mind. As she was just going to sleep, she felt the weight of something heavy on her body and to her amazement realized that an animal's nose was touching her cheek. At this time she could clearly hear her father's voice in the yard. He was talking with his family but she could not cry out for help, nor could she move, but she was clear-minded. She knew that she was being troubled by a spirit. She also knew that only the Buddhist incantation could be used to exorcise it. She silently repeated them one by one. After a short time the animal disappeared and she saw nothing but the flame of the lamp glittering near her bed. She got up immediately, rushed out into the court yard and told her father about the terrifying experience. She felt a slight itching still on her cheek caused by the animal's whiskers.

According to Chinese legend, a fox, having acquired magical power, can change itself into a human being. Sometimes it becomes a beautiful girl or a handsome boy and casts its glamour over a person of the opposite sex. The office of the district government had longly been haunted by a fox-family. Her father knew it well as his predecessor had told him the fact before. He was conscious of this; but he kept it to himself. He only said, "You are too tired. What you saw was merely an illusion. You'd better rest quietly." Then she returned to her room and went to sleep again and believed that her experience was an illusion. Eventually she slept a very sound sleep that night.

In the next morning the magistrate took all his family to another building in the neighboring courtyard where a divine altar was placed upstairs. That was a cool, solitary, or rather mysterious house under the dense shade of high trees. Few people liked to step into this yard, so the narrow path, the stone terrace, and even the stairs were embroidered with green moss. On the top of the altar there was a wood tablet. Four characters were engraved on it," ta hsien chih wei". Their meaning was "the shrine of fox fairy". The magistrate knelt reverently in front of the altar with some eggs and some wine as offerings, and pleaded in this manner: "We are close neighbors, but you are a fairy while we are men. Let's live in peace. I fear my children will bother you. I hope you will forgive their mistakes because they are ignorant and innocent. Being a visitor, I presented an offering here in order to introduce them to you. My children will be considered also yours; and you will be a father to them. I pray for your divine power to aid them!"

During the night Miss Lin enjoyed a peaceful sleep, no trouble at all. At daybreak she lay in bed awake. She noticed the door being opened. A man followed by a woman came in. The man was dressed in white linen. He looked handsome and elegant like a well educated gentleman about thirty years old. The woman was rather fat. She wore a scarlet gown which was trimmed with ribbons with small bells at the end of each. She had bound feet in small embroidered shoes. While she walked slowly, the bells tinkled keeping time with her steps. Miss Lin was surprized and cried out, "Who are you? Why are you here?" The man did not answer but waved his hand to silence her. The woman smiled encouragingly. When they reached the bed he sat on its edge. The woman jumped on to her bed as gracefully as a sylph and sat tailer fashion on the cover. Miss Lin discovered they were friendly. She asked them why they had come. The man answered in a low voice, "I'm your father. Why don't you recognize me?" Miss Lin, however, had forgotten what had happened in the daytime. The man looked displeased and said, "Only the magistrate is an honest man. He gave you to be my child. Since you are a little girly you have forgotten what happened yesterday."

At this moment Miss Lin recognized him as the fox. She was terrified at first, but she found he was friendly so she could keep calm. After a while the fox took a folding fan out of his sleeve and fanned himself slowly. Miss Lin asked to look at his fan. The fox nodded and gave the fan to her. The frame work of the fan was made of 'speckled bamboo', covered with glazed silk on which a landscape was painted. The other side was fancy paper sprinkled with gold color and had four styles of characters on it. Under the name of the writer were two red seals. Miss Lin admired it for a little while and by the way kept the writer's name. The fox reached for his fan.

Since Miss Lin recognized they were friendly to her she intentionally gazed at the stripes of charms-paper and asked the fox, "What is the meaning of those?" The fox laughed and said, "This room used to be ours, but someone else wanted to occupy so he asked a Taoist priest to write those spells. They dreamed to ward me off, but it was useless. I'm a fairy, you see. How could a mortal do me harm? Those three spells are only waste paper to me. Now you are living in our room but I don't like to quarrel with a young girl like you and furthermore, your father has pleaded with me to protect you. Therefore we moved into the neighboring house. Last night I played tricks on you in order to test your courage. Were you afraid?" The fox smiled and looked at the woman. She too smiled. "No, not a bit." Miss Lin pretend to care nothing for. "Are you really not afraid?" the fox kept a smile, "I'll test you again later." Miss Lin became alarmed. Then the fox said in a soft voice, "Don't be afraid. I'm only joking. When you think of me, my child, and want me to appear here, place a cup of clear water on your table and I shall come." Then the fox turned to the woman and said, "It is getting light. The magistrate will be here soon. We'll have to go." The woman got off the bed and they went away. When they reached the door the fox turned his head and said again, "Don't forget, a cup of clear water!" Then they went out and the door itself closed slowly. From the beginning to the end of this time, as Miss Lin recalled, this amiable fat lady said not a single word. Only a lot of good-will might be read in her round face. Miss Lin didn't see her again since then but missed her very much till now.

Just a little moment after their disappearance Miss Lin could hear the voices from the next room. Her parents were getting up. She, too, got up and told the story to her father. He was also surprised at that the man whose name written on the fan had been the previous magistrate.

On the next day when Miss Lin was lying in bed, the fox came and touched her again. She was struck dumb and could not move her limbs. By the dim light of the early morning she could see the fox as large as a man. Its fur was dark brown, sleeky in the light. Its eyes touched with magic were a deep blue. At this time she had no other help but tried again to repeat the Buhhdist incantations silently. Suddenly the fox disappeared, but in its place a young man dressed in white sat on the edge of the bed as had happened the day before. He seemed relaxed but looked slightly angry at her and said, "Ha, you sly puss, you know how to restrain me by repeating incantations." With that he disappeared. From then on the fox did not come again. Miss Lin thought that it was a good idea to keep him away. Then she could live in peace.

On other days Miss Lin had walked into the neighboring yard where few people dared to stay. She saw several foxes following a big one going up along the stairs. They went up slowly without astonishment even though they had seen her. In the summer she used to take a siesta on a cane bed under the shadow of high trees with a thin blanket for covering. While she slept fast, though the blanket might slip and fall to the ground, someone had seen a man pick it up and cover her body lightly. Her family believed that man must be her fox-father, so they worshipped him more respectfully.

The mystical appearance of her fox-father had frightened Miss Lin but a long separation from him also made her lonely. One day she deeply yearned for him and expected to meet him again. She placed a cup of clear water on the table. Consequently, the fox came at night. He did not appear before her but came into her dream. From now on they met in dreamland every night. He took her to wander around over many fine places. For about a year they explored the celebrated mountains, famous rivers, or fairy grottoes. When they started a trip they would rise up lightly like birds soaring in the air. They could go anywhere they wanted to go. And they floated down airily like falling leaves when they arrived at their destination.

Sometimes, the fox also taught her some methods of cultivating Tao-how to become an immortal. He tried to persuade her, saying, "Among creatures, being a man is lucky, and among men, being an immortal is supernormal. We, as foxes, who were given birth as animals have few opportunities to raise ourselves to be immortals. Although we might fortunatley escape from the hands of hunters, yet it is very often to be punished by gods if we have committed any sin. We live in dark caves to cultivate immortality. We used to worship the Big Dipper with dead man's skulls as our hats. We need to swallow and spew our pills of immortality under the moonlight. After we have maintained such a magic life for five hundred years then we are able to change ourselves into men and then we may advance to be immortals. But you, having been a human being, have had a better foundation than we have. In other words, you are on the shortcut to approach the status of endless life. However long a man can live, he must die. Worldly days are short. Follow me to seek for immortality as early as possible!" At that time Miss Lin was only seventeen years old. Just like the common teen agers she was not interested in his idea. She learned nothing from him but had many chances to enjoy wandering which she liked best.

One night they went to a fairy land. Its beautiful scenery remained in her mind. It looked as if it were raining. A moist cloud drifting over the sky merged with vapour from the mountains. Magic green ranges of peaks touched heaven. A deep blue stream was running along a valley covered with shrubs. Everything in the picture was colored into mystic Kingfisher-blue. When they descended to a white stone bridge across the water, they smelt the cool air. She felt that either her body or soul had been melted into a green spot in the scenery. All worldly things including herself were absent. That was so charming a place that she could not know whether it was a fairy land or only a dreamland. Then they went across the stream to a cliff-side. There was a small cottage in which an old Buddhist monk was sitting in meditation. The fox dared not step in but stood outside the door. On their way home she asked him, "Where are we? What is the name of this mountain?" The fox answered, "We call this mountain Chien Feng or the Sword Peak. It is a fairy land, so few people can go there." To commemorate this fantastic trip Miss Lin took the name of the mountain, Chien Feng, as her another name.

In the autumn of 1926, Miss Lin's father was resigned from office. The fox came no more. On the point of departure, she and her father offered the last sacrifice and gave the last prayer as a farewell saying but there was no answer. They left the district-Ch'i Men.

A week later the Lins family arrived at Huai Ning, the provincial capital. They lodged in a friend's house on the bank of the Yangtse River. It was "mid-autumn night' (the fifteenth night of eighth lunar month). After a delicious feast Miss Lin and her sister slipped out from the dining room and went to sit on the balcony to enjoy the bright moonlight. At mid-night, it became cool. Her sister went to bed. Miss Lin sat alone on the balcony. The moonlight was spreading over the water in the great river like a stream of mercury. A cool breeze was wafting her hair. One or two drops of dew fell on her chin. This meant it was very late but she sat quietly with rambling thoughts. She thought of her fox-father. She thought of her fairy land. She prefered to live in dream. Suddenly a hand tapped on her shoulder. She turned her head and found a young man in blue standing behind her. She was alarmed at first, but overjoyed soon when she found that he was none other than her fox-father. She jumped up and grasped his arm tightly. Now the fox said, "Every phenomenon in the world is a product of affinity. Various relations between things or persons are supported by an unseen cause which is affinity. When we have it we meet together and we must be separated when we have lost it. Now the affinity between us is going to fade. It will be the last moment of our meeting." Miss Lin begged him to take her away with him. She grasped his arm more tightly and sobbed. The fox, though to some degree being moved, said calmly, "It has been destined that you have your own worldly life. You cannot follow me any longer." She grasped him more tightly still. Suddenly he cried, "O your sister is coming!" With her head turning, he slipped away. She saw him rise up higher and higher. The farther he went away the smaller his figure became. At last he disappeared in the sky. Only the moon and the stars were shining over the water of the river. What she left in her heart was profound sorrow and a dim memory of a fanciful dream.

國立中央圖書館出版品預行編目資料

興懷集 / 蕭繼宗撰。-- 初版。-- 臺北市：臺灣學生，民 79
28,539 面； 21 公分
ISBN 957-15-0071-2（精裝）：新臺幣 3
-- ISBN 957-15-0072-0（平裝）：新臺幣

848.6

興懷集 全一冊

撰者：蕭繼宗
出版者：臺灣學生書局
發行人：丁文治
發行所：臺灣學生書局
臺北市和平東路一段一九八號
郵政劃撥帳號〇〇〇二四六六—八號
電話：三六三四一五六
FAX：(〇二)三六三六三三四
本書局登記證字號：行政院新聞局局版臺業字第一一〇〇號
印刷所：淵明印刷廠
地址：永和市成功路一段四三巷五號
電話：九二八七一四五
香港總經銷：藝文圖書公司
地址：九龍又一村達之路三十號地下後座
電話：三八〇五八〇七

定價 精裝新臺幣
平裝新臺幣

中華民國七十九年三月初版

84806

ISBN 957-15-0071-2 (精裝)
ISBN 957-15-0072-0 (平裝)